꿈꾸는 바다

손정모 장편소설

청어

꿈꾸는 바다

손정모 지음

발행처 · 도서출판 청어
발행인 · 이영철
영 업 · 이동호
홍 보 · 최윤영
기 획 · 천성래 | 이용희
편 집 · 방세화 | 김명희
디자인 · 김바라 | 서경아
제작부장 · 공병한
인 쇄 · 두리터

등 록 · 1999년 5월 3일
(제321-3210000251001999000063호)

1판 1쇄 인쇄 · 2015년 10월 20일
1판 1쇄 발행 · 2015년 10월 30일

주소 · 서울특별시 서초구 효령로55길 45-8
대표전화 · 02) 586-0477
팩시밀리 · 02) 586-0478

홈페이지 · www.chungeobook.com
E-mail · ppi20@hanmail.net
ISBN · 979-11-5860-363-2(03810)

이 도서의 국립중앙도서관 출판시도서목록(CIP)은 서지정보유통지원시스템 홈페이지
(http://seoji.nl.go.kr)와 국가자료공동목록시스템(http://www.nl.go.kr/kolisnet)에서 이용하
실 수 있습니다.(CIP제어번호: CIP2015026391)

꿈꾸는
바다

　　각국의 해양은 어느 나라의 경우에나 중요한 삶의 터전이다. 해양의 질서와 치안을 유지하는 조직이 해양경찰이다. 2014년의 세월호 침몰 사건으로 해양경찰을 없앤다는 말이 흘러나왔다. 설혹 기존의 조직이 해체된다고 할지라도 해양경찰의 업무마저 사라지겠는가? 결국은 조직의 이름만 달라질 뿐 고유 업무는 잔존하리라 여겨진다.

　　한반도 주변의 중국과 일본의 움직임이 바다에까지 영향을 주는 현실이다. 자국의 이익과 권리도 중요하지만 협력하여 함께 공존하는 체제도 중요하다. 도서의 주민들과 국가가 서로 도우면서 미래를 꿈꾸는 세계가 조명되었다. '어로 기술사'는 어로 분야에서는 최고의 전문가로 알려져 있다. 이들을 공무원으로 특별 채용하여 낙후된 어촌을 활성화시킬 수도 있다.

　　미래는 해양과 우주에 관하여 열려 있다. 해양에 대한 현실을 파악하여 국제화 시대에 부응했으면 하는 소망이다. 정부와 지방이 분리되지 않고 상호 유기적으로 돕는 체제가 그립다. 얼마든지 마음만 먹으면 이상적인 세계는 멀지 않다고 여겨진다. 이상향이 따로 있는 것이 아니라 마음에 달렸다고 생각된다. 발전 가능한 한반도 미래의 해양이 부각되어 있다. 중국과 일본의 보이지 않는 음모는 결코 과장된 것만은 아니다. 미래의 문제점들을 예견하여 타개하는 방법들도 제시되어 있다.

　문학은 현실을 반영하는 실체여야 한다. 해양을 일반 독자들도 충분히 이해할 만한 수준으로 제시하도록 노력했다. 대자연이란 전문 과학자들만이 관심을 갖는 대상은 아니기 때문이다. 세상과 해양이 어우러지는 현상을 독자들이 느끼도록 하고 싶었다. 대자연과의 교감이란 영역에서는 작가나 독자들이나 다를 바가 없기 때문이다. 졸저가 독자들에게 바다에 대한 근원적인 그리움을 일깨우기를 바라는 마음이다.

공기가 석간수처럼 드맑은 가을에

苦春月朗 씀

차례

꿈꾸는 바다

1.
연안에 드리워진 그늘

산자락을 더듬어 파고드는 해풍의 숨결이 감미롭기 그지없다. 새벽에 해풍이 파랗게 얼어붙은 하늘을 긁적이더니 슬그머니 산자락마저 휘젓는다. 동백나무가 절반이며 나머지는 소나무와 활엽수들이 산자락을 꿈결처럼 뒤덮는다. 은호가 산등성이에서 하염없이 남실대는 바다를 굽어본다. 27살의 총각인 그는 '해남장' 203호에서 해저의 잠수함처럼 장기간 체류한다. 매물도에 관사가 없기에 여관에서 구름 위의 햇살처럼 포근하게 지낸다. 어로 기술사로서 섬에 파견되어 꿈을 펼치는 해양수산부의 공무원이다.

일과를 시작하기 전에 그는 두근대는 가슴으로 매물도의 뒷산을 오른다. 산에만 오르면 해풍이 기다렸다는 듯 그를 향하여 달려든다. 그뿐이랴? 둘레가 8.5km인 섬이 눈 아래로 그물처럼 펼쳐져 드러누워 있다. 하루의 꿈을 가슴에서 소중히 가꾸며 항시 새벽에는 산을 오른다. 산에서 바다를 굽어보니 과거의 상념이 밀물처럼 청아하게 밀려든다.

변화의 격랑이 거칠게 일었던 2주일 전이었다. 파도가 치솟아 깃털처럼 흩날리던 부산 태종대 해변의 음식점에서였다. 36살의 성준이 후배인 은호와 호준을 불러들인 아늑한 식사 모임에서였다. 성준은 직장 상사이면서 대학 선배여서 은호에겐 햇살처럼 따사롭게 느껴졌다. 단합의 기류가 강하게 소용돌이치던 회식 자리에서였다. 거기엔 학과 동기생인 호준도 함께 성준의 눈빛을 받아들이고 있었다. 은호와 같은 어로 기술사인 호준에게도 성준은 안개처럼 포근하게 휘감겼다. 저녁 무렵에 셋은 술을 마셔서 취기가 불길처럼 타오르던 상태였다. 성준이 말했다.

"지금 동해와 남해의 어업이 엉망진창이 되었어. 난국을 타개하려고 너희 어로 기술사들을 국가에서 특별히 채용했어. 어로 기술사는 국가의 검정을 거친 최상의 기술 전문가이잖아? 해양수산부에서는 너희들을 6급으로 특별히 채용했잖아? 정말 일을 잘해 주기를 바란다."

취했으면서도 눈빛이 별빛처럼 빛나는 성준의 얘기가 예사롭지 않았다. 말단 공무원이 아니면서도 현장에 배치된, 깊은 의미를 불빛처럼 일깨웠다. 구덩이로 휘몰리는 와류(渦流)처럼 어획량이 급격히 줄어들었다고 들려주었다. 생계를 비난하여 목숨을 허공에 날린 어부들로 괴롭다면서 성준이 울먹거렸다. 얼마나 삶이 막막했으면 자살까지 했을까 싶어 은호마저 설움에 잠겼다. 은호한테도 자살한 어민들의 뉴스가 한동안 가슴을 먹먹하게 쳤기 때문이다.

식탁이 꺼질 정도로 성준이 한숨을 내쉰 뒤였다. 혼이 녹아내리는 듯한 나지막한 목소리로 둘에게 지시했다. 호준에게는 비진도에서 어민들을 따스한 기류로 도우라고 했다. 은호에게는 매물도에서 포근한 정감으로 어민들을 도우라고 했다.

어로 기술사는 새가 날개를 펼치듯 어민들을 향상시키는 사람임을 강조했다. 갈증에 물을 만나듯 주민들의 의견을 반갑게 청취하라고 했다. 해양 생태 분야와 어로에 열정을 실어 어민들을 도우라고 했다. 모든 지원은 국가에서 톱니바퀴처럼 치밀하게 뒷받침한다고 들려주었다. 성준은 취중에서도 날카로운 눈빛으로 오금을 박듯 강조했다.

안개가 꼬리를 감출 새벽 시간에 하산하여 은호가 여관에 들어선다. 젊은 나이에 남편을 잃고 독신으로 지내는 여주인이 빛살처럼 환하게 반긴다. 42살의 효정이라는 여인은 피둥피둥 살이 쪄 바다처럼 넉넉해 보인다. 넉살이 좋아 유령하고도 입맞춤을 나눌 지경이다. 효정은 말을 놓았다가 존댓말을 썼다가 파도처럼 나부대는 취향을 지녔다. 그런데도 상대방을 불쾌하지 않게 만드는 매력을 빛살처럼 발산한다. 효정과 대화하면 은호의 가슴에 따사로운 햇살이 나부끼는 느낌이 든다. 은호도 그녀와 격조를 맞추려고 자신의 성품을 가다듬는다. 효정이 말한다.

"지금 아침 식사를 차려도 돼요? 나랑 둘이서 식사해도 불편하지는 않죠? 불편하다면 나만 나중에 따로 먹을게요."

은호가 효정에게 개구쟁이가 재롱을 부리듯 응답한다.

"왜 이러세요? 저도 마음이 후덕한 분과 식사하는 게 참 편하고 좋아요. 조금도 불편하게 여기지 말고 저를 대해 주세요."

둘은 아침 식사를 하러 식탁에 마주 앉아 숨결을 가다듬는다. 구수한 밥과 매운탕의 냄새가 은호의 후각으로 감미롭게 파고든다. 신혼 초에 남편이 탔던 배가 풍랑으로 바다에 가라앉아 버렸다. 그래서 독신의 처지로 설움에 휘감겨 먹먹하게 지낸다고 들려준다. 재혼하고 싶었지만 거들떠보는 사내들이 없었다며 안타까운 마음을 하얗게 드러낸다. 출산 시기가 위태로워 재혼마저 포기했다면서 허허로운 한숨을 내쉰다.

해가 수평선을 요염한 장미처럼 선홍으로 물들이며 떠오를 무렵이다. 매물도의 선착장에서는 어선 세 척이 닻을 올리느라고 버둥댄다. 섬의 동쪽으로 3km 떨어진 어장으로 나가려는 판이다. 어제의 '남항호'에 이어 오늘은 '태양호'에 은호가 올라탄다. 어민들의 배를 번갈아 타면서 도우려는 측면이다. 선주의 외동딸인 26살의 영혜가 은호를 매혹적인 눈빛으로 반긴다. 서울의 미술대학을 졸업했지만 직장을 잡지 못해 아버지를 돕는다고 한다. 은호의 눈에 비친 영혜의 외모는 한없이 평범하다고 여겨진다. 조금이라도 관심이 쏠릴 정도의 외모는 아니라 생각된다.

하지만 영혜로부터는 사람의 영혼으로 파고드는 따스한 인간적인 흡인력이 느껴진다. 얼굴에는 구김살 없이 진솔하면서도 해맑은 표정이 남실댄다. 이런 성품이 그녀에게 호감을 갖게 만드는 요인이다. 은호가 섬에 도착하여 몇 번 영혜와 얘기한 적이 있다. 몇 번의 대화만으로도 은호가 자석으로 치닫는 바늘처럼 매혹될 정도다. 영혜가 은호에게 다가서며 말한다.

"어쭈, 이젠 차림새부터가 완전한 어부가 되었어요. 오늘 주낙에 물고기가 많이 잡혀야 될 텐데 걱정이군요."

은호가 살짝 고개를 기울이며 익살스럽게 말한다.

"정말로 어획량을 걱정하세요? 표정을 보니 말로만 걱정하는 것 같아요. 전혀 걱정하는 표정은 아니라고 느껴지거든요."

영혜가 흘깃 은호를 바라보더니 곧바로 응답한다.

"은호 씨는 언제부터 관상까지 보셨어요? 걱정하는 표정이 어디 따로 정해져 있나요?"

은호가 싱긋이 웃더니 심각한 표정을 짓느라고 이맛살을 찌푸린다. 어색한 표정의 은호를 영혜가 바라보더니 깔깔거리면서 말한다.

"어이구, 맙소사. 표정 연기를 하려면 좀 그럴듯하게 해야지 그게 뭐예요? 똥마려운 사람이 미처 똥을 못 눈 듯한 표정이거든요."

둘은 환한 미소를 나누며 얘기하다가 갑판 위의 장비를 바라본다. 주낙에서 잡힐 물고기를 담을 대형 고무 물통들이 줄지어 섰다. 어부의 삶이 물통에 투영되어 은호의 가슴을 자극한다.

바다에서 남실대는 물결은 호수처럼 잔잔하다. 남해의 특성이 새벽의 빛살처럼 선명히 드러난다. 한국의 바다 중에서는 나풀대는 비단결처럼 물결이 잔잔하다. 매물도에서 동쪽으로 3km의 지점으로 어선 세 척이 수면에서 미끄러지듯 도착한다. 거기에는 이틀 전에 설치해 놓은 주낙이 간들댄다. 세 척의 선주들이 주낙으로 조심스런 숨결로 다가간다. 영혜의 아버지인 52살의 철수가 녹색 부표까지 배를 접근시킨다. 녹색 부표에는 150m의 낚싯줄이 매달려 물결에 수줍음을 타며 간들댄다. 주낙이라 불리는 낚싯줄에는 40cm 간격마다 낚싯바늘이 꽂혀 있다.

철수가 양승기를 감아 돌린다. '윙' 하는 소리를 내며 양승기가 몸을 떨어댄다. 양승기를 통하여 주낙이 알몸을 드러내듯 수면으로 얼굴을 드러낸다. 한 가닥의 주낙에 375개의 낚시가 매달려 춤춘다. 바다에는 철수가 설치한 20가닥의 주낙이 간들댄다. 마침내 양승기를 따라 물고기가 파들대며 올라온다. 파드득거리는 물고기를 낚시에서 떼어 원형 물통에 던져 넣는다. 물고기들이 물통 속으로 던져질 때마다 물통의 포말이 허공으로 치솟는다.

낚시에 걸려 올라오는 어종을 은호가 살핀다. 노래미, 볼락, 도다리,

감성돔, 가오리, 넙치, 삼치 정도에 이른다. 그나마 낚시에 많이 걸리지 않은 셈이다. 주낙 한 가닥에 고작 20여 마리가 매달렸을 따름이다. 20가닥의 주낙을 거두어들여도 물고기는 400여 마리에 이를 따름이다. 어획량이 너무 줄어들었다며 철수와 영혜가 푸념을 허공으로 내쏟는다. 원형 물통에 담긴 물고기들이 나부대는 몸짓이 활기를 내뿜는다. 물통의 진동 소리가 안갯자락처럼 수면으로 퍼진다.

설치한 주낙을 거두어들인 뒤다. 철수가 새로운 주낙을 설치해야 한다고 들려준다. 그래야 새로운 물고기들이 주낙의 품으로 달려들게 된다고 일러준다. 철수가 배를 몰아 물고기가 잘 몰리는 장소로 이동한다. 배가 멈춰 섰을 때다. 은호는 마른 막대기를 써서 주낙을 천천히 물속으로 가라앉힌다. 주낙의 윗부분을 영혜가 부표에 매단다. 은호가 닻이 매달린 줄을 부표와 연결시켜 부표를 수면에 고정시킨다. 셋이 한 가족처럼 호흡을 맞춰 일한다. 바다에 주낙 설치 작업까지 마쳤을 때다. 함께 왔던 어선들도 작업을 끝내고는 고함을 질러댄다.

"작업 다 마쳤으면 돌아가자고."

"고기는 얼마나 잡혔어?"

선주들의 나이는 다들 비슷하여 서로 말을 놓는 처지다. 함께 왔던 두 척의 배가 통영으로 돌아가기 시작한다. 철수도 배를 돌려 통영으로 향한다. 세 척의 배가 비슷한 시기에 통영으로 내달린다. 통통거리는 어선들의 엔진 소리가 수면을 아늑하게 다독거린다. 통영의 항구에는 수협 위판장이 깔려 있다. 잡힌 물고기들을 거기에서 경매로 처분해야 한다.

마침내 매물도에서 뱃길로 30km 떨어진 통영 항구에 도착한다. 항구의 수협 위판장에 도착한 뒤다. 거기서도 작업이 만만치 않다. 잡힌 물고기들을 어종별로 신속히 분류해야 한다. 분류했던 물고기들도 크기별로 다시 분류해야 경매장에 들어서게 된다. 이 절차를 거치는 데에 꼬박 두 시간가량이 소요된다. 작업을 마칠 때까지 기다리던 수협 직원이 다가와 번호표를 나눠준다. 그러고는 거간꾼이 나타날 때까지 순번을 기다리라고 들려준다. 얼마를 기다리니까 거간꾼이 경기장에 들어서는 선수처럼 당당하게 경매장에 나타난다.

그러고는 둘러싼 장사꾼들과 구매자들을 향해 경매를 시작한다. 경매장에만 들어서면 경매는 금세 끝이 난다. 경매가 끝나자 인파가 썰물에 밀리는 해조류처럼 일제히 흩어진다. 수협 직원에게 위판장 수수료를 지불하고는 철수 일행이 위판장에서 물러난다. 철수가 지난해에 비해 소득이 작아졌다고 밝힌다. 근원적으로 물고기가 적게 잡힌 탓이라고 은호에게 일러준다.

세 가구의 사람들이 경매 절차를 마친 뒤다. 귀가할 때는 각자 배를 몰아 떠난다. 두 이웃이 배를 몰고 떠난 뒤다. 철수가 은호에게 일당을 지급하겠다고 말한다. 철수의 고마워하는 마음이 풍성하게 실려 은호에게로 밀려든다. 은호는 공무원이라서 일당은 받지 못한다고 응답한다. 철수가 사정은 이해한다면서도 미안한 표정을 감추지 못한다. 그러면서 식사를 함께 하자고 제안한다. 은호가 선뜻 미소를 지으며 철수와 영혜를 따라간다. 매운탕 전문의 음식점에 들어가 단출한 식사를 함께 한다. 식사를 하되 부담이 없어야 한다는 은호의 의견이 반영되었다.

식탁에 셋이 둘러앉아 소주 한 병을 시킨다. 단출한 식탁이지만 내뿜기는 분위기에 정감이 실려 나풀댄다. 철수가 은호의 술잔에 술을 채우고는 입을 연다.

"제대로 품값을 드려야 하는데 법이 그렇다니까 할 수 없군요. 대신에 마음 편히 음식과 술을 들면서 얘기를 나눕시다."

은호도 철수의 술잔에 술을 채운다. 그러고는 영혜의 술잔에도 술을 채운다. 영혜의 입가에 수줍은 미소가 선홍의 복사 꽃잎처럼 번져 흐른다. 셋이 매운탕을 들면서 술잔을 나눈다. 철수가 은호를 향해 천천히 입을 연다. 은호가 철수의 얘기에 귀를 기울인다.

오늘 잡힌 물고기에는 예전에 안 보이던 어종이 들어 있다. 난대성 심해 아귀라는 어종이다. 이 물고기는 일본과 대만 지역의 난류에 서식하는 어종이다. 그런데 작년 가을부터 주낙에 걸려 올라오기 시작했다. 심해 아귀는 주변의 물고기를 잡아먹는 육식성 어종이다. 매우 공격적이어서 같은 어종끼리도 서로 잡아먹는 무리들이다. 이들이 주낙에 걸려들면서부터 어획량이 평소의 기준량 아래로 곤두박질쳤다. 이들이 열대를 이탈하여 북쪽 바다를 헤매는 원인이 궁금하다고 한다. 수온 상승도 원인이 되겠지만 다른 요인도 많을 거라고 강조한다.

철수의 얘기를 들으면서 은호는 안개에 잠긴 미궁을 떠올린다. 심해 아귀의 이동 경로가 미궁처럼 신비롭게 여겨지기 때문이다. 현아에게 아귀의 이동 경로를 조사해 달라고 의뢰할 작정이다. 현아는 학과 동기생으로서 해양과학기술원의 여성 연구원으로 근무하고 있다. 평소에 절친한 관계였기에 협조를 잘해 주리라 여긴다. 한편으로는 수산과학원의 친구인 용태에게도 도움을 청하리라 마음먹는다. 심해 아귀의 생존 환경과 천적이 무엇인지도 알려달라고.

셋이서 음식점을 나와서는 곧장 배를 몰아 매물도로 되돌아간다. 달리는 갑판에 서서 영혜가 은호를 바라보며 생각에 잠긴다. 심지가 굳건하며 당당한 풍도의 청년이라는 생각이 영혜에게 밀려든다. 한나절을 함께 일하면서 바라본 청년의 인상이 각별하다. 어떤 순간에서나 그의 얼굴에서는 맑은 미소가 구름송이처럼 피어오른다. 혹시 애인이 있느냐고 영혜가 스치는 듯 가볍게 묻는다. 그랬더니 은호가 아직은 없다고 명확하게 대답한다. 그녀한테도 애인은 없다고 응석을 부리듯 은호에게 밝힌다. 그러면서부터 영혜의 가슴에 그리움의 파동이 일기 시작한다.

영혜는 빠른 시일 내에 은호를 개별적으로 만나야겠다고 작정한다. 그리하여 은호의 마음을 파악한 뒤에 연인이 되기를 꿈꾼다. 영혜의 생각으로는 윤주가 연적이 될 가능성이 크다고 여겨진다. 뜸들이다가는 윤주한테 은호를 빼앗길지도 모른다는 불안감이 밀물처럼 밀려든다. 윤주가 다가서기 전에 영혜가 먼저 은호에게 말미잘처럼 달라붙겠다고 작정한다.

어느새 바다에는 햇살이 별빛처럼 떨어져 반짝인다. 배가 매물도에 닿은 후에 은호는 철수 부녀와 작별한다. 등을 돌려 해남장으로 향하는 은호를 뒤쫓는 영혜의 눈빛이 흔들린다.

영혜의 가슴에 파동이 일기 시작한 지 사흘이 흐른 뒤다. 저녁나절에 느닷없이 은호의 휴대전화가 울린다. 귀에 갖다 대니 주태의 목소리가 샘물처럼 흘러든다. 매물도의 남쪽 해상에서 가두리 양식장을 운영하던 주태가 통곡을 해댄다. 그의 목소리에 처절한 슬픔이 핏빛의 빛살처럼 흩날린다. 주태는 은호보다 두 살이 많은 마을 청년이다. 학교를 졸업한 뒤로 마을에서 정착한 사내다. 은호와 두어 번 만나 술잔을 나눈 뒤부터는 친구로 지낸다. 은호가 주태한테로 달려가 영문이 무엇이냐고 묻는다. 예상치 못했던 적조로 물고기를 잃었다며 울부짖는다.

5년간 키웠던 3만여 마리의 물고기가 떼죽음을 당했다며 통곡한다. 사내의 울음에 그처럼 처절한 슬픔이 녹아있으리라고는 예측하지 못했다. 주태의 슬픔이 누그러졌을 때다. 은호가 주태를 마을의 음식점으로 데리고 가서 식탁에서 마주 앉는다. 둘이 술잔에다 세상의 슬픔을 죄다 용해시키듯 마음으로 대화를 나눈다. 그러고는 이튿날 아침에 만나자면서 서로 헤어진다.

선착장 부근의 음식점에서 주태와 헤어져 은호가 발걸음을 옮길 때다. 느닷없이 맑은 음색의 젊은 여인의 목소리가 은호의 귓전으로 날아든다. 무척 운치 있는 선율의 목소리라 여겨진다.

"오늘은 석양이 너무나 아름다워요. 어유도로 건너가서 석양을 마음껏 감상하고 싶거든요. 저랑 함께 가 주실래요?"

선착장에서 영혜가 거룻배를 탄 채로 은호에게 말한다. 영혜는 거룻배를 잘 젓는 여인으로 알려져 있다. 매물도에서 어유도까지는 뱃길로 650m의 거리다. 20분가량이면 충분히 닿는 거리다. 금세 거룻배는 어유도의 남단에 도착한다. 어유도는 폭이 300m이며 길이가 600m인 무인도다. 평평한 지형을 골라 둘이 석양을 향해 나란히 앉는다. 어유도의 평평한 공간으로 석양의 불타는 햇살이 따갑게 날아내린다. 은호가 어유도에서 바라보는 석양은 온통 자줏빛으로 나풀댄다. 하늘을 뒤덮은 자줏빛의 색조와 바다에서 남실대는 분홍의 색채가 몽환적이다.

영혜가 정감이 실린 그윽한 눈빛으로 은호를 바라보며 말한다.

"오늘따라 빛살이 솜털에 떨어진 불길처럼 따사롭게 느껴지네요. 가만히 있으면 우리의 옷마저도 다 타 버릴 것 같아요."

영혜가 구사하는 언어가 몽환의 세계를 어루더듬는 불길처럼 느껴진다. 은호의 몸이 그냥 허공으로 붕 날아오를 듯한 기분마저 든다. 영혜의 어떤 말도 환상 세계의 신비한 선율로 느껴질 정도이다. 자칫 방심하다가는 영혜 앞에서 구애를 위해 무릎을 꿇을 지경이다. 은호는 환상의 늪에서 벗어나려 안간힘을 쓴다. 몽환적인 분위기에 이끌려 운명을 결정할 수는 없는 일이라 여긴다. 하지만 영혜의 매혹적이며 단아한 목소리가 은호의 영혼마저 뒤흔들려고 한다. 그러면서 먹구름을 꿰뚫는 번갯불처럼 매서운 위세로 귓전을 흔들어댄다.

"은호 씨, 가식을 떨쳐 버리세요. 제가 좋으면 그냥 제게 고백하세요. 고백하는 게 그렇게 힘드세요? 그렇게 힘들게 버둥거리면서까지 마음과 달리 행동하고 싶으세요? 제가 그대 곁에서 그대를 영원히 행복하게 해 드릴게요. 부디 양심의 거울에 비추어 행동하세요. 그래야만 영원히 후회하지 않을 거예요. 그렇게 여기지 않으세요?"

이제 은호는 영혜만 바라봐도 그만 전신이 녹아 버릴 듯하다. 영혼이 녹아서 그녀가 시키는 대로 뭐든지 할 듯한 기분이다. 하지만 은호에게는 몽환적인 분위기가 영 마음에 들지 않는다. 사람의 마음을 여는 당당한 방식이 아니라는 관점 때문이다. 한참을 버둥거리다가 울 듯한 표정으로 은호가 영혜에게 속삭이듯 말한다.

"영혜 씨, 이런 몽환적인 분위기는 제 마음에 들지 않아요. 당당함이 결여된 분위기라 여겨지기 때문입니다. 서운하시겠지만 이젠 섬으로 돌아갑시다. 너무나 속이 더부룩하여 조금만 더 지체한다면 구토가 일어날 지경입니다."

은호의 말에 영혜의 눈가에서 눈물이 샘물처럼 방울방울 흘러내린다. 그러더니 영혜가 냉기가 실린 듯 날이 선 목소리로 말한다.

"결국은 제가 마음에 안 든다는 얘기이잖아요? 대관절 저의 어떤 점이 마음에 안 드는지 말해 주시겠어요? 정말 속이 상하지만 꼭 듣고 싶어요."

영혜의 말을 듣자 은호의 가슴에 스산한 기류가 소용돌이치며 밀려든다. 날숨을 내뱉듯 간단히 설명할 상황이 아니라 여겨진다. 최대한 마음을 추스르며 호소하듯 응답한다.

"영혜 씨는 훌륭한 분이에요. 저와는 비교하지도 못할 정도로 말입니다. 다만 서로가 좋아하는 기준과 취향이 다를 뿐이라 생각해요. 결코 영혜 씨한테 무슨 단점이 있어서가 아닙니다. 제 말 이해하시겠죠? 절대로 오해하지는 말아주셨으면 해요. 예전처럼 그냥 좋은 친구로 지내면 안 될까요? 이게 제 순수한 마음입니다."

은호의 말을 듣자 어깨까지 들먹거리며 영혜가 흐느낀다. 무슨 몹쓸 짓을 한 사람처럼 은호의 표정이 처참하게 일그러진다. 영혜의 슬픈 감정이 누그러들 때까지 은호는 해변을 서성거린다. 이윽고 영혜가 마음을 추스르더니 배에 올라타라고 은호에게 말한다. 둘은 착잡한 심정으로 거룻배를 몰고 매물도의 선착장으로 돌아온다. 선착장에 내릴 무렵에는 친구로서의 관점을 이해하고 악수를 나누며 작별한다. 그러고는 그들의 거처를 향해 발걸음을 옮긴다. 그들의 발걸음마다 애절한 여운이 깃털처럼 흩날려 허공에서 남실대는 듯하다.

이튿날 아침 식사를 한 뒤다. 은호가 주태의 양식장에 도착한다. 기다리고 있던 주태가 은호에게 양식장의 곳곳을 보여준다. 상상했던 것보다 어마어마한 물고기 떼라 은호가 숨이 막힐 지경이다. 그 많은 물고기가 저승의 공간을 뒤덮듯 물 위를 뒤덮는다. 우럭과 도다리가 대부분이다. 양어장 밑바닥에 쌓인 배설물에 은호의 시선이 꽂힌다. 짙은 흑색이면서도 굵직굵직한 배설물이다. 은호가 안타까운 기류에 휘말려 배설물을 바라보다가 주태에게 묻는다.

"양식어의 배설물들이 다 이래? 색깔이 까맣고 이렇게 큼직하면서도 동글동글해?"

잠시 생각에 잠긴 표정을 짓다가 주태가 말한다.

"아냐. 내가 5년간을 지켜봤지만 이런 배설물은 처음 봐."

은호는 소량의 배설물을 플라스틱 병에 옮겨 담는다. 배설물이 담긴 플라스틱 병은 택배로 부산의 수산과학원으로 보낼 작정이다. 수산과학원에는 친구인 용태가 선임 연구원으로 일하기 때문이다. 용태는 열정적인 연구원으로서 세계가 인정하는 빼어난 과학자다. 매물도에 드나드는 여객선의 선장에게 수산과학원으로의 택배 우송을 부탁할 작정이다. 용태로부터 분석 결과를 받고 나서 대책을 세울 작정이다.

양어장을 둘러보는 사이에 시간이 물결처럼 흘러 점심나절이 되었다. 은호와 주태가 선착장 음식점의 식탁에서 근심을 털어내며 마주 앉는다. 식사하면서 은호가 주태에게 포근한 기운이 실린 음색으로 말한다.

"확실히 양식장에 쌓여 있던 배설물이 수상해. 배설물에 대한 성분 분석이 이루어지면 해결책이 보일 듯해."

주태가 세상의 슬픔을 다 안은 듯 처량한 기색으로 말한다.

"그래, 그처럼 노력하는 네가 무척 대단하다고 생각해. 하지만 나는 너무 슬퍼. 5년간 노력한 실체가 다 무너져 버렸잖아? 이제 어디 가서 회생의 길을 찾아야 할지 모르겠어. 차라리 내가 미쳐 버렸으면 좋겠어. 도저히 맨 정신으로는 세상을 살아가지 못할 것 같아."

은호가 주태의 등을 두드려 가슴에 용기의 불길이 치솟게 돕는다. 누구한테나 가슴 저미는 시련은 있기 마련이라고. 머지않아 학처럼 창공으로 날아오르게 되리리라고 격려한다.

주태와 헤어져 돌아오면서 은호가 선착장으로 허허롭게 발걸음을 옮긴다. 양어장 배설물이 음험한 신색으로 드러누운 포장된 상자를 들여다본다. 이윽고 거제도로 나가는 여객선의 선장에게 택배를 부탁한다. 택배는 수산과학원의 용태에게 배달되어 치밀하게 분석될 예정이다.

주태를 방문하고 돌아온 지도 나흘이 성큼 흐른 시점이다. 아침에 자리에서 일어날 무렵이다. 잠결에 이장이 방송하는 목소리가 귓전으로 은밀한 안갯자락처럼 흘러든다.

"동민 여러분께 알립니다. 긴급한 일이 발생했습니다. 방송을 듣는 즉시 모두 회관으로 나와 주세요."

잠자리에서 일어나자마자 허공을 날듯 회관으로 달려간다. 회관 입구에는 동민들이 대부분 모여 서서 구시렁거린다. 짜증스런 목소리들이 하수구의 냄새 나는 기포들처럼 치솟는다.

"아, 대체 무슨 일이 생긴 거야?"

"피곤해 죽겠는데 새벽부터 사람의 잠을 깨워?"

"도대체 뭔 일이여?"

회관은 최근에 국고의 지원을 받아 건립되었다. 2층 건물에 이천여 명이 앉을 공간이 확보된 건물이다. 50여 명의 주민들이 자리에 앉았을 때다. 이장이 단상에서 불기를 내뿜듯 입을 연다.

"육지로부터 방금 전해받은 긴급 연락입니다. 무장을 한 일본 어선과 중국 선박들이 매물도로 접근한답니다. 아마도 매물도에 내려 노략질을 하리라 예측된다고 했어요. 그래서 우리 주민들은 공동 방어 대책을 세워야 합니다."

24

이장의 말이 끝났을 때다. 의자에 앉았던 사람들이 웅성거리며 개구리처럼 떠들어댄다.

"여기는 군대도 없고 경찰도 없잖아? 우리한테 무슨 힘이 있다고 대책을 세워?"

"평소에는 가만히 있더니 일이 터지니까 지랄들을 하고 야단이야."

이장도 불기운에 휩쓸리듯 엉겁결에 주민들을 소집만 했을 따름이다. 이런 눈치를 챘음인지 회관에는 떠드는 소리가 물이 끓듯 들끓는다. 은호가 전화로 통영 해양경찰서에 나지막한 목소리를 날린다. 해상안전과의 발신기에서 이장을 바꿔 달라는 교신음이 날아내린다. 이장이 부산의 해양경찰청으로부터 교신한 내용을 풋풋한 안개처럼 내뿜는다. 해양경찰서에서는 곧바로 조처하겠다면서 전화를 끊는다. 결기가 섬광처럼 느껴진다.

실내에 잠시 정밀이 밀려들었을 때다. 이장이 주민들을 향해 입을 연다.

"부산의 해양경찰청에서는 주민들한테 대책을 세우라고 연락했어요. 통영의 해양경찰서에서는 곧바로 조처를 취해 주겠다고 했어요."

그러자 사방에서 또 다시 소요가 들끓는다.

"대책은 무슨 대책이 있다고 그래?"

"조처는 무슨 조처를 취해? 주둥이만 나불거리겠지?"

하수구 속에서 치솟는 거품처럼 사람들이 회의실에서 일어나 바깥으로 몰려간다. 은호도 사람들의 물결에 휩싸여 회관에서 벗어난다. 그러면서도 영문을 알 수 없다고 여긴다.

반시간이 경과되었을 때다. 남동 방향에서 일곱 척의 어선들이 매물도로 다가선다. 몇 분이 지나자 이번에는 남서쪽에서 여덟 척의 어선들이 몰려든다. 섬의 주민들이 섬의 산자락에 모여서 몰려드는 선박들을 굽어본다. 선박들이 몰려들어 섬 주변의 어장으로 달려간다. 그러더니 물 위에 뜬 부표를 짓이기며 몽둥이를 휘두른다. 그러자 부표에 매달렸던 주낙들이 끊겨 나간다. 한 마디로 어장을 엉망진창으로 만들기 시작한다. 그러자 마을 주민들이 격분해서 여기저기서 고함을 내지른다. 주민들의 분노가 솜털에 점화된 불길처럼 화르르 치솟는다.

하지만 무장한 어선들임을 떠올리자 주민들이 슬그머니 입을 다문다. 주민들은 어장의 설치물이 파손되는 것을 보면서 치를 떤다. 저마다 얼굴에 분노가 짙게 깔려 금세 폭발할 기색이다. 금세 무너질 토담을 올려다보는 듯한 분위기에 주민들의 표정이 굳는다.

"뚜우 뚜우우우!"

느닷없이 경적 소리가 해상을 뒤덮더니 경비정 두 척이 다가온다. 경비정이 닿기 전에 방송 소리가 해면을 휩쓸고 빛살처럼 흩어진다.

"어구를 파손하는 행위를 즉시 중단하라. 그렇지 않으면 전원 나포하겠다."

강력한 힘이 실린 방송 목소리가 해상을 뒤흔든 직후다.

일본 어선들과 중국 어선들이 일제히 달아나기 시작한다. 그제야 주민들이 정신없이 선착장으로 달려 내려간다. 경비정 두 척이 매물도 주변을 반시간에 걸쳐서 순회한다. 혹시 달아나던 어선들이 되돌아올 경우에 대비한 조처라고 여겨진다.

순회를 마친 뒤다. 경비정이 부두에 정박하여 해경들이 배에서 내려선다. 주민들이 일제히 박수갈채로 해경들을 격려한다. 해양경찰들이 이장을 비롯한 마을 주민들한테 말한다.

"오전에 행패를 부린 선박들의 출발 거점이 확인되었어요. 중국 상해와 일본 대마도의 우기(芋崎)항에서 온 어선들입니다. 해경에서도 대비를 하겠지만 마을에서도 자구책을 좀 세워주세요. 사전에 발견하고 신속하게 연락해 주세요. 그러면 우리도 최선을 다해 출동하겠습니다."

경비정이 돌아간 뒤다. 선착장의 주민들이 나부끼는 구름송이처럼 흩어진다. 철수와 영혜의 모습도 은호의 눈에 밀려든다. 은호와 영혜의 시선이 마주쳤을 때다. 영혜가 반가운 눈빛으로 은호를 향해 손을 번쩍 든다. 은호도 환히 웃으며 팔을 들어 올려 응답한다. 순수한 친구로서의 반가움이 담긴 눈빛이 서로에게 오간다. 영혜와 은호가 맑은 미소를 띠며 헤어진 뒤다.

주머니에서 휴대전화가 크게 울린다. 수산과학원의 용태의 목소리가 흘러든다.

"네가 보내준 양어장의 배설물을 분석한 결과를 알려줄게. 서류가 아닌 말로 해도 되겠지? 양어장의 오물에서 흡착성 아귀의 배설물이 다량으로 검출되었어. 아귀의 배설물을 조류들이 섭취하고는 급격히 불어났던 모양이야. 그래서 적조가 발생하여 양어장이 피해를 입은 거였어. 그런데 누군가 의도적으로 아귀들의 배설물들을 흘려보낸 정황이 드러났어."

용태와 통화를 끝낸 뒤다. 누군가 의도적으로 아귀의 배설물을 바다에 살포했다니? 적조마저도 의도적으로 발생시켰다는 결론이 아닌가? 생각할수록 의문이 들끓었지만 다음에 연락하겠다며 용태가 전화를 끊는다. 아쉬움으로 마음이 들끓었지만 재차 연락이 올 때까지 기다리기로 한다. 답답한 가슴을 외면하며 궁금증이 은호의 머릿속에 여유롭게 드러눕는다.

당장 오전에 할 일의 방향이 정해진 느낌이 든다. 수중의 상태도 알아볼 필요가 있다고 생각한다. 생각이 여기에까지 미칠 때다. 섬에서 전문 잠수부들을 찾아보기로 한다. 그들에게 작업 시간만큼 일당을 지불할 것을 과장에게 제안한다. 과장은 휴대전화로 흔쾌히 수용하겠다고 응답한다. 과장의 격려는 은호에게 새로운 추진력의 파동을 일으킨다.

일단 마을의 주민인 주태를 만나 봐야겠다고 여긴다. 아침 식사를 마치고는 곧바로 주태의 집을 찾아간다. 주태의 집은 양식장에서는 1km가량 떨어진 해변에 있다. 집으로 들어서니 주태가 반갑게 은호를 맞는다.

외국 어선으로부터 피해를 입은 어장의 손실 상태를 파악해야 한다. 피해의 장막이 어디에까지 드리워졌는지를 면밀히 파악해야 할 처지다. 그래서 잠수부 2명을 찾아 수중을 탐색할 작정이다. 섬에 전문 잠수부가 있는지부터 알아보려고 한다. 은호가 주태에게 입을 열었을 때다. 주태가 섬에는 전문 잠수부가 딱 2명이 있다고 들려준다. 주태 자신과 그의 친구인 선종이 있다고 일러준다. 그들의 지원이 필요한 곳이면 언제든 기꺼이 도우리라고 들려준다.

이야기를 어느 정도 나눈 뒤다. 주태가 선종에게 전화를 건다. 잠시 후에 선종이 주태의 집으로 오기로 한다. 지도를 꺼내 어장 주변에 대한 이야기를 나눈다. 피해당한 어장은 매물도 북쪽 부분의 어장이다. 진입할 때부터 외국 어선들을 주민들이 지켜봤다는 사실이 다행스러웠다. 외국 어선들이 다녀간 장소가 구체적으로 밝혀졌기 때문이다.

"톡 톡톡!"

출입문 두드리는 소리가 나더니 잠시 후에 낯선 청년이 들어선다. 얼핏 은호의 눈에 비친 청년은 은호 또래로 여겨진다. 주태로부터 소개를 받고 보니 예측했던 대로 은호와 동갑인 청년이다. 지방 수산고를 졸업한 뒤로 어업에 종사하기로 했다고 밝힌다. 청년이 자신의 이름을 선종이라고 밝힌 뒤다. 동갑임을 확인하자 은호와 선종이 서로 말을 놓고 지내기로 한다. 셋은 금세 한 마음이 되어 지도를 들여다본다. 선종이 합류하자 탐사 계획에 활력이 실린다.

바다 밑바닥을 2시간 동안 세밀하게 관찰하기로 한다. 만약 낯선 퇴적물이 보이면 채취해 올라오기로 한다. 한동안 치밀한 계획을 세운 뒤다. 셋은 천천히 장비를 갖춰 매물도 북쪽의 어장으로 간다. 장중한 위세로 좀체 드러내지 않으려던 속살을 바다가 드러내려는 시점이다.

셋이 철수가 모는 어선을 타고 어장으로 달려간다. 엔진 소리가 높아지면서 배는 어장을 향해 내달린다. 연신 시퍼렇게 굽이치는 바닷물이 뱃전을 휘감는다. 일행을 실은 배가 이윽고 어장에 도착한다. 어장이라고 해야 특별히 눈에 식별되는 영역도 아니다. 사방이 넓게 트인 바다일 따름이다.

이윽고 주태와 선종이 물속으로 뛰어들기 직전이다. 그들의 손에 들린 수중 카메라에 열정이 실려 꿈틀댄다. 광막한 해저를 촬영할 의도에서다. 20여 분간 수중 촬영을 하고는 둘이 갑판 위로 올라선다. 10분간 휴식하고는 연이은 작업의 물결에 뛰어든다. 촬영된 동영상 자료는 은호의 휴대용 컴퓨터에 옮겨진다. 해저의 풍경을 토해내는 컴퓨터 화면에서는 특이한 점이 발견되지 않는다. 주태와 선종이 잠수할 때에 배에서는 물고기 회가 장만된다. 싱싱한 노래미는 미리부터 준비되었다. 주태와 선종이 잠수하다가 휴식할 때마다 노래미 회가 별미로 제공된다.

10분간 쉴 때에 넷이서 노래미 회를 초장에 찍어 먹는다. 세 차례를 더 물속에 뛰어들어야 할 주태와 선종이다. 그들은 에너지를 비축하면서 노래미 회를 천천히 맛본다. 그러고는 시간에 맞춰 물속으로 뛰어든다. 어느새 시간이 흘러 잠수한 지 2시간이 지났다. 일행은 뱃머리를 돌려 선착장으로 향한다. 철수가 배를 몰자 컴퓨터가 저장된 해저의 장면을 토해 낸다. 컴퓨터에서는 사방으로 내뻗은 광막한 해저의 지형이 펼쳐진다. 시커먼 개흙과 자갈 이외의 특별한 것은 보이지 않는다.

하지만 은호는 촬영되어 저장된 화면을 반복해 들여다보며 생각에 잠긴다.

'외국 어선들이 어장에 무슨 장난을 쳤는지를 모르겠어. 절대로 그 많은 배들이 까닭 없이 되돌아가지는 않았을 거야. 화면의 영상 자료를 통해 찾아내야만 하는데 만만치 않군.'

주태와 선종도 영상을 통해서는 특이한 점이 드러나지 않았다고 말한다. 세 청년들이 거듭 컴퓨터의 화면을 반복하여 들여다볼 때다. 배는 출렁대는 바다에서 벗어나 매물도의 선착장에 포근히 다가선다. 일행이 배에서 내린 뒤다.

마을 회관에서 이장이 방송하는 목소리가 실연기처럼 섬에 내리깔린다.

"주민 여러분께 알립니다. 자주 방송을 하게 되어 미안합니다. 하지만 오늘 아침에 보셨듯이 섬에 위기가 발생했습니다. 다들 저녁 6시에 회관으로 모여 주기 바랍니다."

동일한 내용의 방송이 두 차례 공지된 뒤다. 철수와 청년들 셋이 헤어지면서 저녁에 만나자고 말한다. 이들의 눈빛에 잠시 궁금증이 실렸다가 이내 스르르 내풀린다.

은호는 일행과 작별하고는 숙소인 여관으로 들어선다. 휴대용 컴퓨터의 충전기를 벽의 소켓에 꽂는다. 그러고는 벽에 기대어 눈을 감고 생각에 잠긴다.

'오늘 밤에 이장이 주민들을 불러 모으는 이유는 뭘까? 혹시 수산청에서 추가로 무슨 연락이 온 걸까?'

은호가 골똘히 생각에 잠겨 있을 때다. 주머니에서 휴대전화가 울린다. 귀에 갖다 대니 호준의 목소리가 흘러든다.

"오늘 저녁에 매물도 회관에서 모임이 있다면서? 나도 과장으로부터 연락을 받았어. 너한테로 가서 의견을 모아 보라고."

알았다고 대답을 하고는 휴대전화를 주머니에 넣는다. 시간을 헤아려 보니 집결 시각까지는 여유가 있다고 판단된다. 호준은 비진도에서 은호와 비슷한 역할을 담당하고 있다. 호준과는 동갑이면서 학과 동기라서 무척 친한 편이다.

은호가 생각에 잠겨 근래의 상황에 대해 가닥을 잡는다. 어장에서 낚아 올리는 물고기의 양이 줄어든 것이 확실하다. 마을 사람들의 말뿐만 아니라 수산과학원의 자료에서도 확연히 드러난다. 은호는 벽에 기대어 눈을 깜빡이면서 원인을 밝힐 대책을 세운다. 조금이라도 정신을 집중시켜 일을 조기에 마무리 짓겠다고 마음을 먹는다. 일단 일에 착수하면 성의 있게 일해야 한다고 생각하는 은호다.

생각에 잠긴 은호의 머릿속으로 문득 과거의 상념이 물결처럼 밀려든다. 한 달 전인 지난 4월 초순의 일이었다. 직장 생활을 시작한 지 한 달이 지났을 무렵이었다. 서류를 발급받으려고 출신 대학인 부산의 해양 대학교에 들렀을 때다. 학생처가 있는 본관 1층에서였다. 누군가 등 뒤에서 은호를 불렀다. 은호가 고개를 돌려 바라보니 현아가 손을 들어 보였다. 현아와는 입학 동기생으로서 학과도 같았기에 함께 공부했다. 현아는 대학원 과정을 거쳐서 미국에서 해양학 박사학위를 취득했다. 그러고는 해양과학기술원에 자리를 잡으면서부터 부산을 떠났다.

그랬는데 모교에 자료를 열람할 일이 있어서 들렀다고 은호에게 말했다. 볼일을 마치고 돌아가려다가 눈에 익은 사내의 뒷모습에 멈췄다고 했다. 그래서 둘이 그날 오랜만에 교정에서 만났다. 모처럼 오랜만에 만났는데 부근의 봉래산을 오르자고 현아가 제안했다. 대학을 4년간 다니면서도 봉래산에는 오른 적이 없었다고 했다. 은호도 생각해 보니 봉래산을 오른 기억이 없었다. 봉래산은 영도의 지붕에 해당하며 해발고도가 395m라고 알려진 산이었다.

산야에 진달래가 물결칠 무렵이어서 감흥으로 가슴이 벅차리라 여겨졌다. 그래서 봉래산 남쪽의 태종대 중학교 뒷산 길부터 오르기로 작정했다. 그래서 봉래산 정상을 거쳐서 북동쪽의 선광사 뒷길로 내려가기로 했다. 산행 거리를 헤아려 보니 2.4km에 이르렀다. 은호가 현아의 신발을 흘깃 바라보았다. 갓 산 깔끔한 운동화라 여겨졌다. 공교롭게도 둘 다 운동화 차림새라 산을 오르기에는 안성맞춤이라 여겨졌다. 차림새부터 둘에겐 공감대가 형성되는 분위기였다.

이윽고 둘은 태종대 중학교 뒷산 길에 나란히 들어섰다. 등산객들에 의해 등산로가 예전부터 잘 다져진 상태였다. 흐르는 구름 조각처럼 산행객들이 틈틈이 지나다녔다. 둘이 산을 함께 오르는 순간부터 가슴에 기대감이 밀려들었다. 단순한 학과 동기였을 따름이었지만 마음으로 통하는 우정은 각별한 처지였다. 상대가 이성으로 비치지 않아도 청정하고 단아한 자태가 아름답게 느껴졌다. 이성으로부터 느끼는 체향과는 다른 청정한 기류가 둘의 가슴을 어루더듬었다.

산자락 곳곳에서 진달래가 피어 바람결에 물결처럼 나부꼈다. 연분홍의 고운 색조가 바람결에 나부끼면서 애틋한 파동으로 남실대었다. 남녀가 산을 오르다가 바람결에 나부끼는 꽃잎에 넋을 잃을 정도였다. 미풍에 간들대는 진달래의 꽃잎이 연신 둘의 시선을 매혹시켰다. 산을 오르기 전에 남녀는 둘 다 애인이 없음을 확인했다. 그랬기에 둘은 연정의 불길에 점화될지도 모르리라는 기대감을 지녔다. 미세한 가능성이라도 비치면 흔쾌히 몸을 던질 작정이었다.

묘한 일은 진달래를 대하는 남녀 마음의 기류였다. 현아가 진달래를 바라보며 떠올린 생각은 허탈감이었다. 동갑의 친구들은 대학교만 들어가면 사방에서 남학생들이 몰려들어 난리였잖은가? 하지만 그녀한테는 누구 하나 연정 비슷한 농담조차 건네지 않았다. 4년 동안 대학을 다녔어도 어느 누구도 눈길조차 주지 않았다. 친구들은 풋풋한 이성의 체향에 휘감겨 실신하듯 환희의 비명을 내질렀다. 온 우주가 그들을 축하한다고 여기며 광란하듯 세상을 누비고 다녔다. 싱그럽고 풋풋한 젊음 자체마저 우주의 축복이라 여겼다. 그랬는데도 현아만 고독에 잠겼다.

이런 현상을 떠올리자 현아의 자존심이 발기발기 찢기는 느낌이었다. 은호마저 괘씸한 사내라는 생각이 파고들었다. 애인도 없으면서 그녀한테 눈길조차 주지 않았다니! 생각할수록 울화통이 치밀어 올랐다. 섬세하게 나부끼는 진달래의 파동으로 가슴을 떨며 현아가 말했다.

"너한테 대학 다니는 도중에는 애인이 있었니? 아니면 대학 내내 애인이 없었니? 우스꽝스럽게도 내겐 그게 궁금하게 여겨진다. 진솔하게 대답해 줄 수 있겠니?"

진달래를 들여다보던 은호도 허탈감이 들끓는 목소리로 응답한다.

"나한테는 대학 다니는 자체가 커다란 모험이었어. 아버지는 내가 고등학생이었을 때에 해난사고로 돌아가셨거든. 경작지 하나 없는 어머니가 조개를 캐어서 생계를 이었어. 고등학교에서 피눈물 나게 노력했어. 일단 국립대학에만 합격하면 자력으로 해결하겠다고 마음먹었어. 그런데 운이 좋게도 합격은 되었어. 헤쳐 나갈 길이 먹구름 속에 갇힌 듯 막막했어."

현아가 은호의 말을 무 자르듯 싹둑 자르며 대꾸한다.

"그래서 네가 입시 학원에 머물면서 강사가 되었다고 했잖아? 원장이 너를 잘 봐서 숙박시키면서 강사료도 듬뿍 주었다고 했잖아? 그 자체가 대학을 헤쳐 나갈 기반이 된 거잖아? 거기에다가 무슨 말을 덧붙이고 싶니?"

은호가 다소 짜증이 난 듯한 목소리로 말을 잇는다.

"상대의 얘기를 끝까지 듣지도 않고 말해 버리면 어쩌란 말이니? 말이 학원 강사이지 언제 내쫓길지 모르는 불안한 신세였어. 학원 사정이 좋으면 괜찮은데 학생 수가 줄어들면 내쫓기기가 십상이었어. 마치 살얼음을 밟는 듯한 나날이었어. 그런 처지에 있던 내 가슴에 연정이 일어났겠니? 당시에 내겐 사랑이란 완전한 사치스런 영역으로 여겨졌어. 이런 처지였기에 내게는 여학생들이 완전히 관심 밖의 인물이었어. 이제는 내 심정 이해하겠니?"

현아도 매우 허탈한 표정으로 은호를 향해 말했다.

"네가 지금 나한테 한 말을 예전에 나한테 들려주었어? 한 번도 없었잖아? 네가 말하지도 않은 사정을 누가 알겠어? 나한테 진솔하게 얘기했다면 우리는 애인이 되었을지도 모르잖아?"

은호가 억울함이 실린 표정으로 고개를 설레설레 저으면서 말했다.

"세월이 흐를 만큼 흘렀잖아? 흐른 세월에 걸맞게 유치한 가정법의 논리로 얘기하지는 말자. 내가 진솔하게 얘기했어도 애인이 안 될 수도 있었잖아? 그런데 지금 우리가 황당하잖아? 왜 그때 일로 지금 격론을 벌여야 해? 너한테 무슨 일이 생겼어?"

둘은 잠시 침묵하다가 공통의 결론을 내렸다. 격론의 원인은 미약하게 나부끼던 진달래의 파동 탓이었다고. 진달래가 박력 있게 나부꼈다면 당시에 서로가 애인이 되었을지도 모르리라면서. 엉터리 논리를 농담으로 주절대며 둘은 허리를 꺾으면서 깔깔거렸다. 그날 봉래산을 등반했어도 심드렁하게 헤어지고 말았다. 서로의 연정을 자극한 일이 없었다고 판단한 탓이었다.

과거의 일을 떠올리다가 은호가 싱긋 웃음을 깨문다. 곁에 현아가 있기라도 하듯 살짝 얼굴을 붉히며 따지듯 중얼댄다.

'그럼 그때 왜 봉래산을 오르자고 제안했니? 혹시 너의 가슴이 설레었던 것은 아니었어?'

그러면서 개구쟁이 소년처럼 혼자서 쑥스러워하며 빙그레 미소를 짓는다.

2.
어장으로 나부끼는 음모

시점이 저녁 6시로 다가섰을 때다. 회관에는 주민들이 모여 거친 숨결에 궁금증을 띄운다. 마을 전체의 안위가 걸렸다는 위기감이 허공을 빗질한다. 이장이 다림질하듯 실내의 인원을 점검한 뒤에 입을 연다.

"부산 해양경찰청과 통영 해양경찰서의 전달 내용입니다. 외국 어선들이 섬으로 올라와서 노략질할지도 모른다고 했어요. 그럴 경우에 대비해서 마을 자경단을 조직하라는 전달이었습니다. 무기도 마을 자체로 구입해서 소지하라는 얘기였어요. 섬사람들의 생명이 달린 문제라 무기 소유까지 허락한다고 했어요. 그렇다고 해서 군사용 총기류의 사용까지는 허가하지는 않겠죠? 마을 자금으로 엽총이라도 몇 자루 사다 놓는 게 어떨까요? 생각만 하지 말고 의견을 말해 주세요, 의견을!"

이장의 말에 주민들의 구시렁거리는 소리들이 죽이 끓듯 치솟는다. 반 시간쯤 시간이 흐르자 결론이 장막처럼 드리워진다. 매일 2명씩을 자경

36

단으로 편성하여 독수리가 포란하듯 섬을 지키자는 내용이다. 신형 엽총 10자루를 손에 길들여서 섬을 지키자는 내용이다.

회의가 끝나기 전에 은호가 주민들에게 의견을 싱그러운 음향처럼 들려준다. 어획량이 부족하기에 어장을 광막한 사막처럼 확장시켜야 한다고 제안한다. 마을 사람들도 마음속으로 원했던 것처럼 흔쾌히 동의하는 표정이다. 주민들 중의 철수가 한 가닥의 질문을 은호에게 던진다. 어장을 어떤 방식으로 넓게 일어서게 만들 것인지를. 은호가 어장의 직경을 기존보다 20%씩 늘려야 한다고 들려준다. 이렇게 하면 수파가 원형으로 퍼지듯 어장이 둥글게 확장되리라 제안한다.

어장을 확장시키려면 물고기들에게 침실처럼 쾌적한 환경을 제공해야 한다고 들려준다. 마을 사람들이 치솟는 회오리바람처럼 여기저기서 묻는다. 어떤 방식으로 어장을 쾌적하게 조성할 것인지를. 그래서 은호가 인공 어초에 대한 궁금증을 실타래처럼 풀어서 들려준다. 철근과 콘크리트를 사용한 인공 설치물이라고 일러준다. 수산부에서 만들어져 제공되는 어초에는 해조류들이 바위의 이끼처럼 잘 부착한다.

어초의 해조류에는 물고기들이 몸을 숨기려고 아늑한 침실처럼 즐겨 찾는다. 그리하여 어초는 휴식과 피신의 장소로서 물고기들을 강력하게 유혹한다. 어초는 물고기들에게 꿈결 같은 포근함과 아늑함을 제공하는 터전이다. 국가는 어로 기술사들을 파견하여 어촌의 실황을 손금처럼 세밀하게 파악한다. 어민들의 소득을 팽창하는 구름장처럼 증대시키려고 어장에 어초를 넣는다. 은호는 어초를 투입하려는 국가의 취지를 주민들에게 정겨운 선율처럼 들려준다.

어초에 대한 의견을 청취하자 주민들의 눈빛에 기대감이 물결처럼 치솟는다. 어장 확장에까지 배려해 주는 국가에 대한 고마운 마음들이 남실댄다. 섬에서 3km 반경 바깥의 바다가 어장으로 확장될 계획이다. 섬의 사방으로 발을 내뻗듯 어장이 고르게 확장될 예정이다. 주민들은 어장의 관리 영역을 정하느라고 햇살처럼 정겹게 의견을 나눈다.

어민들의 시야에 섬의 지도가 영사막 위에 꿈의 궁전처럼 펼쳐진다. 확대된 지도의 영상이 영사막에서 평온하면서도 아늑한 자태로 물결친다. 지도를 대하자 주민들의 가슴에 정겨움이 왈칵 밀려든다. 어민들이 꿈길에서 배회하듯 황홀한 시선으로 화면을 지켜본다. 은호가 화면에 꿈을 피워 올리듯 지시봉으로 가리키며 입을 연다.

"여기 북쪽에서부터 동쪽, 남쪽, 서쪽을 돌아 북쪽까지의 바다가 보이죠? 기존 어장에서 바깥으로 2km 범위만 어장으로 연장시킨다고 봅시다. 고기를 잡을 확률이 아주 많이 늘어날 거예요. 어초를 투입할 지역은 어장을 확장할 영역에 해당됩니다."

은호가 어초의 크기와 유형을 영상으로 주민들에게 보여준다. 그리고 어초를 투입하는 방식도 동영상으로 보여준다. 동영상이 마을 사람들에게로 숱한 깃털이 회오리치듯 휩쓸려드는 느낌이다. 어초들이 파동을 이루며 해저에서 안착하는 정경이 어민들의 가슴을 뒤흔든다. 어민들이 구체적인 지원 프로그램을 보고는 다들 감탄한다. 어민들은 은호에 대해 더욱 굳건한 신뢰감을 느끼는 듯하다. 어장의 관리 부분에 대한 논의는 다소 시간이 걸릴 모양이다. 이장이 어민들끼리 몇 차례 의논한 뒤에 결정하게 되리라 들려준다.

은호가 회관을 나선 뒤에도 주민들은 계속해서 회의를 진행한다. 어장을 넓히고 관리할 영역을 구체화하려는 의도로 보인다. 주민들이 회관에 있을 때 은호는 숙소인 여관으로 돌아간다. 수산과학원의 용태에게 전화를 걸어 관련 자료를 보내달라고 요청한다. 지난 석 달간 어종별 수확량의 자료가 필요하다고 들려준다. 컴퓨터 인터넷으로 용태가 자료 파일을 은호에게 전송한다. 은호가 자료를 차분히 들여다본다. 남해안에서 잡힌 물고기 수확량의 자료가 수협 공판장별로 제시된다. 상당히 방대한 자료이기에 크게 호감이 인다.

바닷물의 수온 변화에 은호의 관심이 기울어진다. 난대성 어류의 대표적인 어종인 청줄돔의 어획량을 살펴본다. 청줄돔은 몸통이 노랗고 몸통과 나란한 청색 줄무늬를 가진 물고기다. 청줄돔이 서식하는 곳은 한국에서는 제주도를 포함한 남해 일대다. 일본 남부와 타이완, 중국해에 널리 서식하는 물고기다. 또 다른 난대성 어종은 나비고기과의 돛대돔이다. 갈색 바탕에 몸통과 수직인 두 줄의 흰색 띠를 지녔다. 한국의 서식처로는 제주도를 비롯한 남해안 일대이다. 일본 남부와 인도양 및 서태평양에 많이 사는 어종이다.

지구 온난화의 영향으로 바다의 수온도 점차 높아지는 경향을 드러낸다. 매물도에 가까운 통영항 수협 위판장의 자료에 관심을 기울인다. 근래 3년간의 변화를 점검해 봐야겠다고 여기면서 자료를 분석한다. 수산자원의 유통에 대한 자료가 체계적으로 작성되어 있다. 자료를 들여다보며 은호가 생각에 잠긴다.

'아무래도 자료를 분석하려면 최소한 이틀은 걸려야 하겠군. 명백한 분석 결과를 바탕으로 추진 방향을 정해야겠어.'

일단 통영항에 대한 자료를 분석하려고 한다. 통영은 경상도 영역의 남쪽 바다에서는 중심적인 항구이기 때문이다. 자료를 들여다보니 점차 굵직한 경향이 드러난다. 온대성 어종의 서식 장소가 북쪽으로 이동하고 있다. 반면에 난대성 어종은 서서히 통영으로 몰려들고 있음이 드러난다. 그럼에도 불구하고 주낙으로 잡히는 어획량은 급격히 줄어들고 있다. 구체적인 수량을 따지지 않더라도 일관된 경향이 은호의 눈에 띈다. 생각이 여기에 미칠 때다. 주낙에서 낚인 물고기의 어종 비를 분석할 필요가 있다고 느낀다.

주낙에서의 어획량은 줄어들지만 난대성 어종의 비는 증가하는 듯하기 때문이다. 매물도 주민들이 가진 어선은 모두 서른여섯 척에 이른다. 은호가 매물도에 머물면서 이미 열두 척의 어선에 오른 적이 있다. 어선에 오를 적마다 주낙의 양승에서부터 수협 위판장까지 어민들과 동행했다. 판매 실적은 물론 수확한 어종의 비까지 은호는 기록했다. 이런 자료의 축적이 어민들을 돕는 데 활용되리라 여기기 때문이다.

일관된 자료를 얻으려면 어선을 앞으로 더 타야겠다고 여긴다. 은호의 생각이 여기에 이르렀을 때. 마침 주머니로부터 휴대전화가 격렬하게 울린다. 귀에 갖다 대니 영혜의 친구인 윤주의 목소리가 흘러든다. 영혜와는 달리 목포의 대학교에서 수산학을 전공했다는 여인이다. 대학을 졸업하고도 마땅한 직장을 못 찾아 아버지를 돕고 있다. 그녀의 아버지인 홍석은 철수와 동갑으로서 어선인 한라호의 선주이다.

"은호 씨, 내일은 저희 한라호로 오실래요? 내일 아침에 어장에서 주낙을 끌어올릴 예정이거든요."

은호가 낭랑한 목소리로 흔쾌히 대답한다.

"잘 지냈어요? 그렇잖아도 내일은 누구 배를 탈까 생각하던 중이었어요. 그럼 내일 아침에 내가 한라호로 갈게요."

통화를 마치고는 계속 어획량의 자료 분석에 몰두한다. 은호가 27살의 총각이기에 가는 곳마다 여인들의 관심이 밀려드는 편이다. 중키에 체격도 건장하고 활달한 성품이라 여인들에게 매력을 자아내는 듯하다.

은호가 난대성 어종의 증가에 따른 경향을 분석하고 있을 때다. 그의 머릿속으로 중국과 일본 어선들의 침투 장면이 떠오른다. 불시에 대열을 지어 남해를 파고들어 밀고 들어오던 장면이 생각난다. 짧은 시간에 우리 해역에 파고들어 기구를 파손하던 장면이 밀려든다. 명백한 영해 침략이기에 경비정으로 나포했어야 마땅할 일이라 여긴다. 인접국임을 참작하더라도 어선들의 난입에 대해서는 대책을 세워야 한다고 여긴다.

은호가 침입한 외국 어선들을 떠올릴 때다. 재차 휴대전화가 주머니에서 요란하게 울린다. 귀에 갖다 대니 현아의 목소리가 흘러든다.

"해양과학기술원에서 최근 두 달 동안의 자료를 분석했어. 거제도 남동쪽 33km 해상이 문제의 위치라 여겨져. 거기는 거제도와 대마도의 중간에 해당하는 수역이거든. 지난번에 일본 어선과 중국 어선이 파고든 지점이기도 해. 그 지점이 남해로 파고드는 데 가장 적합한 지형이라 여겨져. 상대적으로 한국에서는 그 지점에 경비정을 배치해야 마땅하기도 해."

현아의 목소리는 계속 이어진다. 은호가 현아의 목소리에 더욱 귀를 기울인다. 그의 관점으로도 상당히 중요한 내용이라 여겨지기 때문이다. 지난 두 달간 일본 어선은 여섯 차례를 침투했다. 반면에 중국 어선은 일곱 차례를 침투했다. 공교롭게도 침투한 지점은 거제도 남단에서 33km 떨어진 해상이었다. 침투 시기와 경로를 그린 파일을 컴퓨터 메일로 보내겠다고 한다. 침투 시기와 경로를 파악한 것은 최근의 일이라고 들려준다. 예전에는 그런 침투 행위를 거의 탐지하지 못했다고 일러준다.

현아로부터 필요한 정보를 청취한 뒤다. 문득 한 달 전의 산행 장면이 떠올라 현아에게 묻는다.

"그래, 유용한 정보를 알려줘서 고마워. 그런데 문득 내게 궁금한 점이 생겨 묻고 싶거든. 지난번에 우리가 영도의 봉래산에 오른 적이 있었지? 그때 산행을 한 뒤의 느낌은 어땠어? 내가 느끼기로는 네가 심드렁한 모습으로 떠났다고 여겨지거든."

휴대전화에서 현아가 잠시 숨을 고르는 기척이 느껴진다. 그러더니 이내 응답이 들려온다.

"그날의 기분은 한 마디로 처참했어. 전화로 가볍게 얘기해도 될 것 같아서 말할게."

휴대전화로부터 밀려드는 현아의 목소리에 은호가 귀를 기울인다. 대학 시절에 외모나 학력에 있어서 결함이 없던 현아였다. 그럼에도 애인이 없었던 사실이 그녀를 무척 격분케 했다. 애인이 있겠거니 여겼던 은호마저 애인이 없었다고 털어놓았기에 더욱 노여웠다. 애인도 없는 주제에 왜 그녀에게 다가서지 않았는지 화가 치밀었다.

하지만 봉래산을 오르면서부터 왠지 가슴이 설레는 느낌이었다. 은호의 시선이 조금만 부드러워져도 곧바로 뒤엉키고 싶을 지경이었다. 산을 오르면서 내내 은호의 표정을 비밀스레 살폈다. 혹여 가슴이 흔들리는 기색이 비치면 곧바로 연정을 내뿜고 싶었다. 하지만 그녀의 눈에 비친 은호는 청정한 도인의 기풍으로만 느껴졌다. 어떤 경우에도 서둘지 않고 여유를 가지면서 상대를 배려하는 성품이었다. 자신보다는 항상 옆 사람의 불편을 먼저 헤아리려는 성향이 두드러졌다.

산바람이 강하여 진달래가 가냘프게 흩날려도 감응하는 표정이 비치지 않았다. 이른바 사물에 반영된 취흥이 전혀 느껴지지 않는 사람으로 비쳤다. 마치 감정이 제거된 목석과 산행을 하는 느낌이었다. 조금이라도 은호에게 감응의 기운이 비쳤다면 곧바로 사랑을 고백했으리라 들려주었다. 정감이 상실되었다고 여겨지는 은호로 인하여 그녀의 가슴도 얼어붙었다고 했다.

잠시 숨을 고르다가 현아가 덧붙였다. 당시에 봉래산을 오르자고 했을 때에는 연정이 불붙기를 기원했다고 한다. 하지만 도인처럼 세속을 초연한 듯 행동하는 은호에게 질렸다고 한다. 세상의 어떤 정감마저도 결빙시킬 듯한 은호의 성향에 마음이 얼어붙었다. 산길을 타면서 은호가 그녀랑 시선을 맞추며 미소를 짓기는 했다. 하지만 미소에 드리워진 잔영은 스산하면서도 처연한 공허감에 가까운 분위기였다.

함께 등반을 하면서도 사내가 공허감을 느꼈다니? 그녀의 가슴에 이런 자각이 피어오르자 답답하여 질식할 것만 같았다. 그리하여 당시에는 그녀의 가슴에도 아무런 감흥이 없었다.

차분한 현아의 응답에 은호가 잘 들었다면서 조심스레 통화를 끝낸다. 현아가 보내준 자료를 뒤적거리느라고 컴퓨터 공간을 헤맬 때다. 식사 때가 되었다면서 효정이 부른다. 은호는 효정과 식탁에 마주 앉아 숟가락을 들기 시작한다. 바다에서 갓 건져 올려서 끓인 조개탕 맛이 구수하게 느껴진다. 효정이 활짝 웃는 얼굴로 은호에게 말한다.

"왜 얼굴 표정이 그래? 마치 실연당한 얼굴 같잖아? 애인도 없는 총각의 표정이 그래서야 되겠어?"

그렇지 않아도 마음이 스산하던 판에 효정의 얘기를 들으니 암울해진다. 그래서 무의식적인 응답이 은호의 입술에서 발출된다.

"날마다 즐거울 수는 없지 않겠어요? 오늘은 제 마음이 영 별로예요."

은호의 얘기를 듣자 효정이 새삼스레 은호의 얼굴을 들여다본다. 그러다가 목소리를 누그러뜨려 자신한테 중얼대듯 말한다.

"배도 타고 고기도 잡고 동회에도 참석하여 피곤하리라 믿어요. 몸이 피곤할 때는 일을 쉬어 가면서 해요. 무조건 일에 매달린다고 하여 효율이 높아지는 것은 아니잖아요?"

존댓말을 썼다가 말을 놓다가 제 멋대로 주절대는 여인이다. 은호는 효정 앞에서는 어떤 얘기도 털어놓을 수 있으리라 여긴다. 어떤 얘기도 긴장하지 않고 할 수 있는 상대자라 여긴다. 이런 마음은 효정에게도 마찬가지다. 엄청난 나이 차이임에도 편하게 대화할 수 있는 사람이라 여겨진다. 세상에 이런 사람은 결코 많지 않으리라 여기는 은호다.

평온한 정서에 휘감겨 은호가 효정에게 말한다.

"과거에 황홀할 수 있었던 시기를 놓쳤을 때의 상실감을 아세요?"

효정이 생경스런 눈빛으로 은호를 바라보며 응답한다.

"대답이 쉽지 않을 것 같네. 혹시 과거에 애인이 없었다고 후회하는 거니?"

은호는 쉽게 대답을 못하고 멍하니 허공을 바라본다. 효정도 착잡한 심정으로 은호를 바라보며 식사를 한다. 식사를 마친 뒤에 효정이 커피를 끓여 은호와 마주 앉는다. 커피를 천천히 마시고는 은호가 자리에서 일어선다. 그러고는 자신의 숙소로 빠져 나간다.

이튿날 아침이다. 윤주의 어선을 찾아 은호가 여관을 나선다. 방파제 곁의 선착장에 은호가 작업복 차림새로 걸어간다. 선착장에 놓인 윤주의 어선에 올라탄 뒤다. 매물도 남동쪽 3km 해상으로 어선이 달린다. 윤주의 아버지인 52살의 홍석이 배를 몰며 은호에게 말한다.

44

"오늘은 좀 잡혀야 할 텐데 상당히 걱정이오. 근래에 부쩍 어획량이 줄어들어서 심적인 타격이 이만저만이 아니오. 부디 어민들을 잘 살릴 방안을 구상하기 바랍니다."

윤주를 흘깃 바라보며 은호가 응답한다.

"네, 당연히 그래야죠. 하지만 제 능력이 미약하여 애는 쓰지만 항시 두렵습니다."

은호의 눈에 비친 윤주는 지극히 수수한 용모를 지닌 여인이다. 어느 골목에서나 쉽게 마주칠 만한 평범한 얼굴이라 여겨진다. 은호 자신의 얼굴도 남에게 혐오감을 주지는 않을 정도라 여긴다. 남의 눈을 미혹에 빠뜨릴 만한 용모와는 거리가 멀다고 여긴다. 그저 어디서나 발견되는 지극히 평범한 외모라고 여긴다. 자신의 외모가 평범하기에 그의 눈에 비친 사람들도 평범하다고 여긴다.

어릴 때부터 외모에는 일체 관심이 없던 은호다. 여태껏 살아오면서 외모로 그를 놀라게 한 사람이 없었기 때문이다. 자신의 관점과는 무관하게 은호에게 휘감기는 여인들의 시선은 다들 달랐다. 영혜의 눈에 비친 은호는 양달의 햇살처럼 포근하게 느껴졌다. 영혜가 그런 느낌의 말을 근래에 은호에게도 들려주었다. 하지만 은호는 농담 차원의 언어로 가볍게 받아넘겼다.

윤주의 눈에 비친 은호의 인상은 시간이 흐르면서 의미가 짙어진다. 평범한 외모에서 단아한 용모로 비치기 시작했다. 바다를 향해 소탈하게 웃는 모습은 진솔한 아름다움으로 비친다. 시간이 흐를수록 윤주의 가슴에서는 은호가 보석처럼 빛을 내뿜는다. 어느 날부터는 멀리 걸어가는 모습조차 그리움의 물결로 변하려고 한다.

윤주가 은호에게 바싹 다가서며 말한다.

"지난번에 주낙 20가닥에서 물고기 400여 마리를 잡았죠? 오늘은 300여 마리도 잘 안 될 것 같아요. 근래에 드러난 어획량의 변화 추세로 추정해 본 결과예요."

은호가 윤주의 눈을 들여다보며 생각에 잠긴다.

'왜 윤주의 눈빛이 이처럼 깊어졌을까? 마치 사연이 깊은 여자의 눈빛 같잖아? 하기는 모를 일이지. 내가 모르는 중대한 일이 근래에 벌어졌는지 누가 알겠어?'

배는 마침내 매물도의 동남쪽 어장에 진입한다. 선주와 함께 닻을 들어 올려 바다에 가라앉힌다. 그러고는 선주가 양승기를 켠다. '윙' 하는 소리를 내며 양승기가 주낙을 끌어올리기 시작한다. 대부분의 낚시에서 미끼만 빠져 있다. 날렵한 물고기들이 미끼만 슬쩍슬쩍 따 먹은 모양이다. 빈 낚시가 주낙에 매달려 올라올 때마다 갑판에 한숨이 나부낀다. 숱한 노력을 짓눌러 버리는 참상으로 느껴지기 때문이다. 값비싼 고기가 아니어도 좋다. 물론 비싼 고기라면 수익은 많겠지만. 낚시를 빼곡 채우며 물고기가 물린 모습이 뱃사람들한테는 그리워진다.

두 가닥의 주낙을 건져 올리고는 닻을 거두어들인다. 배를 인근의 주낙으로 옮기려는 탓이다. 두 가닥의 주낙에서 잡힌 물고기는 31마리다. 배를 타면서 추정한 윤주의 계산이 맞아 들어가는 느낌이다. 예견이 적중해도 전혀 가슴속에서는 즐거운 느낌이 생기지 않는다. 이윽고 배는 인근의 주낙이 설치된 곳으로 옮겨진다. 정박시키려고 은호가 선주와 닻을 내리고는 윤주를 바라본다. 양승기 앞에다가 커다란 플라스틱 물통을 나열해 세운다. 채워지지 못할 물통을 떠올리자 은호의 가슴에 차가운 기류가 치솟는다.

46

가슴 설레어야 할 어로 현장임에도 차가운 기류만 쌓인다. 기류가 가슴속에서 들끓다가 뜨거운 날숨이 되어 해상으로 흩어진다. 이윽고 20가닥의 주낙을 다 건져 올렸다. 이틀 뒤를 기약하며 새로운 주낙을 설치해야 한다. 150m에 달하는 주낙을 부표에 매달아 바다에 던져 넣는다. 그러고는 주낙이 조류에 달아나지 못하게 자그마한 납덩이에 연결하여 가라앉힌다. 일련의 작업이 흐트러짐 없이 진행된 뒤다. 선주가 낚인 물고기를 싣고는 통영항으로 내달린다. 수협 위판장에는 상인들을 비롯한 어민들이 쫙 깔려 있다.

순서를 기다렸다가 거간꾼이 나타나면 경매가 시작된다. 그렇지만 300여 마리의 물고기의 판매 소득은 적지 않다. 충분히 기름값을 공제하고도 이득이 생기는 수준이다. 은호는 경매 과정을 지켜보며 어종들의 비를 대략적으로 파악한다. 그러고는 파악된 부분을 수첩에 잘 적어 둔다. 판매 대금을 챙겨서 선주 일행이 위판장을 떠날 무렵이다. 선주가 은호와 윤주를 향해 말한다.

"간단히 식사나 하고 떠나도록 해요. 노임을 안 받으니 식사라도 함께 해야죠."

셋이 수협 주변의 음식점에 들어선다. 간편한 곰탕과 설렁탕을 주문하여 셋이 식사를 한다. 셋이 식사를 하면서 서로를 바라보며 이야기를 나눈다.

선주가 여유스러운 억양으로 은호를 향해 말한다.

"확실히 어획량이 눈에 띄게 줄었어요. 2주 동안의 평균을 취해 비교하면 100여 마리가 줄어들었어요. 줄어든 100여 마리를 어디에서 되찾을 수 있을까요?"

은호가 싱긋 미소를 짓고는 곧바로 응답한다.

"사라진 물고기는 어초를 통하여 불러들여야죠. 확장된 어장에 인공 어초만 뿌려도 상당한 효과를 보리라 믿어요."

윤주가 매혹된 듯한 눈빛으로 은호를 바라본다. 아버지와 얘기를 나누는 은호의 모습이 볼수록 신뢰감을 안겨준다. 그녀의 가슴에 형언하기 어려운 파동이 인다.

은호가 어장에서 돌아오니 석양의 잔영이 내리깔린 7시 무렵이다. 효정이 여관에서 개화하는 꽃송이처럼 반가운 표정으로 말한다. 효정의 얼굴에 따사로운 정감이 실연기처럼 퍼져 흐른다.

"오늘 작황은 어땠어? 많이 잡혔어?"

은호가 안개에 묻히는 듯한 심정으로 고개를 설레설레 내두르며 응답한다.

"근래에 자꾸만 어획량이 줄어들어요. 빠른 시일 내에 어초를 뿌리고 어장을 넓혀야겠어요."

효정이 은호에게 식사했는지를 묻는다. 은호가 먹었다고 대답하자 다소 실망한 표정을 짓더니 푸념처럼 말한다. 실망한 표정에서도 관심의 파동이 은호에게 느껴질 정도다.

"요즘 섬을 찾는 사람들도 줄어들었어요. 여관은 거금을 들여 내부 보수공사까지 했거든요. 하다못해 은호 씨의 애인이라도 와야 내가 돈을 벌지요."

농담이라고 강조하듯 혀를 내밀고 눈을 깜빡인다. 은호도 효정의 농담에 미소를 짓는다.

"데려오고 싶어도 애인이 없잖아요? 저 같은 사람은 여자들이 좋아하지 않나 봐요."

48

효정에게는 은호가 물결처럼 청아하게 느껴져 청년이라기보다는 단아한 소년으로 비친다. 너무나 고결한 청순함이 효정의 마음에 소용돌이를 일으키려고 한다. 은호한테서 발산되는 묘한 청순함에 넋을 잃을 지경이다.

은호의 자탄하는 듯한 말소리마저 산사의 풍경 소리처럼 청아하게 휩쓸려든다. 독신녀인 그녀를 위로하려고 대자연이 보낸 소중한 인물이라 여겨진다. 이런 생각에 젖어들자 효정은 대자연에게 고마운 정감을 느낀다. 아름다운 영혼의 화신과 함께 지내어 감사하다고도 여긴다.

효정의 마음을 헤아릴 만한 겨를도 없는 은호다. 효정에게 맑은 눈빛으로 목례를 하고는 자신의 숙소로 올라간다. 피로가 쌓였던 탓인지 침상에 눕자마자 은호가 잠의 늪으로 빠져든다.

새벽의 달콤한 잠결에서 깨어나서 은호가 컴퓨터 앞에 앉는다. 현아가 보낸 메일이 꿈결에서조차 궁금하게 여겨졌기 때문이다. 최근에 진행된 섬 주변의 탐사 자료들이 시야로 남실대며 밀려든다. 매물도와 비진도의 수중 탐색 지도들도 펼쳐져 시선을 끈다. 또한 수중에서 촬영된 동영상 자료들도 정겨운 숨결을 내뿜는다. 해안에서 50m 이내 거리의 수중 지도라는 점이 애석함을 자아낸다. 들여다보는 은호의 머릿속으로 공허함이 실린 물결이 휩쓸려든다.

'수중에 대해 개략적인 파악만 할 수 있는 지도일 뿐이야. 적어도 해안에서 300m 거리까지의 수중 지도가 필요해. 기회를 마련하여 내가 잠수부들을 동원하여 정밀한 지도를 만들어 보겠어.'

현아의 동영상 자료들이 은호를 순간적인 놀라움으로 내몬다. 흡착성 아귀들이 섬의 연안을 거드름을 피우듯 나돌아 다녔기 때문이다. 난대성 바다의 높은 수온에서 거들먹거리며 노닐던 어종이 아닌가? 1m가량의 평균 몸길이로서 수중의 물결 타기를 즐긴다. 모래 바닥이나 수중 동굴을 보금자리로 여기는 모양이다. 이들 어종은 다른 물고기에 달라붙어서 피를 빨기를 즐긴다. 물고기들의 피를 빨아 절명시키는 아귀의 숨결은 재앙의 불길이라고도 느껴진다. 아귀의 공격을 받는 물고기들은 절명의 늪으로 휘몰려 스러지기 마련이다.

이 새로운 사실로부터 은호는 섬광처럼 강렬한 충격을 받았다. 어획량을 늘리려면 연안에서 아귀를 털을 뽑듯 제거해야겠다고 여긴다. 새벽 4시부터 컴퓨터 영상에 시선을 밀착시킨 은호다. 시계는 어느새 오전 6시 무렵을 가리킨다. 영상 자료에 대한 의견을 나누려고 호준에게 전화를 걸려는 때다. 마침 휴대전화에서 신호음이 터진다. 표시창에 드러난 전화번호가 호준임을 일러준다. 귀에 갖다 대니 호준의 목소리가 흘러든다.

"현아가 보낸 동영상 자료 봤지? 너랑 만나서 의견을 좀 나눌까 싶어서 전화했어. 내가 지난번에는 매물도로 갔으니 이번에는 네가 비진도로 올래?"

은호가 흔쾌히 응답한다.

"그렇잖아도 나도 막 네게 전화하려던 참이었어. 아침 7시에 매물도에서 출발하는 여객선으로 비진도에 갈게."

마음을 정하자 침구를 개고 욕실에 들어선다. 샤워와 면도를 하고는 속옷을 갈아입는다. 그러고는 효정을 찾아서 함께 아침 식사를 한다. 효정이 미소를 지으며 은호를 향해 말한다.

"아침 날씨가 너무 좋아요. 새소리나 파도 소리까지 깔끔하게 들려서 상쾌해요."

은호가 밝은 표정으로 활짝 웃으며 응답한다.

"저도 원래 시골 사람이에요. 저한테 말도 놓고 편하게 대해 주세요. 이제부터 누님이라고 부를게요."

효정이 은호의 단아한 풍도에 금세 반한 표정을 지으며 말한다.

"좋아, 나도 멋진 동생을 갖게 되어 기뻐. 여기에 머물 동안 서로 거리감 없이 지냈으면 좋겠어. 동생한테 여기가 최대한 편안한 휴식처가 되게 해 줄게."

은호와 효정은 쉽게 서로를 이해하고는 즐겁게 식사를 한다. 효정이 은호를 향해 말한다.

"오늘 아침에는 어디로 갈 거야? 식사 시간이 빠른 걸 보니 먼 데를 갈 모양이지?"

은호가 시원한 태도로 응답한다.

"아침에 비진도로 건너갈 거예요. 거기서 일하는 친구를 만나 보려고요. 오늘 중으로는 돌아올 겁니다."

식사를 마치고는 숙소로 올라가 외출복으로 갈아입는다.

아침 8시경에 여객선이 비진도 선착장에 닿는다. 부두에는 호준이 나와서 기다리다가 은호를 반긴다. 비진도에는 작년 여름에 축조된 관사 건물이 있다. 2층짜리의 아담한 건물에 '비진도 어로 관리소'란 간판이 달려 있다. 건물 1층이 업무를 담당하는 곳이며 2층은 숙소로 쓰인다. 1층의 집무실에서 둘은 컴퓨터를 마주 보고 앉는다. 컴퓨터에는 수중 촬영된 동영상이 화면에 파동처럼 펼쳐진다.

호준이 은호를 향해 입을 연다.

"내가 실마리를 찾았다면 너도 분명히 찾았으리라 여겨져. 분명히 너도 찾았지?"

은호가 빙긋 웃으면서 응답한다.

"흡착성 아귀 얘기를 하려는 거지? 어때 내 말이 맞지?"

호준이 흡족한 미소를 머금으며 은호의 손을 마주 잡는다. 그러면서 만족한 목소리로 말한다.

"맞아! 우리는 정말 마음이 통하는 친구임에 틀림없어."

둘은 이때부터 흡착성 아귀에 대한 견해를 서로 들려준다. 어떻게 아귀가 섬의 연안에 뿌리를 내리게 되었는지를 설명한다. 서로의 설명이 불합리하다고 여겨지면 곧바로 의견을 나눈다. 둘이 함께 얘기하면서 바람직한 결론을 얻으려고 한다. 둘은 4년간 함께 공부한 학과 동기생이라 의사소통이 민활하기 그지없다.

둘은 얘기를 나누면서 의문점들을 하나씩 풀어 나간다. 흡착성 아귀는 난류를 타고 북상하여 한국으로 밀려들었다고 결론을 내린다. 왕성한 식욕을 추스르지 못하고 마구 해양 바닥으로 파고들었다고 여긴다. 한반도의 남해에는 아귀들의 산란을 촉진하는 조류들이 많이 깔렸다는 얘기다. 미역, 다시마, 모자반 등의 해조류들이 아귀들의 번식에 유리하다고 간주된다. 이런 해조류들이 한류보다는 난류에 상대적으로 잘 번식한다고 밝혀졌다.

암컷 아귀들이 알을 낳으면 알은 얕은 해저로 이동하게 마련이다. 이런 이동 과정에서 70~80%가 떠도는 치어들에게 먹히기 마련이다. 물고기의 알은 대다수의 물고기 치어들에게는 좋은 영양 섭취물이다. 해저 바닥에 해조류가 서식하는 곳에는 알이 체류하는 시간이 길어진다.

알의 체류 시간이 길어지면 상당수가 치어로 전환될 수 있다. 이런 이점이 한반도 남해 해저 바닥의 두드러진 특성으로 밝혀졌다.

은호와 호준에게는 아귀의 알을 조기에 제거하는 방안이 필요하다고 여겨진다. 여기에 남해의 수산 운명이 걸렸다고 여겨진다. 은호와 호준의 견해가 어떤 구심점에 도달했을 때다. 호준이 은호에게 말한다.

"너와 얘기를 하다 보니 해결의 실마리가 확실히 잡혀. 구체적 방안이 남았을 따름이야. 구체적 방안을 확립하기 위해 우리가 얼마만큼의 일을 해낼까?"

호준의 말에 은호의 가슴이 섬뜩해짐을 느낀다. 아무리 착상이 좋더라도 연말에 보고할 실적이 견실해야 하기 때문이다. 아귀의 알을 제거할 구체적인 방법이 필요하다고 여겨진다. 연구된 것들은 기존의 자료를 찾으면 된다. 하지만 연구되지 않은 영역은 새롭게 개척해야만 한다. 은호가 수중의 세계를 해결하려면 스쿠버 잠수 자격증이 필요하리라 여긴다. 생각난 김에 통영의 전문 학원에 등록하여 자격증을 취득할 작정이다.

은호가 호준을 만난 것은 해저 바닥에서 아귀를 제거할 의도에서다. 짧은 시일 안에서는 해결하기 어려운 과제로 여겨진다. 둘은 만나서 이후의 작업 방향을 정한다. 정부에서 공급하는 어초를 섬 주변의 바다에 치밀하게 부리기로 한다. 어초를 해저에 치밀하게 배열해야만 어장을 확장할 수가 있다. 다음으로는 꾸준히 어선을 타면서 어획량을 확인하기로 한다. 마지막으로는 어획량 감소의 원인을 구체적으로 찾아서 해결하기로 한다. 세 가지의 작업 노선을 정하자 둘의 마음이 한결 개운해진다.

비진도에서 은호가 호준과 점심 식사를 마친 뒤다. 은호는 곧바로 통영으로 나가기로 한다. 통영에서 스쿠버 잠수의 전문 학원을 알아볼 작정이다. 일단 학원을 정하면 집중적으로 실기 교육을 받을 작정이다.

비진도에서 9시에 통영으로 떠나는 여객선에 은호가 오른다. 배에 오르기만 하면 생동하는 바다의 느낌이 전신으로 짜릿하게 밀려든다. 이런 느낌 때문에 은호는 바다가 무작정 좋게 느껴진다. 비진도 북서쪽의 내항에서 배는 긴 울음소리를 흘리며 북상하기 시작한다. 내항에서 통영항까지는 뱃길로 14km만큼 떨어져 있다. 배는 통통거리는 엔진 소리를 바람결에 나부끼며 북상한다. 그러다가 뱃길로 3km 떨어진 용초도의 용초항에 접안한다. 7명의 여행객이 내리고 3명의 어민이 올라탄다. 옷차림새를 통하여 여행객과 어민들이 쉽게 구별된다.

은호는 선실 내부에서 걸어 나와 갑판에 서서 바다를 굽어본다. 연신 하얀 물보라를 일으키며 다가왔다가 물러서는 물결에서 생동감을 느낀다. 어떤 일을 하더라도 생동감을 잃지 않는 게 중요하다고 여겨진다. 굽이치는 파도를 바라보며 은호가 상념에 젖어 있을 때다.

갑판 우측에 은호 또래의 일본 청년 둘이 눈에 띈다. 일본 청년임을 알게 된 건 낮게 속삭이는 일본어를 통해서다. 해양 분야에서 경쟁하려면 인접국의 언어 정도는 익히는 게 기본이다. 이런 연유로 대학 4년 동안에 일본어와 중국어를 집중적으로 익혔다. 영어는 세계인들의 기본 언어이기에 말할 나위도 없는 상태였다. 영어와 중국어와 일본어에 있어서 원어민들과 자유로이 대화할 수 있었다. 그래서 일본인 청년들이 나지막하게 속삭이는 얘기를 무심코 엿듣게 되었다.

듣고 있으려니 은근히 신경 쓰이는 대목이 귓전으로 밀려든다. 피부가 허여멀쑥한 청년이 상체가 다부진 친구를 향해 일본어로 말한다.

"지난번에 용초도에 밀파되었던 기무라의 행방을 끝내 못 찾았잖아? 한국 첩보 기관에서 소리 없이 제거한 것 같아서 찜찜해. 그렇지 않고서야 행방이 두절될 수가 없잖아?"

체격이 다부진 사내가 주변을 둘러보다가 슬며시 은호를 바라본다. 은호는 수평선을 둘러보는 자세를 취하며 사내의 시선을 따돌린다. 은호가 시선은 수평선에 보낸 채 잔뜩 귀를 기울인다. 잠시 뜸을 들이다가 다부진 체격의 사내가 입을 연다.

"우리가 무려 일주일간이나 행적을 찾았잖아? 그랬어도 흔적조차도 발견하지 못한 건 이미 문제가 생겼다고 여겨져. 우리는 단순한 어민들이니까 더 이상 알려고 하지 말자고. 조금이라도 수상한 눈치를 보였다간 우리도 위험해질 거야."

일단 청년들의 대화를 듣고 보니 충동적인 호기심이 치솟는다. 하지만 그런 내색을 보였다간 무슨 일이 벌어질지 모를 처지다. 아무래도 국익의 보호에 관련된 문제라 여겨진다. 은호 자신이 나설 일이 아니라 생각되기에 통영의 해양경찰서에 신고한다. 연락받은 해양경찰서에서는 곧바로 통역을 동반한 경찰관을 보내겠다고 응답한다. 배가 한산도 문어포항에 접안할 때다. 사복 경찰관 5명과 통역관이 배에 오르더니 은호를 찾는다. 은호가 신고 경위를 설명하자 경찰이 스마트폰에 녹음을 한다. 은호의 얼굴 사진까지를 촬영한 뒤다.

경찰은 통역관을 통해 일본인 청년들에게 연행 의사를 통보한다. 그리고는 단숨에 일본인 청년 둘을 연행하여 한산도에 내린다. 한산도에 정박한 경비정으로 청년들을 통영의 해양경찰서까지 연행할 모양이다. 연행 과정에서 일본인 청년들의 저항이 있었지만 청년들은 이내 체념한다. 청년들의 눈빛에 헤어날 길이 없는 불안감이 드리워진다.

한 시간 반이 지나서야 은호가 통영항에 도착한다. 허기가 일어 곰탕으로 점심 식사를 해결한 뒤다. 은호는 예정한 대로 스쿠버 잠수 전문 학원을 탐색한다. 그러다가 여객선 터미널 주변에서 '용궁 스쿠버'라는 학원을 발견한다. 두 달간의 교육이면 충분히 자격증을 딸 수 있으리라 들려준다. 정식 교육은 사흘 뒤부터 이루어진다고 강사가 들려준다.

학원 등록을 마치고 여객선 터미널로 은호가 걸어가려 할 때다. 스마트폰이 크게 울린다. 귀에 갖다 대니 해양경찰의 목소리가 물결처럼 흘러든다.

"해양경찰서 정보과의 김 경사예요. 어로 기술사라고 하셨죠? 잠깐만 해경에 들러 주시면 고맙겠습니다. 일본인 청년들이 오리발을 내밀기에 대질 신문이 필요합니다."

여객선 터미널에서 북쪽으로 6km 떨어진 광도면에 해양경찰서가 있다. 현대식 6층 건물인 해양경찰서의 위용이 일본 사내들을 짓누른다. 2층 건물의 정보과에 들어서니 경찰관 5명이 은호를 반긴다. 2명의 경장 앞에 일본인 청년들이 앉아있다. 청년들의 눈빛에 독기가 가득 실려 은호의 얼굴에 달라붙는다.

청년들의 독기 실린 눈빛으로 과거의 잔상이 슬그머니 은호에게 밀려든다. 은호가 태권도 사범의 자격을 갖추었던 22살의 일이었다. 그가 도장 수련을 마치고 귀가하던 중이었다. 골목을 지나가다가 마주 오던 도

56

사견을 발견했다. 덩치가 중량급은 되어 보이는 개였다. 개 주변에 사람이라곤 눈에 띄지 않았다. 고삐가 풀려 우발적으로 뛰쳐나온 맹견으로 여겨졌다. 도사견과 은호의 시선이 마주친 찰나였다. 도사견이 은호에게로 다가오기 시작했다.

불을 보듯 불길한 장면이 예견되었다. 개를 자극하지 않으려고 건물 벽에 붙어 섰다. 그러면서 개가 지나가기를 바랐다. 그랬는데도 개가 달려들면서 은호의 종아리를 물었다. 얼마나 개가 민첩하게 움직였던지 찰나 간에 사건이 벌어졌다. 맹견으로 불리는 도사견에 물린 상태였다. 금세 오른쪽 종아리에 찢기는 듯한 통증이 밀려들었다. 그러면서 검붉은 피가 바지 자락을 타고 줄줄 흘렀다. 근육이 찢겼을 때의 통증은 은호의 의식을 마비시킬 지경이었다.

보복해야겠다는 기류가 왈칵 들끓었다. 은호는 즉시 오른손 식지와 중지를 꼿꼿이 세웠다. 평소에 두 손가락으로 합판에 구멍을 뚫으며 수련한 은호였다. 상대가 도검으로 공격하려 들면 즉사시킬 목적으로 수련한 동작이었다. 정당방위로 생명을 보호하려는 측면에서였다. 상대의 울대와 턱 사이의 목을 꿰뚫어서 절명시키려는 필살기의 하나였다. 개는 더욱 턱에 힘을 가하는 중이었다. 개에 물려 땅바닥으로 쓰러지기라도 하면 생명마저 위태로운 상황이었다. 자신의 생명을 보호하려는 동작이라면 은호에게는 엄연히 정당한 행위라고 여겨졌다.

은호는 먼저 개의 목을 향해 손가락을 찔렀다. 의외로 살갗이 질겨서 손가락이 부러질 지경이었다. 세 번째 연이어 손가락으로 찌르니 마침내 개의 살갗이 찢겼다. 개는 여전히 종아리를 물고 있었다. 마침내 목 구멍에서 피가 솟구치면서 개가 나뒹굴었다. 짧은 시간이었지만 생명을 내건 맹견과의 대결이었다.

그날 이후부터였다. 눈에 독기를 피우는 무리들만 보이면 가슴에 스산한 기류가 밀려들었다. 하지만 은호는 생명이 위독할 경우가 아니면 무술을 감추기로 했다. 강한 맹수일수록 마지막 순간까지 발톱을 감추는 속성이 있기 때문이다.

경찰은 일본인들과 대질시키기에 앞서서 은호를 따로 불렀다. 그러고는 일본에 파견된 한국의 첩보원들이 제공한 영상물을 은호에게 보여주었다. 발뺌하려던 일본인들을 다그쳐 생쥐처럼 굴복시킬 강력한 근거물이었다. 은호는 해양경찰의 신속한 대응 태세에 혀를 내두를 지경이다. 해상에서의 해양경찰의 위상이 어느 정도인지를 실감한다.

은호는 곧바로 유도 심문을 하기로 작정했다. 상대의 실체가 은호의 섬세한 감수성의 그물에 포착되었기 때문이다. 일본어로 곧장 일본인 청년들에게 묻는다.

"용초도에 파견된 기무라와 언제부터 알고 지냈어? 기무라로부터 마지막 연락을 받은 때가 언제였어?"

허여멀쑥한 일본 청년이 화를 극도로 북돋우려는 어투로 입을 나불댄다.

"기무라가 누구야? 이 새끼가 정말 웃기고 있네? 너 낮술 마셨니?"

은호가 얼음 조각을 입에 문 듯 차분한 목소리로 되묻는다.

"용초도란 섬을 너희들한테 알려준 기무라를 왜 배신했어? 너희들이 실토하지 않으면 기무라한테 너희들 가족이 목이 잘릴 거야. 이미 기무라가 보낸 자객들이 너희들 집에 잠입한 사진이 들어왔어."

은호가 경찰한테 눈짓을 하자 박 경장이 컴퓨터 화면을 가리킨다. 컴퓨터 화면으로 후쿠오카에 있는 청년들의 집의 정경이 홍수처럼 밀려든다. 해양경찰이 국정원의 해외 조직에 요청해서 얻은 자료다. 밀파된 조직원들이 촬영하여 전산망으로 비둘기처럼 날려 보낸 사진들이다.

자신의 집 정경이 컴퓨터 화면으로 밀려드는 찰나다. 두 청년들의 안색이 파랗게 질리더니 무조건 협조하겠다며 무릎을 꿇는다. 이때부터는 2명의 경장들이 통역원을 통해 취조하기 시작한다. 얼굴에 핏기가 스러진 일본 청년들이 미주알고주알 정보를 털어내며 전율한다.

은호가 조사실로부터 정보과의 대기실로 나가 기다리고 있을 때다. 이윽고 은호에게로 김 경사가 다가와서 목소리를 낮춘다.

"취조했더니 의외로 중요한 정보를 알아냈어요. 여기 문건을 봐주세요."

조사한 내용이 기록된 문서를 훑어본다. 점차 그의 눈썹이 더 찌푸려진다. 남해에 파고들어 어장을 책략적으로 망가뜨렸던 내력이 알몸처럼 드러난다.

'자국 어로를 보호하려고 국내까지 어부들을 파견하여 어장을 망가뜨리다니? 도대체 얼마나 많은 일본 어부들이 잠입한 걸까?'

기무라는 용초도에 파견되어 일본 어선들의 침투를 유도한 일본인 사내였다. 일본의 극우파 어부들에게 어선을 몰아 국내로 침투하라고 사주했다. 그는 36세의 태평양연구소의 연구원인 사카 오사무와 맥이 닿았다. 사카 오사무는 야마구치현의 어민인 사카이 마사토와 음모를 꾸몄다. 사카이 마사토는 45세의 어민 대표로서 어민들을 선동하는 능력이 탁월했다. 주기적으로 어민들을 동원하여 한국의 남해에 아귀의 배설물을 은밀하게 뿌렸다. 그것도 매달 서너 차례나 집요하게 반복해 왔다. 기무라는 한국 첩보원과 총격전을 벌이다가 사살되었다고 들려준다.

아귀의 배설물에는 질산 이온과 인산 이온이 다량으로 들어있다. 아귀

배설물은 조류들에게 중요한 영양 물질이 된다. 조류가 이들을 섭취하면 금세 적조가 발생한다. 주태의 양식장을 황폐화시킨 근원도 은호에게는 일본인들이었으리라 추정된다. 해양경찰이 자문을 구했던 해양연구원의 설명을 듣고 난 뒤다. 은호는 신산스런 마음으로 해양경찰서에서 빠져 나온다.

3.
사이보그의 출현

어스름이 먹물처럼 내리깔린 저녁에 해양경찰서로부터 은호가 매물도로 돌아온 뒤다. 해남장에서 효정이 영롱한 시선으로 은호를 반긴다. 예정된 궤적처럼 식사를 마친 뒤다. 물줄기가 스미듯 은호가 침실로 들어선다. 컴퓨터를 켜고는 축적되어 드러누워 있던 자료들을 검색한다.

한류성 어종인 명태와 대구는 냉기만 뻗치고 한반도에서 흔적을 감추었다. 연어, 숭어, 청어, 꽁치도 한류성 어류라고 으스댄다. 연어, 숭어, 청어, 꽁치의 어획량에 은호의 관심이 쏠린다. 어느 기관도 항구의 어획량을 거울 속처럼 세밀하게 제시하지는 못했다. 실제로 위판장에 머물면서 조사한 땀이 밴 자료가 필요하다. 어민의 생계를 돕는 데엔 현장의 숨결이 실린 자료들이 필요하다. 인터넷 자료를 검색하다가 치솟은 울화에 휘감겨 컴퓨터의 전원을 끈다. 그러면서 팔짱을 끼고는 원시의 시공을 배회하듯 생각에 잠겨 중얼댄다.

'으흠, 아무래도 탐색 그물을 만들어야겠어. 자료 확보를 위한 인간의 조직체가 필요해. 거창한 조직이 아니어도 좋아. 자료 확보에 기꺼이 도움을 줄 수 있는 사람들이 필요해. 해양과학기술원이라든지 수산과학원에 대한 자료는 빈약하기 그지없어. 그들의 교과서적인 이론만으로는 절대로 어로 현장을 도울 수가 없어. 내가 어로 기술사란 점에 분명한 소신을 갖도록 하자. 적당히 몸으로 때워 넘긴다면 어로 현장에 전망이 없어져. 정말 미래를 내다보며 최선을 다해 보자. 이 길이야말로 내가 꿈을 키우는 미래가 아닌가?

은호는 평원에서 안개를 내몰듯 원탁에 공책을 펼친다. 그러고는 파동을 일으키듯 연필로 메모하기 시작한다. 생각의 흐름을 공책에 내쏟으면서 은호가 마음속으로 미래를 구상한다.

'당장 위판장을 관리하는 수협 직원들을 조직원으로 만들어야겠어. 그래서 전화만 걸어도 상세한 자료를 넘겨받을 수 있도록 해야겠어.'

울산, 부산, 통영, 여수, 목포가 관심의 불길이 휩쓸리는 항구다. 해면이 바닷물을 흡수하듯 이들 수협 직원들을 회원으로 사귈 작정이다. 이들로부터 도움받으면 어깨에 날개를 달듯 비약적인 성과를 거두리라 여긴다. 밭에 골을 파듯 미래의 계획에 순번을 매긴다. 수협의 직원들도 사귀고 스쿠버 잠수도 익혀서 가슴으로 흡수할 처지다. 새가 알에서 깨어나듯 구체적인 행동으로 변환시켜야겠다고 마음먹는다. 밤기운이 서서히 실내를 적시자 은호가 침대에 몸을 눕힌다. 하루 종일 신경을 썼던 탓일까? 침대에 몸을 눕히자마자 의식이 꿈속으로 잠겨든다.

유월 중순의 남해가 드러누워 햇살을 받아 반짝인다. 해변에는 풍란이 바람결에 춤추면서 그윽한 향기를 내뿜는다. 한적한 해안 절벽의 이끼에 휘감겨 꽃송이가 구름송이처럼 나부낀다. 해풍이 밀려들 때면 절벽마다 환하게 꽃송이들이 어깨를 흔들며 간들댄다. 통영의 여객선 터미널 부근에는 5층 건물이 행인들의 시선을 끈다. '용궁 스쿠버'란 대형 간판이 건물의 위용을 부풀리는 듯하다. 스쿠버 잠수부를 양성하는 전문 학원으로서 위엄을 드러낸다.

오전 8시부터 2시간 동안을 매일 은호가 교육을 받는다. 한 달이 지나면 잠수부 자격시험의 무대에서 실력을 발휘해야 한다. 시험에 통과하면 자격증을 취득하여 잠수계의 전문가로 날아오르게 된다. 건물의 3층까지는 수영을 익히려는 일반인들이 불나방처럼 들끓는다. 4층과 5층에서만 절제된 파동처럼 잠수 훈련이 이루어진다. 스쿠버는 신체 장착용 수중 호흡기다. 산소통에 연결된 자동 압력 조절기로 마우스피스를 통해 호흡하는 장치다. 잠수복과 수경과 물갈퀴와 스쿠버에 이르는 것이 잠수 장비다. 이런 장비를 다룸에 있어서는 최대한 침착해야 한다.

깊은 물속처럼 꾸민 대형 수영장에서 스쿠버 잠수 훈련이 이루어진다. 은호는 마우스피스를 통해 연신 부글부글 배출되는 수중의 기포를 바라본다. 수영에 익숙한 몸이기에 스쿠버의 훈련도 어렵게 느껴지지 않는다. 잠수병을 방지하는 요령에 대해 잘 듣고 실행에 옮기는 중이다.

한참 물속에서 자맥질할 때다. 수중을 통하여 신호음이 귓전으로 밀려든다. 훈련 시간이 끝났다는 수중 신호음이다. 물결을 통하여 귀로 전해지는 음파가 낯설면서도 정겹다. 물속에서 같이 허우적거리던 5명의 훈련생들이 수영장 바깥으로 나간다. 잠수복과 스쿠버 장비를 갈무리한 뒤다. 수영복 차림새로 대기실 내부에 기다랗게 깔린 등상에 몸을 눕힌다. 샤워를 하러 가기 전에 치르는 절차다. 어느 정도의 피로가 풀리자

등상에서 몸을 일으켜 앉는다. 그런 뒤엔 앉아서 팔과 다리를 가볍게 털어댄다. 혈액 순환을 촉진하는 동작이다.

3분가량 팔과 다리를 털어댄 뒤다. 홀에 연결된 샤워실로 들어선다. 목욕탕처럼 온수와 냉수가 대형 욕조에 담겨 남실댄다. 욕조의 온수에 몸을 담갔다가 나와서 냉수로 샤워를 한다. 빗방울처럼 쏟아지는 물줄기의 감촉이 감미롭기 그지없다. 마른 수건으로 몸을 닦고 입구에 있는 저울에 올라서 본다. 70kg 부근의 값을 디지털 표시창이 드러낸다.

잠수질을 거쳐 샤워를 하는 데까지 거의 2시간 반이 소요된다. 잠수 학원 건물을 나서자마자 은호가 위판장으로 발걸음을 옮긴다. 위판장을 관리하는 수협 직원 명단을 알아볼 작정이다. 명단이 파악되면 점심시간을 이용하여 식사를 하면서 교류하기로 작정한다. 먼저 수협을 방문하기로 한다.

위판장까지는 걸어서도 가까운 거리다. 위판장 곁의 수협 사무실로 은호가 들어선다. 사무실에는 50대 초반의 조합장과 남녀 직원 둘이 있다. 남녀 직원은 다들 20대 중반으로 보인다. 은호가 자신의 신분을 밝히며 어획량의 변화를 알고 싶다고 들려준다. 직원들은 별로 어려울 것이 없다고 말한다. 업무와 연계된 일이라 밝히자 수협 직원들도 흔쾌히 도와주겠다고 말한다.

일단 이 날은 이름만 알고 수협에서 물러난다. 27살의 총각인 창주와 26살의 처녀인 민정이 교류할 대상의 인물이다. 은호에겐 이들이 중요한 역할을 해 줄 인물들이라 여겨진다. 조만간 시간을 내어 식사 자리를 마련해야겠다고 마음먹는다. 은호가 수협에서 헤어질 때에 창주와 민정에게 그의 명함을 준다. 수협을 떠나서는 은호가 곧바로 매물도의 마을로 돌아온다.

해남장의 숙소에서 휴식을 취하고 있을 때다. 주머니에서 휴대전화가 크게 울린다. 귀에 갖다 대니 한라호 선주의 딸인 윤주의 목소리가 흘러든다.

"주말인 내일 오후에는 소매물도 부근에서 나룻배로 함께 낚시하지 않을래요? 낚시를 좋아하는 친구들이 있으면 초대해도 좋아요."

달력을 보니 이튿날이 토요일이다. 토요일에는 오전에만 스쿠버 잠수 훈련이 있다. 오후에는 충분히 여가를 즐길 수 있는 처지다. 일단 낚시를 하겠다고 응답한 뒤다. 은호가 창주에게 먼저 전화를 건다. 혹시 내일 함께 낚시할 수 있는지를 묻는다. 창주가 선약이 있어서 어렵겠다는 대답을 들려준다. 연이어 호준에게 전화를 거니 시간에 맞춰 오겠다고 들려준다. 연이어 민정에게 전화를 거니 민정의 목소리가 활기차게 귓전으로 밀려든다.

"잘 됐군요. 저도 근래에 낚시를 취미로 시작했거든요. 내일 약속 장소로 갈게요."

호준과 민정이 제안에 응하자 은호가 기쁜 마음이 들며 응답한다. 장소와 시각을 호준과 민정에게 알려준다.

통화를 끝내고는 해양과학기술원의 자료를 통하여 아귀의 습성을 분석한다. 평균 체장이 25cm에 달하지만 1m를 넘기는 개체도 더러 발견된다. 산란 시기를 살펴보니 4월에서 8월까지의 기간이다. 겨울철에도 이들 물고기들은 수온이 섭씨 17~20도에 이르는 해역에 산다. 세계적으로는 서태평양과 인도양 및 동중국해에서 상대적으로 많이 발견된다.

평균적으로 활동하는 수심은 30~500m의 해역이다. 산란할 시기가 되면 강물과 바닷물이 만나는 대륙의 연안으로 이동한다.

암컷이 연안의 수중에서 알을 낳으면 수컷들이 정액을 집중적으로 분출시킨다. 종족의 보전을 위한 대자연의 신비한 정경이 연출된다. 숱하게 수중에 방출된 수정란들을 다른 어종의 치어들이 먹이로 섭취한다. 수정란들이 먹히지 않고 잘 견뎌야만 난할을 거쳐 치어로 성장한다. 생존과 죽음이 공존하는 수중에서 치어가 성체로 성장하기도 쉽지 않다.

아귀의 성체는 다른 물고기의 치어들에 대해 치명적인 위협의 대상이다. 아귀는 탐식성이 강하며 먹어 치우는 양이 적지 않은 편이다. 그래서 플랑크톤을 비롯하여 치어들을 마구 포식하는 경향이 많다. 아귀들이 수중에 몰려들면 어장의 물고기들이 떼죽음을 당하게 된다. 아귀에 대한 연구를 하다가 은호가 마음속으로 중얼댄다.

'어로 기술사란 위치가 참 묘하게 느껴져. 연구소의 연구원도 아니며 어부도 아니잖아? 국가의 필요에 의해 선발된 수산직의 공무원일 따름이야. 연구 기관에서 규명한 자료들을 잘 활용하기만 해도 되는 거잖아? 하지만 활용할 만한 자료들이 빈약해서 어로 기술사들이 힘든 상태야. 좋은 자료들이 제시되어 있다면 그걸 현장에 활용하기만 하면 되잖아?'

시간은 우주를 관통하는 빛줄기처럼 빠른 듯하다. 어느새 하루가 흘렀다. 토요일 오후 2시 무렵이다. 섬의 벼랑마다 풍란이 흐드러지게 피어 향기를 자욱이 내뿜는다. 풍란이 벼랑의 바위 위로 허연 공기뿌리를 내뻗어 바람결에 간들댄다. 다섯 장의 꽃잎에다가 기다란 턱 자루를 단 맵시가 우아하다. 푸른 줄기와 잎에 대조적으로 하얗게 눈부신 꽃잎이 가히 환상적이다. 해마다 6월과 7월에는 남해의 섬마다 풍란의 향기가 매혹적으로 굽이친다.

엔진이 없이 손으로 노를 젓는 배가 거룻배이다. 매물도 인근에는 거룻배 낚시가 인기를 끈다. 약속대로 호준과 민정이 시간에 맞춰 매물도 선착장에 도착했다. 그래서 은호가 윤주에게 연락하여 윤주가 거룻배를 끌고 나왔다. 소매물도 등대섬 동쪽 700m 지점에서 은호와 호준이 닻을 내린다. 남해는 동해와 서해와는 달리 물결이 호수처럼 잔잔한 바다다. 이런 잔잔함 때문에 숱한 낚시꾼들이 남해를 찾는다.

구름 몇 조각이 흘러갈 뿐 하늘은 쾌청하기 그지없다. 거룻배의 동쪽과 남쪽으로는 탁 틔어 망망한 수평선이 펼쳐졌을 따름이다. 윤주가 미소를 머금으며 작은 목곽을 연다. 넓이가 스마트폰 정도이며 높이가 4cm가량의 작은 목곽이다. 목곽 안에는 해변의 개흙에서 잡은 갯지렁이들이 굼틀거리고 있다. 윤주와 민정은 동갑임을 확인하자 서로 말을 놓고 지낸다. 둘 다 활달한 성품이기에 가능한 일로 비친다. 거룻배에는 은호와 호준과 윤주와 민정이 승선했을 따름이다.

윤주가 일행을 향해 입을 연다.

"각자 편리한 위치를 잡아서 낚시를 하면 돼요. 목곽의 갯지렁이 정도라면 넷이서 2시간은 버틸 만한 미끼예요. 여기서 주로 잡히는 물고기는 볼락, 노래미, 보리멸, 고등어 종류예요. 전문 낚시꾼들에겐 잡어로 간주되는 물고기들이죠. 하지만 맛은 대단히 좋은 어종들이에요."

민정이 윤주의 말에 곧바로 응답한다.

"어쨌든 좋아. 승선료가 비싸서 주로 갯바위 낚시를 즐겼거든. 그런데 갯바위에서는 너무 물고기들이 잘 안 물었어. 배낚시에서는 적어도 4~5분마다 물고기의 입질이 전해지잖아?"

은호도 그의 느낌을 들려준다.

"매물도에 와서 주낙만을 상대했지 이처럼 취미로 낚시하는 건 처음입니다. 하여간 기대가 많이 됩니다."

호준도 즐거운 표정으로 일행을 향해 말한다.

"이처럼 낚시에 초청해 주셔서 고맙습니다. 모처럼 여유를 갖게 되니 너무 즐겁군요."

이윽고 네 사람이 거룻배에 흩어져서 자리를 잡고 낚싯대를 드리운다. 낚싯줄마다 열 개씩의 바늘이 달려 물결에 휩쓸린다. 윤주의 낚싯대가 제일 먼저 허리를 굽힌다. 낚싯대가 굽혀지자 탁 치듯 우측으로 살짝 낚싯대를 잡아챈다. 이른바 챔질이라는 동작을 그녀가 취한다. 걸린 물고기가 낚시에서 빠져 나가지 못하게 조처하는 행동이다. 이윽고 윤주가 릴을 감아 돌리자 수면으로 물고기의 모습이 드러난다. 이윽고 노래미와 보리멸이 낚싯줄에 매달려 올라온다.

윤주가 두 마리의 물고기를 플라스틱 물통에 담을 때다. 민정의 낚싯대도 휘청대며 허리를 굽힌다. 흡족한 미소를 머금으며 민정이 낚싯줄을 감기 시작한다. 민정의 낚싯줄에는 두 마리의 고등어가 매달려 파드득거린다. 여인들이 잡은 물고기를 물통에 넣고 재차 낚싯대를 드리운다. 물고기들이 미끼를 잘 무는 장소임에 틀림없다는 느낌이 든다. 여인들이 번갈아가며 물고기를 건져 올리는데도 은호와 호준의 낚싯대는 그대로이다. 윤주가 은호와 호준에게 릴을 감아올리라고 말한다. 은호와 호준이 릴을 감으니 미끼가 사라진 낚시가 시야에 드리워진다. 윤주가 은호와 호준에게 말한다.

"물고기가 입질했을 텐데 그 느낌을 알아차리지 못한 모양이네요. 미끼를 새로 달아서 다시 담가 보세요."

은호와 호준이 미소를 머금으며 미끼를 달아 낚싯줄을 바다에 드리운다. 해저에서 추가 한 뼘가량 오르내리게 낚싯줄을 서서히 움직일 때다. 이번에는 은호의 낚싯줄로 물고기가 무는 느낌이 확실히 밀려든다. 은호도 낚싯대를 잠깐 우측으로 잡아챘다가 낚싯줄을 감아올린다. 낚싯줄이 수면으로 올라올수록 무거운 느낌이 밀려든다. 고기는 한 마리인데 크기가 좀 큰 편이다. 갑판 위로 끌어 올리고 보니 길이가 50cm가량인 도다리다. 도다리를 보더니 윤주와 민정이 다들 좋아하며 한 마디씩 말한다.

"우와, 회를 뜨면 참 맛있는 고기인데 잘 잡혔어."

"보기만 해도 군침이 돌 만한 물고기야."

은호가 도다리를 잡고 좋아할 때다. 호준도 열심히 릴을 감아올린다. 그러더니 그의 낚시에 30cm가량의 감성돔이 걸려 올라온다. 일행이 일제히 좋아라고 소리를 치며 격려한다.

이때부터 갑판의 물통에는 물고기들이 낚여서 차근차근 들어찬다. 한 시간가량 잡았는데도 물통이 거의 찰 지경이다. 윤주가 일행을 향해 말한다.

"이제 잡은 물고기의 회 맛을 감상해 볼까요? 제가 회는 금방 뜰 수 있어요."

윤주가 익숙한 솜씨로 금세 도다리와 노래미 회를 만들어 내민다. 일행이 도마 주위에 둘러앉아 회를 먹으면서 술잔을 나눈다. 은호가 회를 입에 넣자마자 신선하면서도 감미로운 맛이 밀려든다. 자신도 모르게 은호가 큰 소리로 감탄한다.

"우와, 현장에서 맛보는 회 맛이 확실히 끝내주는군요."

넷이 둘러앉아 술잔을 기울일 때 윤주가 생각에 잠긴다.

'오늘 자연스레 짝이 잘 지워졌군. 호준 씨와 민정 씨가 짝으로 지내

면 되잖아? 나는 의도한 대로 은호 씨와 짝이 되고 말이야.'

　일행이 둘러앉을 때부터 뱃전의 분위기는 낭만적인 기류에 휩쓸린다. 윤주가 쉴 새 없이 은호에게 말을 걸며 깔깔거린다. 호준과 민정도 서로 마음에 드는지 통성명을 하고 쾌활하게 대화한다. 은호도 최대한 낚시의 분위기가 즐겁게 되도록 신경을 쓴다.

　호준과 민정이 서로의 마음을 여는 분위기가 은호와 윤주한테도 느껴진다. 윤주도 낚시를 계기로 은호의 마음을 붙잡아야겠다고 작정한다. 그래서 은호에게 바싹 붙어 앉아서 얘기도 많이 나누려고 한다. 호준과 민정의 교류는 눈에 띌 정도의 변화를 보인다. 어느새 둘이 다정하게 손을 잡고 수평선을 바라보며 속삭일 정도다. 호준과 민정의 변화를 보게 되자 윤주에게도 질투심이 인다.

　윤주가 갑판에 앉은 일행을 바라보며 돌연한 제안을 한다.

　"생선회와 술을 입에 대었더니 약간 취기가 오르네요. 섬의 해안에 내려 잠시 휴식을 취했다가 낚시하지 않을래요? 휴식하는 시간에 용변도 해결하기로 하고요. 어떠세요, 여러분?"

　다들 반기는 표정으로 환호성을 터뜨린다. 배가 섬의 남단 해안에 정박되었을 때다. 제일 먼저 민정과 호준이 배에서 내려선다. 연이어 윤주와 은호가 내려선다. 민정과 호준이 팔을 들어 윤주와 은호에게 인사하고는 해변을 거닌다. 어느새 둘은 나란히 손을 맞잡고 해안의 암벽 길을 걷는다.

　윤주가 부러운 시선으로 한동안 호준과 민정을 바라본 뒤다. 윤주도 은호의 손을 살며시 쥐려고 할 찰나다. 호준과 민정이 걸어간 반대편의 해안 암벽을 은호가 가리키며 말한다. 은호의 손을 쥐려던 윤주가 허탕을 치고는 은호를 바라본다.

"윤주 씨, 저기도 해식동굴이 있네요. 평소에는 못 봤는데 간조 시각이라 눈에 띄나 봐요. 함께 가 보지 않을래요."

은호의 손을 쥐려다가 허탕을 쳐서 심사가 뒤틀렸던 모양이다. 윤주가 확실하게 오른손을 내밀어 은호의 왼손을 마주 잡는다. 창졸간에 은호의 마음에 심한 격류가 치솟는다. 그러자 은호가 윤주에게 속삭이듯 나지막하게 말한다.

"먼저 양해를 구할게요. 마음의 문이 열린 뒤에 손을 잡으면 안 될까요? 제 마음이 불편해서 그러니 이해해 주세요."

그러자 함께 동굴로 향하던 윤주의 발걸음이 멈칫거린다. 그러더니 윤주가 은호에게 말한다.

"저는 동굴에는 별로 관심이 없어요. 그러니 혼자 다녀오세요. 그동안에 저는 해안의 숲에서 쉬고 있을게요."

윤주의 말에 고개를 끄떡여 동의하고는 은호가 해식동굴에 들어선다. 동굴의 길이가 고작 6m가량밖에 안 된다. 평소에는 수중에 잠겨 있던 동굴이라 여겨진다. 동굴 천장과 바닥에는 굴 껍질이 다닥다닥 달라붙어 있다. 동굴의 벽에는 미역과 파래가 짙게 엉겨 붙어 있다. 동굴 끝자락의 내부를 잠시 훑어보고 나오려 할 때다. 동굴 끝자락의 바닥에 갈비뼈로 보이는 인골이 눈에 띈다. 은호의 심장이 덜컥 내려앉는 느낌이다. 그래서 바닥에 나뒹구는 막대기를 주워 바닥의 흙을 파헤친다. 바닥의 인골에 막대기가 닿자마자 인골이 가루로 바스러진다.

무척 오랜 시간이 흐른 인골이라 여겨진다. 땅속에 묻혔다가 공기에 노출되면서 인골이 급격히 바스러져 버린다. 그런데 흙더미 속에서 묵직한 것이 드러난다. 은호가 막대기로 물체를 헤치니 가죽에 싸인 자기 항아리가 드러난다. 항아리는 20cm가량의 높이를 지녔고 항아리 내부에는 옥판(玉板)이 들어 있다. 옥판의 크기는 가로가 12cm, 세로가 7cm가량으로 보인다. 두께는 0.5cm가량이다. 직사각형 모양의 옥판에는 작은 글씨와 그림이 새겨져 있다.

은호는 옥판을 소중히 주머니에 챙겨 넣는다. 그러고는 바닥 주변을 막대기로 더 휘저어 본다. 그 바람에 처음 발견되었던 갈비뼈도 다 바스러져 버렸다. 바닥의 어디에도 인골의 흔적은 발견되지 않게 되었다. 더 이상 다른 물체가 발견되지 않음을 확인한 뒤다. 은호는 항아리를 동굴 바닥에 묻고는 땅바닥에 엎드려 절한다. 인골이 남긴 유물로 그의 무덤을 삼아 혼령을 달래겠다는 취지다. 그러고는 은호가 옥판만 챙겨 들고 굴에서 빠져 나온다. 옥판의 내용을 파악하기 전에는 인골에 대해서는 일행에게 침묵하기로 한다.

은호가 동굴에서 빠져 나오자 다들 거룻배에서 은호를 기다리고 있다. 은호가 배에 올라타자마자 배가 물살을 가르며 바다에 들어선다. 어획량을 확인하려고 민정이 물통을 열다가 놀라서 큰 소리로 말한다.

"이리 좀 와 봐요. 물고기 여러 마리가 물어 뜯겨 있어요."

은호와 호준과 윤주가 즉시 달려와 물통 속을 들여다본다. 물통 속의 물고기 대여섯 마리의 살점이 뜯겨 있다. 은호가 느끼는 바가 있어 아귀를 붙잡아 꺼낸다. 아귀의 배를 두 손바닥으로 눌렀을 때다. 아귀의 입으로부터 노래미와 볼락의 살점이 밀려나온다. 이런 순간을 이용하여 은호가 민정에게 말한다.

"제가 왜 위판장을 통한 어획량을 알려고 하는지에 대한 이유예요. 최근에 난류성 아귀가 한반도의 남해에 다량으로 침투했거든요. 이들이 주변 어종들을 마구 포획하는 경향이 있어요. 그래서 어종에 따른 어획량의 자료가 필요해요. 어떻게 제게 주기적으로 어획량의 변화를 알려 줄 수 있겠어요?"

민정이 은호를 바라보며 흔쾌히 대답한다.

"알겠어요. 당연히 도와야지요. 정보를 알려는 취지가 어민들을 돌보려는 측면 때문이잖아요? 호준 씨를 만나게 해 주었기에 확실하게 은호 씨를 도울게요."

하도 진솔하게 기쁜 마음을 드러내어 은호와 윤주가 부러울 지경이다. 은호가 고마운 마음에 손을 내밀자 민정이 흔쾌히 악수를 한다.

매물도에서 함께 낚시를 하며 정감을 나눈 뒤다. 민정의 영향으로 창주로부터도 자료가 인터넷 공간으로 민활하게 날아든다. 창주와 민정이 수중의 물길처럼 일관된 마음으로 은호에게 협조해 준다.

윤주는 은호와 낚시질을 하고서부터 가슴에서 치솟는 정감을 느낀다. 신중하면서도 그녀를 차분히 배려하는 품성이 그녀의 마음을 설레게 한다. 은호에게 애인이 없음을 알고는 윤주의 마음이 미묘하게 굽이친다. 함께 낚시질한 이후로 윤주에게는 은호의 얼굴이 수시로 물결처럼 밀려든다. 하지만 은호로부터 반영된 정감은 산울림이 끊긴 절벽에 선 느낌이다. 너무 담담하여 절벽에 부딪혀 밀려나는 기분마저 느껴진다. 온화하고 친절하기는 해도 은호의 삭막한 청아함이 그녀에게 안타까움을 자아낸다.

26살의 윤주는 은호에게 정감을 전하겠다면서 수시로 숨결을 가다듬는다. 윤주는 친구인 영혜도 자신을 긴장시킨다고 여긴다. 영혜의 숨결이 은호의 연정을 자극하지 않기를 바란다.

어느새 하루가 훌쩍 지나갔다. 편안한 숨을 내쉬듯 은호가 해남장에서 아침 식사를 마친 뒤다. 정보를 찾느라고 수산과학원과 연결된 전산망을 어루더듬을 때다. 휴대전화가 거친 몸짓으로 울린다. 전화기로 해양과학기술원의 현아의 목소리가 밀물처럼 흘러든다. 솔바람처럼 청아한 느낌의 여인이라 느껴진다.

"나야, 그간 잘 지냈니? 다음 주말에 시간 좀 낼 수 있니? 너한테 사이보그(cyborg)의 활동을 보여주고 싶어. 이 사이보그가 너의 작업에 커다란 영감을 줄지도 모르잖아?"

물줄기가 내뻗듯 은호가 시원한 목소리로 응답한다.

"좋아. 주말이 아니더라도 상사의 허락을 받아 참관할게. 내게 많은 도움이 되리라 여겨져."

구체적인 날짜를 알려주는 현아의 목소리에 풋풋한 정감이 남실댄다. 제시한 기간이 주말이라서 마음이 깃털처럼 홀가분하게 느껴진다.

은호가 통화를 끝내자마자 생각의 소용돌이에 잠겨든다.

'생체 조직에 인공 부품이 삽입된 생물체가 사이보그가 아닌가? 해양과학기술원이 사이보그를 오랜 세월에 걸쳐서 연구한다는 소문이 나돌았어. 이 기회에 견문을 확 넓히도록 해야겠어.'

소용돌이치는 생각의 굽이에서 벗어나 성준에게 자신의 견해를 전화로 전한다. 밀려드는 물결처럼 성준이 시원스런 목소리로 격려해 준다.

"그래, 사이보그를 참관하는 가운데서도 좋은 영감을 얻게 될 거야. 네가 하는 일이 바로 나의 일이잖아? 적극적으로 밀어줄 테니까 잘해 봐."

신뢰하는 상사가 있기에 일을 추진함에 있어서 불길처럼 가슴이 훈훈해진다. 예전에 현아로부터 들은 기억이 남실대며 의식으로 밀려든다.

해양과학기술원에서 집중적으로 애정을 쏟는 사이보그가 돌고래라는 점이다. 돌고래는 인간만큼 지능이 탁월하여 과학자들의 시선을 끈다. 수중에서는 어느 개체로부터도 위협받지 않는다는 점도 탁월한 장점으로 떠오른다. 흉포한 상어 무리들도 돌고래를 만나면 넋을 잃고 달아날 지경이다.

은호는 사이보그를 알아보려고 인터넷 공간을 더듬어 찾는다. 국내 유수의 연구 기관의 전산망에 이르기까지 접속을 시도한다. 두어 시간 동안 검색을 하니 개략적인 윤곽이 잡힌다. 한국에서 사이보그를 연구한 지는 10년 세월이 흘렀다고 한다. 알 만한 선진국들은 평균적으로 20년이 넘게 연구해 왔다고 한다. 한국이 뒤늦게 연구에 뛰어들었지만 연구 실적은 세계적 수준이라 드러난다.

사이보그의 개발 유형에는 크게 두 가지로 분류된다. 외력에 의한 유도형과 자발 신경 유도형으로 대별된다. 외력에 의한 유도형이란 사이보그를 인간의 힘으로 던져 넣는 유형이다. 원하는 수심에서 인간이 사이보그를 부리는 방식이다. 사이보그의 피부에는 인간이 장착한 관측 기기들이 달린 점이 특징이다. 초기 사이보그의 대다수가 이런 유형으로 연구되었다. 자발 신경 유도형이란 생물체의 두뇌에 인간의 감응기를 삽입한 개체다. 이 경우에 가장 문제가 되는 것이 정교한 수준의 수술이다.

수술이 정교하지 못하면 감응기와 접촉한 두뇌의 조직이 썩게 된다. 두뇌의 신경이 썩게 되면 사이보그는 곧바로 죽음을 맞게 된다. 선진국에서도 수술 성공의 확률은 너무나 저조한 편이다. 한국에서도 10년이 넘게 연구해 왔지만 내세울 만한 사이보그가 없었다. 그랬는데 2013년 2월에 체장이 3m인 돌고래의 두뇌에 수술을 성공시켰다. 감응기와 두

뇌 조직은 여섯 달 동안 이틀마다 진단을 해 왔다. 감응기와 두뇌 조직의 접합이 자연스럽게 조화를 이룬 셈이다. 어느 부위에서도 신경이 썩는 현상은 일어나지 않는다.

그간 해양과학기술원에서는 9마리의 돌고래를 희생시켰다. 최선을 다해 수술한다고는 했지만 그때마다 접합 부위가 썩어서 죽었다. 아까운 돌고래들이 희생될 때마다 자연 보호주의자들로부터 드센 비난을 받았다. 해양과학기술원의 과학자들도 피눈물을 뿌리며 가슴 저린 진통을 겪었다. 그러다가 재작년 2월에 10번째의 돌고래에 수술을 하여 성공을 거두었다. 이렇게 얻어진 사이보그의 이름이 '불꽃' 이다.

나흘의 시간이 순식간에 흘렀다. 울릉도의 남동 방향으로 83km 떨어진 해역에서다. 독도의 서도로부터는 5km 북서 방향으로 떨어진 해상에서다. 500톤급의 해양과학기술원의 탐사선인 태평호가 물결에 간들댄다. 선상에는 7명의 연구원들이 승선하여 연구를 진행하고 있다. 그 연구원들 중의 한 명이 현아다. 그녀는 해저자원 연구실장을 맡고 있다. 그녀는 해양대학교의 동문이지만 시카고대학교에서 박사학위를 받아 선임 연구원이 되었다.

수면에 바람이 잔잔하게 흐르는 느낌이 든다. 그러자 바다의 여기저기에서 숱한 물결이 밀려든다. 갑판에서 파랗게 반짝이는 수면을 굽어보며 은호가 생각에 잠길 때다. 현아가 은호에게 다가와서 말한다.

"뭘 그렇게 생각하니? 날씨가 화창하여 배를 독도 남방 106km 해상으로 이동시킬 작정이야. 거기는 일본 시마네현으로부터 113km 떨어진 곳이기도 해. 말하자면 공해에 해당하는 곳이지. 원래 그 지점에서 돌고래가 많이 들끓어. 내가 훈련시킨 사이보그인 불꽃의 활동을 거기에서 지켜보고 싶어."

이윽고 배는 선수를 돌려 독도 남쪽을 향해 달리기 시작한다. 날씨는 화창하여 눈이 부실 지경이다. 청정한 동해의 날씨가 은호의 가슴에 따스한 정취를 불러일으킨다.

"통통통! 통통통통!"

바다의 수면을 향해 넓게 퍼져가는 엔진 소리가 장중하다. 은호의 가슴이 자신도 모르게 숙연해질 지경이다. 넓은 바다로 굽이치는 햇살이 감미로워 마치 꿈을 꾸는 듯하다. 뱃전을 스치는 바람결마저도 따스한 융단이 너울대는 것처럼 아늑하게 느껴진다.

대략 한 시간 반이 지났을 때다. 태평호가 당당하게 독도 남쪽 106km 해역에 자리 잡는다. 갑판으로 밀려드는 바람결은 여전히 아늑하고 포근하다. 온 세상이 쾌청한 대기로 채워져 남실대는 느낌이다.

현아가 은호를 그의 선상 연구실로 데려간다. 그녀의 연구실 내엔 그녀와 은호 둘밖에 없는 상태다. 현아가 수중 탐지장치 화면을 레이저빔으로 가리키며 말한다. 탐지장치는 선상 내부의 컴퓨터와 연결되어 수중 상태를 보여주는 장비다. 초음파와 마이크로파를 이용하여 영상 출력 신호로 전환하는 과학 장비다. 아무리 깊은 해저일지라도 탐지장치로 거뜬하게 들여다볼 수가 있다. 컴퓨터와 연결된 대형 영사막에는 수중의 영상이 선명하게 드러난다. 수면으로부터 700여 미터의 수심이라고 현아가 은호에게 설명한다.

영사막에 순해 보이는 돌고래 한 마리가 돌연히 드러난다. 현아가 은호에게 설명한다. 대략 2년 동안 바닷물에 넣어 조련시킨 사이보그인 '불꽃'이라고 일러준다. 불꽃의 입천장에는 극미세 사진기가 부착되어 있다. 불꽃이 입을 열기만 하면 수중의 모습이 사진기에 촬영된다. 촬영된 동영상은 곧바로 탐지장치의 신호에 잡혀 읽힌다. 현아가 발진기를 조작하여 불꽃에게 공명 주파수에 신호를 넣어 발신한다. 3분가량이 지났을 때다. 신호를 인식했다는 듯 불꽃이 지느러미를 세 번 크게 펄럭인다.

현아가 고맙다는 표정을 지으며 일정한 신호를 내보낸다. 돌고래인 불꽃이 점점 해저를 향해 내려간다. 수심 1,000m 주변에 이르렀을 때다. 불꽃의 동쪽 수중으로부터 느닷없이 물거품이 부글부글 치솟는다. 그러더니 30여 마리에 이르는 대형 심해 상어들이 몰려든다. 상어들의 몸길이는 대략 3m가량이다. 상어들이 떼를 지어 사이보그를 향해 다가들자 현아가 심란해 한다. 바로 이때 탐지장치로부터 묘한 신호음이 귓전으로 날아든다. 심해에서 내뿜는 사이보그의 음파로 여겨진다.

현아가 은호를 향해 중얼대듯 말한다.

"어쩜 이런 일이 벌어졌지? 상어들이 돌고래를 피해 달아나는데 이번에는 무리를 지어 달려들다니? 전혀 예상하지 못한 상황이야."

탐지장치로부터 들려온 돌고래의 음파가 스러질 무렵이다. 현아가 영사막의 화면을 가리키며 역력히 기뻐한다. 손가락 방향에는 수십 마리에 해당하는 돌고래들이 몰려들고 있다. 돌고래 떼가 몰려들자마자 상어들이 신속히 흩어져 달아난다. 그 달아나는 품이란 얼마나 신속한지 혀를 내두를 지경이다. 하지만 영사막에 나타난 영상은 결코 단순하지가 않다. 몰려든 돌고래들이 흩어지면서도 상어들을 노리며 포위하기 시작한다. 두 마리의 상어가 다섯 마리의 돌고래에 의해 내몰리고 있다.

순한 인상으로 상상하던 돌고래의 모습이 아니다. 다섯 마리의 돌고래가 번갈아 몸뚱이를 뒤집으면서 상어에게 다가든다. 위기감을 느낀 상어도 돌고래를 물려는 조짐을 보인다. 현아와 은호는 화면에서 눈을 떼지 못할 상황이다. 돌고래의 포위 공격의 위세가 얼마나 대단한지 몸이 떨릴 지경이다. 돌고래 한 마리가 느닷없이 상어에게 접근하다가 꼬리지느러미로 머리를 후려갈긴다. 그러자 그 돌고래를 뒤따르던 다른 돌고래들도 연달아 꼬리지느러미로 후려갈긴다. 순식간에 머리를 대여섯 차례나 공격당한 상어들이 의식을 잃고 가라앉는다.

빠른 공격과 위력적인 힘으로 대번에 상어를 제압해 버리는 돌고래들이다. 포위 공격을 당하던 두 마리의 상어가 죄다 가라앉고 있다. 실신만 시키고는 돌고래들이 서너 차례 배회하더니 슬그머니 물러가 버린다. 꼬리지느러미로 후려갈기는 힘은 어마어마하여 소형 선박은 박살이 날 지경이다. 평소부터 돌고래가 상어를 제압하는 방식에 대해 궁금하게 여겼던 은호다. 현아마저도 돌고래가 상어를 제압하는 광경은 처음 본다고 한다. 제 아무리 이빨이 날카로운 공격성 어류들도 돌고래에겐 내쫓기는 모양이다.

상어와 돌고래를 바라보던 은호에게 옥판(玉板)의 생각이 떠오른다. 매물도에서 낚시를 하다가 해변의 해식동굴에서 옥판을 주운 날이었다. 그날 밤에 옥판을 깨끗이 씻어 내용을 확인하러 들여다보았다. 옥판의 글과 그림은 조선 말기의 수군이 남긴 것으로 드러났다. 옥판의 수군은 전함에서 밤에 잠자다가 왜구들에게 포로로 잡혔다고 적혔다. 너무 상처가 심하여 왜구들이 해안에 자신을 던져 버렸다고 밝혔다. 수군은 자신의 상처가 위중하여 도저히 살아나기가 힘들다고 판단했다. 그리하여 해식동굴에 피신해 있으면서 휴대한 옥판에 흔적을 남기기로 했다.

옥판에 적힌 한문을 해석할 때였다. 야습을 당해 상처를 입은 수군의 처지가 너무나 안타깝게 여겨졌다. 야습당하지만 않았어도 왜구를 내쫓을 수군이라 여겨졌기 때문이다. 수군은 쇠꼬챙이로 글과 그림을 새기려고 옥판을 반복해서 긁었다. 그러면서 죽기 전의 모든 숨결을 옥판에 남기려고 애를 썼다. 위기에 처하여 맨손으로 적을 살해하는 세 가지의 권법을 새겼다. 왜구를 내몰면서 필생 동안 창안한 절대적인 무술이기도 했다.

태권도 사범의 자격을 갖춘 은호에게도 놀라운 동작으로 비쳤다. 무장한 적을 만나더라도 단숨에 다수를 살해할 만한 정교한 무술이었다. 은호는 옥판의 무술에 자신이 공격받았을 경우를 헤아려 보았다. 아무리 생각해도 방어하기도 전에 목숨을 잃고 말리라고 판단되었다.

은호는 옥판에 새겨진 무술에 대하여 '옥무(玉武)'라고 명명하기로 했다. 그러고는 유사시를 대비하여 날마다 수련하기로 했다. 옥판을 남긴 '남기령(南起嶺)'이란 수군을 무술의 스승으로 삼기로 했다. 생명이 위태로울 상황에서 정당방위로만 옥무를 사용하리라 스스로에게 다짐했다. 은호가 날마다 옥무를 수련하면서 수련의 장점을 발견했다. 체력을 관리하는 중요한 운동 수단이 됨을 느꼈다. 수련할 때마다 혈류의 흐름이 왕성하여 피부가 더욱 부드러워지는 느낌이었다. 어디서건 무장 괴한을 만나더라도 단숨에 제압할 자신이 생겼다.

과거를 회상하다가 현실로 되돌아온 은호가 영사막의 돌고래들을 새삼 들여다본다. 돌고래가 상어를 제압할진대 돌고래에겐 수중에서 적이 없을 듯하다. 현아가 영상을 바라보며 은호에게 말한다.

"나도 이처럼 진기한 장면은 처음 봤어. 게다가 사이보그가 신호로 동료 돌고래들을 불러들일 줄은 몰랐어. 이만하면 사이보그의 안전성은 제대로 입증된 것 같아. 혹시나 상어 무리에 공격당하지는 않을지 걱정했거든. 그랬는데 대처 능력이 이 정도일 줄은 정말 몰랐어."

은호는 영사막에 비친 수중 영상을 바라보며 생각에 잠긴다.

'동해와 남해 어장에 어류를 포식하는 물고기류들이 몰려와도 문제가 없겠군. 사이보그만 잘 훈련시켜 주기적으로 수중을 감시하게 만든다면 말이야.'

대략 한 시간쯤 공해에서 머문 뒤다. 탐사선은 서서히 독도를 향해 다가간다. 독도의 해양경찰에게는 미리 통지가 되어 있다고 들려준다. 수중에 잠긴 서도의 암벽 상태를 확인하려는 작업이라고 들려준다. 갑작스럽게 하늘에 먹구름이 끼며 바다가 술렁댄다. 그러더니 온 하늘이 새카맣게 어두워져 오더니 빗방울이 듣기 시작한다. 툭툭 떨어지는 빗방울의 크기가 굵어지더니 어느새 폭우로 돌변한다.

선장이 항로를 독도로 향했지만 배가 독도를 벗어난다는 소리가 들린다. 갑판에서 수런대는 소리들이 금속의 파편처럼 예리한 음향으로 밀려든다. 말소리를 듣고 분석하니 배가 항로를 이탈했다는 소리다. 독도 북동쪽 150km의 위치에서 기름이 다 소진되었다는 소식이다. 배를 이동시키려 해도 불가능하다는 얘기다. 선장이 울릉도에 전화를 걸어 주유선이 오기로 했다고 한다. 먼 거리 탓에 7시간은 지나야 주유선이 도착하리라 들려준다. 배는 닻을 드리워 주유선을 기다릴 수밖에 없는 상황이다.

이런 긴박한 상황에서도 현아는 은호를 불러 영사막을 보게 한다. 심드렁한 표정으로 영사막을 바라보던 은호의 눈빛이 돌연 달라진다. 50

여 m 깊이의 수중에서다. 보기 드문 회오리가 일고 있다. 회오리의 근원이 뭔지를 살펴보는 순간 호기심이 증폭되었다. 숱한 물고기들의 무리가 충돌하여 일으키는 소용돌이기 때문이다. 보통의 경우에는 물고기 무리들이 충돌하지 않는다. 아무리 대단위로 이동하던 물고기들도 상대무리들을 만나면 흩어지기 마련이다.

그런데 영사막에 비치는 정경은 그게 아니다. 다른 두 어종들끼리 육체적인 충돌을 감행하고 있다. 충돌이 일어날 때마다 수중에 커다란 소용돌이가 인다. 한류성 어류와 난류성 어류의 충돌 현상이라고 현아가 설명한다. 한류성 어류는 숭어이고 난류성 어류는 청줄돔이라고 들려준다. 여태껏 수산학을 연구했지만 이런 장면은 처음 보는 정경이다.

갈수록 두 물고기들 집단의 행동은 과격해진다. 부딪힌 몸뚱이들이 찢기고 갈라져 흩어진다. 연신 피를 내뿜으면서도 연신 돌진하여 몸을 부딪는다. 피할 수 없는 절차인 양 두 무리의 어종이 뒤엉켜 휘돈다. 수중에 기다란 나사가 이중으로 배열된 느낌이 들 지경이다. 처음 보는 진풍경에 은호의 입이 다물리지 않을 지경이다.

선실 바깥은 쏟아지는 폭우로 온 세상이 캄캄하다. 심지어 발등조차도 안 보일 정도의 암흑에 뒤덮여 있다. 한동안 영사막을 바라보던 현아가 시선을 거두어 은호를 바라본다. 묘하게도 현아의 눈빛에 형언하기 어려운 파동이 실려 있음이 느껴진다. 여태껏 현아와 지내면서도 이런 경험은 처음 갖는 은호다. 느닷없이 공허하면서도 신산스러운 느낌이 은호의 가슴으로 밀려든다. 이때 한없이 상심한 듯한 현아의 목소리가 은호의 귓전을 파고든다.

"아, 너무나 가슴이 저려. 물고기들마저 충돌하면서까지 삶의 의미를 나누는데 어떻게 우리는?"

현아가 자칫 울 듯한 표정마저 비치면서 은호에게로 다가선다. 느닷없이 은호의 가슴으로 스산한 기류가 휘몰려든다. 자칫 질식할 듯한 느낌마저 들 지경이다. 이때 현아가 은호에게 다가들어 은호의 두 손을 잡는다. 그러고는 은호를 바라보며 진심이 담긴 나지막한 목소리로 호소하듯 말한다.

"애인이 없이 살자니 세상이 너무 공허하게 여겨져. 세상을 사는 아무런 의미가 없어지려고 해. 하나만 물을게. 너한테는 내가 여자로 보이지 않니?"

은호가 현아에게 잡힌 손을 슬며시 빼내면서 말한다.

"내 눈에 비친 너는 최상의 여건을 갖추었다고 생각돼. 외모와 학력과 품성이 두루 조화를 이루었잖아? 게다가 꽃다운 젊은 나이의 처녀이잖아? 남자들이 다가서지 못하는 건 완벽한 너의 위상 때문이라 여겨져. 혹시 접근했다가 거절당할 때의 낭패감이 두렵기도 했을 거야."

현아가 여전히 공허감에 젖어 가슴을 떨며 은호에게 말한다.

"그런데도 너는 손마저 뿌리치면서 왜 나를 무시해? 나의 어디가 네 마음에 안 드니?"

자칫하면 눈물이라도 뿌릴 듯한 형세다. 예상치 못했던 현아의 반응에 은호의 마음이 급격히 술렁댄다. 마치 현아에게 큰 죄라도 저지른 듯한 기분이다. 현아의 반응에 은호도 문득 억울하다는 느낌이 들어 몸을 떤다. 그도 허탈한 심경에 젖어들어 현아의 손을 쥐려고 팔을 내민다. 이런 기류를 기민하게 간파한 듯 현아도 손을 내민다. 둘의 손이 맞닿을 찰나다. 은호가 돌연 손을 거두어들이면서 잠결의 바람이 귓전으로 휩쓸리듯 말한다.

"나한테도 생각할 시간을 좀 줘. 서로의 영혼이 상대를 받아들여야 되는 일이잖아? 거듭 얘기하지만 너는 여자로서는 거의 완벽한 사람이야. 늦어도 내년 3월까지는 내 마음을 너한테 알려줄게. 하지만 반드시 사전에 밝혀 둘 게 있어. 그 이전에 서로에게 다른 애인이 생기면 서로 인정해 주자고. 그 기간을 핑계로 최상의 연인 후보자를 놓쳤다고 말하지는 말자고. 내 말 분명히 알아듣겠어?"

현아가 은호의 말뜻을 확실하게 알아들었다고 말하면서 표정이 금세 훤해진다. 그러면서 팔을 내밀어 은호의 손을 쥐고는 놓지 않는다. 은호가 조금만 온화한 표정을 짓더라도 은호에게 몸마저 던질 듯하다. 그녀의 간절한 눈빛과 안타까운 숨결이 적나라하게 은호에게로 표출되는 순간이다. 소용돌이치는 탁류에서 버둥대다가 가까스로 벗어난 듯 은호의 머리가 어지럽다.

도동항에 연락을 취한 지 7시간이 흐른 뒤다. 울릉도에서도 거리가 멀었던 탓이었다. 이윽고 암흑의 장막을 걷어내듯 주유선이 공해로 들어선다. 주유선으로부터 기름을 공급받을 때부터는 날이 개기 시작한다. 하늘을 뒤덮었던 먹구름도 말끔히 걷힌다. 폭우로 변하여 다 쏟아진 모양이다. 먼 하늘로부터 부드러운 햇살이 서서히 밀려든다. 폭우가 쏟아졌던 시간에 일어났던 일들이 꿈속의 정경처럼 느껴진다. 생각할수록 꿈을 꾸다가 깨어난 느낌이다.

그런데 은호의 머릿속으로 이상한 느낌이 밀려든다. 청줄돔이 독도 이북까지 진출한 일이 께름칙하게 여겨진다. 아무리 기상 현상이 악화되었다고 하더라도 서식처를 이탈하기는 어렵지 않은가? 그럼에도 청줄돔이 대량으로 독도 위까지 북상한 원인이 궁금하게 여겨진다. 원인만 규명해도 연안 수산업에 커다란 보호막이 되리라 생각된다.

　사이보그의 관찰 업무를 끝낸 뒤라 배는 죽변항에서 닻을 내린다. 하선하기에 앞서서 은호가 영원히 아름다운 벗이 되자고 손을 내민다. 현아가 설레는 가슴으로 은호의 눈을 들여다보며 악수를 나눈다. 그러면서 은호를 바라보는 눈빛에 먹먹한 그리움을 실어 보낸다.

4.
수중 지도와 어초

　직장에서 퇴출당한 사람들은 체내에서 스러진 활기를 되찾으려고 바다를 찾는다. 좌절했던 기운을 출렁대는 바다로부터 가득 흡입하려는 잠재된 욕구에서다. 바다를 찾았던 사람들의 눈길이 다음 단계로 휩쓸리는 곳은 어촌이다. 매물도에도 최근에 2가구의 외지인들이 삶의 의지를 되찾아 들어섰다. 매물도를 생애의 마지막 보금자리로 가꾸겠다는 사람들이다. 32살의 준철과 29살의 동명의 가족도 섬의 보금자리로 흘러든 사람들이다.

　준철은 회사원으로 근무한 지 7년 만에 낭떠러지에서 떠밀리듯 퇴출당했다. 그는 가산디지털 공단의 전자회사에서 꿈을 키웠다. 근무한 지 7년째에 접어들었을 때다. 새로운 기술 개발 능력이 부족하다는 압박이 수시로 밀려들었다. 그게 그를 회사 밖으로 내몬 이유였다. 그녀의 아내는 남편과 함께 매물도에서 새 꿈을 펼치기로 작정했다. 준철이 매물도에 정착한 지 일주일이 지난 시점이었다. 이번에는 29살인 동명의 가족이 직장에서 떠밀려 매물도에 들어섰다.

세월이 물살처럼 흘러 7월 중순이다. 은호는 스쿠버 잠수부 시험에 합격하여 자격증을 거머쥐고 희열을 느낀다. 그는 매물도의 수중 지형을 사람들의 속살처럼 탐사하려고 한다. 수중 지형을 근거로 하여 생태 환경을 변화시킬 작정이다. 바다를 물고기들이 산란하기 쉬운 침실처럼 아늑한 공간으로 만들고 싶어진다. 자격증을 취득하던 날에 따사로운 정감에 휘몰려 은호가 주태를 찾는다. 은호의 자격증을 보자 주태가 기뻐서 자신의 일처럼 환호성을 터뜨린다. 함께 수중에서 작업할 가능성이 커져서 마음이 무척 기뻤던 모양이다.

주태와 은호가 해변의 주점에서 만나 수평선을 바라보며 술잔을 나눈다. 광막하게 드리워진 수평선에서 갈매기들이 날아올라 깃털처럼 흩어진다. 은호가 기포를 내뿜듯 주태에게 말한다.

"네가 아는 잠수부 단체가 있겠지? 적어도 30여 명의 잠수부들이 필요해. 내가 당국의 허가를 받으면 일당을 국가 경비로 계산할게. 매물도의 수중 구조를 면밀히 탐사하여 수중 지도를 만들 참이야."

주태가 술잔에 휩쓸려 간들대는 하늘의 청아한 색조를 바라보며 응답한다.

"수중 지도를 만들겠다고? 지금까지 그런 생각을 한 사람은 아무도 없었어. 어떻게 그런 생각을 하게 됐지? 너는 내가 만난 사람들 중에는 좀 특별해 보이는 인물이야."

수중 지도에는 숱한 지형 탐사의 경험이 용해되기 마련이다. 정교한 촬영 기술이 듬뿍 담겨야 한다. 주태가 미궁의 향 연기처럼 신비로운 미소를 띠며 은호에게 묻는다. 지형도를 만들어서 무슨 용도의 공간에 펼칠 것인지를.

　은호가 숨결을 고르듯 정색하고는 종이를 꺼내 주태에게 설명한다. 주태도 불빛을 투시하듯 경건하게 은호의 말에 귀를 기울인다. 펼쳐진 종이 위로 은호의 얘기가 바람결처럼 퍼져 흐른다. 수중 지형도가 완성되면 어류 서식처가 수중의 침실처럼 또렷이 판별된다. 동굴이나 계곡에는 물고기의 알이 매달려 생활하기 쉽다. 산란하려는 식육어(食肉魚)들은 동굴이나 계곡으로 연기를 내몰듯 몰아넣으면 된다. 어류의 생육에 위협적인 어종들은 수중의 골짜기로 먼지처럼 내몰면 된다. 산란 시기에 맞춰 해당 물고기들을 벽으로 가두듯 통제하기로 한다.
　잠수부들을 수중에 불나방처럼 내풀어 두어 시간만 통제하면 되리라 예견한다. 치어를 삼키려는 흡혈성 아귀들에 대해서는 어초로 유인하여 제거하겠다고 들려준다. 차분하면서도 이치에 닿는 설명을 들은 뒤다. 주태가 감탄한 눈빛으로 한동안 은호를 바라본다. 그러다가 주태가 은호의 손을 움켜쥐고는 탄성을 터뜨리며 말한다.
　"어로 기술사의 위상이 정말 어느 정도인 줄을 알겠어. 대충 때우는 식으로 근무해도 누구한테서도 비난받을 신분이 아니잖아? 그럼에도 잠수부 자격증을 취득해 가면서 직접 수중을 탐사하려고 하다니? 너 같은 사람이 공직자가 되었기에 세상이 좋아졌다고 생각해. 정말 너를 만난 건 매물도의 복이라고 여겨져. 부디 초심이 끝까지 변하지 않기를 진정으로 바란다. 너를 위해서라면 어떤 노력도 아끼지 않을게."
　마음이 통하여 주태와 은호가 밤늦게까지 주점에서 대화를 나눈 뒤다. 둘은 악수를 나누고는 각자의 숙소로 돌아간다.

자정 무렵에 은호가 해남장에 들어섰을 때다. 그 시간에도 효정이 대기실에서 나오면서 은호를 맞는다. 언제나 효정의 얼굴에서는 따사롭고 포근한 정감이 전해진다.

"동생, 이제 왔어? 요즘 너무 무리하는 게 아냐? 일을 하되 건강을 유지하면서 해야지?"

은호가 효정을 향해 방긋 웃으며 응답한다.

"누님, 아직 안 주무셨어요? 주태랑 할 얘기가 있어서 시간을 좀 보냈어요. 피곤해서 그만 방으로 올라갈게요. 잘 주무세요."

2층 숙소로 올라가는 은호를 바라보며 효정이 손을 흔들어준다. 은호의 모습이 사라지자 효정이 그녀의 침실로 들어간다.

주태와 만난 지 사흘이 지난 시점이다. 은호는 성준과 통화를 하여 잠수부 30명을 동원하기로 했다. 경비는 당연히 국가에서 지원하기로 했다. 7월의 바다라 섬의 곳곳에서 풍란의 향기가 섬을 뒤덮는다. 쾌청한 하늘 아래 햇살이 눈부실 지경이다. 주태와 은호가 통영에 나가서 30명의 잠수부들을 초빙해 온다. 다들 3년 이상의 경력을 가진 잠수부들이다. 이들 30명을 이끌고 주태와 은호가 잠수를 하기로 한다.

잠수부들에게 수중 촬영 사진기와 휴대용 탐지기를 일제히 빌려준다. 이들 장비는 성준과 호준이 통영에서 매물도까지 수송해 왔다. 잠수부들에게 구체적으로 잠수할 영역을 알려주고 해당 지역을 촬영하도록 지시한다. 휴대용 탐지기로 안내되는 위도를 따라 오르내리며 사진을 촬영하라고 말했다. 잠수부들은 경력자들이라 다들 어렵지 않다고 대답한다. 잠수부들과 계약된 시간은 2시간이다. 2시간 이내에 모든 수중 촬영이 완료되어야만 한다.

매물도의 동쪽과 서쪽의 수중을 면밀히 촬영하려고 한다. 주태가 15명의 잠수부를 동원하여 매물도 서쪽의 수중 해안을 촬영한다. 은호는 15명의 잠수부를 동원하여 매물도 동쪽의 수중 해안을 촬영한다. 물속에만 들어서면 섬뜩한 기운이 전신으로 파고드는 느낌이다.

매물도 북쪽에서부터 동쪽과 서쪽으로 잠수부들이 훑어 내려오면서 작업을 진행한다. 서쪽 해안은 주태가 감독하고 동쪽 해안의 수중은 은호가 감독한다. 거의 작업 시간이 종료되어 섬의 남쪽에서 작업할 때다. 동쪽 해안의 잠수부들과 서쪽 해안의 잠수부들이 수중에서 만나서 작업한다. 이때 해저에서 잠수부들의 눈에 눈부신 빛을 내뿜는 물체가 발견된다. 수심 20m 깊이의 해저에 강한 빛을 내뿜는 물체가 보인다. 잠수부들이 모두 놀라서 은호와 주태에게 신고를 한다.

은호와 주태가 물체의 곁으로 다가가 살피니 무인 잠수정임이 밝혀진다. 길이가 80cm이며 폭은 15cm에 이르는 물체다. 추진 장치는 가솔린 엔진임이 드러난다. 일단 은호와 주태가 조심스레 잠수정을 건져 올린다. 물 위의 수송선 위로 옮기고는 은호가 자세히 살핀다. 그러다가 일단 잠수부들을 돌려보낸 뒤에 주태와 상의하기로 한다.

이미 수중 작업도 후련하게 완료되었다. 은호가 잠수부들을 마을의 발동선에 태워 매물도항에 집합시킨다. 작업 수당은 잠수부들의 통장으로 입금되리라 잠수부들에게 들려준다. 그러면서 고마웠다는 정감을 실어 은호가 잠수부들에게 인사한다. 잠수부들은 선착장 곁의 건조장 건물에서 옷을 갈아입는다. 그리고는 손을 흔들며 여객선에 올라 통영으로 돌아간다.

잠수부들이 통영을 향해 매물도를 떠난 뒤다. 은호와 주태가 무인 잠수정을 들여다보며 의견을 나눈다. 먼저 은호가 입을 연다.

"근래에 어장의 어구들을 파괴해 왔던 주범이 이거였다고 생각해. 여기에는 일체의 촬영 사진기가 장착되지 않았잖아? 문제는 몸체에 내장된 발광체가 특이하다고 생각돼."

주태가 한동안 꼼꼼히 잠수정의 선체를 훑어본 뒤에 말한다.

"아마 3km 이내에 잠수정을 조작하던 사람이 있었을 것 같아. 외부의 전파를 받아 항로를 바꾸게 설계된 거잖아? 전파 조절 범위가 3km를 넘기기에는 장착된 수신기의 성능이 낮아. 나도 이전에는 무인 잠수정을 설계했던 경험이 있거든. 그래서 무선 수신기를 감별하는 데 있어서는 전문가야."

은호와 주태가 의견을 나누면서 결론을 얻는다. 잠수정에 표지된 문자로 유추하여 제작한 나라는 중국이라고 추정된다. 중국에서 밀입국한 누군가가 근래에 무선으로 잠수정을 조종했으리라 여긴다. 그러고는 이따금씩 어장의 어구들을 파괴해 왔다고 여긴다. 잠수정은 수중의 강한 해류에 떠밀려 경로를 이탈하여 가라앉았다고 판단된다. 잠수정에 내장된 발광체는 실종될 경우를 대비하여 설치되었다고 간주된다. 그리하여 경로를 이탈한 시점부터 부단히 빛을 내뿜었으리라 여겨진다.

처음에는 강한 빛이었으리라 여겨진다. 그러던 것이 내장된 전지의 기전력이 약해지면서 빛이 약해졌다고 간주된다. 그래서 잠수정을 조종하던 사람이 잠수정의 위치를 놓쳤다고 판단된다. 은호가 주태를 향해 말한다.

"매물도 인근에 중국인들이 계속 맴돌고 있다는 얘기지? 자경단들이 감시를 해도 찾아내기는 어려울 거야. 일반 어부들을 가장하여 어선에 타고 있을 테니까 말이야. 무인 잠수정의 얘기는 당분간 비밀로 하는 게 좋겠어. 국가 보안에 관계되는 영역이기 때문이야."

주태도 씁쓸한 표정을 지으며 묵묵히 고개를 끄떡인다. 은호와 주태가 한동안 의견을 나눈 뒤다. 은호가 무인 잠수정을 해양경찰서에 신고하여 사건을 종결시킨다.

은호는 잠수부들이 남긴 수중 사진 영상을 컴퓨터로 꼼꼼히 연결시킨다. 그리하여 촬영된 사진을 바탕으로 주태와 은호가 수중 지도를 만든다. 여러 차례 촬영 사진들을 이어 붙이면서 작업에 몰두했다. 여러 차례 만나서 작업한 뒤에야 그럴 듯한 지도가 작성된다.

해저 지형의 수중 깊이도 등고선으로 면밀히 나타낸다. 휴대용 탐지기를 이용하여 수심까지 정확히 나타낸다. 은호와 주태가 수중 지도를 완성했을 때다. 지도를 통해 매물도의 수중 구조를 정확히 파악한다. 매물도 동쪽 해안에는 세 개의 큰 골짜기가 드러나 있다. 서쪽 해안에는 해식동굴이 세 개가 수중에 잠겨 있다. 동쪽 해안에는 해식동굴 두 개가 수중에 드러누워 있다. 해식동굴의 구조는 추가적인 탐색을 해야 정확히 파악되리라 여겨진다. 해식동굴에는 생물체의 생명을 다스리는 요인들이 잔뜩 뒤엉켜 있기 마련이다.

여러 날에 걸쳐서 수중 지도를 완성시킨 날이다. 저녁 무렵에 은호가 해남장으로 돌아와 휴식할 때다. 기쁨에 겨워 가슴이 부풀어서 침대에 드러눕자마자 잠에 빠져 든다.

대략 일주일의 시간이 흐른 뒤다. 매물도로 생활 기반을 옮긴 이주자 가족은 어느새 5가구에 이르렀다. 이주자들은 원래의 거주자들과 마찬가지로 잘 어울려 지냈다. 이들 이주자들 중에서 동명은 은호보다 두 살이 많은 사내다. 동명은 은호와도 좋은 인상으로 잘 지내는 편이다. 수중 동굴을 탐사하기 위해 주태와 머리를 맞대고 의견을 나눈다. 수중 지도의 완성에 이어서 해식동굴의 내부를 탐사하려는 차원이다.

아무래도 수중 동굴에는 많은 생존 요건들이 얽혀 있으리라 추측된다. 수온이 높은 7월에 탐사하는 것이 유리하리라 여겨진다. 수중 동굴을 탐사하는 데에 주태도 돕겠다고 한다. 7월이 되기를 기다렸다가 은호와 주태가 매물도 연안의 물속으로 뛰어든다. 물속 해식동굴에는 예상했던 것보다 많은 동식물이 서식하고 있다. 동굴 내부의 정경을 자세하게 촬영하기로 한다. 가능한 한 동굴의 끝까지 탐사하여 사진을 촬영하기로 한다.

동쪽 해안의 해식동굴부터 탐색하기로 한다. 두 개의 해식동굴 중 북쪽의 것은 은호가 탐사하기로 한다. 남쪽의 것은 주태가 탐색하여 결과를 알려주기로 한다. 은호와 주태가 스쿠버를 착용하고 물속으로 나란히 가라앉는다. 동굴로 접근할 때에 묘한 긴장감이 가슴을 파고든다. 결코 예전에는 느끼지 못했던 강한 긴장감이 은호의 가슴을 적신다. 물속으로 잠겨드는 주태의 표정에도 엄숙한 기운이 서린다. 각자 목표로 정한 해식동굴로 서서히 자맥질해 들어간다.

은호가 수심 10m 지점에 놓인 해식동굴에 들어선다. 동굴 출입구의 직경은 대략 5m에 달한다. 동굴의 길이는 10여 m에 이른다. 굴을 형성하는 암석은 결이 단단한 퇴적암 종류로 여겨진다. 바닥으로부터 천정까지의 높이는 대략 7m에 달한다. 동굴의 벽에는 각종 해조류들이 빽빽하게 자란다. 한국에는 300여 종류의 해조류가 서식하는 것으로 알려져 있다.

해조류는 대부분 녹조류, 갈조류, 홍조류로 분류된다. 특이하게 4종만

남조류에 분류된다. 남조류에 속하는 남색꽈리(Brachytrichia quoyi)는 구룡포, 남해도, 제주도 등에서 자란다. 40여 종의 녹조류들 중에서 갈파래(Ulva lactuca)와 청각(Codium fragile)이 대표적인 해조류다. 갈조류에는 80여 종의 해조류가 한반도 연안에 서식하고 있다. 대표적인 종류로는 톳(Hizikia fusiforma), 모자반(Sargassum fulvellum), 미역(Undaria pinnatifida)이 있다. 그 외에 곰피(Ecklonia stolonifera)와 감태(Ecklonia cava) 등도 예전부터 활용되었다.

홍조류로는 170여 종이 한반도 연안에 서식한다. 김(Porphyra tenera), 우뭇가사리(Gelidium amansii), 꼬시래기(Gracilaria verrucosa) 등이 대표적인 종류다. 해조류는 밀물과 썰물이 교차하는 부위에서 잘 자란다. 하지만 해식동굴의 벽에는 녹조류, 갈조류, 홍조류가 뒤엉켜 자란다. 성장환경이 좋지 않기에 경쟁적으로 자란 탓이라 여겨진다.

은호가 갈파래와 모자반의 줄기를 손으로 거두어 올리며 살핀다. 줄기의 길이가 3m에 달하는 모자반과 갈파래가 동굴 벽을 뒤덮는다. 모자반과 갈파래를 걷어 올리자 숱한 물고기들이 쏟아져 나온다. 해조류에 몸을 숨기고 있던 물고기들이라 여겨진다. 어종의 경우에는 종류가 너무 많아서 일일이 언급하기 벅찰 지경이다. 분명한 것은 노래미, 볼락, 도다리, 감성돔의 무리들까지 몰려나왔다는 점이다. 대다수의 어종들이 휴식을 취하느라고 해식동굴을 들락거리는 모양이다.

조류들은 동굴 입구에서 3m 이내에 깃털처럼 빼곡히 자란다. 그 안쪽으로 들어갈수록 개체 수가 현저히 줄어든다. 동굴로 흘러 들어오는 영양물의 양과 관련된 모양이라 여겨진다. 당초에 예상했던 전복이나 소라 무리들은 동굴 벽에서 발견되지 않는다. 해식동굴에 유입되는 유기물의 양이 상대적으로 적은 탓이라 여겨진다.

탐사 첫날은 매물도 동쪽의 수중 해식동굴만 조사했다. 한낮의 뜨거운 햇살을 피해 해식동굴로 찾아드는 물고기 무리들도 많다. 노래미 무리가 머물다 떠나면 감성돔 무리들이 곧바로 모습을 드러낸다. 무질서하게 뒤엉키는 세계로 여겨졌던 물속에서도 물고기들의 이동에는 질서가 보인다. 휩쓸렸다가 내풀리는 물결에서조차 물속의 질서가 꿈틀대는 듯하다.

이틀째엔 매물도 서쪽의 수중 해식동굴을 탐사하기로 한다. 서쪽 해안의 수중에는 세 개의 동굴이 엎드려 있다. 북쪽의 것은 은호가, 남쪽의 것은 주태가 탐사하기로 한다. 그런 뒤에 가운데에 놓인 동굴은 둘이 함께 탐사하기로 한다. 둘은 탐사하는 대로 현장 사진을 촬영하여 근거로 남긴다. 둘이서 서쪽 해안 수중의 가운데 동굴을 함께 탐사할 때다.

동굴 입구에서 3m의 거리에는 갈조류와 녹조류가 밀림을 형성하고 있다. 둘이서 모자에 달린 탐조등을 통하여 동굴 내부를 들여다본다. 다른 해식동굴들보다 월등히 길다고 여겨진다. 다른 해식동굴들의 길이는 길어야 10m 정도다. 그런데 이 동굴만은 끝이 보이지 않을 정도로 길다. 왠지 탐사하기에는 섬뜩한 느낌이 둘에게 휘몰린다. 안전의 보장이 없다면 생명을 잃게 될지도 모르리라는 두려움이 컸다. 탐사하는 중에도 동굴은 함몰될 수 있기 때문이다.

수중 탐사를 이틀간 진행하다가 완료한 날의 저녁 무렵이다. 은호와 주태가 섬의 주점에서 만나 서로 술잔을 나눈다. 몸에서 기운이 많이 소진된 듯한 주태가 은호에게 말한다.

"마지막 동굴의 길이는 너무 길었어. 왠지 더 조사하려니까 전신으로 두려움증이 밀려들었어. 왠지 동굴 내부로 들어가다가는 사고를 당할 듯한 예감마저 들었어."

은호도 다소 굳은 표정으로 말한다.

"낯선 환경에 처하면 누구한테든 두려움은 생기게 마련이야. 나 역시도 섬뜩한 느낌이 들어서 되돌아 나오고 싶었어. 동굴 내부에는 뭔가 비밀이 숨겨졌을 것만 같아. 연이어 발생한 매물도의 부녀자 변사 사건도 서쪽 해안에서만 일어났잖아? 이런 것들이 머릿속에 떠오르자 동굴을 끝까지 탐사하기가 두려워졌어."

주태가 다소 굳은 표정으로 대꾸한다.

"너도 알고 있었구나. 섬의 부녀자들 변사 사건 말이야. 꼭 새벽 시간에 졸부들의 부녀들이 물질하다가 죽었더라고. 왜 하필 새벽 시간에 물질을 했는지가 수상해. 아무리 호의적으로 해석하려고 해도 석연치가 않았어. 나도 솔직히 서쪽 해안의 수중을 잠수할 때에는 두려웠어."

해식동굴 앞으로는 수중 골짜기가 연결되어 있었다. 어종에 따라 산란 시기가 다르다. 그런데 수중 골짜기를 따라 특정한 물고기의 알이 대량으로 발견되었다. 은호의 얘기를 듣다가 생각난 듯 주태도 견해를 말한다.

"끈적끈적한 액체로 휘감긴 다량의 물고기 알 말이야. 내 생각으로는 난류성 아귀의 알이라 여겨져. 그 알은 보통 4~8월의 기간에 물결에 떠다니잖아? 무게가 무겁기에 해저 바닥에 가라앉아서 안전하게 치어로 자라게 되지. 일단 치어 시기만 넘기면 육식성의 사나운 물고기가 되잖아?"

은호에게도 수중을 눈발처럼 하얗게 떠돌던 알은 아귀의 알이라고 판단된다. 알을 뒤덮는 점액질이 유난히 끈적대던 특성이 바로 아귀의 속성이다. 은호와 주태가 의견을 나눌 때다. 은호의 휴대전화가 울린다. 전화기에서 수산과학원의 용태의 목소리가 샘물처럼 흘러든다. 용태도 은호와는 대학 동기로서 캐나다에서 학위를 받은 연구원이다.

"지난번에 내게 부탁한 자료를 방금 메일로 너한테 보냈거든. 자료를 살펴보고 부족한 부분은 내게 말해 주기 바란다. 너의 건승을 빈다."

방파제에 파도 더미를 안기듯 핵심만 내쏟고는 통화가 간결하게 종료된다. 주태와 술잔을 나누고 있지만 머릿속은 새로운 기대감으로 출렁댄다. 용태가 제시한 자료가 은호의 기대감을 얼마나 충족시킬지 궁금해진다. 술잔을 든 은호의 눈에 주점의 텔레비전 화면이 흘깃 비친다. 화면 가득히 돌고래가 무리를 지어 파드득거린다. 생후 2년이 지난 돌고래들의 식욕이 엄청나다고 떠든다. 해저의 모래 바닥에 입을 갖다 대고 먹이를 훑는다는 내용이다. 주태와 은호의 눈빛이 순식간에 맞닿는다. 무슨 영감이 떠오른 듯한 표정이지만 둘은 말을 아끼는 기색이다.

어느새 저녁 안개의 농도가 짙어져서 주점을 나와 둘이 헤어진다. 해남장의 숙소로 돌아와 다탁에 앉았을 때다. 마을 회관에서 이장의 목소리가 방송으로 날아든다.

"동민 여러분, 오늘 저녁 8시에 회관으로 나와 주세요. 정기 회의도 갖고 알려 드릴 일도 많습니다. 바쁘시겠지만 꼭 좀 참석해 주기 바랍니다."

방송을 들으면서 은호가 시계를 흘깃 바라본다. 약속 시간까지는 아직 반시간이 남은 시점이다. 컴퓨터를 켜서 전자 메일을 확인한다. 용태가 보낸 자료가 컴퓨터 화면에 쫙 펼쳐진다. 어초에 달라붙어 자라는 해조류의 종류와 번식 기간의 자료가 펼쳐진다. 어초에 착생하는 조류의 종류에 따라 어장의 크기가 달라진다고 한다. 해조류의 증식 공간에 따라 물고기의 산란 반경이 달라지기 때문이다. 해조류의 폭이 넓고 길이가 길수록 많은 물고기들이 찾아들기 쉽다.

물고기들이 해조류를 찾는 이유는 산란시키기에 유리한 장소라는 점에서다. 또 다른 이유는 동물성 플랑크톤이 체류하기 쉬운 공간이라는 점이다. 물고기들의 공통 양식인 플랑크톤을 찾기가 쉽다는 차원이다. 육식성 어종으로부터 물고기들이 몸을 숨기기에 좋다는 것도 장점이다.

용태가 보내준 자료를 잘 저장한 뒤다. 회관으로 나가기 위해 은호가 외출복으로 갈아입는다. 효정도 주민들이 보고 싶다면서 회관으로 가겠다고 한다. 은호가 효정과 함께 해남장을 나선다. 해남장에는 근래에 26살의 여종업원이 새로 채용되어 일하고 있다. 어떤 의제가 회관에서 거론될지 궁금하게 여기며 은호가 발걸음을 옮긴다.

40여 명의 주민들이 시간에 맞춰 물고기가 늘어서듯 회관으로 들어선다. 벽시계가 소리를 질러 저녁 8시를 알려주었을 때다. 단상에서 이장이 물안개처럼 포근한 신색으로 입을 연다.

"동민 여러분, 참석해 주셔서 감사합니다. 오늘 말씀 드릴 의제는 공동 상점과 공동 건조장입니다. 국가에서는 주민들이 협력하여 마을의 발전을 꾀하라는 대책을 제시했습니다. 대표적인 것이 마을 공동 상점의 신설입니다. 다음이 수산물의 공동 건조장을 세우는 안건입니다."

이장이 생소한 말을 들려주자 주민들 사이에 웅성거림이 실연기처럼 피어오른다. 나지막한 소요 아닌 소요가 수면의 기포처럼 여기저기로 번진다. 주민들은 이장의 말에 초음파를 탐지하는 박쥐처럼 바싹 귀를 기울인다.

이장의 얘기가 은호의 귓전으로 강렬한 파동으로 밀려든다. 올해부터 국가가 지방 자치 기구를 통하여 어촌을 지원한다는 내용이다. 섬 주민들에게는 공동 상점을 신설하도록 지원한다. 전국적으로 늘어난 관광객들이 변화의 소용돌이를 형성했다. 풍광이 수려한 절경은 관광객들의 시선을 끌기 마련이다. 좋은 시설물은 풍부한 관광객을 유치하고 섬의 수익을 드높인다고 들려준다. 어민 지원의 숨결이 다채로운 물결처럼 신선하게 와 닿는 느낌이다.

섬의 수려한 풍광 탓에 관광객들이 경비를 지출하게 마련이다. 섬의 풍광으로 생긴 이득은 들이키는 공기처럼 분배되어야 마땅하다고 여긴다. 다음으로는 공동 건조장이 세워져야 한다는 의견이 나풀대며 섬을 떠돈다. 여태껏 해산물은 각자의 집에서 부채질을 하듯 말려서 썼다. 일기 변화에 따라 썩거나 변질되어 주민들의 속을 태웠다. 이런 폐단에서 벗어나려면 공동의 건조장이 세워져야 한다는 의견이 나풀댄다. 건조장 공사에 필요한 엄청난 건축비가 주민들의 가슴을 옥죄어 왔다.

공동의 시설물에 대한 경비는 국가가 지원하겠다고 팔을 걷고 나섰다. 회의를 거친 구체적인 설치 계획을 보내라고 정부에서는 지시했다. 접수된 순서대로 검토하여 지원하겠다는 방침을 거듭 정부가 날려 보냈다. 복지를 지원하려는 국가의 몸짓이 주민들의 가슴속에 당당한 숨결로 밀려든다.

이장으로부터 국가 지원 계획이 파도처럼 전해진 뒤다. 기존 상점을 운영하던 상인 둘이 불만을 가래처럼 토해낸다. 이들에게는 신형 어선을 제공하겠다는 대책이 물결처럼 전해진다. 불만을 말하던 상인들마저 기다렸던 것처럼 국가의 제안을 환호하며 받아들인다. 사태가 미풍에 휩쓸리는 빛살처럼 평온하게 변하자 주민들의 분위기도 안정화된다. 공동 건조장은 선착장 가까운 해안에 성곽처럼 널따랗게 세우자고 한다.

건조장의 이용 면적은 평균 어획량으로 산출하자고 의견이 모인다.

회의는 순조롭고도 매끈한 분위기로 내달린다. 회의 소집 목표가 물고기를 낚듯 달성된 뒤다. 주민들의 가슴에 기쁨이 풍선처럼 부풀어 오르는 모양이다. 가슴 설레는 흥분감마저 치솟아 주민들이 회관을 떠나려하지 않는다. 분위기를 살리려고 유지 몇이서 즉석으로 회식비를 조달한다. 그러자 주민들 사이로 환호성이 불길처럼 치솟으며 회식을 갖기로 한다. 그러자 선착장의 음식점으로부터 음식이 날개가 달린 듯 배달되기 시작한다.

이제 주민들 사이에 결속의 정감이 물결처럼 남실댄다. 회식 분위기에 접어들자 신명 난 몸짓으로 이장이 주민들을 소개하기 시작한다. 섬에는 현재 46세대의 가구가 있다. 46세대 중에서 12세대가 최근 2년 이내에 이주해 온 가구들이다. 상황이 이렇기에 주민들끼리도 더러 낯설어 만나기가 어색했다. 이런 현상을 이장이 해소시키려고 소개를 시작한 모양이다. 이장의 목소리에 남해의 풍정이 실려 주민들의 가슴을 설레게 한다.

제일 먼저 언덕의 독거노인인 최 노인부터 소개되었다. 올해 87세의 나이로 혼자 사는 노인이다. 몸은 건강하기에 홍합 양식장을 운영하면서 생계를 잇는다. 자신이 소개되자 스러진 세월이 안타까운 듯 눈빛이 먹먹하게 젖어든다. 기존에 살던 34세대의 소개가 끝난 뒤다. 새로 이주해 온 세대에 대한 이장의 소개가 진행된다. 새로운 가구의 사람들이 소개될 때마다 주민들이 박수를 쳐서 환영한다. 제일 마지막에는 임시 주민인 은호마저 주민들한테 소개된다.

은호가 소개되는 순간이다. 은호와 안면이 있는 주민들은 죄다 박수를 쳐대며 환영을 한다. 함께 살면서 공유한 정감이 따스한 기류가 되어 불길처럼 밀려든다. 박수갈채에 녹아든 감흥이 은호의 전신을 쾌감으로 마비시키는 듯하다. 박수를 열렬히 치는 사람들 중에는 영혜와 윤주도 있다.

46세대의 사람들이 모였기에 여기저기서 술잔들이 오간다. 술잔을 주고받는 사람들의 마음이 술잔에 담겨 남실댄다. 섬을 삶의 현장으로 삼는 주민들이 모처럼 어우러지는 자리다. 은호도 임시 주민으로서 주민들과 진솔한 마음을 나누고 싶어진다. 주민들의 협조를 받아야만 일을 제대로 할 수 있기 때문이다. 47세의 문식과 그의 아내인 43살의 인선도 은호에게 술잔을 건넨다. 최근에 그들의 고깃배에서 작업한 적이 있기에 친근감이 한껏 일렁인다. 최근에 섬으로 이사한 준철과 동명이 은호에게로 다가온다. 준철이 은호의 술잔에 술을 따르며 말한다.

"최근에는 섬에서 잠수하는 모습도 여러 번 봤어예. 어쩜 그처럼 열심히 일하는지 놀랄 정도입니더."

은호가 준철의 술잔에 술을 채우며 응답한다. 그의 목소리에 주변을 어우르는 정감이 실려 남실댄다.

"현장에 파견된 일꾼이니 열심히 일해야죠. 그렇지 않으면 누가 급료를 주겠어요?"

동명도 온화한 미소를 머금으며 은호의 술잔에 술을 채우며 말한다.

"은호 씨, 정말 대단한 분이데예. 우짜모 날마다 쉬지 않고 일을 합니꺼? 그러다가 어느 날 몸살이 나는 건 아닌지 겁이 나데예."

은호가 온화한 미소로 답례를 하며 동명의 술잔에 술을 따른다. 어느 순간에 은호의 의식으로 회관이 별천지 같다는 느낌이 휩쓸려든다. 섬에 머무른 것이 동기가 되어 주변과 화합하여 가슴이 설렌다. 어민들의 배를 번갈아 타면서 돕는 사이에 유대의 폭도 넓어졌다. 처음에 생소한 신분으로 섬을 찾았던 뜨내기에서 위상을 변모시켰다. 어느새 그는 매물도 주민의 일원으로 인정받고 있다. 대다수의 주민들이 형제처럼 친밀한 마음으로 은호를 대한다.

인선이 술잔을 은호에게 건네면서 온화한 목소리로 말한다.

"정말 마을을 위해 열정적으로 뛰시는 점이 너무나 고맙게 느껴져요."

말에 실려 전해지는 여운이 한없이 사람의 마음을 매혹시키는 기분이다. 은호가 술잔을 비우자 이번에는 동명이 술잔을 채운다. 준철과 동명은 취향이 비슷하여 형제처럼 다정하게 얘기를 나눈다. 동명이 슬쩍 주변을 휘둘러본 뒤다. 불시에 은호에게만 들리게 속삭이듯 말한다.

"혹시 수중 탐사의 잠수부가 부족하지는 않십니꺼? 사실은 준철 씨와 저도 잠수부 자격증을 갖고 있거든예. 지난번에 은호 씨가 잠수부 현황을 파악할 때엔 가만히 있었어예. 새로 이주한 처지에 날뛴다는 소리를 안 들을라꼬 침묵했지 뭡니꺼?"

은호가 빙긋 웃으면서 그러려니 하고 그들의 말을 받아들인다. 수면에서 남실대는 파도처럼 술잔이 주변 사람들과 오갈 때다. 달리는 신발처럼 영혜와 윤주가 나란히 은호의 식탁으로 다가온다. 은호도 반가운 정감이 실린 마음으로 그녀들에게 술잔을 권한다. 그녀들도 마음이 흥겨운 듯 은호와 얘기를 나눈다. 은호는 그녀들과 같은 주민이라는 생각으로 술잔을 나눈다.

술잔이 자연스럽게 넘나드는 회식 자리에서다. 화기로운 분위기에 휘감긴 친밀감이 실내를 포근하게 적실 때다. 갑자기 회관 내부가 술렁대더니 사람들이 회관을 빠져 나간다. 이때 영혜가 은호에게 말한다.

"우리도 사람들을 따라 나가 봐요. 해변에 무슨 일이 벌어졌나 봐요."

102

선착장에서 남쪽으로 100여 m 떨어진 해변에서다. 50대 초반의 여인이 잠수복 차림새로 해변에 하염없이 쓰러져 있다. 여인의 변사체를 바라보자 은호의 콧등이 시큰거리더니 눈물이 스멀스멀 치솟는다. 일체의 안면도 없었지만 여인이 쓰러져 죽었다는 자체가 눈물을 자아낸다. 이장이 신속히 섬의 경찰 지구대에 연락한다. 2명의 경찰관과 검시의가 금세 해변에 도착한다. 당장 현장 사진을 찍고 사람들의 접근을 통제한다. 그러고는 검시의가 시신의 사망 시점을 추정하는 모양이다. 이윽고 검시의가 이장을 불러 묻는다.

"마을 주민이 맞으세요?"

이장이 고개를 내저으며 말한다.

"섬의 주민은 아닙니다. 하지만 외지에서 섬에 다녀가는 해녀들 중의 한 사람이군요."

검시의가 이장을 비롯한 주민들을 향해 말한다.

"사망 시점은 대략 오늘 새벽 2시 무렵으로 추정되네요. 물질하다가 익사하여 몸에 부력이 작용하여 떠오른 것으로 보입니다."

이장을 비롯한 마을 주민들이 변사체에 대하여 한숨과 탄식을 토한다. 은호도 윤주와 영혜와 함께 착잡한 마음으로 수평선을 바라본다.

어느새 햇살의 강도가 드센 8월 초순에 접어들었다. 해양에서는 뜨거운 기류가 연신 사방으로 나풀거리며 질주하는 분위기다. 조금만 움직여도 전신에 땀이 줄줄 흘러내릴 정도로 무더운 여름이다. 어디를 둘러봐도 드센 햇살 아래 온 우주가 들끓는 듯하다.

주말이라 은호와 주태가 소매물도 등대섬의 서쪽 해상에서 낚시질을 한다. 낚시를 하다 말고 둘은 볼락회를 떠서 술잔을 나눈다. 소주잔을 들어 입에 들이부으면서 주태가 입을 연다.

"내일인 월요일부터는 어장의 규모를 확인하겠다고 했지? 어장의 수심이 150m에 달하니까 사람이 잠수하지는 못하잖아? 사람이 잠수하지 않으면서 어떻게 어초가 제대로 배열되었는지를 알아내지?"

은호도 술을 마시고는 볼락의 회를 고추장에 찍어 입에 넣는다. 현장에서 잡은 물고기 회의 맛은 가히 일품이라 여겨진다. 회가 입에 스며들자마자 바다의 아늑함이 체내로 기류가 되어 휘몰린다. 회의 맛에 매료되어 살점 몇 점을 연거푸 씹은 뒤다. 은호가 차분한 목소리로 주태에게 말한다.

"어장의 규모라든지 어초의 배열은 탐사선만 움직이면 해결돼. 해양과학기술원 남해연구소가 거제의 장목면에 있거든. 친구인 현아의 도움만 받으면 간단히 해결돼."

주태가 은호를 바라보며 그의 의견을 들려준다. 배를 한 척 움직이는 게 간단한 일이 아닐 거라고. 단순히 연구원이 친구라고 해서 배를 가볍게 움직일 수 있겠느냐고? 은호는 주태의 얘기를 듣고는 싱긋이 웃으며 대답한다.

"맞아. 아는 사람이 있다고 해서 탐사선을 움직이지는 못해. 탐사선을 움직일 만한 실무 책임자가 누구인가에 달려 있어. 내가 간단히 말하지만 실제로는 복잡한 결재 절차를 밟아야만 가능해. 이런 일을 현아라는 친구는 당당히 해내는 사람이야. 그래서 내가 자신 있게 얘기를 하는 거야."

은호가 술을 마시다 말고 현아의 모습을 잠시 떠올린다. 언제 통화해도 다정하게 반기리라는 믿음이 은호의 가슴을 적신다. 은호가 전화를 걸자 그의 생각대로 이내 전화가 연결된다.

"한 달 전에 매물도 주변의 여섯 해역에 어초를 넣었거든. 그런데 어초가 제대로 자리를 잡았는지 어장의 크기는 확장되었는지가 궁금하거든. 언제쯤 어장의 크기를 알 수 있을까?"

잠시 현아의 숨 고르는 소리가 들린다. 여전히 다소 떨리는 현아의 목소리가 밀려든다.

"너의 마음이 흔들린다거나 설렌다는 말이 들릴까 싶었는데 역시 아니군. 어초의 배열이라든지 어장의 규모는 염려하지 않아도 돼. 정규 일정에 따라 일주일 이내에 탐사선이 움직일 예정이야. 필요한 해역만 알려줘. 남해연구소의 150톤 탐사선을 원하는 해역으로 보내줄게. 물론 나도 탐사선에 승선하는 조건이야."

현아와 통화를 끝냈을 때다. 잃었던 지갑을 찾은 만큼이나 주태가 놀란 표정으로 은호를 바라본다. 그러더니 둘의 교류를 부러워하는 표정으로 중얼대듯 말한다.

"국립 기관들끼리는 정말 단합이 잘 되구나. 희망한다고 하여 곧바로 탐사선을 보내겠다니 정말 대단해."

주태와 은호가 낚시질을 계속하여 술을 더 마신 뒤다. 둘은 조용히 노를 저어 매물도의 선착장으로 들어선다. 젊음을 실은 거룻배에 석양의 햇살이 자줏빛 공작의 깃털처럼 휘감긴다.

낚시 복장을 훌훌 벗어버리고 샤워를 한 뒤다. 은호가 현아에게 다시 전화를 건다. 현아의 쾌활한 목소리가 금세 전화기로 밀려든다. 은호가 현아에게 조심스럽게 사이보그를 이용한 아귀 제거에 대해 말한다. 현아가 은호의 얘기를 듣고는 잠시 침묵을 하더니 응답한다. 사이보그는 국책 사업으로 운영하기에 사사로이 동원할 수는 없다고 밝힌다.

은호가 자신의 견해가 사사로운 것이 아님을 설명하려고 할 때다. 애 틋한 억울함이라도 씻어주려는 듯 현아가 나지막한 목소리로 말한다.

"내 말 잘 들어. 나는 너를 잘 아는 학과 동기생이자 친구이잖아? 그런 만큼 네 마음을 잘 알아. 물론 매물도에서 네가 하는 일들은 결코 사사 로운 일이 아니야. 네가 국록을 받으면서 행하는 공적인 일이잖아? 하지 만 해양과학기술원의 관점에서는 외부 기관의 일일 따름이야. 그렇기에 내가 사사로운 일이라고 말한 거야. 결코 네가 하는 일을 사사로운 일이 라고 말하는 건 아니야."

현아의 차분한 설명을 듣고 나자 은호의 마음이 풀린다. 하마터면 행 하는 일이 죄다 사사로운 일로 해석될 뻔하지 않았는가? 오해의 근원이 사라지자 편안한 마음으로 아귀의 다른 박멸책을 떠올린다. 현아와 통 화를 끝내고는 조용히 잠자리에 들어 눈을 감는다.

현아와 통화한 지 나흘째다. 현아로부터 이른 아침에 감미로운 숨결처 럼 전화가 걸려온다. 한없이 담담하면서도 맑은 목소리가 은호의 귓전 으로 몰려든다.

"오늘 오전 10시경에 매물도에 탐사선인 남양호가 도착할 거야. 내가 선박을 관리하는 연구원 자격으로 배를 띄웠어. 어초의 배열 상태와 어 장의 크기를 알고 싶다고 했지? 이번에 다 해결해 줄게."

은호가 기다리던 길손을 만난 듯 반가운 목소리로 응답한다.

"내가 지난번에 부탁은 했지만 이처럼 신속히 진행될 줄은 몰랐어."

현아의 설명이 이어진다. 해양수산부 산하의 기관이기에 협조 공문으 로 곧바로 지원이 된다고 들려준다. 은호의 가슴으로 고마운 정감의 격랑이 밀려든다. 내친김에 탐사선에 이장과 주태와 함께 승선해도 괜찮겠는지를 묻는다. 현아가 대뜸 환영한다는 대답을 들려준다. 통화가 끝난 뒤다. 언제나 맑은 바람결처럼 청아하면서도 따사로운 현아의 배려가 고맙게 느껴진다.

엄연히 남녀로 성이 다르면서도 진심으로 서로 돕는 친구가 아닌가? 그녀만 떠올리면 이른 새벽의 풍경 소리를 듣듯 청아하게 느껴진다. 세상이 아무리 혼탁하고 어지러워지더라도 그녀의 눈빛만 대하면 청정해지리라 여겨진다. 그녀의 눈빛과 목소리의 곳곳에는 맑은 산울림이 스며 있는 듯하다. 은호는 창문을 열고 바다를 굽어보며 현아에 대한 상념에 젖어든다.

'사람의 취향이란 어디에서 결정되는 걸까? 왜 현아와 나 사이에는 이성의 감흥이 생기지 않을까? 모든 것을 갖추기에는 어렵다고 하더라도 애석한 일이라고 생각돼. 그토록 청아하고 단아한 성품인 그녀가 왜 여자로는 여겨지지 않을까?'

창밖에는 남해의 파도가 몽환적인 선율로 굽이친다. 파도 소리는 언제 들어도 원초적인 그리움을 자아내는 음향이라 여겨진다. 밀려왔다가 스르르 물러나기를 반복하는 파동에 우주의 그리움이 녹았다고도 믿긴다. 우주의 그리움이라? 은호는 가슴에 가득한 공허감을 지우려고 멀리 수평선을 굽어본다.

오전 9시 무렵부터 주태와 이장이 선착장에서 은호와 얘기를 나눈다. 10시 무렵에 150톤 중량의 남양호가 선착장에 도착하기로 했기 때문이다. 날씨도 화창하여 시야도 멀리까지 확 트인 상태다. 수중 관찰에는 기막힐 정도로 하늘이 맑은 가슴을 드러냈다고 여겨진다.

꿈꾸듯 출렁대는 수평선으로부터 선착장에 들어서는 어선이 눈에 띈다. 50톤 중량의 어선에서 5명의 어부들이 내린다. 잠시 집에 들렀다가 통영의 위판장으로 들어가겠다고 한다. 5명의 어부들 중에는 철수와 홍석도 포함되어 있다. 먼 바다에서나 배어드는 짙은 갯내가 갑판을 뒤덮으며 남실댄다. 아마도 작심하고 독도 북동쪽의 공해까지 조업을 나갔던 모양이다. 갯내가 배어 집에 들러 간단히 옷을 갈아입으려는 듯하다. 배의 선창에는 그물로 잡은 물고기들이 그득 실린 상태다. 근해에서는 수확하기 힘들 정도의 엄청난 어획량이다.

이십여 분이 지날 무렵에 어부 다섯이 배에 다시 오른다. 그러더니 이내 배가 통통거리면서 통영항으로 내달린다. 어선이 가물거리면서 수평선에서 스러지는 모습이 꿈결처럼 정겹게 느껴진다. 거제도에서 출발한 것으로 여겨지는 대형 선박이 매물도로 다가온다. 아마도 현아의 지휘를 받아 수중의 속살을 파헤치려는 탐사선으로 여겨진다. 시계를 보니 10시가 되려면 십여 분이 남은 시점이다. 주태와 이장과 은호가 다가오는 배를 주시한다. 예상했던 대로 배의 허리에는 '남양'이란 글자가 새겨져 물결에 남실댄다.

이윽고 150톤 중량의 탐사선이 매물도의 선착장에 도착한다. 선착장은 수심이 깊어서 150톤의 탐사선을 여유스럽게 받아들인다. 접안한 탐사선에서 선장과 현아가 내린다. 그리고는 이장과 주태 및 은호를 만나 방문 취지를 설명한다. 현아가 이장과 은호에게 간단히 설명한다. 배에는 5명의 연구원들을 비롯한 12명이 탑승하고 있다고 밝힌다. 관람을 원하는 주민들은 7명까지는 승선이 가능하다고 들려준다. 현아의 경쾌한 설명에 해변의 풍정이 단아하게 비친다.

선착장의 사람들 중에서는 세 사람이 승선하겠다고 자원한다. 홍석과 철수와 동명이 승선하겠다고 밝혔다. 남양호는 매물도에서 올라탄 5명을 추가로 싣고 바다를 가른다. 탐사선은 은은한 엔진 소리를 허공으로 내뱉으며 바다를 질주한다. 매물도 서쪽의 어장을 탐사선이 먼저 찾아든다. 서쪽 해안선에서 2km 떨어진 바다에서 배가 닻을 내린다. 그러고는 수중 탐지장치를 컴퓨터와 연결시켜 영사막에 영상을 펼친다.

영사막에는 해저에 드리워진 어초의 배열 상태가 시야로 밀려든다. 가로와 세로의 길이가 500m에 이르는 구역에 어초가 깔려 있다. 콘크리트로 만들어진 투박한 시설물들이다. 놀랍게도 이들 어초에 바닷말이 무성하게 붙어서 길길이 너울대며 자란다. 바닷말은 길게는 30여 m에 이르는 길이로 너울대는 것도 보인다. 이들 바닷말이 어초에서 치솟아 해저의 불길처럼 간들대며 춤춘다. 정방형의 공간은 새롭게 열린 수중의 신비로운 왕국처럼 보인다.

은호를 비롯한 섬 주민들이 영사막에 비친 물속의 장관을 바라본다. 영사막에는 어장에 배열된 어초들이 천문도의 성좌들처럼 펼쳐져 시야로 다가온다. 보는 것만으로도 장엄하여 저절로 고개가 숙여질 지경이다. 서쪽 어장은 점유 면적으로나 어초들의 배열 상태가 너무나 완벽하다. 어초들도 골고루 분산되어 공간이 극도로 잘 활용된 느낌이다. 성좌처럼 배열된 어초들로부터 물고기들을 매혹하는 기류가 발산되는 느낌마저 든다. 어초의 추가 투입은 해양수산부가 시기를 결정하여 진행할 예정이다.

수중 어장을 들여다보고 있을 때다. 숱한 물고기 떼가 미궁을 드나들 듯 연신 어초 사이를 들락거린다. 실로 엄청난 규모의 어군들을 바라보며 태양호의 선장인 철수가 중얼댄다.

"저 물고기만 다 건져도 한 해는 먹고 살 거야. 어휴 정말 엄청난 숫자로군."

철수의 말을 듣고 현아가 미소를 지으며 설명한다.

"인공 어초를 투입하여 어장을 확장한 결과가 확연히 드러납니다. 여기 계신 주민들께서 증인이 되리라 믿어요. 어로 기술사들이 현장에서 노력한 결과인데 어떻게 생각하세요?"

한라호의 선주인 홍석이 가다렸다는 듯 응답한다.

"처음에는 어로 기술사가 무슨 일을 하는지 몰랐죠. 이처럼 굵직굵직한 일을 하리라고는 미처 몰랐어요. 은호 씨를 무척 고맙게 생각합니다."

그러자 철수와 주태와 동명도 일제히 이구동성으로 고맙다는 정감을 나타낸다.

수면 해류

현아가 수평선을 배경으로 갑판에서 꿈꾸듯 남실대는 일행을 둘러보며 말한다.

"섬 아래 수중에는 일정한 방향의 물길이 열려 있거든요. 이 물길을 발견하면 어군들의 정기적인 이동 경로를 알게 됩니다. 이것은 어획량을 드높이는 강력한 수단이 돼요. 오늘 탐사선이 할 일은 수중 물길의 탐지까지입니다. 대략 두어 시간이면 물길을 정확히 찾게 되리라 믿어요."

은호는 현아의 설명에 바늘에 찔린 듯 화들짝 놀란다. 두어 시간 만에 수중 물길을 찾겠다는 얘기가 탄성을 자아낸다. 전문가의 위상이 어느 정도인지를 불빛처럼 명확히 드러내는 말이라고 여겨진다. 현아가 잠시 파도의 포말을 가르듯 뜸을 들였다가 말을 잇는다.

"섬을 감도는 물길의 방향은 밤과 낮이 조금씩 달라요. 물이 이동하는 원인은 밀도 차이 때문이거든요. 낮에는 햇빛을 받는 표층수의 밀도가 낮고 운동 상태도 활발해요. 반면에 수중의 밀도는 상대적으로 높아지죠. 그래서 낮에는 상하로 물이 뒤섞이는 현상은 극히 미약하거든요."

현아의 말이 물결처럼 이어진다. 내용을 가다듬어 누구든 알아듣도록 전달하는 점이 놀라움을 안겨준다. 언어 소통의 측면에서 현아가 씨앗을 발아시키듯 부단히 수련했음이 느껴진다.

어장들 중에서 북동쪽의 어장에만 어초가 난잡하게 흩어져 가물댄다. 어초가 한 곳에 휘몰려 기능을 발휘하지 못하고 드러누운 상황이다. 어초를 재배열할 만한 기구는 세상 어디에서도 얼굴을 내밀지 않았다. 어장의 밑바닥을 재배열하기란 달의 공전 궤도를 뒤집으려는 것만큼이나 무모하다고 여겨진다. 마지막 희망의 불빛은 해저에 어초를 재투입하는 작업이라고 현아가 들려준다.

어장을 확인하고는 용의 숨결처럼 신비로운 수중 물길을 탐사하겠다고 한다. 물길을 찾는 방법을 현아가 주민들한테 자석으로 바늘을 찾듯 알려준다. 2m 길이의 무인 잠수정을 못질하듯 수중으로 들이민다고 들려준다. 수중 탐지기를 들여다보며 전파를 쏘아 잠수정을 개처럼 내몬다고 일러준다. 암흑에 뒤덮인 해저에서 자석으로 쇠붙이를 찾는 듯 신묘하다. 은호는 연구원들의 흔들림 없이 당당한 위상에 새삼 감탄한다. 이들과 같은 전문가들 때문에 인류의 위상이 혜성의 빛살처럼 눈부시다고.

현아가 눈빛에 신호를 담아 일반 연구원 둘을 부른다. 그들에게 지시를 하자 그들이 경전을 떠받듯 경건하게 대답하며 물러간다. 현아가 신비로움을 전하듯 섬의 주민들을 향해 말한다.

"제가 작업하는 장면을 보여드리죠. 저를 따라오세요."

'해저 탐사실'이란 선실로 일행이 새 떼처럼 줄지어 들어선다. 선실 내부는 일행을 수용하고도 공간이 남을 지경이다. 선실 중앙에는 전자기파를 발신하는 발진기가 당당히 자리 잡고 있다. 해저의 어떤 숨결조차도 놓치지 않겠다는 결기가 실린 장비로 비친다. 전자기파란 전기파와 자기파가 직교하며 진행하는 빛을 총칭하는 파동이다. 그물을 건져 올리듯 전자기파로 물속의 정보를 수집하는 선실이다.

현아가 평온한 눈빛으로 일행을 둘러본다. 그녀의 눈빛에는 남해의 포근한 기류가 휘감겨 따사롭게 남실댄다. 현아가 실내의 자판기에서 뽑은 커피를 일행에게 나눠 준다. 은호는 자판기를 바라보며 세상이 참 편리해졌다고 생각한다. 선실 내부의 자판기에서도 인간의 따스한 숨결이 느껴졌기 때문이다. 발진기에 전원이 들어갔음을 확인하고는 현아가 조작기에 손을 올린다. 그러더니 무인 잠수정을 조정할 전파를 내뿜기 시작한다. 탐사선 밑바닥에서 웅크리고 있던 무인 잠수정이 물속을 향해 내닫는다. 먹구름으로 번갯불이 내닫는 듯한 당당한 기세가 느껴진다.

선체 밑바닥으로부터 10여 m 수심에 이르렀을 때다. 잠수정으로부터 붉은 액체 방울이 물속으로 선홍의 꽃잎처럼 분출된다. 현아가 일행을 둘러보며 설명한다.

"지금 방출된 물질은 우뭇가사리로부터 채취한 천연 액체 물감이에요. 전혀 환경을 오염시키지 않는 물질이죠. 액체 거품 형태로 분사되는데 지속 시간은 5분가량입니다. 5분이 지나면 거품이 터지면서 무색으로 전환되고 말아요. 액체 거품은 수중 물길을 탐색하는 필수적인 도구예요. 이제부터 섬을 돌면서 2시간 이내에 물길을 찾아내겠습니다."

적색 물감은 5분 주기로 무인 잠수정으로부터 방출된다. 섬 주변을 3바퀴를 돌자 물속의 물길이 포착된다. 수백 년간 사막에 엎드려 누웠던

오아시스가 노출된 듯 신비롭다. 매물도 물길의 지도가 작성된 뒤다. 현아가 지도를 은호에게 전한다. 은호의 가슴으로 숱한 빛줄기들이 허리를 세워 달려드는 느낌이다. 은호는 물길의 활용 방안을 떠올리며 가슴이 설렌다.

탐사선이 매물도 주변을 맴돈 지 5시간이 흘렀을 때다. 배는 매물도의 선착장에 잠시 정박한다. 이장의 연락으로 주민들이 선착장에서 기다리고 있었다. 그러다가 이장이 탐사선에서 내린 뒤다. 일제히 주민들이 탐사선을 향해 박수갈채를 보낸다. 박수갈채를 통하여 고마운 정감이 탐사선으로 휘몰아친다. 탐사선에서 현아를 비롯한 승무원들이 손을 흔들어 답례한다. 현아와 은호의 시선이 잠시 닿았다가 떨어진다. 청정한 바다의 파동으로 남실대는 우정이 서로의 가슴으로 전해진다. 이윽고 탐사선이 은호의 시야에서 가물거리면서 매물도를 떠나간다.

탐사선이 사라진 뒤다. 은호가 주민들과도 작별하고는 혼자 선착장에서 바다를 굽어본다. 잠시 세상의 연결이 단절된 듯한 공허감에 잠겨 있을 때다. 느닷없이 뱃고동이 울리더니 50톤급의 쾌속선이 선착장에 와 닿는다. 매물도항은 500톤급까지는 접안시킬 만큼 수심이 깊다. 배의 측면에는 '남해연구소 남해호' 란 글씨가 씌어 있다. 이윽고 배에서 세 사람이 내려선다. 은호가 이들과 통성명을 한다. 이들은 54살의 선장과 45세의 기관사와 26살의 여성 연구원이다. 탐사하느라고 지쳤기에 청정한 섬의 숨결로 피로를 회복하러 하선했다고 밝힌다.

은호가 자신의 신분을 밝히며 이들을 해남장으로 데리고 간다. 은호의 신분에 이들이 타국에서 동료를 만난 듯 기꺼이 동행한다. 해남장에서 은호가 효정에게 몇 마디의 말을 건넨 뒤다. 금세 식탁에 음식이 펼쳐진다. 효정과 여종업원이 부지런히 음식을 장만하여 식탁에 나른다.

은호의 취향을 고려하여 선착장의 음식점에서 배달된 생선회도 식탁에 깔린다. 우럭과 광어회가 접시마다 수북이 쌓여 있다. 소주병을 들어 술을 따르면서 은호가 입을 연다.

"같은 해양수산부 산하의 일원이기에 더욱 반갑습니다. 저희 섬에서 귀 연구소에 신세를 질 일이 많거든요. 그래서 오늘은 인사를 올리는 차원에서 제가 식사를 대접하겠습니다. 잠깐 머물더라도 피로를 확실하게 푸시기를 바라는 마음으로 술을 따를게요."

선장과 기관사가 흡족한 미소를 지으며 은호에게 술잔을 내민다. 이어서 26살의 젊은 처녀도 은호에게 술잔을 내민다. 통성명은 이미 선착장에서 서로 나눈 처지다. 술이 서너 순배 돌았을 때다. 얼굴이 넓적한 선장이 풍선처럼 부푼 듯한 표정으로 효정을 부른다.

"보소, 아주머니요. 처녀랑 총각이랑은 바람 쐬러 내보내고 아주머니랑 얘기 나누고 싶소. 나랑 기관사가 마음에 안 들면 강요하지는 않겠소."

효정이 꽃잎처럼 휘감기는 화사한 웃음을 머금으며 즉시 응답한다.

"좋아요. 종업원도 동참시키면 딱 일대일이 어우러지겠네요. 저도 선장님 같은 뱃사람의 얘기를 듣고 싶어요."

효정의 말이 끝나자 선장이 은호와 은지에게 말한다.

"옛날 말에 끼리끼리 어울리라고 했소. 두 청춘남녀는 우리는 내버려두고 바람 좀 쐬고 천천히 돌아오소. 아줌마를 보니 이야기를 나누고 싶어 못 참겠소. 아예 그대 둘이서 내일 새벽에 들어와도 찾지 않겠소. 내 말 알겠소?"

은호가 궁색한 표정으로 은지를 바라볼 때다. 은지가 경쾌한 목소리로 곧바로 대답한다.

"선장님과 기관사님이 여독을 못 푼 모양이군요. 자리를 비켜 드릴 테니 충분히 기분 좋게 즐기세요. 그러면 우리 둘은 여기서 빠져 나갈게요."

선장과 기관사가 순박한 인상으로 껄껄거리며 은호와 은지에게 손을 흔든다. 은호는 본의 아니게 해남장에서 밖으로 내몰린 느낌이다. 하지만 이런 만남이 기관끼리의 협조에 커다란 도움이 되리라 여긴다.

마을 뒤쪽으로 뚫린 섬의 등산로를 찾아 둘이 올라설 때다. 은호는 은지를 처음 대했을 때부터 가슴이 터질 듯 벅차올랐다. 여인의 미모는 가히 신화적인 아름다움의 결정체로 여겨진다. 여태껏 세상을 살면서 은지만큼 매혹적인 여인을 만나지 못했다. 정녕 은지는 신화의 세계에서나 나옴직한 전설적인 미모의 소유자로 비친다. 너무나 아름다워 그녀를 바라보다가 자칫 실명하지 않을까 두려워질 정도다.

은지의 눈에 띈 은호의 첫인상도 각별하게 비쳤다. 세월을 건너뛰어 조선의 단아한 선비를 대하는 느낌이 들었다. 비슷한 나이이건만 풍상을 다 겪은 달인의 풍도마저 비치는 느낌이다. 어쩌면 인상이 호수에 드리워진 맑은 달빛 같은지 가슴이 설렌다. 이 세상의 청순함과 단아한 기운의 근원지라 여겨질 듯한 인상이다. 은호를 대하자마자 시린 갈증을 느낄 지경이다.

등산길에 들어서자 둘이 잠시 서로를 바라보며 멈춰 선다. 둘의 시선만 마주쳐도 그리움의 불길이 일렁거릴 지경이다. 이때 은지가 목소리에 애틋한 그리움을 싣고 은호에게 말한다.

"현재 애인이 없으시죠? 얼굴에 그렇게 씐 것처럼 느껴져요. 제 말이 틀렸다면 틀렸다고 말해 주세요."

116

은호도 구름 속을 헤매는 듯 가슴이 부풀어 엉겁결에 응답한다.

"맞아요. 현재까지는요. 하지만 조만간 애인을 만날 듯한 예감이 들어요."

은호의 대답이 끝나자 은지가 은호에게 손을 내밀며 말한다.

"아까는 여럿이 있어서 경황이 없었거든요. 정식으로 인사 드릴게요. 저는 해양과학기술원의 선임 연구원인 은지예요. 현재는 거제도의 남해 연구소에 파견되어 일하고 있어요."

은호도 은지와 악수하며 응답한다.

"저는 해양수산부에 6급 공무원으로 특채된 어로 기술사인 은호예요. 만나서 기쁩니다."

둘의 공통 관심사인 바다가 춤추면서 서로의 가슴을 파고드는 듯하다.

둘은 얘기를 나눈 직후부터다. 서로의 눈빛이 하늘의 별빛이 나부끼듯 서로의 동공 속으로 휘감겨든다. 은호는 발걸음을 옮기면서부터 마음속으로 생각한다.

'지금껏 내가 기다려 왔던 여자는 바로 이 여인이야. 어떻게 내 진심을 이 여인한테 보여주지? 가슴이 너무 설레어 금세라도 터질 지경이군.'

은지도 은호의 얼굴에서 시선을 떼지 못한 채 마음속으로 중얼댄다.

'여태껏 이 남자를 못 만났기에 내 마음이 공허한 거였어. 하지만 오늘부터는 내 인생이 달라지겠는걸. 어로 기술사는 수산 분야에서는 최상의 기술자이잖아? 박사학위와 동급으로 우대받는 기술자라고도 알려졌잖아? 게다가 늘씬한 골격과 청아한 외모까지 어우러져서 오줌을 지릴 지경이야. 정말 매혹적인 사내는 이처럼 따로 있었던 거야. 학문과 외모를 어쩜 이다지도 조화롭게 겸비할 수 있었을까? 오늘 이 남자의 영

혼을 내 것으로 만들고 싶어. 아예 반드시 내 것으로 만들어 버리고야 말겠어.'

은호는 은지와 대화를 나누면서부터 환상적인 아름다움의 세계에 빠져든다. 그가 꽃을 떠올리면 그녀는 향기에 대해 속삭이듯 들려준다. 그가 바람을 생각하면 그녀는 바람결에 흩날리는 별빛의 속삭임을 들려준다. 말로만 듣던 '천 년 전의 연분'이란 말조차 수긍될 지경이다. 달빛에 실려 흩날리던 바람의 얘기를 하면서부터다. 마치 누가 시키기라도 한 듯 둘은 자연스레 손을 맞잡는다. 서로의 손이 맞닿은 순간부터다. 따스한 혈류로부터 발원된 파동이 수시로 서로의 심장을 어루더듬는다.

어느 순간부터 둘이 느낀 공동의 기류다. 서로를 바라보는 것조차 너무 황홀하여 목이 멜 지경이다. 상대의 입술에서 흘러나온 말소리가 너무 감미로워 떨면서 귀를 기울인다.

마침내 둘은 매물도 산봉우리의 정상에 올라선다. 발아래로 화려한 경관의 매물도의 풍광이 꿈결처럼 굽이친다. 은지가 수려한 매물도 해변의 장관을 바라보며 감탄하다가 입을 연다.

"아름다운 매물도 바다를 바라보니 문득 평양의 대동강이 연상되네요. 고려의 김황원(金黃元) 시인을 아시죠? 해동 제일의 시인이라 불렸던 사람이잖아요? 그가 부벽루에 올라가서 쓴 시를 혹시 아세요?"

은호가 은지의 눈을 들여다보며 응답한다.

"너무나 유명한 작품이라서 저도 알고 있죠. '등부벽루(登浮碧樓)'란 작품이죠? 장성일면용용수(長城一面溶溶水)요 대야동두점점산(大野東頭點點山)이라는 시구 맞죠?"

은호의 말에 은지가 흡족한 느낌에 휩싸여 마음속으로 중얼댄다.

'정말 내 판단이 틀리지 않았어. 선비 같은 외모였기에 뭔가 깊이가

118

있으리라 여겼어. 과연 시문에까지도 견문을 갖춰 환상적인 사내야. 그대는 이제부터 내 거야. 내 생명을 걸고서라도 그대를 내 것으로 만들고 말겠어. 그대는 나의 영원한 연인이 될 거야.'

생각에서 깨어나면서 은지가 미소를 머금으며 은호에게 제안한다.

"지금부터 우리가 3행과 4행의 시구를 생각하기로 하죠. 3행은 제가 짓고 4행은 댁이 짓기로 하면 어떨까요? 우리가 20분쯤 걸은 뒤에 합쳐서 김황원의 작품을 완성하면 어떨까요?"

묘하게 은호도 예전부터 김황원의 시에 대한 아쉬움을 느낀 상태였다. 그러다가 묘하게도 같은 아쉬움을 가졌던 은지를 만나게 되었다. 은지는 청아한 외모에 전문적인 학식을 갖춘 은호한테서 크게 감동받았다. 그런데다가 시문(詩文)에까지도 소질이 있는 느낌을 주어 은지의 가슴이 설렌다. 함께 거닐면서 은호의 표정을 바라보니 언제나 미소가 남실댄다. 어떤 순간에도 은호의 얼굴에서는 자신감이 발출되는 느낌이다. 자신감이 충만한 사내를 대하는 느낌이 은지에게는 기분 좋게 여겨진다.

은호는 은호대로 은지의 얼굴에서 시선을 거두지 못한다. 천상의 선녀를 만난 듯 너무 아름다워 황홀하기 그지없다. 어디 미모뿐이랴? 비단결 같이 고운 마음씨가 은호의 정신을 연신 사로잡는다. 게다가 순간순간 파동처럼 밀려드는 세련된 맵시가 넋을 잃게 만든다.

'여자의 최고 조건은 사람을 끌어들이는 세련된 맵시이잖아? 여기에다가 마음씨도 좋고 미모까지 빼어나니 정신을 잃을 지경이군. 오늘 여인의 마음을 얻지 못하면 남이 가로채 버릴지도 몰라. 평생 후회하지 않게 반드시 오늘 여인의 마음을 얻어야겠어.'

은호의 마음이 잔뜩 은지에게로 기울어져 간다. 20여 분이 지나 마을이 아슴푸레 내려다보이는 오솔길에 들어설 때다. 은지가 청아한 목소리로 3번째 시행을 읊으며 뜻을 들려준다.

　天下風光紛紛流(천하풍광분분류)
　세상에서 빼어난 경치가 어우러져서 물결에 흘러가니

　목소리마다 구름송이에 취한 은방울이 짤랑대는 느낌이 밀려든다. 쥐면 터질 듯 놓으면 화산처럼 부풀 기류가 휘몰려드는 느낌이다. 그녀의 눈빛에서는 혹한에서 깨어나는 매화송이의 숨결이 느껴진다. 정말 사람의 정감이 어떤 것인지를 유감없이 드러내는 여인이라 여겨진다. 잠시 여인의 시구에 취해 있던 은호가 낭랑한 목소리를 토한다.

　心中殘閼漠漠送(심중잔민막막송)
　마음속에 남아있던 근심마저도 아득하게 흘러가 버리누나

　김황원이 마무리 짓지 못했던 4번째 행의 시구를 은호가 들려준다. 은호가 시구를 읊조리며 뜻을 들려주었을 때다. 은지는 너무나 황홀하여 왈칵 은호의 품으로 달려들고 싶었다. 어쩜 자신이 읊조렸던 시행과 완벽히 대구를 이루는지 감탄스럽기 그지없다. 정말 이심전심이라는 말의 묘미가 피부 깊숙이 스며드는 기분이다. 바람에 휘몰린 꽃잎에 뒤덮여 질식하기 직전의 느낌 같다고도 여겨진다. 은지는 은호에게로 무너질 듯한 기분을 가까스로 추스른다.

　둘은 약속이라도 한 듯 걸으면서 완성한 시문을 함께 읊조린다. 그러고는 뜻마저 소리 내어 함께 크게 읊는다.

120

長城一面溶溶水(장성일면용용수)요
大野東頭點點山(대야동두점점산)이라
天下風光紛紛流(천하풍광분분류)하니
心中殘悶漠漠送(심중잔민막막송)이라

평양성 한쪽으로는 물줄기가 굽이쳐 흐르고
벌판 동쪽에는 점을 흩뿌린 듯이 산악이 펼쳐졌네
세상에서 빼어난 경치가 어우러져서 물결에 흘러가니
마음속에 남아있던 근심마저도 아득하게 흘러가 버리누나

둘이 발걸음을 옮기며 시문을 음미한 뒤다. 둘 다 격정의 소용돌이에
휘말려 몸을 부르르 떤다. 둘이 얼굴을 바싹 접근시키면서 서로의 손을
왈칵 맞잡는다. 지금까지는 나란히 걸으면서 가볍게 손을 잡은 정도에
불과했다. 그러면서 둘이 절박한 목소리로 입을 연다.

"우리 연인으로 사귑시다."

"지금부터 연인으로 지내요."

서로의 마음이 서로에게 전해진 순간이다. 둘의 뺨에 불길 같은 홍조
가 피어오른다. 무엇이 그토록 자신을 매혹시켰는지 은호의 심장이 쿵
쿵거리며 뛴다. 은지도 짙은 저녁놀에 잠긴 것처럼 얼굴을 붉히며 숨결
이 가빠진다. 그러다가 둘이 왈칵 서로를 끌어안으며 속삭이듯 말한다.

"은지 씨, 사랑해요."

"사랑해요, 은호 씨."

둘이 흥분하여 몸을 떨며 해안에서 강하게 포옹한다. 그러다가 둘의
뺨이 닿자 왈칵 불기운이 서로에게 밀려든다. 선 채로 나지막한 신음을

토하며 둘이 천천히 입술을 맞춘다. 이런 상태로 잠시 시간이 흘러 얼굴의 열기가 식었을 때다. 둘이 포옹을 풀고는 나란히 손을 잡고 해남장을 향해 걷는다. 걸으면서 은지는 26살이며 은호는 27살이라고 밝힌다. 입술을 맞춘 뒤부터 둘은 자연스레 말을 놓는다. 둘이 마음을 열고 대화하느라 시간이 다소 지체되었다.

둘이 해남장으로 들어설 때다. 효정 일행이 은호와 은지를 향해 박수갈채로 반긴다. 선장과 기관사가 은호와 은지를 향해 너스레를 떨며 말한다.

"지금까지 안 들어오기에 아예 숲에서 살림을 차린 줄 알았소."

은호가 응답하려고 할 때다. 선장이 기회를 가로채며 말을 잇는다.

"효정 씨와 홀아비인 기관사인 하 씨도 뜻이 단단히 통했소. 이제 결혼식만 남은 것 같소."

은호와 눈길이 마주쳤을 때다. 효정이 선장의 말대로 어쩌다가 그렇게 되었다고 인정한다. 그러자 은호와 은지가 손뼉을 쳐서 효정과 기관사를 축하한다. 내친김이라 여겼던지 은지가 선언하듯 말한다. 밤의 풍정에 듬뿍 취한 듯한 흥겨움이 그녀의 목소리에 묻어난다.

"저도 하마터면 산에서 신방을 차릴 뻔했어요. 오늘부터 은호 씨랑 애인이 되기로 했어요."

그러자 사방에서 박수갈채가 또 한 차례 요란스럽게 터진다. 밤이 늦었다면서 선장이 이튿날 아침에 출항하겠다고 들려준다. 효정이 기민하게 선장과 기관사와 은지에게 독실을 하나씩 배정한다. 그러면서 둘러선 일행에게 편안하고 즐거운 밤이 되라고 인사한다. 다들 밤 향기에 취한 분위기다. 점차 해풍이 섬의 수면을 어루더듬으며 안타까운 신음을 토하는 밤이다.

  남해호가 섬을 떠난 지도 며칠이 지났을 때다. 평소처럼 은호가 새벽의 고요를 깨뜨리며 뒷산의 등산로를 오른다. 동백 숲의 언저리에 해풍이 날아내려 세차게 나풀댄다. 느닷없이 귀에 익은 중년 사내의 목소리가 귓전을 파고든다.

  "보소, 아지매. 외지에서 들어와 잠시 머무는 해녀가 아지매까지 7명이지요?"

  그러자 앙탈기가 남실대는 중년 여인의 목소리가 나지막하게 들린다.

  "선장님은 와 그리 짓궂십니꺼? 남이사 해녀질을 하든 말든 선장님이 무신 상관입니꺼?"

  한껏 낮춘 사내의 목소리가 허공을 배회한다. 꿈결처럼 감미로운 사내의 목소리다.

  "하여간 아지매의 몸뚱이는 보물이라니까. 50줄에 있는 여자의 아랫도리가 이처럼 반질반질 윤이 나다니 말이오."

  비음을 흘리며 응대하는 여인의 목소리가 은호의 청각으로 빨려든다.

  "고만 여관에 가입시더. 돈 많은 선장님이 야외에서 홀딱 벗고 이기 무신 짓입니꺼?"

  은호는 허리를 굽혀 거미줄에서 벗어난 애벌레처럼 급히 산길을 내려온다. 그들과 마주쳐서 기분이 엉망으로 뒤엉킬까 두려웠기 때문이다. 청각에 붙잡힌 목소리의 주인은 한라호의 선주인 홍석으로 여겨진다. 여자는 바람결 같은 뜨내기 해녀로 여겨진다. 바람피우는 남녀한테도 남해의 그윽한 풍정이 담겨 남실대는 느낌이다.

아침을 먹고는 은호가 왕진하는 의사처럼 연로한 노인들의 양어장을 찾는다. 어로 기술사로서 노인들의 가슴에 꿈을 심어 주기 위해서다. 멍든 가슴을 세척하듯 오전 내내 노인들의 양어장을 클로르칼크로 소독했다. 물고기의 비늘에 파고든 세균들을 붓으로 씻듯 제거하는 일환이다. 때때로 어망에 물고기들을 건져 올려 비늘의 상태를 점검해야 한다. 비늘의 색깔이 의식을 잃듯 달라지면 세균 검사를 실시한다.

사료에 내재된 항생제가 어부의 속을 썩일 때가 있다. 항생제에 내성을 가진 세균들은 우쭐거리며 나돌아 다니기 마련이다. 항생제가 세균을 제압하지 못하면 세균이 독을 품고 일어나서 설친다. 항생제를 쓰지 않으면 물고기들이 죽어서 순식간에 토담처럼 허물어져 내린다. 항생제와 세균 간의 처절한 알몸의 격투가 수시로 벌어진다.

그런데 양어장 주변에는 비늘 감염보다 무서운 복병이 도사리고 있다. 가공할 위력으로 내닫는 적조 현상을 말함이다. 늘어난 플랑크톤의 무리가 물고기들을 집단으로 질식시켜 버린다. 무더기로 늘어난 플랑크톤이 호흡에 사용하느라고 산소를 다량으로 쓰기 때문이다.

호흡할 산소를 찾지 못한 물고기들이 집단으로 질식하여 나뒹군다. 적조 현상에 수면이 핏빛으로 뒤엉킨다. 적조 현상의 해소에 진압군처럼 황토가 투입된다. 왕성하게 번식한 조류들을 황토가 자신에게 흡착시켜 해저로 가라앉기 때문이다. 숱하게 가라앉는 조류로 말미암아 플랑크톤의 증식도 차단된다. 수중으로 가라앉는 조류의 소용돌이마다 바다의 애환이 어우러진다.

양어장 소독을 끝내고 72살의 김 노인과 얘기를 나눌 때다. 주머니에서 휴대전화가 울린다. 귀에 갖다 내니 호준의 목소리가 절박한 음색으로 흘러든다.

"얼마 전에 매물도에서 발생했던 현상이 비진도에서도 일어났어. 물고기 떼들이 죽어서 바다를 완전히 뒤덮고 있어. 잠시 비진도로 좀 건너오지 않을래? 함께 만나서 대처 방안을 연구해 봐야겠어."

은호가 소용돌이에서 벗어나듯 잠시 호흡을 고르고는 응답한다.

"그 문제에 대해서는 나도 생각해 봤거든. 짧은 기간에 해결될 일이 아닌 것 같아. 비진도 밑을 흐르는 물길에 대한 조사는 이틀 전에 마쳤다고 했지? 내 생각으로는 수류를 통해 이동하는 플랑크톤이 의심스러워."

호준이 가만히 듣고 있다가 안타까운 음색으로 상충되는 의견을 들려준다.

"내 생각은 너와는 좀 달라. 적조 현상의 경우에는 조류가 밀집한 것이 눈에 띄잖아? 그런데 수중 물길에는 조류들이 대규모로 발견되지 않을 것 같아. 왜냐하면 물길이 움직이고 있잖아? 움직이는 상태에서는 산소가 충분히 공급될 여지가 있지 않겠어?"

은호는 호준의 말을 듣고는 잠시 생각에 잠긴다. 누구의 견해가 맞는지는 나중에 원인이 규명되면 밝혀지리라 여겨진다. 하지만 양어장 일 때문에 비진도로 건너가기는 어려운 실정이다. 그래서 비진도로 건너갈 여건이 못 된다고 대답한다. 호준이 잠시 뜸을 들이다가 저녁에 그가 매물도로 오겠다고 말한다. 은호는 오후 6시경에 해남장으로 오라고 말하고는 전화를 끊는다.

바닷물을 수문으로 차단시켰다가 일정한 시차를 두었다가 양어장으로 유입시킨다. 양어장에서 배출시킨 물이 다시 유입되지 않도록 배수펌프로 조절한다. 양어장으로 새로 유입된 바닷물에 대해서는 낮은 농도의 클로르칼크로 소독한다. 클로르칼크 속의 염소가 물과 반응하여 발생기 산소를 방출한다. 발생기 산소는 원래 물 분자에 들어 있던 산소 원자이다. 발생기 산소는 반응성이 대단히 큰 산소 원자를 일컫는다. 발생기 산소는 주변으로부터 전자를 흡수하여 신속히 산화 이온이 된다.

이런 전환 과정에서 숱한 세균들이 죽어서 나뒹군다. 염소에게는 물에 잘 녹지 않는 특성이 있다. 물에 적게 녹으면서도 지속적으로 세균을 죽인다. 물고기에 대한 세균의 침투 경로는 대부분 입과 비늘이다. 물고기의 입이 감염되면 창자에서부터 염증이 생겨 버둥거리며 고통에 휩싸인다. 세균이 비늘로 침투하면 비늘이 썩으면서 색깔이 바랜다. 비늘이 썩은 뒤에는 피부 감염이 되어 살갗이 썩는다. 썩은 살갗은 물고기의 영혼을 체내에서 바깥으로 내몰아 버린다. 물속에서 거의 대부분의 세균을 제거하는 물질은 클로르칼크이다.

이 물질의 장점은 물에 잘 녹지 않는다는 점이다. 물에 잘 녹으면 주변의 농도를 증가시켜 물고기들의 신진대사를 위협한다. 물에 적게 녹으면서도 강력한 살균 효과를 나타내는 것이 장점이다. 은호는 양어장의 물을 순환시킴으로써 물고기들의 생존율을 지속적으로 높인다. 우럭과 감성돔의 활동을 지속적으로 살피며 건강 상태를 점검한다. 다행스럽게도 김 노인의 양어장은 위생 상태가 양호한 편이다. 순환하는 물에 생명의 활기가 그득그득 실려 남실댄다.

양어장의 물을 배수 펌프로 배출할 때다. 머릿속에 영감이 떠올라 배출하는 물에 무공해 형광염료를 살포해본다. 형광염료가 어떻게 확산되는지를 살피며 사진기로 동영상을 촬영한다. 형광염료는 물줄기를 따라 흐르면서 실핏줄처럼 퍼져 흩어진다. 형광염료는 다시마로부터 추출한 무공해 천연물감이다. 형광염료의 색채 지속 기간은 5분이다. 5분이 지나면 투명한 물질로 전환되어 흩어진다. 바닷물로 유입되어도 잔류 효과를 일으키지 않는다.

물줄기의 곳곳에 형광염료를 살포해 보았지만 관측되는 양상은 대개 비슷하다. 은호는 촬영한 동영상 자료를 잘 보관하기로 한다. 이 자료가 수중 물길의 연구를 확장시키리라 여겨진다. 흐르는 물줄기만큼이나 탐구의 열정이 짙게 발산되곤 한다.

점심 무렵까지 양어장 일을 한 뒤다. 은호는 섬 북동쪽의 포구로 걸어간다. 포구 주변의 물을 떠서 플라스틱 물통에 소량을 담는다. 매물도의 포구에서 발생했던 물고기 떼죽음의 원인을 규명하려는 취지에서다. 소중한 물고기들의 죽음이 어부들의 눈물을 부를 것이기에 가슴이 탄다. 은호가 바닷물을 플라스틱 통에 담은 뒤다. 잘 포장하여 수신처인 남해연구소의 주소를 쓴 뒤다. 오후 3시에 맞춰 선착장으로 가지고 간다. 여객선의 선장에게 택배를 부탁한다. 나중에 남해연구소에서는 열심히 물고기의 죽음에 대한 원인을 규명하리라 여겨진다.

물속 물길의 이동에 따라 표면의 해수도 움직이리라 여긴다. 그래서 물고기의 떼죽음에 대한 원인을 찾아보려고 한다. 설레는 가슴으로 포구의 수면에 형광염료를 소량으로 살포한다. 그리하여 표층의 해수도 그 방향으로 이동하는지를 살펴보려고 한다. 두 번째로 형광염료를 살포할 때다. 해변의 동백 숲으로부터 윤주가 느닷없이 내닫는다. 포구의 사내가 은호인지를 확인하는 모양이다. 은호임을 확인하자 윤주가 다가서면서 기쁜 듯 입을 연다.

"긴가민가했는데 역시 은호 씨 맞군요. 여기는 어쩐 일이세요? 그리고 방금 물속에 뿌린 물질은 뭐죠?"

은호가 윤주를 발견하자 움찔 놀란다. 예상치 못한 장소에서 만났기 때문이다. 마치 해변에서 오줌을 바닷물에 갈기다가 적발된 심정이다. 잠시 마음을 추스른 뒤에 은호가 말한다.

"근래에 발생한 물고기의 떼죽음이 예사롭지 않게 느껴져요. 그래서 원인을 규명해 보려고 여기까지 내려왔어요. 조금 전에 뿌린 물질은 무공해 형광물감이에요. 해류의 방향을 탐지하는 용도로 사용되는 겁니다."

언제 어디서나 탐구적인 은호의 태도가 윤주의 가슴을 친다. 윤주가 무척 감동한 표정으로 은호를 바라본다. 그녀의 내면으로 치솟는 격동에 몸을 떨며 은호를 살핀다. 그녀의 관점으로 은호의 외모는 지극히 평범하다고 여겨진다. 결코 시선을 끈다거나 매력이 느껴진다거나 하는 점이 전혀 없다. 그럼에도 은호를 만날 때마다 색다른 느낌에 휩싸인다. 언제나 맛도 없고 향기도 없는 물을 대하는 느낌이다. 그러면서도 같이 머물면 포근해지는 기운을 느낀다. 어떤 어려움을 만나도 방패가 되어 줄 듯한 느낌이기도 하다.

이러한 경험이 누적되면서부터 그녀의 가슴에는 그리운 감정이 생겼다. 사람들이 모인 장소에서도 은호가 눈에 띄면 반가움의 소용돌이에 휩쓸린다. 그의 목소리만 들어도 그녀의 가슴에 한없는 파문이 인다. 어느 날에는 은호의 미소가 너무 감미롭게 느껴지기도 한다. 그런 날 밤에는 흥분의 기류에 휘말려 잠자지도 못한다. 일관된 태도의 은호를 만나는 일은 그녀에게 설렘의 파동을 안긴다. 세상에 둘만 있다면 은호에게 무조건 무릎을 꿇고 싶어지는 그녀다.

하지만 윤주에게 비친 은호는 영혼을 상실한 투명인간으로도 느껴진다. 한 마디로 형체는 있지만 정신세계가 소멸된 인간으로 비친다. 어떤 자극을 가해도 얼음같이 차디찬 인간으로 느껴진다. 하지만 그러면서도 은호에게서 발산되는 특이한 분위기가 너무 좋게 느껴진다. 어떻게 세상 사람으로서 그처럼 유령에 가까울 수 있겠는지 놀랍다. 진정 다시는 비슷한 유형의 인간을 만나지 못하리라 확신할 정도다. 얼음보다도 차디차고 물보다도 투명한 인간이 세상에 존재하다니? 글자 그대로 외계인을 만난 듯한 느낌에 황홀할 지경이다.

투명한 인상과 얼음보다도 차디찬 영혼을 지닌 인간이라니? 정말 환상계에서나 만날 만한 인간으로 비친다는 사실이 놀랍다. 그런데 은호를 만날 때마다 스스로에게 부단히 시달리는 윤주다. 스스로 설정한 기준의 틀이 실제와 다른 탓이다. 한 마디의 말을 해도 은호의 입술에서는 미소가 물결처럼 흐른다. 청아한 공기처럼 미소의 여운은 단아하게 여겨진다. 그의 평범한 얼굴에서는 상대를 믿게 만드는 진솔한 기류가 흐른다. 어느 경우, 어떤 자리에서나 그의 얼굴에는 진솔함이 배어 있다. 그랬는데도 얼음보다도 차디찬 영혼을 지닌 투명한 인간이라니?

윤주가 자신의 모순적인 감정에 대해 분석해 보려 했다. 며칠간 생각한 뒤에야 그 원인을 파악했다. 그녀의 일방적인 연정이 은호에게 먹혀들지 않았기 때문임을 느낀다. 그 반발적인 심리 현상이 은호를 투명인간으로 만들었다. 그럼에도 언제나 은호는 청아한 미소를 머금고 진솔한 태도로 얘기한다. 윤주는 마침내 스스로의 모순된 마음을 정리하려고 노력한다. 그녀의 마음이 전달될 때까지 노력해 보자고. 그래도 은호의 마음을 얻지 못하면 깨끗이 단념하겠다고.

윤주가 이윽고 마음을 추스르며 은호에게 말한다.

"만약 표면 해류를 알려면 배를 타고 실험하는 게 확실하겠죠? 적어도 여기서 물감을 뿌리는 것보다는 낫지 않겠어요?"

은호가 고마운 마음이 들어 즉시 응답한다.

"정말 거기까지는 생각지 못했어요. 만약 윤주 씨가 도와준다면 연구 결과가 빨라지겠는데요. 정말 도와주겠어요?"

윤주가 해변의 말뚝에 묶인 밧줄을 풀어 거룻배를 물에 띄운다. 윤주와 함께 은호가 거룻배에 오른다. 윤주가 천천히 배를 몰 때다. 은호가 일단 북쪽으로 향했다가 매물도와 어유도 사이로 지나가자고 제안한다. 윤주가 방긋 미소를 지으며 배를 몰아간다. 선미의 갑판에서 은호가 선홍색 물감을 물에 감미로운 바람결처럼 살포한다. 물감은 순간적으로 불꽃처럼 확 퍼져서 북쪽으로 서서히 흘러간다. 흘러가는 속도가 거룻배의 이동 속도보다 더 빠르게 움직인다.

결코 거룻배의 움직임 탓에 물감이 흐르는 것은 아님이 밝혀진다. 명백히 표면의 해수가 북쪽으로 흐르고 있음을 드러낸다. 은호는 자신의 생각에 더욱 확신을 가지며 주기적으로 물감을 뿌린다. 형광물감이라 멀리서도 빛깔이 선명하게 눈에 띈다. 물감을 뿌릴 시기와 위치를 윤주에게 알려준 직후다. 윤주로부터 노를 받아들고는 은호가 노를 젓는다. 윤주에게는 은호가 노를 바람결을 다루듯 잘 젓는 사내라고 느껴진다. 달리는 배에 숨결이 느껴질 정도다.

어유도와 매물도 사이를 지나서 서쪽 바다로 통과한 다음이다. 둘은 거룻배를 포구의 반대쪽인 매물도항에 정박시킨다. 진심으로 윤주의 배려가 고맙게 느껴진 은호다. 가슴에서 우러나는 따스한 마음으로 식사 대접을 하겠다고 은호가 제안한다. 윤주가 내심으로 쾌재를 부리며 기꺼이 수용한다. 둘은 선착장 곁의 해물탕 집으로 향한다. 해물탕과 소주한 병을 주문하여 둘이 식탁에 마주 앉는다. 이때부터 윤주의 마음이 뒤설렌다. 윤주가 미소를 지으며 은호에게 말한다.

"오늘 실험이 만족스러웠어요? 거룻배가 필요하면 언제든 얘기하세요. 제가 빌려 드릴게요."

은호가 진실로 고마운 마음이 들어 곧바로 응답한다. 은호의 목소리에 고마움의 정감이 녹아들어 물결처럼 윤주에게 밀려드는 듯하다.

"정말 고마워요. 이처럼 적절한 시기에 도와주어서요."

은호가 말하는 표정에 세상을 감미롭게 하는 풍정이 실렸음이 느껴진다. 바라만 봐도 가슴을 설레게 하는 무르익은 정취가 순간적으로 발산된다. 먹구름에 갇혔던 보름달이 얼굴을 드러내며 미소를 환히 짓는 듯하다. 얼굴에서 발산되는 온화한 기운과 서글서글한 눈매가 윤주의 마음을 뒤흔든다. 순간적으로 발산되는 정감이 얼마나 매혹적인지 윤주의 가슴이 터질 지경이다. 한겨울 내내 얼어붙었던 개천의 얼음마저 단숨에 녹일 듯한 아취다. 여태껏 윤주가 애타게 찾은 것이 바로 이런 풍정이었으리라 여긴다.

윤주는 순간적으로 가슴이 펄떡거리며 뛰는 것을 느낀다. 그녀가 꿈에서도 갈망했던 은호로부터의 연정이 꽃피겠거니 여겨진다. 윤주는 당장 은호의 곁으로 자리를 옮겨 가 앉고 싶어진다. 그러면서 그녀 스스로도 은호를 그리워했음을 밝히고 싶어진다. 은호의 반응에 감격하여 윤주의 얼굴이 화끈 달아오를 지경이다. 살짝 달아오른 얼굴로 윤주가 일어서서 은호 곁으로 가려고 할 때다.

은호가 정색하며 윤주의 도움은 주민들에게 커다란 도움을 주리라 들려준다. 은호의 얼굴에 실렸던 고마운 정감은 공적인 업무 때문이었음이 드러난다. 결코 윤주를 이성의 관점에서 고맙게 여긴 것이 아니었음이 전해진다. 그녀가 애타게 찾던 이성으로 향한 그리움의 숨결이 아니었음이 밝혀진다. 은호가 고마워하는 근원이 다른 데 있음을 알자 힘이 빠진다. 시종 공적인 업무에 집중하는 사내의 전형을 보게 된다. 윤주는 마음속으로 중얼댄다.

'이야, 완전히 목석인 사람이 눈앞에 있구나. 어쩜 사내가 철저히 일밖에 모르냐? 정말 천연기념물보다 더 희귀한 존재네.'

은호가 인간적인 체온의 인물에서 갑자기 차가운 유령으로 비치는 순간이다. 윤주의 내면에서 짜증이 왈칵 치솟는다.

'정말 재수 없는 사내로군. 어디 목석이라도 이만저만해야 말이지. 술이 다 깨는 기분이야. 우와, 정말 더러울 지경으로 재수가 없어.'

여인의 마음과는 무관하게 은호가 마음속으로 들떠 윤주에게 동의를 구한다.

"오후 6시 무렵에는 제 친구가 항구에 도착할 예정이거든요. 그 친구랑 거룻배로 매물도 남쪽 바다를 실험하고 싶거든요. 배를 빌려주실 거죠? 그냥 배만 빌려주면 됩니다."

느닷없이 깔깔 웃으며 윤주가 응답한다. 그녀의 입에서 시린 얼음 조각들이 흩날리는 듯하다. 컵의 물을 왈칵 은호에게 끼얹고도 싶어진다. 하지만 윤주가 최대한 자제하면서 말한다.

"너무 솔직해서 웃음이 나왔어요. 저는 별로인데 배만 빌리고 싶다는 얘기 아니에요? 솔직하다고 하더라도 어쩜 이 정도인지 환상적으로 느껴져요. 왜요? 제가 함께 배를 타면 싫으세요?"

은호가 싱긋 웃으며 곧바로 응답한다.

"제 뜻이 그게 아니잖아요? 오늘 배도 빌려주고 작업까지 도와주셨잖아요? 거기다가 제가 배를 연거푸 빌리는 국면이라서 미안한 마음에서 그랬어요."

은호가 말을 하며 윤주의 얼굴을 바라본다. 피부가 고운데다 이목구비도 괜찮게 배열된 셈이라 여겨진다. 하지만 윤주만큼의 외모를 갖춘 사람은 세상에 널려 있으리라 생각된다. 그래서 결론은 윤주의 얼굴이 지극히 평범하다는 관점이다. 조금이라도 매력적이거나 개성적인 특성이 없다는 점을 부인할 길이 없다.

식사는 함께했지만 둘의 마음은 너무나 달리 움직였다. 식사를 마치고는 윤주가 손을 흔들며 그녀의 집으로 돌아간다. 은호는 수녀나 비구니를 대하듯 그녀를 정중하게 배웅한다.

오후 6시 무렵에 여객선이 정확하게 매물도항에 도착한다. 여객선에서 호준이 환한 표정으로 배에서 내린다. 은호와 호준이 만나 서로 악수를 나누며 반가움을 나타낸다. 항구에 닿았던 여객선은 뱃머리를 돌려 거제를 향해 달린다. 뱃고동에서도 남해의 정취가 물결처럼 일렁댄다.

은호가 선착장의 거룻배를 손으로 가리키며 호준에게 말한다.

"잘 왔어. 네가 저 배를 저어 봐. 내가 형광물감을 뿌리며 해류의 방향을 측정할 테니."

호준이 흔쾌히 은호의 제안을 받아들이며 거룻배의 밧줄을 말뚝에서 푼다. 해류의 방향 탐지에 형광물감이 도움을 주리라고 호준도 말한다. 그러면서 호준이 익숙한 솜씨로 노를 젓는다. 노가 바닷물에 잠기자마자 거룻배가 쏜살처럼 내달린다. 바다가 오래전부터 호준의 노를 기다린 듯한 느낌마저 든다. 마치 물 위를 구름이 날아가는 듯 경쾌하게 배가 달린다. 은호가 감탄한 목소리로 호준에게 말한다.

"우와, 정말 노를 잘 젓는구나. 여태껏 너만큼 노를 잘 젓는 사람은 처음 봤어."

호준이 싱긋 웃으며 응답한다.

"갑자기 왜 이래? 나는 너한테 줄 것이 아무것도 없잖아? 비행기를 태우더라도 사람을 골라 가며 태워야지."

바다의 수면으로 선홍색의 물감이 잘도 퍼져 나간다. 형광물감이라 어스름에도 더욱 강렬한 빛을 드러낸다. 수면이 고운 색채에 마비되어 간지럼을 타는 느낌마저 밀려든다.

매물도항에서 남하하여 소매물도 사이를 거쳐 북동쪽의 포구까지 배를 몬다. 매물도의 둘레는 8.5km의 거리다. 둘은 포구에 원래대로 거룻배를 정박시켜 말뚝에 밧줄을 묶는다. 그러고는 둘이 곧바로 해남장으로 걸어간다. 해남장에 들어서자 효정이 은호와 호준이 함께 식사하도록 음식을 차린다. 그녀는 먼저 식사했다고 들려준다. 은호의 요청으로 소주도 두 병을 효정이 갖다 준다. 어느새 식탁에는 평온한 정취가 내리깔리기 시작한다.

둘만 식탁에 앉아 술을 곁들여 식사하기 시작한다. 식사를 하면서 호준이 먼저 입을 연다.

"예전에 낚시질했던 일 이외에 매물도를 거룻배로 둘러보기는 처음이야. 정말 환상적인 풍광이었어. 특히 마음에 맞는 친구랑 함께 한 유람이어서 감동적이었어."

호준의 말에 은호가 응답하며 즐거운 표정을 짓는다.

"나도 정말 환상적인 기분이 들어. 네가 오기 전에는 윤주 씨가 배를 저었어. 지난번에 우리랑 같이 낚시했잖아? 네가 와서 완전히 섬을 일주하게 되어 너무 기뻐."

호준이 놀란 표정을 지으며 묻는다.

"뭐라고? 윤주 씨랑 배를 함께 몰았다고? 그러면 그녀랑 애인이 된 거냐?"

은호가 아니라며 고개를 흔든다. 그러자 호준은 지난번의 낚시를 계기로 민정과 애인이 되었다고 들려준다. 그러면서 호준이 은호에게 말한다. 그의 눈엔 윤주도 매력 있는 여인으로 비쳤다고. 어지간하면 은호가 윤주와 애인이 되어도 좋겠다는 견해를 말한다. 그러자 은호가 그에게도 애인이 생겼다고 들려준다. 호준이 누구냐면서 커다란 관심을 보인다. 은호가 훗날 자연스레 만나게 될 거라고 일러준다. 호준이 궁금한 표정을 삼키며 묵묵히 고개를 끄떡인다.

6.
연안 관리

　아직 열기가 섬의 대지에 뜨겁게 휘감기는 8월 하순이다. 마을의 언덕 바지에는 대규모의 공동 상점이 성채처럼 세워졌다. 상점은 밤하늘의 성좌처럼 순번에 따라 주민들이 성실히 운영한다. 선착장 곁에는 커다란 건조장 건물이 세워졌다. 건조장의 규모는 가로 및 세로가 50여 m에 이를 정도다. 건조장이 어물들의 건조를 자체적으로 해결하고도 여유를 부릴 지경이다.

　기존의 주민들과 이주민들의 화합이 아름다운 선율처럼 잘 이루어지는 추세다. 섬의 곳곳에서 새로운 활기가 충만한 느낌이다. 원양어선에서 돌아온 노령 어부들은 양식업으로 바꾸어 미래의 꿈을 키운다.

　은호가 상점과 건조장을 그윽한 눈빛으로 둘러본다. 태양은 동쪽 하늘의 중간 지점에서 열기를 내뿜는다. 하늘은 쾌청하여 어디를 둘러봐도 구름 한 점 드러내지 않는다. 산자락에서는 박새와 찌르레기가 한가롭게 울음 조각을 피워 올린다. 해면에는 수시로 비단결같이 부드러운 바람이 휩쓸리고 있다. 여유가 생긴 은호가 광막하게 드러누운 수평선을 바라볼 무렵이다.

느닷없이 회관에서 이장의 목소리가 확성기를 타고 섬으로 실타래처럼 내리쏟아진다.

"주민 여러분, 방송을 듣는 즉시 회관으로 모여 주시기 바랍니다. 하던 일을 모두 중단하고 급히 회관으로 모여 주세요. 긴급한 상황이 발생했습니다."

가슴으로 밀려드는 긴장감을 추스르며 은호가 회관으로 달려간다.

이윽고 회관에는 주민들이 모여 소란을 피우며 떠들어댄다. 오전 10시 무렵의 정경이 물결처럼 남실댄다. 소형 강당에서 이장이 주민들을 포근히 다독거리는 음색으로 말한다.

"오늘 새벽에 어장에 설치된 그물과 주낙들이 대다수가 파괴되었음이 확인되었습니다. 마을 자경단에 의하면 외국 어선들의 침입도 없었다고 합니다. 자경단으로 섬을 순찰한 두 분의 확인이 필요합니다. 설명해 주시겠습니까?"

40대 사내들 2명 중의 1명이 얼어붙은 신색으로 말한다.

"안녕하세요? 저는 어젯밤부터 오늘 새벽까지 순찰을 맡았던 이성호예요. 현택 씨와 어젯밤 8시부터 오늘 새벽 4시까지 섬을 순찰했습니다. 어장을 면밀히 순찰했지만 출입하는 외국 어선들은 없었습니다. 그랬는데 업무를 인계하려고 다음 근무조와 함께 어장을 둘러보았습니다."

이장과 자경단의 말을 듣자 은호의 가슴이 철렁 내려앉는다. 밀입국한 중국인이 유령처럼 숨어서 무인 잠수정을 조종했으리라 여겨졌기 때문이다. 보안 체제로 은호는 냉동된 얼음처럼 침묵하기로 한다. 슬쩍 실내에 수상한 기류가 흐르지는 않는지를 살핀다. 누군가 중국인과 내통한 분위기를 드러낼지도 모르기 때문이다. 최근에 이주한 40대의 낯선 사내와 그물이 얽히듯 시선이 마주쳤다. 사내와 은호의 시선이 섬광처럼 맞부딪친 순간이다. 얼음처럼 섬뜩한 기운이 은호의 체내로 밀려든다. 순간적으로 움찔 놀랐던 사내의 기색이 설핏 전해졌기 때문이다.

직감적으로 뭔가 수상하다는 느낌이 은호에게 밀려든다. 우발적 행동이었던 것처럼 은호가 슬쩍 시선을 다른 곳으로 돌린다. 그러면서도 머릿속으로는 사진기의 영상을 판독하듯 사내의 인상을 떠올리려 애쓴다. 도장처럼 각인된 느낌으로는 40대 중반의 후리후리한 골격으로 여겨진다. 수면에 얼굴이 내비치듯 회관에서는 처음 보는 얼굴임에 틀림없다. 그의 머릿속이 사내의 얼굴을 분석하느라고 부산히 움직인다. 최근 2주 이내에 섬으로 이주해 왔다고 여겨진다.

은호가 술렁대는 가슴의 기류를 추스르며 생각에 잠긴다.

'시선이 마주친 것이 우연일지도 모르잖아? 함부로 속단하는 일은 없도록 해야지. 하지만 왠지 느낌이 너무 이상해. 정말 아주 이상해.'

휴대전화의 문자 메시지가 도착했다는 신호음이 은호의 귀에 들린다. 은호는 궁금했지만 나중에 보기로 마음먹고 주민의 설명을 듣는다. 새벽까지 근무했던 주민이 업무를 인계하러 어장에 들렀을 때다. 어장에 설치된 그물과 주낙들이 찢기거나 절단되어 널려 있었다. 다른 어장을 둘러봐도 나머지 어장에서도 어구들이 파괴되어 있었다. 둘이 배를 타고 주기적으로 섬을 순찰했다고 거듭 밝힌다. 그랬는데도 이런 일이 발생하여 억장이 무너지는 느낌이라고 밝혔다.

자경단 순찰 주민이 진술을 끝냈을 때다. 마을 주민들 중의 30대 중반의 김 씨가 말한다.

"앞뒤가 안 맞는 말을 하지 마세요. 자경단이 어장을 지켰는데 어떻게 어구들이 파괴될 수가 있어요? 제대로 안 지켰으니 이런 일이 생긴 것 아닙니까? 죄송하다고 사과를 해도 얼굴을 못 들 판에 변명을 해요?"

그러자 여기저기서 비슷한 또래의 젊은 사람들이 한 마디씩 떠들어댄다.

"춘호 아버지 말이 옳아요. 어장을 잘못 지켰으니 어구들에 대한 변상을 해야 마땅합니다. 어장도 못 지키면서 자경단은 왜 만들었어요?"

"옳소! 파괴된 어구에 대해 배상해 주세요!"

"순찰을 돌리면 제대로 돌아야지 이게 뭡니까?"

일제히 여러 명이 변상하라는 발언을 해 대자 실내가 소란해진다. 이 무렵에 원양어선에서 돌아와서 정착한 70대의 장 노인이 말한다.

"여러분, 잠시 주목해 주소. 예전에 비하여 마을 분위기가 너무 달라졌소. 서로 위하고 아껴주던 마을 분위기가 왜 이 모양이오? 어장이 6군데나 되는데 한 번 둘러보기도 벅찬 일이잖소? 게다가 어장의 간격은 엄청나게 멀리 떨어져 있지 않소? 자경단을 탓할 게 아니라 침략자를 찾을 방안을 찾읍시다."

그러자 이번에는 외항선에서 귀환하여 정착한 노인들이 여기저기서 떠들어댄다.

"정말 젊은 사람들의 배려심이 너무나 없어서 탈이오."

"지키는 사람 10명이 도둑 하나를 못 잡는다잖소?"

"제발 서로 좀 이해하고 살도록 합시다."

이장이 마이크를 들어 큰 소리로 말한다.

"여러분, 좀 조용히 해 주세요. 이장인 나도 말 좀 합시다. 잠시만 좀 주목해 주세요."

분위기를 맹수처럼 단숨에 제압해 버린 이장이다. 이장이 잠시 뜸을 들인 후에 마이크를 끄고는 육성으로 말한다. 주민들이 이장의 말에 귀를 기울인다. 은호도 잡념을 배제하고 이장의 말에 귀를 기울인다. 이장은 조금도 허둥대지 않고 자신의 견해를 주민들에게 들려준다.

'자체 경비 단체'인 자경단의 인원을 늘릴 수는 없다고 말한다. 자경단의 인원을 늘리면 생업에 지장을 받게 된다고 들려준다. 대신에 자경단의 사람들은 보다 자주 어장을 순찰하기로 한다. 어장의 순찰을 강화하기 위해서는 쾌속선을 구입하자고 제안한다. 쾌속선을 타면 보다 순찰의 기회가 많아지리라는 얘기다. 주민들은 밤 8시 이후에는 어장에 가지 말자고 제안한다. 오전의 경우에도 새벽 4시 이후에만 어장에 가도록 하자고 제안한다.

이장은 최근에 서쪽 해안에서 발생된 부녀들의 변사 사건을 들먹인다. 왜 하필이면 새벽 시간에 부녀들이 물질을 했는지 의문을 제기한다. 그러면서 자경단은 어장뿐만 아니라 섬의 해안도 감시하라고 강력히 주장한다. 자경단의 감시 활동을 강화시키려면 쾌속선이 필요하다고 거듭 강조한다. 바다의 거리를 단숨에 좁히는 길은 쾌속 질주에 있다면서 강조한다.

주민들 대다수가 이장의 의견이 합리적이라며 동의한다. 일단 주민들이 의견을 모으자 새로운 마을의 규범으로 정착된다. 아무도 제안된 의견에는 반대하지 않는다. 은호도 이장이 상당히 합리적으로 마을을 끌고 간다고 여긴다. 이장의 마을 통솔력이 막강하다는 느낌이 든다. 주민들의 의견이 통일되어 규범이 확정되자 주민들이 회관을 떠나기 시작한다. 은호도 회관을 떠나면서 이장을 향해 말한다. 억눌러 감췄던 향기가 방출되듯 은호의 정감이 전달된다.

"이장님, 정말 슬기로운 규범을 만드셨습니다. 애를 많이 쓰셨습니다."

이장이 은호의 양손을 잡으면서 고맙다는 마음을 전한다.

은호는 이장과 얘기를 나누고는 곧바로 회관에서 빠져 나간다. 그런 뒤에 새로운 이주민들이 지나가는 골목 입구에 지켜 선다. 그러고는 주변의 동백나무를 바라보는 자세를 취한다. 그러면서 회관에서 나와서 골목으로 들어서는 사람들의 기색을 살핀다. 아까 소강당에서 시선이 마주쳤던 사람의 행적을 알아내려는 취지에서다. 은호의 직감으로 시선이 마주쳤던 사내가 아무래도 수상스러운 생각이 들었다. 그래서 사내를 미행하여 사내의 거주지라도 알아둘 작정이다. 골목 가장자리의 동백나무에 몸뚱이를 밀착하여 서 있을 때다.

소강당에서 시선이 마주쳤던 사내가 마침내 은호의 시야에 드러난다. 은호가 더욱 동백나무의 둥치에 몸을 밀착시키며 사내를 살핀다. 은호가 엿보는 줄도 모른 채 사내가 골목을 지나간다. 은호가 일정한 거리를 두고 사내를 은밀히 뒤쫓는다. 사내는 마을 뒷산 발치의 주거지로 걸어 간다. 거기에는 새로운 외지인들의 집이 7채가 서 있다. 뒷산 발치에서 두 번째로 자리 잡은 집으로 사내가 들어간다. 사내가 집으로 들어가 연기처럼 자취를 감춘 뒤다. 은호가 사내의 집 앞을 지나가며 문패를 살펴본다. 문패에는 한글로 '조기철'이란 이름이 적혀 있다.

은호는 사내의 이름이 조기철이라고 단정한다. 그러고는 다시 뒤돌아 마을 아래쪽의 숙소인 해남정으로 걸어간다. 그의 발걸음에 홀가분한 기운이 실려 역동적으로 느껴진다.

숙소의 다탁에 놓인 컴퓨터를 통해 전자 우편을 검색한다. 남해연구소에서 보낸 메일이 은호를 기다리고 있다. 며칠 전에 택배로 보낸 포구의 바닷물에 대한 성분 분석표이다. 은호는 이마를 찌푸리며 자료를 들여다본다. 의심스런 화학물질이 포함되어 있을까 봐 조사를 의뢰한 거였다. 하지만 조사 결과는 너무나 깨끗한 상태다. 지극히 정상적인 염분도의 값이 지면에 허허롭게 드러누워 있을 따름이다. 자료를 들여다보며 은호가 생각에 잠긴다.

'뭐야? 의심스런 물질도 안 보이잖아? 다시 원점에서 검토해 봐야겠군.'

어느새 벽시계가 정오가 되었음을 알린다. 식당으로 점심을 먹으러 내려가야 할 때다.

문득 은호의 머릿속으로 사흘 전의 애절한 정경이 떠올랐다. 호준도 출장으로 비진도를 비운 날이었다. 비진도 남섬의 동서쪽 해변에서 만나자는 연락이 현아로부터 날아들었다. 휴대전화의 문자 메시지로 전해진 내용이었다. 메시지를 받자 연거푸 은호가 현아에게 전화를 걸었다. 의도적으로 전화를 안 받는 건지 통화 연결이 되지 않았다. 그래서 약속 시각인 오전 10시에 비진도의 남섬 해변에 도착했다. 현아가 먼저 와서 여유로운 모습으로 은호를 기다리고 있었다. 항시 청정한 우정으로 은호의 마음에 자리 잡힌 현아였다.

둘은 악수하면서 안부를 물었다. 현아의 얼굴은 미풍에 남실대는 초목처럼 평온하게 보였다. 은호에게 애인이 생겼으리라고는 전혀 모르는 듯했다. 너무나 단아하고 평온한 현아의 얼굴을 대하자 은호의 가슴이 저렸다. 잠시 후에는 애인이 생겼다고 당당하게 밝힐 작정이었다. 하지만 현아는 평온한 표정으로 은호에게 제안했다. 남섬의 선유봉이 아름답다니까 정상까지 함께 올라가고 싶다고. 그녀의 제안에 따라 은호는 현아와 함께 선유봉의 정상까지 올랐다. 정상에 올라서자 사방에는 청정한 푸른빛으로 널브러진 바다가 굽이치고 있었다.

정녕 선유봉의 풍광은 천혜의 아름다운 절경을 드러내고 있었다. 한동안 풍광에 취해 바다를 굽어보며 대화를 나누던 중이었다. 절경에 취한 듯 바다를 망연히 굽어보던 현아였다. 시선을 서서히 은호의 얼굴로 옮겨 처연한 목소리로 말했다.

"독도 근해의 탐사선에서 내 마음을 네게 드러낸 날을 기억하니? 나는 그날 이후로 너를 매일 가슴에 담고 살았어. 그래야만 네가 내 연인이 되어 주리라 믿고서 말이야. 그날 탐사선에서 네가 여운을 주었기에 끝까지 기다리고 싶었어."

현아는 슬픔의 색조가 한결 짙어진 목소리로 덧붙였다. 선유봉은 탁 튄 곳이어서 무슨 말을 해도 괜찮으리라고 말했다. 어떻게 말하면 현아의 충격이 줄어들지를 생각하느라고 은호가 버둥댈 때였다. 현아의 애잔한 목소리가 은호의 귓전을 예리하게 파고들었다.

"남자들은 대부분 여자의 미모에 현혹된다면서? 한마디로 내가 못생겨서 너무나 네게 미안해. 내가 조금만 예뻤어도 네가 관심을 가졌겠지. 하지만 외모는 내 의지와는 무관한 영역이잖아? 보기 흉할 정도만 아니면 간절한 영혼의 숨결로 맺어지리라 여겼어. 그런데 시간이 지날수록 불안하고 두려워졌어. 하도 마음이 불안하기에 은지에게 털어놓고 조언을 받고 싶었어."

은지의 말이 이어지면서 점차 은호의 가슴이 미어지는 느낌이었다. 공교롭게도 은지는 현아가 세상에서 가장 친하다고 여기는 벗이었다. 친한 친구인 은지에게 은호의 이름을 꺼내는 순간이었다. 은지가 환희로 들뜬 목소리로 현아에게 말했다.

"어, 너도 그 사람을 알고 있었네. 어쩐 일인지 아주 신기하고 궁금해 죽겠어. 그 사람과는 얼마 전부터 애인으로 사귀었어."

은지에게 상담을 청하려다가 날벼락을 맞은 기분이었다. 은호가 현아 한테는 생각할 시간을 달라고 뜸을 들였지 않은가? 은지의 경우에는 처음 만나는 날에 애인이 되자고 청했다는 은호였다. 현아는 처음에는 은지의 말을 믿기 어려웠다. 은호가 곧바로 결단을 내리는 부류의 사람이 아님을 알기 때문이었다. 그리하여 은지에게 거듭 확인해 봐도 은지가 사실이라고 들려주었다. 급기야는 연인이 되자면서 입맞춤까지 나누었다는 얘기를 듣고서야 사실임을 알아차렸다. 탐사선에서 현아가 손을 잡으려고 해도 손을 빼내던 은호가 아니었던가?

현아는 너무나 큰 충격으로 은지 앞에서 통곡하고 말았다. 현아의 고뇌에 찬 말을 듣는 자체가 은호에게는 형벌로 느껴졌다. 그의 뜻과는 무관하게 현아를 고통으로 내몰지 않았던가? 슬픔으로 어깨가 들먹거려지는데도 현아는 울음을 참으면서 말을 이었다.

"봉래산에 함께 오른 뒷날부터였어. 내 마음속에는 어느새 너의 모습이 자꾸만 다가들기 시작했어. 일시적인 현상이겠거니 여기며 며칠간은 견뎌보려고 했어. 하지만 시간이 흐를수록 네가 내 영혼에 다가서는 것을 느꼈어."

기력이 쇠진한 탓인지 현아가 말하려다가 잠시 입술만 달싹거렸다. 그 정경이 너무 애처로워 말하지 말라고 은호가 말리고 싶었다. 하지만 가볍게 입을 열어 개입할 상황이 아니었다. 할 얘기는 많은데도 감정이 격하여 눈물이 입을 막는 모양이었다. 은호는 영락없는 죄인이 된 심정으로 안절부절못하여 몸을 떨었다. 진하면서도 시린 설움이 은호의 전신으로 밀려들었다.

현아가 슬픔이 격하여 흐느끼면서도 말을 이었다. 현아가 은호를 도운 것은 은호의 열정에 매료된 탓이었다. 절대로 은호에게 연정을 구하려는 의도된 일은 전혀 아니었다. 그저 은호가 마음에 들어 아낌없이 지원하려고 했다. 탐사선을 매물도까지 동원한 것이라든지 사이보그를 보여 준 것도 그런 일환이었다.

현아는 매번 은호를 도왔지만 그로부터의 반향은 기대에 못 미쳤다. 그러다가 사이보그인 돌고래를 공개하던 날에 일대 모험을 걸었다. 무한히 기다릴 것이 아니라 그녀가 먼저 마음을 드러내기로 했다. 이러한 기류로 말미암아 현아는 자존심을 송두리째 뒤엎기로 했다. 천 년의 빙하처럼 소중히 간직되었던 자존심이었기에 그녀의 마음이 흔들렸다. 그녀의 진정한 마음이 읽혔던 탓인지 은호의 태도가 달라져 보였다. 급기야 은호로부터 내년 3월까지 고려해 보겠다는 대답을 듣기에 이르렀다.

현아가 목청을 한껏 가다듬으면서 은호를 향해 말했다.

"너를 만나려고 한 것은 단순히 회한에 얽혀서가 아니야. 정말 오묘한 것이 대자연이잖아? 너로 인해 내가 아팠던 게 미래의 활력이 되기를 원해. 서로의 견해가 달라 연인은 못 되었지만 영원한 친구이기를 원해. 정신적인 고뇌까지도 상담해 줄 수 있는 친구가 되면 좋겠어. 추호도 너를 원망하여 괴롭히려는 의도는 아니라는 걸 알아줘."

이윽고 그녀가 하고 싶었던 말을 다 한 모양이었다. 이번에는 은호가 그녀의 얼굴을 바라보며 차분하게 말했다. 말하기에 앞서 가슴 밑바닥으로부터 시린 한숨이 치밀어 올랐다.

"서로의 취향이 달랐다는 점이 연분이 이루어지지 못했던 근원이었어. 본의 아니게 네 마음을 아프게 해서 정말 미안해. 내 눈에 비친 너는 여성으로서는 최상의 조건을 갖춘 사람이야. 향기로운 꽃을 벌이 찾듯 네게도 좋은 연인이 나타나리라 믿어."

은호의 말에 귀를 기울이던 현아가 서글픈 미소를 지으며 비틀거렸다. 그러더니 발걸음을 옮겨 은호에게로 다가섰다. 은호도 잔뜩 고뇌에 휩쓸리는 마음을 추스르며 현아에게로 다가갔다. 둘의 거리가 가까워졌을 때다. 현아가 은호의 손을 쥐면서 은호에게 말했다.

"오늘 내가 너를 만난 동기를 헤아려 주면 좋겠어. 내겐 네가 참 좋게 보여. 지금 이 순간까지도 말이야. 앞으로도 지금까지의 우정을 유지했으면 좋겠어. 우리의 취향이 유사했더라면 우리가 연인이 되었으리라 믿어. 하지만 너와 나의 취향이 우리를 갈라놓을 줄은 몰랐어. 한편으로는 내 자괴심에 고통받을 내가 두려워져. 은지보다 긴 시간을 너랑 함께 지냈는데도 은지한테 밀려 버렸잖아? 나도 울 줄 아는 사람이야. 다만 자존심 때문에 눈물을 보이지 않았을 따름이라고. 내가 할 말은 단지……"

눈물을 흘리지 않으려고 버둥대던 현아가 급기야 눈물을 쏟으며 비틀 거렸다. 붙잡지 않으면 그대로 넘어질 지경이었다. 은호가 그녀를 부축 하려는 순간 그녀가 은호의 가슴에 얼굴을 묻었다. 불시에 남녀가 서로 를 끌어안게 되었다. 현아가 들려주었던 말이 은호의 가슴에 아프게 휘 감겼다.

"나도 울 줄 아는 사람이야. 다만 자존심 때문에 눈물을 보이지 않았 을 따름이라고."

순간적으로 현아 못지않은 슬픔이 은호의 가슴을 짓눌렀다. 누구 잘못 일 수도 없는 잘못으로 가슴이 퍼렇게 저며지는 느낌이었다. 저마다의 취향을 다르게 만들어 놓은 대자연이 갑작스레 원망스러울 지경이었다.

포옹한 현아가 그의 몸에서 떨어지자마자 바람결로 바스러질 느낌마저 들었다. 세상에서 처음으로 억울한 일을 당한 듯 은호한테서도 눈물이 흘렀다.

둘이 마음속의 앙금마저 허공으로 죄다 털어내었을 때였다. 둘은 어깨를 나란히 하여 남섬에서부터 북섬의 내항까지 걸었다. 둘이 선착장에 도착하여 영원한 우정을 다짐하듯 천천히 악수를 나누었다. 둘의 가슴에 승화된 우정의 숨결이 구름송이처럼 피어올랐다.

현아와 비진도에서 만나서 헤어진 지도 며칠이 지난 시점이다. 효정의 목소리가 들리기 전에 신속히 식당으로 향한다. 식당에 들어서니 효정이 정갈한 음식을 차려 놓았다. 효정과 마주 앉아 식사를 마치고는 헤어진다. 숙소에서 휴식을 막 취하고 있을 때다. 주머니의 휴대전화가 강렬히 울린다. 귀에 갖다 대니 주태의 목소리가 흘러든다.

"동력선을 매물도항에 준비해 놓았어. 1시까지 항구로 나와. 섬에서 잠수할 거라고 했잖아?"

활력 넘치는 가벼운 목소리로 은호가 대답한다.

"알았어. 그럼 잠시 후에 만나기로 해."

이윽고 주태와 은호가 매물도항의 선착장에서 만난다. 둘은 수중을 잠수하면서 쌓인 오염물의 현황을 파악하려고 한다. 매물도항에서 출발하여 섬의 서쪽 연안을 탐사하기로 한다. 둘은 수중 촬영 장비를 준비한다. 그러고는 동력선을 움직여 섬의 서쪽 해안의 중간쯤에 배를 정박시킨다. 그러고는 스쿠버를 장착한 상태로 수중으로 뛰어든다. 수중으로 뛰어들기에 앞서서 2시간가량 작업하기로 약속한 상태다. 매물도의 물속이 전설처럼 신비롭게 드러누워 있다.

해안선에서 대략 200m 이내의 수중을 둘러보기로 한다. 잠수하여 해저를 훑어보니 엉망진창이다. 찢겨 가라앉은 그물들이 엄청나게 해저를 뒤덮고 있다. 다음으로는 낚싯줄 뭉치가 많이 가라앉아있다. 해안에서 낚시질하다가 해저의 바윗돌에 끊겨 물속에 가라앉은 것이라 여겨진다. 오염 물질이 쌓여 있는 장소를 차분히 2시간 동안 촬영한다.

마침내 둘이 모든 수중 촬영을 마치고 갑판으로 올라선다. 둘의 표정에는 추호도 지친 기색이 드러나지 않는다. 가뿐하면서도 후련하다는 기색이 얼굴에 만연하다. 작업한 보람이 실린 표정이 은은하게 물결처럼 드리워진다. 선실로 들어가서 둘이 평상복으로 갈아입은 뒤다. 둘이 서로를 바라보며 선실에 마주 앉는다. 주태가 은호를 향해 말한다.

"사진 촬영을 했으니 오염물 제거 작업은 어떻게 할 거야? 그냥 궁금해서 물어보는 거야."

은호가 가벼운 마음으로 쉽게 응답한다. 조만간 잠수부들을 대량으로 모집하여 연안 청소를 하겠다고 들려준다. 주태가 은호의 추진력에 감탄한 듯 고개를 끄떡인다.

섬에서 발생한 이윤은 공기처럼 공평하게 분배해야 마땅하다고 주민들이 생각한다. 전국의 어촌들은 벌써부터 이런 원칙에 푹 젖어들었다. 어구 파손 사건으로 어민들의 마음이 잠시 물결처럼 흔들리기도 했다. 경량급의 쾌속선을 마련하여 화살을 날리듯 내몰아 어장을 보호하려고 노력했다. 강력한 엔진으로 가동되어 수면을 빛살처럼 질주하는 배다. 20분 정도면 8.5km 둘레의 섬을 선회하고도 여유가 생길 지경이다. 자경단의 순찰 기능은 예전에 비하여 대여섯 배나 급격하게 증가되었다.

상대적으로 어장이 그만큼 안전하게 지켜진다는 얘기다. 어민들은 당당한 숨결로 어장에 어구들을 설치한다. 주낙이나 그물, 통발 등의 일체의 어구들이 의연히 설치된다. 마을 공동 건조장도 활용에 있어서 편리하기 그지없다. 미역, 김, 물고기 등의 건조도 안심하고 진행된다.

공동 상점은 다양한 각도에서 여행객들을 매혹시키는 현장이다. 가격이 비싸지 않으면서도 판매 종목이 다채로워 시선을 끈다. 건조장에서 말린 해산물들도 공동 상점에서 얼굴을 내민다. 마을에서 공동으로 운영하기 때문에 판매 물품의 질도 주민들이 향상시킨다. 외부 관광객들의 관심을 끄는 것은 마을 고유의 토산물이다. 주민들은 어떻게 하면 토산물의 수준을 드높일지 신경을 쓴다. 그러다 보니 물품의 질도 좋아지고 관광객들의 출입도 잦아진다.

섬 수중의 오염물을 탐사한 지 나흘이 허허롭게 지났다. 은호는 회관에 주민들을 소집하여 촬영된 자료를 동영상으로 펼친다. 주민들은 오염된 해저를 보고 저마다 무척 놀란다. 그러고는 두근대는 가슴으로 은호에게 묻는다. 수중의 오염물을 어떻게 처리할 생각이냐고? 은호가 주민들을 향해 대답한다. 통영의 잠수부들을 불러들여서 매물도의 수중을 거울처럼 환히 청소하겠다고 밝힌다. 섬의 주민들은 우려에 젖은 목소리로 질문한다. 잠수부들을 동원하는 경비는 마을에서 부담하느냐고?

은호가 활짝 웃으며 주민들에게 대답한다. 국가에서 경비를 부담하여 행사를 지원한다고. 주민들이 정부의 처사가 고맙다며 향기로운 꽃을 대하듯 반긴다.

회관에서 치부를 드러내듯 주민들에게 수중 오염물의 자료를 보여준 뒤다. 은호는 통영으로 나가 해양경찰서에서 잠수부 모집에 대한 광고를 의논한다. 대민 봉사를 내세우는 해양경찰서였기에 즉시 매스컴으로 모집 공고를 날린다. 공권의 위력은 매스컴에 있어서도 강력한 영향력을 드러낸다. 공모를 한 지 고작 이틀이 지난 시점에서다. 30명의 채용 인원이 다 채워졌다.

해양경찰서로부터 연락을 받고는 성준과 은호가 통영으로 달려간다. 소강당에 잠수부들이 집결하여 성준과 은호를 반긴다. 물에 정통한 잠수부들의 눈빛이 둘을 매료시킬 지경이다. 잠수부들에게 성준이 작업 취지를 간략히 설명한다. 그런 뒤에 은호가 구체적인 작업 내용을 세밀하게 들려준다. 다음 날 오전 7시까지 매물도항에 도착하라고 잠수부들에게 요청한다.

어느새 하루가 물살처럼 흘렀다. 청정한 솔바람의 음향처럼 오전의 일정이 은호의 머릿속으로 상쾌하게 밀려든다. 오전 7시 반부터 9시 반까지 2시간에 걸쳐서 잠수할 작정이다. 30명의 잠수부들과 수중을 가르면서 섬의 해저를 청소할 작정이다. 30명의 잠수부에는 주태도 포함되어 있다. 주태에게는 15명의 잠수부를 딸려 보내 섬 서쪽 청소를 맡긴다. 은호는 14명의 잠수부를 데리고 섬의 동쪽 해저를 청소하기로 한다.

은호는 6시 반에 섬의 선착장에 도착하여 잠수부들을 기다린다. 7시 정각까지 잠수부들이 섬의 선착장에 다 모이기로 했다. 잠수부들은 시간 준수를 생명처럼 소중하게 여기는 사람들이다. 하지만 약속 시각에 다 나타날지 은호에게는 두려운 마음이 밀려든다. 은호가 선착장에 도착한 지 5분 뒤에 주태가 나타난다. 통영에서 출발한 여객선이 오전 6시 40분에 매물도항에 도착한다. 주태를 제외한 29명의 잠수부들이 여객선에서 내린다. 공모한 30명의 잠수부들이 전원 약속 시각 전에 도착했다. 결과적으로 다들 약속 시각을 칼날처럼 정확히 잘 지켰다.

마침내 은호가 잠수부를 두 편으로 가른다. 섬의 동쪽 해저를 청소할 14명을 임의대로 선정한다. 나머지 16명은 자동적으로 서쪽 해저를 담당하도록 정해진다. 동쪽과 서쪽 바다에 커다란 수송선을 각기 한 척씩 띄운다. 동쪽과 서쪽 해저에서 건져 올린 오염물을 거두어들이는 장소로 고정시킨다. 두 팀의 잠수부들이 두 척의 수송선에 오른다. 수송선 내의 선실에서 잠수부들이 스쿠버와 잠수복으로 갈아입는다. 오전 7시 20분에 수송선 두 척이 섬의 동쪽과 서쪽으로 이동한다. 주태와 은호가 멀어지는 서로의 수송선을 향해 손을 흔들어 격려한다.

해상의 기상 조건은 화창하여 최상의 작업 조건을 갖춘 상태다. 두 수송선이 섬의 북쪽에 도착했을 때다. 은호가 탄 수송선은 동쪽 해안을 따라 남하할 작정이다. 주태가 탄 수송선은 서쪽 해안을 따라 남하할 작정이다. 섬의 지도를 들여다보며 일정한 위치마다 잠수부를 일제히 내려보낸다. 그러고는 은호도 함께 물속으로 뛰어든다. 은호를 포함한 15명의 잠수부들이 방사선 형태로 흩어지면서 오물을 수거한다. 찢긴 그물과 낚싯줄과 합판 등이 순식간에 수송선 갑판에 쌓인다.

다른 직업인들과 마찬가지로 잠수부들은 스스로의 명예를 소중히 여기는 사람들이다. 적당히 요령을 부리거나 게으르다는 평판을 듣기 싫어하는 전문가 집단이다. 그렇기에 청소할 위치에 내려놓기만 하면 최선을 다해 작업에 몰두한다. 수중에는 술안주로 적당한 전복이나 문어도 발견되지만 오물 제거에만 몰입한다. 대략 15분마다 장소를 옮기며 작업을 진행한다. 한 시간 동안을 작업하고는 수송선의 갑판에서 10분간 휴식을 취한다. 수송선에 수북이 쌓였던 오염물은 선장과 기관사가 매물도항으로 옮겨 놓았다.

휴식 시간을 이용하여 은호가 준비해 두었던 문어회와 고추장을 내놓는다. 문어는 아침에 섬의 공동 판매장에서 대량으로 구입했다. 현장에서 잡혀서 더욱 싱싱한 맛이 있다며 잠수부들이 즐겨 먹는다. 수중 작업이라서 술을 마시지 못해서 아쉽다고 몇몇 잠수부들이 떠들어댄다. 다들 작업에 몰입했던 탓인지 많은 양의 문어회가 단숨에 비워진다.

은호가 휴대전화로 주태에게 전화를 건다. 당초에 휴식 시간도 같은 시각에 하자고 전달한 상황이었다. 주태가 곧바로 전화를 받으며 말한다.

"네가 준비한 문어회가 순식간에 바닥이 났어. 당초에는 양이 많아서 어떻게 소모될까 싶었거든. 그런데 순식간에 다 없어져 버렸어. 다들 수중 작업을 하느라고 진이 빠졌던 모양이야. 거기는 어때?"

은호가 흡족한 마음으로 응답한다.

"여기도 거기 상황과 마찬가지야. 오늘 작업이 아주 성공적으로 끝날 것 같아서 기뻐. 오늘 마무리 작업까지 잘 부탁한다."

이윽고 휴식이 끝난 뒤다. 은호가 잠수부들에게 종료 시각을 환기시키며 수고해 달라고 거듭 당부한다. 오염물은 해저 골짜기와 바닥에 주로 깔려 있다. 깨어진 병과 철사 뭉치로 인해 상처가 생길까 봐 걱정스럽다. 하지만 여러 잠수부들이 달려들어 순식간에 깨끗이 건져 올린다. 양팔 가득히 망가진 그물들과 합판을 안고 수송선까지 치솟는다. 수송선에선 선장과 기관사가 오염물들을 받아서 갑판에 올린다.

15분이 경과할 때마다 위치를 옮겨 작업을 한다. 그러다 보니 예정했던 시각에 맞춰 해저 청소를 완료한다. 은호가 작업할 때마다 연신 시계를 들여다본다. 마침내 오전 9시 반이 되었을 때다. 섬의 북쪽에서 서쪽 해안의 수중을 청소하던 잠수부들과 해상에서 만난다. 섬의 남단 해상에서다. 두 편 다 북쪽에서부터 남쪽으로 훑어 내려가면서 청소했기 때문이다. 수송선의 선장들을 향해 매물도항으로 돌아가자고 은호가 말할 찰나다.

잠수부들이 일제히 은호와 주태에게로 다가와 말한다.

"청소하다가 커다란 보물 밭을 발견했어요. 확인해 보시겠어요?"

"말 그대로 보물 밭이라니까요."

"물질하다가 이런 곳을 발견하기는 처음이었어요."

잠수부들이 떠들며 가리키는 곳으로 은호와 주태가 내려가 보기로 한다. 매물도 서쪽 해안의 중앙 부위에 해당하는 수중 암벽에서다. 수면으로부터 깊이가 15m에 이르는 곳에 평평한 암벽이 발달되어 있다. 미역과 모자반이 뒤덮고 있는 평범한 암벽으로 여겨진다. 그랬는데 미역과 모자반의 발치에는 커다란 전복들이 사방에 깔려 있다. 가로가 30여 m 세로가 10여 m에 달하는 정방향의 암벽에서다. 여기에 전복들이 무더기로 자라고 있음이 드러난다. 은호에게도 글자 그대로 보물 밭이라 여겨질 지경이다.

한동안 감탄한 표정을 짓던 은호와 주태가 수송선으로 올라선다. 수송선에 올라서면서 은호가 주태에게 말한다.

"보물 밭임에 틀림없어. 섬사람들의 재산이니까 이장한테 신고하여 공동으로 관리하는 게 좋겠어."

주태도 고개를 끄떡이며 말한다.

"내 생각도 그래. 섬사람들의 공동 재산이라 여겨져. 어마어마한 소득의 근원이 되리라 생각돼."

이미 오물 제거 작업도 완료된 시점이다. 은호는 수송선의 선장들에게 매물도항으로 돌아가자고 말한다. 두 척의 수송선은 신속히 선수를 돌려 물결을 가르기 시작한다. 항구의 선착장에는 마을 주민들이 20여 명이 나와 있다. 선착장에 쌓여 있는 오염물들을 바라보면서 다들 놀라는 표정이다. 주민 대표인 이장이 벌써부터 나와 잠수부들과 은호를 기다리고 있다. 수송선이 항구에 접안할 때다. 잠수부들은 선실에서 저마다 스쿠버와 잠수복을 갈무리하고 평상복으로 갈아입는다.

잠수부들이 해저 오염물들을 항구의 선착장에 수북이 쌓아서 배열한 뒤다. 이장이 잠수부들을 향해 고마운 마음으로 주민들이 식사를 대접하겠다고 들려준다. 그랬는데 의외로 다수의 잠수부들이 선약이 있다면서 사양한다. 이윽고 잠수부들은 정오에 도착한 여객선으로 통영항을 향해 떠나간다. 마을 주민들이 해변에 서서 잠수부들을 향해 손을 흔들어 전송한다. 은호도 떠나는 잠수부들을 향해 크게 손을 흔들어 준다.

잠수부들이 떠난 뒤다. 은호와 주태가 이장에게 들려준다. 섬의 서쪽 수중 해안에 전복이 사는 보물 밭이 있다고. 이장의 표정이 숙연해지더니 은호와 주태를 불러 속삭이듯 말한다.

"졸부가 되었던 집의 부녀자들이 시체로 발견되었던 원인이 밝혀진 느낌입니다. 부녀들은 한결같이 새벽 시간에 서쪽 해안에서 변사체로 발견되었거든요. 그것도 물질하던 복장으로 말이오."

이장의 말을 듣자 은호와 주태의 의혹도 순간적으로 풀리는 느낌이다. 2~3년 간격으로 졸부들의 부녀들이 서쪽 해안에서 변사체로 발견되었기 때문이다. 온갖 억측과 유언비어가 나돌았지만 증명할 길이 없었던 사건들이다. 이제 세 사내들의 견해가 일치한다. 여태껏 보물 밭을 우연히 발견한 부녀들의 가족이 부자가 되었다. 엄청난 금액의 전복을 채취하느라 새벽에 비밀스레 물질을 했으리라 여겨진다. 그러다가 탐욕에

154

사로잡혀 제 때 물을 벗어나지 못했으리라 판단된다. 탐욕이 부녀들의 목숨을 빼앗았던 원인이었다는 결론에 도달한다.

은호가 이장에게 묻는다.

"현재 마을에서 졸부는 누구인지 모르세요? 그 집의 부녀가 보물 밭을 비밀스레 드나드는지 모르잖아요?"

이장이 가벼운 한숨을 쉬더니 말한다.

"작년에 동호 씨 부인이 새벽에 죽은 뒤로는 졸부는 없었어요. 설사 누군가 비밀스레 관리했다 치더라도 공동의 소유물이라 판단됩니다. 이 제부터는 공용화를 선언해야 변사체가 되는 불운을 막게 될 겁니다. 마을 부녀들의 생명을 위해서라도 보물 밭을 공용화시키겠소."

이장의 결기에 찬 말에 은호와 주태가 감동한 듯하다. 줄곧 말이 없던 주태도 의견을 말한다.

"저도 이장님의 판단이 절대로 옳다고 여깁니다. 더 이상 섬의 부녀들이 탐욕으로 희생되지 않아야 한다고 생각합니다. 보물 밭에서 전복을 채취하는 일은 마을 잠수부들에게 맡겨야 마땅합니다."

한동안 이야기를 나누다가 이장과 주태 및 은호가 선착장에서 작별한다.

오후 1시가 지나자마자 하늘에 먹구름이 끼면서 하늘이 급격히 어두워진다. 그러다가 천둥과 번개가 일더니 폭우가 쏟아져 내린다. 세상을 무너뜨릴 듯 쏟아지는 빗줄기가 장대비 수준이다. 우중에 은호가 해남장으로 향한 길목으로 꺾어 들려는 찰나다. 쭉 뻗어 나간 골목길의 가파른 언덕 부위쯤에서였다. 40대 중반의 조기철이란 이주민이 걸어가는 모습이 눈에 띈다.

흘깃 기철을 바라보다가 시선을 돌리려 할 때다. 우산도 쓰지 않은 채

기철이 자신의 집을 지나쳐 걸어간다. 문득 수상한 느낌이 은호의 전신으로 휘몰려든다. 해남장으로 들어가려던 발걸음을 돌려 사내를 미행할 결심을 굳힌다. 은호가 잠시 갈등을 겪다가 우산을 버리기로 한다. 우산에 쏟아지는 빗소리가 미행하는 데 지장을 주리라 여겼기 때문이다.

한낮임에도 너무나 황당할 정도로 사방이 캄캄해진다. 온 세상을 뒤덮듯 폭우가 쏟아지는 탓이다. 기철이 언덕을 거쳐 산등성이의 오솔길을 타기 시작한다. 기철을 뒤쫓다가 사진기와 휴대전화를 떠올린다. 물이 스며들면 작동이 안 되는 장치라는 데 생각이 미친다. 기철을 뒤쫓더라도 증거를 남기려면 사진을 찍어야 할 판이다. 그런데 액정으로 된 장치이기에 기계를 먼저 보호해야 할 입장이다. 생각이 여기에 미치자 은호가 발걸음을 되돌리려고 돌아선다.

바로 이 찰나다. 기철이 신속히 바위에 몸을 숨기면서 은호의 뒷모습을 노려본다. 적개심이 충만한 눈빛이다. 은호는 이 사실도 모른 채 해남장으로 허겁지겁 내려간다. 언덕길을 내려가면서 은호가 생각에 잠긴다.

'온몸에 비를 맞으면서 골목길을 거쳐 산길까지 오르다니? 그것도 전신에 오한이 깃들 정도의 폭우가 내리는 상황이 아닌가? 아무래도 기철에게서는 수상한 기운이 느껴져.'

은호가 물에 빠진 생쥐 꼴로 해남장에 들어선다. 그러고는 숙소에 들어서자마자 물에 젖은 옷을 벗고는 샤워를 한다. 물에 젖은 옷은 욕조에 담가 씻는다. 옷을 빤 뒤에는 욕실의 빨랫줄에 임시로 넌다. 옥상에 빨래 건조장이 있지만 폭우가 내리기에 임시로 욕실에 넌다.

몸에 물기를 닦고는 마른 옷으로 갈아입는다. 옷을 갈아입고 컴퓨터에 저장해둔 자료들을 살펴볼 때다. 섬에서 자경단 전용의 쾌속선을 구입한 이후의 정황이 떠오른다. 오전에 해저 청소를 할 때에도 쾌속선은 주기적으로 순찰을 진행했다. 잠수부들의 작업에 지장이 없을 만큼의 거리는 유지한 채로. 그래서 과거에 어장의 어구가 파손된 일이 재발하지 않게 되었다.

낮이나 밤이나 쾌속선은 일정한 주기로 섬을 돌게 되어 있다. 빠른 속도로 인하여 섬의 순찰이 자경단에게 부담스럽지 않을 정도다. 쾌속선을 보유한 데 따른 장점이 엄청나게 커졌다. 외국 어선을 비롯한 외부의 선박을 조기에 발견할 수 있다. 그렇기에 일본이나 중국 어선들로 인한 피해를 예방하게 된다.

숙소 창밖을 내다보니 폭우는 당분간 길게 이어질 듯하다. 세상이 암흑에 가려져 완전히 밤 같기만 하다. 아무리 폭우가 쏟아져도 이런 기상 현상은 처음 대하는 은호다. 바깥이 어둑어둑하여 심리적으로도 바깥으로 나가고 싶지 않을 정도다.

머릿속으로 근래의 일이 떠오른다. 최근에는 관광객을 위하여 공동 유람선을 운행하자는 의견이 나왔다. 섬의 명승지를 설명하며 배를 모는 일이야 크게 어렵지 않다. 그런데 공동으로 운영하자는 부분에서 주민들의 의견이 대립된다. 유람선을 몰기를 희망하는 사람만 유람선을 몰자는 절충안이 제기되기도 한다. 중요한 것은 주민들의 사고방식이다. 관광객들이 보고 즐기려는 대상이 섬의 풍광이라는 점이다. 섬의 풍광은 주민들 모두의 재산이라는 점에 주민들이 목소리를 높인다. 유람선을 모는 사람들한테만 관광 수익이 몰려서는 안 된다고 얘기한다.

의견은 통일이 되었음에도 구체적인 해결 방안이 없어서 시끌벅적했다. 그러던 차에 주태가 나서서 색다른 의견을 말했다.

"자경단 두 사람 중에서 한 사람을 유람선에 배치하면 어떻겠어요? 한 사람은 쾌속선을 몰며 해상을 순찰하면 되죠. 나머지 한 사람이 유람선을 몰도록 하면 어떨까요?"

자경단은 마을 주민 50여 명 중에서 두 사람씩 교대로 근무한다. 근무 시간은 8시간씩으로 한다. 그러다 보니 하루에 근무하는 자경단의 인원은 6명에 이른다. 자경단은 열흘에 한 번씩, 한 달에 세 번씩 근무하게 된다.

며칠 전에 제안된 주태의 의견을 회관에서 표결에 부쳤다. 그 결과 압도적인 지지율로 주태의 의견이 통과되었다. 섬의 주민들은 한 달에 세 번씩 수송선이나 유람선을 몰게 된다. 주민들의 소득도 훨씬 향상되었다. 주민들의 소득이 높아지게 되니 섬의 시설도 서서히 개선시켰다. 가파른 벼랑에는 시멘트 말뚝을 세우고 나일론 밧줄을 연결시킨다. 섬의 곳곳을 나날이 말끔히 청소한다. 쌓인 쓰레기는 요금을 지불하며 통영으로 실어 보낸다.

섬에 불어닥친 현대화의 바람은 가히 눈부실 정도라 여겨진다. 어디에서 바라보든 섬에서는 말끔하면서도 우아한 분위기가 발산된다. 새로 이주한 10여 명의 이주민들까지도 자경단의 대열에 동참한다. 이들의 동참으로 인하여 주민들 간의 화합이 훨씬 빨리 진행된다. 이런 융화의 기류 속에서도 은호는 기철에게만큼은 주의한다. 상대를 의심해서는 안 되지만 경계는 마땅히 해야 한다고 여긴다.

느닷없이 은호의 휴대전화가 크게 울린다. 귀에 갖다 대니 주태의 목소리가 밀려든다.

"이번에 정말 후련하게 섬을 청소했어. 그런데 해식동굴 내부의 청결 상태는 어떤지 모르겠어. 예전에는 동굴 내부의 생태 환경만 대략적으로 탐색했잖아?"

주태의 얘기를 들으며 은호도 곧바로 응답한다.

"너와 생각이 일치되어 기뻐. 언젠가는 나도 해식동굴 안을 청소할 참이었거든."

은호의 얘기를 듣더니 주태가 은호에게 자신의 집으로 오라고 말한다. 한때 양어장의 물고기가 떼죽음을 당하여 실의에 잠겼던 주태다. 낙천적인 성격에 힘입어 나날이 애써 노력한 보람일까? 근래에 수산과학원을 통하여 우럭과 광어의 치어를 대량으로 구입했다고 들려준다. 시련의 시기를 최소화시키려고 나날이 저돌적으로 노력한 결과라 여겨진다.

은호가 미소를 지으며 곧바로 응답한다.

"알았어. 금방 갈게."

섬 북쪽의 매물도항 언저리의 마을이 당금마을이다. 당금마을에 회관과 기철의 집과 해남장이 있다. 당금마을에서 서쪽 해안을 따라 남쪽으로 800m가량 내려가면 대항항이 있다. 이 항구 곁의 언덕에 주태의 집이 있다. 폭우에 우산을 쓴 의미는 없기 마련이다. 그것도 800여 m를 걸었을 때에는. 전신이 생쥐처럼 물에 젖은 은호가 주태의 집에 들어선다. 물에 젖은 은호의 옷을 주태가 죄다 벗도록 한 뒤다. 주태가 은호에게 체육복 상의와 하의를 건네준다. 은호가 체육복으로 갈아입을 때다.

주태가 은호의 옷에서 물을 짜서 건조대에 넌다. 그러고는 건조대 앞에 석유난로를 갖다 놓고는 난로에 불을 켠다. 여름철이지만 물에 젖은 옷을 말리려는 차원이다. 이런 조처를 취한 뒤다. 주태가 거실에서 은호와 마주 앉는다. 거실 바닥에는 술상이 차려져 있다. 불판에 구운 삼겹살과 막걸리 병과 김치가 놓여 있다. 주태가 활짝 웃으며 술잔을 내밀어 술을 따르면서 말한다.

"폭우에도 불구하고 나를 찾아 주어서 고마워. 우리는 정말 어릴 적부터 사귄 친구 같지? 서로 마음을 여니 소중한 친구가 된다는 걸 느꼈어. 혼자 사니까 배가 고파서 삼겹살을 샀거든. 혼자 먹으려니까 따분해서 함께 들자고 불렀어. 세상을 사는 얘기도 할 겸 말이야."

은호도 포근한 마음이 들어서 주태를 바라보며 미소를 짓는다.

7.
비진도의 석회동굴

폭우가 내려 은호가 주태의 집에서 소담스러운 추억을 가꾸던 날이다. 둘이 푸근한 마음에 젖어서 술을 단숨에 여러 잔을 마셨다. 그러다 보니 짧은 시간에도 가슴이 벌렁대며 부풀어 오르는 느낌이다. 주태가 은호를 향해 안개에 휘감기듯 은근한 목소리로 입을 연다.

"섬의 북동쪽에 있는 포구 알지? 거기에 드나드는 수상한 사람들이 있는 것 같아."

은호가 가슴이 내려앉듯 놀라서 주태에게 곧바로 반문한다.

"왜 그럴 만한 사건이라도 생겼니?"

주태가 차분한 목소리로 자신의 견해를 들려준다. 외국 어선들이 몰려오지 않았는데도 어구가 망가졌던 일을 기억에서 들춘다. 예전에는 잠입한 중국인들이 무인 잠수정으로써 어구들을 망가뜨렸다고 판단하며 울분을 터뜨렸다. 근래에는 낯선 사람의 손길이 닿았던 흔적이 발견되어 의구심을 안겼다. 어구의 파손은 새로운 의문점으로서 은호와 주태를 곤혹에 빠뜨렸다.

　외국 어선들이 몰려들었다면 해양경찰서에서 예광탄처럼 연락이 왔으리라고 주태가 주장한다. 선박이 국경선을 넘어서는 경우는 거미줄에 붙잡히듯 레이더에 포착되었으리라 말한다. 레이더에 궤적이 포착되었다면 벌써 마을로 전해졌으리라 들려준다. 은호가 생각하기에도 주태의 의견은 얼음을 투시하듯 명료하다고 여겨진다. 주태가 실타래를 풀듯 연이어 그의 견해를 들려준다. 은호가 주태의 주장에 물속에 잠기듯 귀를 기울인다.

　외국 어선들이 진입하지 않았다면 문제가 칡덩굴처럼 복잡하게 얽혔으리라 들려준다. 섬 주민들 중의 누군가가 일을 저지르고 쥐처럼 함구했으리라 여겨진다. 이런 생각에 잠기던 중에 이상한 현상이 주태의 눈에 드러났다. 이른 새벽이나 늦은 밤중에만 유령처럼 나다니는 거룻배가 눈에 띄었다. 처음 한두 번은 떠도는 먼지처럼 예사롭게 보아 넘겼다. 그런데 특정한 거룻배만의 징후가 수상한 여운으로 밀려들었다. 그래서 골몰하다가 묘안을 떠올렸다. 거룻배의 뱃머리 바깥에 휴대전화를 깃털처럼 편안하게 장착시켰다.

　폐기하기 직전의 휴대전화가 뱃머리 바깥에 매달려 배의 궤적을 추적했다. 스러지는 시간에 휘말려 주태가 거룻배를 살피던 이튿날 새벽이었다. 거룻배 주인의 집은 당금마을이고 포구로부터 450m만큼 떨어진 지점이었다. 주인인 기철이 포구의 거룻배에서 자취를 감춘 뒤였다. 숨어서 기다리던 주태가 날렵한 맵시로 거룻배로 다가갔다. 뱃전에 부착해 놓았던 휴대전화를 살며시 꺼냈다. 휴대전화에 삽입한 전자 카드로 인하여 8시간 분량의 동영상이 찍혔다. 포구 가까운 동백 숲에서 영상물을 다림질하듯 면밀히 살펴보기 시작했다.

휴대전화의 전지는 소진되어 시신처럼 굳었다. 준비했던 전지로 갈아끼워 동영상을 건져 올린다. 대다수의 장면에서 물결만 너울대며 춤춘다. 뱃머리에 휴대전화가 설치되었던 연유라고 드러난다. 사방이 어둠에 갇힌 영상에서는 어장의 장면이 찍혀 있다. 어장의 장면 사이로 낯선 거룻배 두 척의 모습이 밀려든다. 매물도의 거룻배들은 고작 일곱 척이어서 훤히 구조를 꿰뚫는 주태다. 동영상의 거룻배들은 다른 섬에서 온 것들이다. 더 이상의 영상은 찍히지 않았다. 휴대전화가 기력을 다 쏟은 탓이라 여겨진다.

낯선 두 척의 거룻배와 기철의 거룻배가 모였던 이유가 궁금증을 자아낸다. 동영상이 촬영된 시각이 새벽 2시 15분이었다. 자신도 모르게 주태의 입에서 한숨이 기포처럼 터져 나왔다.

'이네들이 새벽에 어장에 모였다는 자체만으로도 문제야. 어떤 일을 꾸밀 생각이 없었다면 그 시각에 왜 모였겠어? 하여간 희한한 사람이 나타나서 문제를 일으키고 있구나.'

휴대전화의 동영상이 촬영된 날짜는 사흘 전이었다. 주태는 그날 이후로 기철의 거동을 은밀하게 살폈다. 갑갑한 마음을 풀 길이 없어서 은호를 부르게 되었다고 얘기한다.

은호도 주태를 향해 다소 씁쓸한 표정으로 말한다.

"나도 어지간하면 남을 의심하는 사람은 아니거든. 그런데 내게도 기철 씨는 상당히 의심스런 인물이라 여겨져. 공교롭게도 네가 말했던 그 포구를 어두울 때 드나들곤 했어. 물론 네가 말한 거룻배를 끌고서 말이야."

주태가 약간 이상하다는 표정을 지으며 말한다.

"기철 씨가 두 차례나 어장에 다녀온 걸 확인한 뒤였어. 기철 씨가 어장에 다녀온 뒤에 어장의 어구를 확인했어."

주태의 말이 이어졌다. 마을 주민들 몇 명과 함께 어장의 어구들을 확인했다. 하지만 누구의 어구도 훼손된 것은 없다고 밝혀졌다. 그랬기에 주태의 의심은 더욱 커졌다. 어구를 훼손할 목적이 아니었다면 험상궂은 날에만 움직였던 원인이 뭐였을까? 생각할수록 기철의 행동이 의아스럽기만 했다. 하지만 어장 어구들의 피해가 없었기에 기철에게 시비할 근거가 없었다.

주태가 기철의 얘기를 꺼내기 시작하자 은호도 긴장했다. 하지만 듣고 보니 기철은 어구들 훼손과는 무관하다고 밝혀졌다. 은호까지 기철을 의심했던 처지였기 때문이다. 은호의 가슴이 홀가분해지면서도 여전히 안타까움이 짙게 휘몰려든다. 둘이 잠시 대화를 중단하며 각자 생각에 잠긴다. 은호가 머릿속을 잠시 정리한다.

'어장의 어구들이 무사하다면 더 이상은 기철에게 관심을 끄자. 내가 정신을 집중시킬 일이 어디 한두 가지라야지? 그러나 저러나 비가 그쳐야 움직일 텐데 고약한 날씨라 걱정이야.'

은호가 생각에 잠겨 있을 때에 주태가 은호에게 말한다.

"잠시 기다려. 안주거리가 떨어졌기에 문어를 몇 마리 건져 올게. 금방이면 돼."

은호가 놀란 눈빛으로 응답한다.

"무슨 소리야? 이렇게 폭우가 쏟아지는데 바다로 나가겠다고? 먹던 문어 안주가 다 떨어졌어? 혼자만 고생하면 내가 미안하잖아? 나도 함께 갈게."

주태가 싱긋이 웃으며 은호에게 말한다.

"선착장에서 가까운 곳이야. 나만 아는 장소에 문어 항아리 열 개를 담가 놓았거든. 네가 오면 항아리의 위치가 탄로가 나서 안 돼. 내 말 알 겠어?"

이윽고 우장 차림의 주태가 집을 나선다. 주태가 농담까지 하면서 은 호를 제지하기에 주태의 의견을 좇기로 한다. 은호는 주태의 방으로 돌 아와 벽장에 깔린 서책들을 둘러본다. 책의 수량은 적었지만 온갖 영역 의 것들이 깔려 있다. 한국 문학 전집, 어류 도감, 법률 사전, 동의보감, 시경, 논어, 스포츠 해설집 등등.

발걸음을 옮겨 문이 닫힌 방 하나를 열어 본다. 양쪽 벽에 설치된 서가 에 책이 쫙 깔려 있다. 소위 서재인 모양이다. 방의 출입구엔 학사 차림 새의 졸업 사진 액자가 걸려 있다. 액자 아래쪽의 글자를 보니 M해양대 학교라고 적혀 있다. 은호가 깜짝 놀란다. 단순히 매물도의 마을 주민으 로만 알고 지냈는데 그게 아니었다. 해양대학교에는 은호가 졸업한 부 산의 H해양대학교와 전남의 M해양대학교가 있다. 두 대학의 위상은 공 히 인재 집단이라 알려진 곳이다.

은호의 생각에 주태는 사업의 길로 나섰다고 여겨진다.

'명문 대학까지 나온 전문가의 관점으로 양어장을 운영하려고 했구 나. 직장을 선택하지 않은 사유는 양어장으로 돈을 벌려는 거였구나. 일 종의 사업가로서 양어장을 운영하려고 했었구나. 그렇다면 양어장 설치 에 따른 자금도 좀 있었겠는데? 양어장을 설치하는 비용만 해도 적지 않 은 금액이잖아? 기본적으로는 살림이 넉넉한 인재였었구나. 그의 입으 로 밝히지 않는 대신에 내가 알아내기를 바랐을지도 모르겠네. 그래서

혼자만 문어 항아리를 건지러 갔는지도 모르겠어.'

은호는 서재를 빠져 나와 주태랑 머물던 거실 바닥에 앉는다. 거실 벽의 서가에 쌓인 책들을 둘러보며 은호가 생각에 잠긴다. 주태와는 일시적인 교류가 아닌 영원한 교류를 하겠다고 작정한다. 단순히 섬의 주민과 어로 기술사의 관계가 아닌 친구로서 말이다. 은호는 마음속으로 주태에 대해 생각해 본다. 다른 사람들 같았으면 만나자마자 자신의 학력을 다 밝혔으리라 여긴다. 그런데도 주태는 학력에 대해서는 일체 말하지 않았다. 아마 마음속으로 자신의 위상이 당당하다고 여겼기 때문이라 여긴다.

보통 사람들과는 달리 속이 깊은 사내라 여겨진다. 은호도 주태의 새로운 신변 상태를 확인하자 관점이 달라졌다. 예전에는 대화를 하더라도 상대에 맞추느라고 쉽게 설명하려고 노력했다. 그랬는데 이제부터는 곧바로 전공 영역을 얘기해도 되겠기에 속이 편하다. 섬의 주민들 중에서 가장 해양학에 정통한 지식인을 확보한 셈이다.

거실 바닥에 지난해의 커다란 달력이 놓여 있다. 달력 뒷면은 백지여서 활용이 가능한 상태다. 은호는 볼펜으로 미래에 취할 일정을 종이에 글자로 옮겨본다.

어초 투척 → 어장 확장→ 용승류 탐사 → 가두리 설치→ 잠수회 결성

글자로 옮겨 보니 자신이 걸어갈 미래의 경로가 뚜렷이 보인다. 섬에 머물면서 올해 연말에 이룰 계획은 가슴에 담고 있다. 자기 자신에 대해서까지 보안을 취할 사항이라 여기기 때문이다.

매물도 인근의 해역에서도 용승류가 흐르고 있다. 은호는 용승류에 관한 지식을 머릿속으로 가만히 떠올린다. 용승류는 해풍에 의해 이동한 표층수를 메우며 치솟는 해류를 일컫는다. 용승류가 생기는 곳에는 질산염이나 인산염을 포함한 염류의 공급이 풍부해진다. 이들 염류는 광합성을 하는 식물성 플랑크톤에게 중요한 영양물이 된다. 플랑크톤이 풍부해지면 이들을 먹이로 섭취하는 어류들이 몰려들게 된다. 쉽게 말하여 어장의 규모가 커진다는 얘기다.

예전부터 은호는 용승류가 활발히 치솟는 영역을 탐색하고 싶었다. 동일한 해풍의 속력에도 용승류가 활발히 치솟는 영역이 있다. 표층수 아래의 바닷물의 밀도가 높은 곳은 염분도가 높은 지역이다. 염분도는 바닷물 1kg 속에 용해된 무기염류의 질량(g)을 나타낸다. 바닷물 염분도의 평균치는 대략 35퍼밀(천분율)로 드러난다. 해수 1kg 속의 무기염류의 질량이 35g이 된다는 얘기다.

염분도로 밀도가 높은 지역에서는 표층수를 떠받치는 힘인 부력이 크다. 표층수가 해풍에 의해 밀려나면 밀도가 큰 바닷물이 아래쪽에서 솟구친다. 이런 바닷물의 흐름을 용승류라고 한다. 용승류가 이는 지역은 용승류의 분출 작용으로 무기염류를 공급한다. 이들 무기염류야말로 플랑크톤이 필요로 하는 영양물이다. 플랑크톤에는 동물성 플랑크톤과 식물성 플랑크톤이 있다. 식물성 플랑크톤은 표층수에서 햇빛을 받아 광합성으로 포도당을 만들어내는 무리들이다. 포도당은 모든 동식물들이 섭취하는 대표적인 영양물이다.

광합성의 능력을 갖추지 못한 플랑크톤을 동물성 플랑크톤이라고 한다. 이들은 수중의 무기염류를 주된 영양물로 섭취하는 무리들이다. 용승류가 활발히 일어나는 지역은 새로운 어장이 될 요건을 지녔다. 어장

형성의 기본 요건인 물고기의 영양물이 풍부하기 때문이다. 주태가 잠수부이기 때문에 주태와 공동으로 용승류를 탐색할 작정이다.

매물도에는 이미 여섯 군데의 어장이 형성되어 있다. 그러기에 용승류가 생기는 상층부에는 가두리 양식장을 세울 작정이다. 수중에 대규모의 그물로 울타리를 막아 물고기를 키우는 곳을 말한다. 인공 양식장으로는 대표적인 형식의 구조물이다. 은호는 사업가가 아니기에 의견을 마을 주민들에게 제시하려고 한다. 주민들이 받아들이면 마을 공동의 가두리 양식장을 세우도록 건의할 작정이다. 지금껏 축적한 해양학의 지식을 회상하며 은호가 미소를 짓는다. 자신이 축적한 지식들을 현장에서 활용하도록 하겠다고 스스로 다짐한다.

달력 뒷면의 백지 공간에다 미래의 계획을 세우며 들여다볼 때다. 주태가 흠뻑 젖은 옷차림으로 거실로 들어선다. 그가 커다란 고무 대야를 들고 있다. 거기에는 머리 길이가 20cm가량의 문어 다섯 마리가 뒤얽혀 있다. 바닷물에 담가 둔 항아리로 기어들어 와 살다가 잡힌 거였다. 주태가 흐뭇한 미소를 머금으며 말한다.

"밧줄에 매달린 항아리들을 끌어 올렸는데 이것들이 걸렸어. 다른 문어들은 크기가 너무 작아서 다시 물속에 넣어 놓았어. 그러면 나중에는 힘센 문어들이 그들을 내쫓고 항아리를 차지할 거야. 물속에서는 힘에 의한 경쟁이 더욱 처절할 테니까 말이야."

은호도 기뻐하며 응답한다.

"히야, 정말 좋은 안줏감이야. 푹 삶아서 먹으면 소주 여러 병을 비우겠는데?"

주태가 기다렸다는 듯 대꾸하며 주방으로 간다.

"조금만 기다려 금세 삶아 올게. 오랜만에 속내를 터놓고 대화를 하자고."

이윽고 얇게 썰린 문어가 쟁반에 담겨 술상에 놓인다. 주태와 은호가 술상에 마주 앉아 서로의 술잔에 술을 채운다. 둘이 문어의 살점을 고추장에 찍어 안주로 들면서 술을 마신다. 갓 삶은 문어라 맛이 각별하게 좋다는 느낌이 은호에게 든다. 둘이 술잔을 부딪쳤다가 서로 마시면서 마음이 따스해진다. 세상의 근심이 송두리째 스러지는 느낌이 든다. 특히 은호의 입장에서는 자신을 도울 강력한 보조자가 아닌가? 이번 기회에 평생의 좋은 지기로 사귈 작정이다. 지기에 대한 관점을 은호가 내비치자 주태가 선선히 수용한다.

둘은 이 날을 기하여 친구에서 지기로 사귀기로 마음을 터놓는다. 친구에서 지기로의 변화는 서로에게 마음을 터놓는다는 의미가 크다. 과장되게 말하면 생명까지도 선선히 내줄 수 있는 관계가 지기다. 둘이 지기의 뜻을 가슴에 새기면서 술잔을 나눈다. 은호가 주태에게 서재를 들여다봤다고 들려준다. 주태가 껄껄 웃으면서 그러기를 바랐다고 응답한다.

술잔을 나누면서 주태가 자신의 얘기를 들려준다. 주태의 부모는 주태가 고등학교를 졸업할 무렵에 해난사고로 세상을 떠났다. 그의 부모가 탄 여객선이 필리핀 해상에서 대형 수송선과 충돌했다. 바다에는 해무가 짙게 깔렸고 풍랑이 심하여 항로 조절이 어려웠다. 그래서 졸지에 부모를 잃고 세상에 혼자 남게 되었다. 다행히 부모가 남긴 유산은 상당히 많았다. 그 영향으로 대학도 졸업하고 양어장까지 차리게 되었다. 매물도는 그가 출생한 곳이기에 평생 떠나고 싶지 않다고 들려준다.

둘이 한참 이야기를 나누며 흥취에 잠겨 있을 때다. 은호의 휴대전화가 크게 울린다. 귀에 갖다 대니 성준의 목소리가 밀려든다.

"사흘 후에 항만청 수송선이 어초를 싣고 매물도로 갈 거야. 그때 어초를 투입할 지점을 네가 알려주면 고맙겠다. 네가 보낸 매물도 어장의 지도는 내가 갖고 있어. 복사를 해서 수송선 선장한테도 넘겨주었어. 이번 일을 통하여 매물도의 어장이 확장되어 어획량이 증가하기를 바란다."

은호가 곧바로 응답한다.

"네, 잘 알겠습니다. 차질 없이 작업한 뒤에는 곧바로 보고하겠습니다. 여러 가지로 배려해 주셔서 감사합니다."

은호가 휴대전화를 주머니에 넣을 때다. 주태가 무슨 통화였는지 궁금한 표정을 보인다. 은호가 어초 투입에 대하여 간략하게 들려준다. 주태도 크게 기뻐한다. 당장 어장이 확장되면 그의 수익도 증대되기 때문이다. 은호는 마음속으로 작정한다. 다음 날에는 이장에게 어초 투입에 대한 내용을 전달할 작정이다.

주태의 목소리가 생각에 잠겼던 은호의 귓전을 흔들어댄다.

"너도 상당히 특징이 두드러진 사람이야. 사람을 앞에 앉혀 놓고 생각에 골몰하는 모습이 비치곤 해. 조금 태도를 고치면 상대에 대한 배려가 되리라 믿어."

은호가 즉시 주태의 의견을 흔쾌히 수용하면서 미소를 짓는다. 사람을 앞에 앉혀 놓고 무료하게 만들어서 미안하다고 말한다. 그러자 오히려 주태가 미안한 표정을 짓는다. 그러더니 주태가 연이어 말한다.

"아까 용승류를 함께 찾아보자고 제안했지? 기꺼이 동의해. 용승류가 생기는 부근에 가두리 양식장을 설치하겠다고 했지? 이 문제에 대해 너랑 자세한 얘기를 나누고 싶어."

은호가 주태의 얘기에 귀를 기울인다. 주태의 마음이 실린 목소리가 물결처럼 연신 은호의 고막에 전해진다. 동해에 돌고래가 많이 몰려드는 원인을 주태가 지적한다. 풍성한 먹잇감의 유입임을 들려준다. 쿠로시오 해류에서 갈라진 쓰시마 난류가 한반도의 동해로 들어선다. 쓰시마 난류가 들어서는 길목이 울산 앞 바다이다. 울산 동쪽 60~130km 해상의 공간은 광활하다. 이 지역에 난류를 운송하는 해류가 쓰시마 난류이다. 난류의 열기는 서식 환경을 크게 고조시킨다. 동해의 중심 영역까지 진행하는 난류가 쓰시마 난류이다.

이들 난류로 인하여 플랑크톤이 크게 증식하면 멸치 무리가 움직인다. 멸치 무리는 수천만 마리가 군집을 이루어 이동하는 속성이 있다. 멸치 무리를 전갱이가 뒤쫓고 그 뒤를 갈치 무리가 뒤쫓는다. 이런 현상은 수산과학원에서 규명한 바가 있다. 이들 어류가 뒤엉켜 소용돌이치면 초음파로 현장을 감지하는 동물이 돌고래다. 돌고래는 초음파로 신호를 주고받는 대표적인 수중 포유류다. 해마다 멸치 무리가 움직이면 반드시 돌고래 무리가 움직인다.

한반도 동해의 울산 앞 바다에는 특히 돌고래가 잘 몰려든다. 가장 커다란 원인이 플랑크톤을 쫓는 멸치 떼들의 이동 현상이다. 주태가 들려주는 얘기는 대학 시절부터 줄곧 학습한 내용들이다. 다년간 전문가들이 관측하여 알아낸 동해의 특성 중의 하나이다. 동해 이외의 바다에서도 용승류가 치솟는 곳은 플랑크톤이 크게 번식한다. 이들 플랑크톤을 멸치 떼들이 알아차리면 돌고래들까지 움직이리라는 예견이다. 주태의 예견이 틀리지 않음을 은호도 인정한다. 이론에 부합되도록 타당하게 말했기 때문이다.

주태가 목소리를 슬쩍 낮추었다가 높이면서 열변을 토한다. 주태의 화법 중의 특징임을 은호가 이미 알아차리고 있다.

"가두리 그물 주위로 돌고래가 밀려들 상황을 고려해 봤어? 그물을 보호하려고 수중에 철망을 설치하겠지. 하지만 돌고래들이 철망에 몸을 부딪치는 경우가 문제야. 야산에도 멧돼지 침입 방지용으로 철망을 세우잖아? 철망에 멧돼지가 부딪는 바람에 철망도 파손되고 멧돼지도 다치곤 해. 수중의 경우도 마찬가지가 아닐까? 어망을 보호하는 철망도 찢기고 돌고래도 다치지 않겠어? 돌고래는 세계적으로 보호하려고 하는 동물이거든. 이들 돌고래 떼가 한국 어장에서 죽게 된다면 여론이 어떨까? 여기에 대한 너의 대책을 듣고 싶어."

주태의 말에 은호의 정신이 번쩍 드는 느낌이다. 돌고래의 문제까지는 미처 고려하지 못했기 때문이다. 주태의 얘기를 들으면서 떠올린 답은 확률이다. 돌고래가 가두리 어장에 몰려들 확률을 말함이다. 매스컴의 자료를 보면 서해 연안까지 돌고래가 몰려든 경우가 있었다. 원인이야 어쨌든 돌고래가 실제로 몰려들었다는 사실이 중요하다고 여겨진다. 은호가 생각에 잠겨 대답을 못하자 주태가 술잔에 술을 채운다. 둘이 술잔을 부딪치며 술을 마신다. 벌써 두 마리째의 문어가 안주가 되어 쟁반을 차지하고 있다.

바깥에는 여전히 폭우가 세상을 쓸어내리듯 쏟아진다. 은호가 폭우를 뚫고 해남장까지 돌아갈 자신이 없어진다. 은호가 보일러를 켜서 실내의 습도를 조절한다. 그러면서 은호를 향해 말한다.

"폭우도 쏟아지고 하니까 오늘은 여기서 자고 가. 굳이 옷을 적시면서까지 숙소로 돌아갈 필요는 없잖아? 내일은 주말이니까 나랑 거룻배로 낚시질하러 가자고. 오랜만에 휴식도 취해야 활력이 생기잖아?"

은호가 생각난 듯 주태에게 말한다.

"너도 경상도 억양이지만 사투리는 안 쓰구나. 보통은 그냥 사투리를 쓰기 쉽잖아? 일부러 표준어를 쓸 작정이라도 했니?"

주태가 미소를 머금으며 말한다.

"지금 네가 사돈 남 말하는 격이구나. 너도 억양은 경상도 어투이면서 표준어를 쓰고 있잖아? 기본적으로 의사소통을 고려한 우리의 배려라고 봐야겠지?"

둘이 세 마리째의 문어를 맞이하여 즐겁게 술잔을 나누기 시작한다.

어느새 사흘이란 시간이 떠밀리는 물살처럼 흘렀다. 되돌아볼 겨를조차 없을 만큼 빠른 시간의 흐름이다. 9월 초순이라 바다의 물빛이 8월과 달리 많이 짙어졌다. 남해의 9월에는 고등어와 전갱이들이 쏟아지는 우박처럼 무리를 지어 몰려든다.

오전 8시쯤 매물도 선착장에 통영 항만청의 500톤짜리의 수송선이 도착했다. 선착장에는 은호 이외에 13명의 주민들이 벌써부터 수송선을 기다리고 있었다. 회관에서 회의를 통하여 12명의 주민 대표들이 선발되었다. 어초를 투입하는 현장에 참관할 주민 대표였다. 이장은 필수적으로 참석하도록 공문에 기재되어 있었다. 12명의 주민 대표들 중에는 주태, 영혜, 윤주도 포함되어 있다. 섬의 미래를 맡을 젊은 사람들을 대표자로 선발하자는 의견이 압도적이었다. 그래서 12명의 주민들의 대다수는 20대 후반의 젊은 사람들이었다.

인원 점검을 마친 뒤다. 수송선이 오전 8시 20분을 기하여 매물도항을 출발한다. 출발하여 어유도 사이를 지나서 시계 방향으로 섬을 순환할 작정이다. 선상의 젊은 주민 대표들은 가슴이 부풀어 오른다. 인공 어초를 정부에서 지원하여 어장에 던져 넣기 때문이다. 은호는 어초에 대한 지식을 머릿속으로 떠올린다. 어초는 물속에 가라앉으면서부터 해조류들이 달라붙어 자랄 터전을 제공한다. 어초에서 해조류가 서식하면 물고기들에게 산란할 장소를 제공하게 된다. 점액질로 끈적거리는 물고기의 알들은 바닷말에 붙어 흩어지지 않게 된다.

이렇게 되면 물고기의 수컷들이 종족의 알들을 지키려고 애쓴다. 그러다가 일정한 시간이 흐르면 산란된 알에서 물고기들이 깨어난다. 치어들이 생명을 지키려고 몸을 숨기기에도 바닷말은 좋은 장소다. 이런 점들로 말미암아 해조류가 부착된 어초는 어장을 형성하는 거점이다. 주민 대표들은 부푼 마음으로 어초의 투입 위치를 지도에 표시한다. 그리하여 수중 지도를 만들려는 모양이다. 인공 어초는 철근과 콘크리트로 만들어진 구조물이다. 높이가 1.2m이며 가로와 세로의 길이는 각각 2m에 달한다.

매물도 해안 동쪽의 어장 세 군데를 거친 뒤다. 수송선은 남쪽의 소매물도 사이를 거쳐 섬의 서쪽 해안으로 향한다. 수송선이 한창 서쪽 해안으로 달릴 때다. 수송선의 갑판에서 은호가 어장의 지도를 들여다본다. 그러다가 주변을 둘러볼 때다. 그의 곁에는 마을 주민들과 이장이 함께 서 있다. 주태가 은호를 향해 입을 연다.

"언제나 어초를 투입하는 기술이 경이롭게 느껴져. 일단 어초의 하단이 수면 아래까지 닿은 뒤에 집게를 풀잖아? 만약 그 전에 집게를 풀면 어떻게 될지 감이 잡히지? 어초가 수면과 충돌하면서 파동에 휩쓸려 어초의 방향이 뒤틀리게 돼. 그렇게 되면 수면의 어느 지점에 가라앉을지 예측조차 하지 못해. 언제나 집게를 풀어 어초를 방출하는 기술이 대단하게 여겨져."

은호가 주태의 견해에 동의하며 응답한다.

"잘 지적했어. 어초를 투입하는 자체가 중요한 기술이야. 이것을 아무렇게나 물에 떨어뜨리면 어디로 떨어질지 예측할 수가 없어. 수중에서 낙하하는 중에도 어초에 파동이 실리기 때문이야. 계속 수중 물결에 흔들리면서 가라앉다가는 어디에 떨어질지 모르거든."

둘이 얘기를 나눌 때다. 피부가 뽀얗고 얼굴이 둥근 영혜가 은호에게 다가가 말한다.

"어초의 입수 위치와 해저에서의 착수 위치가 달라진다는 얘기죠? 수심 10m당 얼마만큼이나 간격이 생길까요?"

은호가 대답하려 할 때 윤주가 끼어들어 입을 연다.

"그런 간격보다도 더 중요한 건 어초가 바로 서느냐 하는 문제이잖아요? 어초가 해저에서 뒤집혀져 있다면 해조류의 착생이 어렵지 않겠어요?"

은호가 막 응답하려는 찰나에 주태가 기민하게 끼어들어 말한다.

"맞아요. 어초를 곧게 떨어지도록 배려한 것이 어초의 구조예요. 어초 밑바닥에 많은 작은 구멍을 뚫어 놓았거든요. 물을 구멍 사이로 유입시키면서 어초가 곧게 낙하하도록 유도하는 거죠."

두 차례나 응답하려다가 기회를 빼앗긴 은호지만 싱긋 미소를 머금는다. 그러면서 윤주와 영혜와 주태의 얼굴을 바라본다. 시선과 시선이 부딪치자 남녀의 얼굴에 미소가 물거품처럼 끓어오른다. 겨우 틈을 내어 은호가 수평선을 바라보며 가볍게 덧붙인다.

"오늘 어장 확장 작업이 끝나면 저는 비진도로 건너갈 겁니다. 거기에 근무하는 호준이란 친구를 만나서 협의할 일이 있거든요."

은호의 말이 끝나자마자 윤주가 아쉬운 목소리로 말한다.

"모처럼 제가 오늘 점심을 사려고 했는데 그냥 물거품이 되겠군요. 비진도에서 되돌아오는 대로 제게 연락 주세요. 나중에라도 제가 식사를 사고 싶어요."

윤주의 말이 끝나자마자 주태가 장난기가 실린 목소리로 말한다.

"식사를 사는 범위가 은호 씨한테만 적용됩니까? 아니면 여기 네 사람 모두 포함되는 겁니까?"

윤주가 응답하기 직전에 영혜가 기민하게 파고들어 말한다.

"당연히 은호 씨한테만 해당되겠죠. 주태 씨와 제가 끼어들 공간이나 있겠어요?"

다소 익살스런 표정을 지으며 윤주가 영혜에게 말한다.

"친구라서 그런지 네가 내 마음을 너무 잘 알아서 두려워. 하지만 은호 씨한테만 식사를 샀다가는 너한테 혼날까 두려워."

찰나 간에 일행이 일제히 허리를 구부리며 깔깔거린다.

수송선이 섬 서쪽의 첫 번째 어장에서 어초를 던져 내린다. 20개의 어초가 물속으로 천천히 가라앉는다. 어초가 투입되는 정경을 지켜보며 주민 일행이 숨을 죽인다. 어초는 거의 일직선으로 떨어져 내린다. 선박에 장착된 수중 탐지기의 화면에 선명히 드러난다. 정말 어초를 투입하는 기술이 탁월하게 여겨질 정도다. 섬 서쪽 해안 주변의 어장 세 곳에 어초를 부린 뒤다. 수송선은 주민들을 매물도항에 내려놓고는 통영으로 떠나간다. 이장은 자신이 직접 그린 어장 지도를 소중하게 다룬다. 아마도 그 지도를 바탕으로 조만간 주민들을 소집하리라 여겨진다.

이윽고 선착장에서 뿔뿔이 헤어진다. 이장이 먼저 선착장을 떠난 뒤다. 나머지 주민들도 은호에게 인사를 하고는 그들의 집으로 떠나간다.

윤주와 영혜도 거의 비슷한 시점에서 은호와 작별한다. 은호와 작별하기에 앞서서 윤주와 영혜의 표정에 아쉬운 빛이 남실댄다. 주태가 마지막까지 남았다가 은호와 악수를 나누고는 헤어진다. 혼자 남았을 때 은호가 휴대전화로 호준에게 전화를 건다. 곧바로 응답하는 호준의 목소리가 귓전으로 밀려든다. 은호가 말하기에 앞서서 호준이 먼저 말한다.

"잠시 후에 비진도로 좀 와 줄 수 있겠니? 다음에는 내가 매물도로 갈게. 협의할 게 좀 많아서 그래. 성준 선배가 내게 많은 걸 부탁했지만 들어주지 못했거든. 네가 와서 나를 좀 도와주기 바란다."

통화를 끝내고 선착장에서 잠시 기다릴 때다. 뱃고동 소리가 들리더니 비진도로 가는 배가 선착장에 닿는다. 5명이 내린 뒤다. 은호 혼자 여객선에 오른다. 이윽고 여객선이 매물도항을 벗어나기 시작한다. 뱃길로 16.5km 떨어진 비진도까지는 대략 40분이 걸린다. 비진도 내항 선착장에 은호가 내리니 호준이 기다리고 있다가 반긴다.

둘은 선착장에서 400여 m 떨어진 어로 관리소 건물로 들어선다. 2층 높이로 아담하게 구축된 건물이 은호에게 엄청나게 아담하게 여겨진다. 매물도에도 이처럼 아담한 공관이 세워지면 좋겠다는 생각이 간절하게 든다. 해안에 세워진 건물에서 내려다보이는 정경은 가슴이 설렐 지경으로 수려하다.

건물 1층의 분석실에서 호준이 은호와 원탁에 마주 앉는다. 스위치를 켜자 빔프로젝트가 작동되면서 영사막에 영상이 비친다. 비진도 섬 전체의 풍광이 남실대면서 은호의 시야로 밀려든다. 밀물이 들면 비진도는 남섬과 북섬으로 갈라진다. 북섬에만 인가가 들어서 있다. 북섬의 봉우리의 높이는 210m이고 남섬의 봉우리인 선유봉의 높이는 310m이다.

섬의 남쪽 봉우리 부근의 정경이 화면에 펼쳐진다. 정밀한 항공 촬영으로 드러난 남쪽 섬의 모습이다. 남쪽 섬은 직경이 1.5km에 이르는 둥근 형상을 갖췄다. 북쪽 섬은 북동-남서 방향이 1.4km의 직선거리를 갖는다. 북서-남동 방향은 직선거리가 900m에 달한다. 남쪽 섬의 북동쪽 해변과 남서쪽 해변을 호준이 손가락으로 가리킨다. 그러면서 나지막한 목소리로 설명하기 시작한다.

"오늘 내가 너를 부른 것은 공무상의 일은 아니야. 하지만 그 이상의 중요한 내용이 담겨 있어."

은호의 호준의 얘기에 귀를 기울인다. 호준이 차분한 목소리로 얘기를 늘어놓는다.

2주일 전에 관측된 결과였다. 관측은 정말 예상치 못한 상황에서 이루어졌다. 남쪽 섬의 북동쪽 해변으로 거룻배 한 척이 다가갔다. 2주일 전석양 무렵의 일이었다. 마침 해변에는 해무가 슬슬 피어오르고 있었다. 바다에는 풍랑이 심하게 일었기에 긴급으로 피난하는 배로 간주되었다. 호준도 거룻배로 배낚시를 하다가 풍랑에 휩쓸려 북동쪽 해변에 닿았다. 공교롭게도 남쪽 섬에 먼저 닿았던 거룻배의 바로 지척의 지점이었다.

해무가 너무 진하게 피어올라 금세 거룻배마저 안 보일 지경이었다. 섬의 지리에 익숙하지 못했던 호준이라 섬의 기슭에 올라서자마자 허둥거렸다. 하지만 남쪽 섬에는 인가가 전혀 없다는 사실은 알고 있었다. 그랬는데 앞의 거룻배에는 분명히 4명의 사내들이 타고 있었다. 해무가 피어오른 탓도 있겠지만 4명의 행적이 눈에 띄지 않았다. 순식간에 시야에서 사라졌기에 찾아낼 길이 없었다. 그들을 만날 이유는 없었지만 40대 나이의 그들의 안전이 염려스러웠다. 엄청난 물결에 휩쓸려 거룻배가 뒤집힐 정도로 흔들거렸기 때문이다.

그랬는데 거룻배만 해변에 나뒹굴고 사람의 인적은 시야에서 사라졌기 때문이다. 어지간하면 소리를 내어 그들을 불러보고 싶기도 했다. 마음이 들떠 자칫했으면 그들을 불렀을지도 모른다. 하지만 그들의 정체를 몰랐기에 무턱대고 부를 수 없는 상황이었다. 단순한 낚시꾼이었다면 충분히 불러서 안위를 확인할 수도 있는 문제였다. 만약 그들이 수상한 내력을 가진 사람들이라면 간단치 않은 문제였다. 분명히 위험한 상황으로 이어질지도 모르는 정황이라고도 예견되었다.

거룻배가 해안에 닿은 순간의 시각을 기억해 두었다. 오후 6시 15분의 시점이었다. 앞의 사내들이 긴박했다는 정황은 거룻배를 해변에 묶지도 않았다는 점이었다. 호준은 그들이 탔던 거룻배를 해변의 암석에 밧줄로 묶었다. 그러고는 그들이 다시 거룻배로 되돌아올 때까지를 숨어서 지켜보기로 했다. 해무가 짙게 차오르자 전신에 피로감이 급격히 엄습했다. 졸지 않으려고 몇 차례나 애썼지만 호준이 잠시 잠이 들었다. 그러다가 차가운 밤공기에 정신을 번쩍 차린 순간이었다.

호준이 먼저 주변 거룻배의 행방을 찾았다. 자신이 타고 왔던 거룻배도, 먼저 닿았던 거룻배도 보이지 않았다. 자신은 암벽 뒤의 으슥한 공간에서 잠들었기에 발각되지 않았으리라 여겨진다. 당시에 호준은 잠자느라고 주변에서 일어난 소요를 알아차리지 못했다. 호준이 의식을 되찾은 후에는 잠들기 직전의 기억이 떠오르지 않았다.

하지만 호준은 정황을 나름대로 분석하여 결론을 얻었다. 사내들 넷은 실종되지도 않았고 죽지도 않았다는 점이다. 그들이 나타나서 거룻배 두 척을 어디인가로 옮겼으리라 여긴다. 만약 자신이 그들에게 발견되었다면 생명마저도 위태로웠을지 모를 일이었다. 아마 해변 어디엔가는 정체 모를 사내들이 있으리라 여겨졌다. 섬을 이루는 산악의 능선 부근으로 걸어가기로 작정했다. 해변보다는 산이 안전하리라 여겨졌다. 섬의 산등성이를 오르다가 낯선 사내들을 만난다면? 생각하기조차 끔찍스럽지만 생명을 건 격투를 해야 할지도 모르리라 여겨졌다.

아무런 일이 없기에 7부 능선쯤의 가파른 능선까지 올랐다. 갑자기 오줌이 마려웠다. 누군가 엿볼지도 모를 일이어서 높다란 바위 뒤로 걸어갔다. 바위 뒤에는 다복솔로 뒤엉킨 자욱한 수풀 지대였다. 오줌을 누면서 발밑을 내려다보니 희뿌연 발자국 흔적이 보였다. 일단 오줌을 다 눈 뒤에는 옷매무새를 단정하게 했다. 그러고는 낯선 발자국의 자취를 살펴보았다. 발자국이 사라진 지점이 무성한 다복솔 아래였다. 다복솔은 키가 나지막해서 위에서 내려다보면 솔잎만 보였다.

그래서 살짝 솔가지를 젖혔을 때다. '퍼드득' 소리를 내며 꿩 한 마리가 허공으로 날아올랐다. 창졸간에 호준의 심장이 얼어붙는 느낌이었다. 그런데 그보다 더 놀라운 현상은 시커먼 구멍이 보였다는 사실이다. 지하로 연결된 동굴의 입구로 여겨졌다. 호준이 습관적으로 주머니를 더듬었다. 다행스레도 습관적으로 지니고 다니는 소형 휴대전등이 있었다. 액정 제품이라 크기에 비해서는 강력한 기능을 갖춘 거였다.

굴속에 들어갈 것인지 말 것인지를 잠시 궁리했다. 가보지 못한 세계가 강력한 호기심의 근원이 되었다. 낯선 사내들과 마주칠 확률은 희박하다고 여겨졌다. 비진도 남쪽 섬에는 동굴이 많았기 때문이다. 그래서 휴대전등을 켜고 굴속으로 들어섰다. 굴은 바위로 이루어진 천연 동굴로 느껴졌다. 입구는 허리를 굽혀야 들어갈 정도로 낮았다. 1m가량 지나면서부터 굴이 3m 높이로 천장이 높아졌다. 동굴의 폭도 대략 3m가량 되어 보였다. 호준이 암석의 재질을 살펴보았다. 퇴적암의 일종인 석회암이라 여겨졌다. 소위 석회동굴을 만난 거였다.

굴은 수평으로 이어지다가 입구에서부터 50여 m에서부터는 굴길이 위로 이어졌다. 나중에 무슨 일이 생길지라도 끝까지 걸어갈 작정을 했다. 굴길이 위로 향한 지점부터는 굴의 높이도 점차 높아졌다. 바닥에서 천장까지의 높이가 족히 10여 m는 되어 보였다. 굴의 곳곳에서 종유석이 눈에 띄기 시작했다. 굴의 폭도 점차 넓어지다가 5m에 육박할 정도였다.

굴속에서 20여 분을 걸었을 때였다. 동굴 내부로 빛이 스며들고 있음이 느껴졌다. 굴이 바깥과 연결되어 있음이 드러났다. 하지만 바깥과 닿을 때까지는 얼마나 걸어야 할지 모를 지경이다. 그만큼 지하의 굴길은 구불구불하게 내뻗어 있었다. 동굴의 어느 부위에서였다. 굴길은 두 갈래로 갈라져 있었다. 바로 이 지점에서 이상한 소리가 아주 작게 들렸다. 갑자기 머리끝이 치솟을 정도로 호준의 가슴이 떨렸다. 귀를 기울여 들으니 20대의 여인들이 성교를 하면서 내뱉는 소리들이었다.

지극히 관능적이면서도 말초신경을 자극하는 목소리들이었다. 소리로 판단해서는 여인들이 적어도 네댓 명은 되리라 여겨졌다. 상식적으로 판단해서 아마도 괴한들에게 윤간을 당하는 느낌이었다. 괴한들을 만나면 결투가 불가피하다고 여겨졌다. 괴한들을 떠올리자 해변에서 거룻배랑 자취를 감추었던 사내들일지도 모르리라 여겨졌다. 호준이 긴장하여 소리가 어느 쪽에서 나는지 바싹 귀를 기울였다. 묘하게도 양쪽 동굴에서 다 들렸다. 어느 쪽을 향해 가더라도 격투는 불가피하다고 생각했다. 하지만 절대로 동굴에서 되돌아 나가고 싶지는 않았다.

호준은 잠시 눈을 감고 마음속으로 빌었다.

'선조님들이여, 어떤 일이 벌어질지도 모르지만 저를 보살펴 주세요. 선량하게 살겠습니다.'

그러고는 오른쪽 동굴을 향하여 조심스럽게 다가갔다. 갈라진 굴길에서 10여 m를 통과한 지점에서였다. 원형의 작은 광장이 펼쳐져 있었다. 직경이 8m가량이며 높이는 9m에 이르는 원형의 공간이었다. 적어도 50여 명의 사람들이 들어설 만한 공간이라 여겨졌다.

그냥 특이한 지형이 있다고 여기며 걸어 나가려 할 때였다. 그의 눈에 특이한 흔적이 눈에 띄었다. 그것은 사람들이 머물러 무슨 일을 했던 흔적임에 틀림없다고 여겨졌다. 그런 흔적들은 원형의 석벽 아래에서 눈에 띄었다. 허리를 굽혀 호준이 자세히 살펴보았다. 그릇을 올려놓았던 돌무더기가 깔려 있었다. 또한 돌조각 아래로는 나무를 태워 만들어진 숯이 보였다. 호준은 흔적을 바라보며 생각에 잠겼다.

'흠, 괴한들이 여기에 들어와 밥을 지어 먹었던 모양이야. 그러고는 납치한 여인들을 윤간한 후에 어디로 끌고 간 모양이야. 누군가 숨어서 내 행동을 엿볼지도 모르겠군.'

이런 생각을 하는 중에 어디에서 규칙적인 음향이 흘러들었다. 긴장하느라고 미처 듣지 못했던 소리였다. 자세히 들으니 액체 종류가 흘러내리는 소리 같았다. 호준은 급히 머릿속의 생각을 더듬는다.

'혹시 물소리가 아닐까? 석회동굴이니까 바위 틈새로 흘러드는 물줄기가 있을 거야. 물만 흘러들면 이 동굴은 앞으로도 계속 침식되겠구나. 또한 그 물로 동굴 속의 생활도 가능하겠어.'

기대가 실린 눈빛으로 호준이 소리가 나는 곳으로 걸어갔다. 예상대로 거기에는 동굴 천정에서 떨어져 석벽으로 흘러내리는 물줄기가 발견되었다. 물이 떨어지는 곳에는 직경 1m가량의 웅덩이가 형성되어 있었다.

웅덩이에서 흘러내리는 물은 석벽 아래의 바위 틈새로 빠져 나갔다. 범죄인들이 도피 생활을 하기에는 최상의 공간이라 여겨지는 곳이었다. 호준은 스마트폰으로 물이 쏟아지는 장면을 동영상으로 촬영해 두었다.

이야기가 거의 끝이 난 듯 호준이 품에서 휴대전화를 꺼낸다. 그러고는 동영상 장면을 은호에게 보여주며 말한다.

"잘 봐. 바로 여기가 동굴 내의 물이 쏟아지는 지점이야. 이 지점에서 섬의 남서쪽 출구까지는 20여 m의 거리였어. 동굴 출구는 섬의 가파른 수직 벼랑으로 뚫려 있었어. 출구 밖의 소나무 등걸을 붙잡고 조심스레 절벽을 벗어나게 되었어. 굴을 빠져 나올 때까지는 괴한들을 만나지 못했어. 아마도 괴한들이 볼일을 보고는 곧바로 사라졌던 모양이야."

은호는 영사막 화면에서 펼쳐지는 동굴의 동영상을 감상한다. 호준의 스마트폰에 담겼다가 컴퓨터에 옮겨져 저장된 동영상이다. 그러다가 문득 생각난 점이 있어서 호준에게 말한다.

"혹시 나를 부른 이유도 이 동굴 때문이야? 나랑 같이 동굴을 탐색하자는 얘기니?"

호준이 즉각 고개를 내저으며 응답한다.

"아냐. 잘못 짚었어. 탐사는 이미 내가 했잖아? 실은 1년 전부터 매물도와 비진도 일대에서 벌어진 사건들이 의심스러웠어. 느닷없이 다수의 부녀들이 동시에 실종되어 못 돌아온 사건들이었어. 경찰과 해양경찰에서 수사를 했지만 끝내 단서조차 잡지 못했어. 그런데 우연히 비진도의 석회동굴을 탐사하던 중에 느낌이 와 닿았어. 부녀자들의 실종 사건에 비진도의 석회동굴이 괴한들에게 이용되었으리라는 생각이 들었어."

은호가 호준을 향해 묻는다.

"네가 그런 생각을 하게 된 원인은 이해해. 하지만 네 눈으로 현장을 직접 확인한 건 아니잖아? 동굴로 불어든 바람 소리가 여인들의 교성과 비슷하게 들렸는지도 모르잖아? 눈으로 확인하기까지는 좀 더 신중하게 판단할 일이라고 생각해."

호준이 얼굴을 붉히며 은호에게 곧바로 항변한다.

"너는 내가 직접 소리를 들었다는데도 믿지 않는 모양이구나. 어쩜 이럴 수가 있니?"

호준이 울분을 토했다가도 스스로를 추스른다. 호준이 실망한 듯 한숨을 내뱉은 뒤다. 잠시 목 고개를 움직여 피로를 풀려는 동작을 취한다. 그러다가 나지막한 목소리로 말을 잇는다.

"내가 비진도에 들어온 시기는 네가 매물도에 들어선 시기와 같거든. 하지만 나는 예전의 비진도 근무자를 만나서 대화를 많이 나누었어. 그 사람은 해마다 늦가을 무렵에 사건이 발생했다고 들려주었어. 부녀자 실종 사건 말이야. 매물도와 비진도를 비롯한 주변 섬 지방의 일이었다고 했어."

호준의 말을 들으면서 은호도 머릿속의 기억을 떠올린다. 혹시 매물도의 주민들도 유사한 얘기를 했는지를. 그러다 보니 주태가 지난달에 은호에게 얘기했던 기억이 떠오른다. 지나가는 바람결처럼 가볍게 언급한 얘기 토막에서였다. 당시에는 대수롭지 않게 들렸던 얘기였다. 그런데 호준이 재차 언급을 하자 얘기의 심각성이 느껴졌다. 이때 호준의 목소리가 귓전으로 날아든다.

"참, 어젯밤에도 마을 부녀회의 회원들이 다녀갔어. 이야기를 나누던 중에 부녀자들의 실종 사건들을 내게 들려주었어. 예전의 비진도 근무자가 들려주었던 내용과 일치되는 내용이었어."

184

호준이 냉장고에서 안주를 꺼내 들고 온다. 싱싱한 소라와 전복의 회로 그들먹한 쟁반이다.

8.
용승류와 가두리

　호준의 초청으로 은호가 비진도에서 주말을 평온하게 보내던 날이다. 호준의 얘기를 듣자 석회동굴의 존재가 신비롭게 그의 가슴으로 다가든다. 그래서 은호가 호준에게 말한다.

　"사람한테는 누구에게든 직감이라는 게 작용하거든. 너의 얘기를 듣고는 나도 석회동굴을 직접 탐사하고 싶어. 어떻게 나랑 같이 가 줄 수 있겠니?"

　은호의 말에 호준이 조류 간만의 시각을 확인한다. 남섬과 북섬의 경계인 240m의 암초지대가 문제이기 때문이다. 거기가 물에 잠기지 않을 시각을 가만히 헤아려 본다. 간조 시각에 맞춰 둘이 남섬으로 건너가기로 한다. 호준이 은호를 바라보며 말한다.

　"아직 물이 다 빠지려면 한 시간은 더 지나야 해. 아마 오후 5시 무렵이면 될 거야. 그때에 맞춰 여기에서 함께 섬을 걸어 나가자고."

때가 되자 둘은 썰물이 진 해변의 암초지대에 도착한다. 240m 길이의 암초지대가 남섬과 북섬을 연결하는 통로다. 암초지대는 모래와 자갈로 이루어져 있다. 중앙에는 폭 4m의 시멘트 길이 뚫려 있다. 썰물이 진 상태에서는 밋밋한 백사장 지대로 여겨질 정도다. 하지만 물에 잠기면 남섬과 북섬을 대번에 고립시키는 음험한 지형이다. 물에 잠겼을 때 이 부위의 조류 속도는 어마어마하게 빠르다. 수중 바위에 부딪히는 파도의 음향이 가슴을 떨게 만들 지경이다.

둘은 간단히 암초지대를 걸어서 건너 남섬에 도착한다. 호준의 안내에 따라 마침내 은호도 석회동굴에 들어선다. 동굴은 산악의 7부 능선쯤에 놓여 있다. 생각보다도 웅장한 동굴 규모에 은호가 압도되는 느낌이다. 이윽고 물이 동굴 천정에서 떨어지는 장소에 이르렀다. 웅덩이 속은 물이 계속 흐른 탓으로 깨끗하기 그지없다. 은호가 감탄한 표정으로 호준에게 말한다.

"과연 경이로운 장소야. 나 같아도 인생 말년에는 여기서 수행을 하고 싶어. 세속의 근심을 다 떨쳐 내고 말이야."

말을 마치고는 은호가 직경 8m가량의 원형 광장을 둘러본다. 그의 눈에도 무슨 단서가 잡힌 듯 석벽 아래를 훑어본다. 아주 반복해서 꼼꼼히 석벽 아래의 땅바닥을 살펴본다. 은호가 예리한 눈빛으로 호준을 불러 말한다.

"여기 석벽 아래 부분에 숱한 발자국들이 찍혀 있잖아? 결코 서서 남긴 발자국은 아니라고 여겨져. 네가 아까 여인들의 교성을 들었다고 어로 관리소에서 얘기했잖아? 아마도 사실이었던 모양이야. 실제로 내가 한 번 누워서 동작을 취해 볼게. 어떤 발자국이 생기나 눈여겨 봐."

은호가 엎치락뒤치락하며 걷어찬 발길질로 이내 몇 개의 발자국이 새겨진다. 발자국의 크기는 다소 작지만 은호의 것과 유사한 발자국임이 드러난다. 호준이 은호를 바라보며 감탄한 듯이 말한다.

"너의 직관력도 대단하다는 생각이 들어. 네가 동작을 취할 때까지만 해도 설마 비슷해지겠는가 싶어 미심쩍었어. 그랬는데 네가 예상했던 결과와 너무나 흡사해졌기에 나도 놀랐어."

말을 하면서 은호의 눈을 들여다보던 호준이 말을 잇는다.

"그렇다면 부녀들이 여기에서 집단으로 유린되었다는 게 너의 견해냐? 그렇다면 유린된 뒤엔 어떻게 되었으리라 생각해?"

은호가 암담한 표정을 짓다가 나지막한 목소리로 응답한다.

"내가 수사 경찰이 아닌 다음에야 어떻게 알겠어? 다만 부녀자들이 비참한 말로를 겪지 않았기만을 바랄 따름이야. 더 이상은 할 말이 없어."

호준과 은호가 동시에 할 말을 잊은 듯 침울해진다. 둘이 동굴에서 얘기를 나누다가 빠져 나오니 오후 7시 무렵이다. 둘이 능선을 따라 남섬의 해변으로 내려오려고 할 때다.

8부 능선의 남서쪽 방향에서 기다란 불꽃이 하늘로 치솟는다. 은호와 호준의 가슴이 덜컥 내려앉는 느낌이다. 호준이 은호에게 말한다.

"어라? 저 불꽃이 뭐냐? 누가 폭죽을 터뜨린 것 같지?"

은호가 말없이 남서쪽 하늘을 올려다보니 폭죽이 하늘로 치솟는 중이다. 은호가 호준에게 말한다.

"저쪽 8부 능선에서 폭죽이 치솟았지? 일단 그리로 가 보자고."

둘이 조심스레 8부 능선의 지점에 올랐을 때다. 40대 중반의 사내들 셋이 하늘을 올려다보며 중국어로 떠들어댄다. 은호의 귀에 중국어가 선명히 포착된다.

"비진도 서쪽의 오곡도와 연대도를 거의 다 촬영했지? 하필 북한 무인 항공기들이 남한에 추락하여 우리도 의심을 받잖아? 그렇잖으면 우리도 안심하고 무인 항공기를 계속해서 조종할 거잖아?"

은호와 호준이 서로 잠깐 시선을 맞닥뜨린다. 그러고는 은호가 마음속으로 생각에 잠긴다.

'연대도는 비진도에서 5km, 오곡도는 2.8km가 떨어져 있잖아? 비진도에서 무인 항공기를 날려 연대도와 오곡도를 촬영했다고? 중국마저 한국에 첩자를 보내어 무인 항공기를 날려 보내다니? 도저히 묵과할 수 없는 일이로군.'

은호가 중국인 사내들을 살피니 무선 조종기를 둘이 들고 있다. 1명은 망원경을 들고 하늘을 올려다본다. 조종기를 든 사내들은 연신 휴대용 위성 항법 장치를 들여다본다. 무인기를 다루는 솜씨가 가려운 등을 긁듯 편안해 보인다. 은호가 나지막한 목소리로 호준에게 말한다.

"일단 해양경찰에 신고부터 먼저 할게. 그러고는 경찰이 도착할 때까지 지켜보자고."

호준이 당연하다는 듯 고개를 끄떡인다. 은호가 조용한 목소리로 해양경찰에 신고를 마치고는 중국인 사내들을 지켜본다. 폭죽을 쏜 뒤에 중국인 사내들이 무인 항공기를 회수한다. 회수하는 데 20여 분이 걸린다. 길이가 50cm, 날개의 폭이 1.2m에 이르는 소형 무인기다. 무인 항공기를 들고 중국인들이 산을 내려간다. 남섬의 산봉우리는 지도에 선유봉으로 표기되어 있다. 은호와 호준도 중국인들을 쫓아 산을 내려간다.

남섬의 남서쪽 해변으로 중국인들이 곧장 내려간다. 그러자 해변에는 발동선 한 척이 기다리고 있다. 중국인들이 폭죽을 터뜨린 것은 발동선에 신호를 보내려는 사유였음이 드러난다. 발동선에서는 40대 중반의 사내들 넷이 손을 흔들며 기다리고 있다. 하산한 중국인들이 다가가자 배에 탔던 사내들이 해변으로 내려선다. 그들은 20대 중반의 여인 둘을 데리고 배에서 내려선다. 머리가 벗겨진 선장이 중국어로 하산한 사내들한테 말한다.

"오늘도 대단히 수고 많았소. 약속대로 오늘도 2명의 아가씨를 잡아 왔소. 선실보다는 해변에서 싱싱한 맛을 보는 게 좋을 거요. 우리는 배에서 구경만 할 테니까 어떻소?"

하산한 사내들 셋이 흡족한 미소를 머금으며 2명의 처녀들을 넘겨받는다. 그러자 배에서 내린 사내들이 땅바닥에 넓은 깔자리를 편다. 동력선에서 내렸던 4명의 사내들은 약속대로 애초처럼 배에 올라탄다. 그러고는 기묘한 미소를 지으면서 남섬에서 하산한 사내들과 처녀들을 지켜본다. 은호는 마음이 조급하여 해양경찰과 나지막한 목소리로 통화한다.

"지금 경비정의 위치가 어딥니까? 한국 여인들이 겁탈당할 위기 상황이니 어서 오세요."

5분 후면 비진도의 남섬에 도착한다는 응답이 들린다. 절박한 심정으로 은호가 호준에게 나지막한 소리로 묻는다.

"7명의 중국인들과 5분간 격투를 해야 할 상황이야. 무술을 익힌 적이 있니?"

호준이 여유 있는 표정으로 말한다.

"나는 특전사 출신의 군인이었잖아? 이래 봬도 유도가 3단이야. 네가 태권도의 달인이라는 것은 나도 잘 알고 있어. 우리 둘이 힘을 합치면 충분히 제압할 수 있을 거야. 어쨌든 말로만 듣던 네 무술 실력을 직접 확인하게 되겠구면."

호준의 말이 막 끝났을 때다. 하산한 중국인들이 처녀들의 상의를 당겨 찢기 시작한다. 이와 때를 같이 하여 여인들의 비명 소리가 터져 나온다.

"이러지 마세요."

"아저씨들, 안 돼요."

은호가 잠시 바다를 굽어볼 때다. 경비정이 남섬을 향해 쾌속으로 다가서는 모습이 보인다. 이와 때를 같이 하여 은호와 호준이 중국인들을 향해 내닫는다. 순식간에 세 사내들이 기습을 받아 실신하여 나뒹군다. 그러자 배에서 중국인 넷이 은호와 호준에게로 달려든다. 은호와 호준도 배에서 내린 중국인 사내들을 향해 달려간다. 생명이 걸린 대결이라 살벌한 필살기의 동작을 마구 펼친다. 운이 사나우면 일격에 상대를 죽일 수 있는 동작들이다. 한국과 중국의 사내들이 겨루는 찰나에 처녀들은 신속히 달아나 버린다.

맨손 격투에서 불리함을 느낀 중국인들이 쇠막대기와 돌조각으로 달려든다. 합법적인 대결이기에 은호와 호준의 기세가 당당하기 그지없다. 하지만 무기를 든 무리들과 맨손의 대결은 아슬아슬하기 그지없다. 무기들이 사용되는 바람에 은호와 호준의 몸뚱이에 상처가 생기기 시작한다. 중국인들도 무술을 익혔다는 느낌이 역력히 든다. 쌍방이 정신없이 뒤엉켜 겨룰 무렵이다. 호루라기 소리가 들리더니 10명의 해양경찰들이 격투 현장으로 내닫는다.

잠시 후에 은호와 호준이 중국인들과 함께 경비정으로 옮겨진다. 통영의 해양경찰서에 가서 조사를 받기 위함이다.

대략 한 시간 반이 흐른 뒤다. 은호의 스마트폰에 찍힌 동영상 자료에 입각하여 중국인들이 입건된다. 국내 밀입국과 첩보 행위 및 부녀자 납치가 그들의 죄목이다. 조사가 끝나는 대로 검찰로 송치될 예정이다. 서장의 명의로 포상이 제안되었지만 은호와 호준은 사양하고 통영을 벗어난다. 통영항에서 은호와 호준이 작별할 무렵이다. 호준이 은호에게 말한다.

"오늘 시간을 내어 주어서 고마워. 휴식도 취할 겸 너랑 대화하고 싶었어. 너는 나의 소중한 친구이기 때문이야. 비진도의 석회동굴에 대해서는 신중하게 생각하기를 바란다. 결코 아무한테나 쉽게 말할 성질은 아니라고 여겨져."

은호가 흔쾌하게 동의하며 팔을 흔들고는 매물도로 떠나는 여객선에 올라탄다. 비진도로 직행하는 여객선으로 향하면서 호준도 팔을 흔들어 답례한다.

통영항에서 돌아온 이튿날부터는 은호가 주태와 함께 용승류를 탐색하기 시작한다. 매물도의 동쪽 연안 바다에서부터 해류를 조사하기 시작한다. 잠수복 차림으로 물속으로 뛰어든 둘은 수중에서도 함께 움직인다. 그러면서 둘은 휴대용 탐지장치로 수심과 수류를 측정한다. 대부분의 수류는 난류가 매물도에 닿았다가 반사되는 흐름이다. 둘은 지친 기색도 없이 꾸준히 물속을 드나들며 용승류를 찾는다.

매물도에 근무할 동안에는 매물도를 위해 최선을 다해 일하겠다는 은호다. 은호의 의중을 누구보다도 잘 아는 주태다. 은호가 따로 노리는 것이 없다는 사실도 주태가 잘 안다. 근무지에 맞춰 주민들에게 최대의 편의를 제공하겠다는 공직자의 처신임을 알아차린다. 이처럼 자신의 신분에 맞춰 열정을 불태우려는 은호를 존중하는 주태다. 그러기에 은호가 어떤 요청을 하더라도 흔쾌히 받아들이는 주태다.

느닷없이 주태가 수중에서 자신의 모자를 툭툭 친다. 자신의 곁으로 다가오라는 수중 신호다. 은호가 곧바로 주태에게로 자맥질해 다가간다. 은호가 곁에 다가들자 주태가 휴대용 수중 메모판에 글자를 적는다.

"탐지기의 눈금을 봐. 이 부근이 용승류가 치솟는 지대라 여겨져. 네 생각은 어때?"

은호가 즉시 탐지장치의 눈금을 들여다본다. 밀도가 주위와는 달리 두드러지게 높게 나타난다. 주태를 향해 이번에는 은호가 자신의 모자를 두드린다. 그러자 주태가 은호에게로 다가간다. 그러자 은호가 수중 메모판의 글자를 주태에게 보여준다.

"주변의 밀도 값을 몇 군데만 더 조사해보기로 해. 그런 뒤에 결론을 내려도 늦지 않을 거야."

둘은 부지런히 물속을 헤엄치면서 밀도 값을 측정한다. 그러면서 휴대용 탐지기를 통하여 읽은 수심과 위도와 경도를 기록한다. 둘이 한동안 수중에서 관측한 값을 기록한 뒤다. 둘이 다가가 손바닥을 치고는 수면을 향해 치솟는다. 수면에 띄운 주태의 어선에 올라선 뒤다. 둘이 피로를 푸는 마음으로 갑판에 마주 앉는다. 은호가 먼저 입을 연다.

"오늘은 너의 동력선을 이용하니 기동력이 좋아서 효율적이구나. 수중에서 네가 말했던 주변이 용승류가 나타나는 지점임에 틀림없어. 보통 용승류가 나타나는 곳은 좁고 기다란 지역이거든. 용승류가 솟구치는 지역의 길이는 작게는 300m에서 크게는 2km에까지 미치지. 이게 보편적으로 학교에서 학습한 내용이잖아? 숱한 해양학자들이 연구한 결실을 우리는 잘 활용하고 있잖아? 그래서 세상은 공평한 것 같아. 연구하는 사람들과 이를 현장에 적용하는 사람들이 서로 호흡을 맞추잖아?"

은호의 얘기를 들으면서 회가 가득 담긴 플라스틱 쟁반을 내민다. 휴대용으로 자주 이용되는 플라스틱 쟁반이 뱃사람들한테는 인기가 높다. 깨어질 염려가 없이 휴대가 간편하기 때문이다. 쟁반에 담긴 것은 오전에 갓 잡은 갑오징어회이다. 오징어 살점을 고추장에 찍어 먹으면서 둘은 잠시 휴식을 취한다. 잠깐 동안의 휴식이 끝나자 둘은 다시 바다로 뛰어든다. 마치 그들의 다정한 연인들이 물속에서 기다리기나 하는 듯.

매물도 서쪽 연안을 따라 사흘간을 둘이서 조심스럽게 용승류를 탐사했다. 마침내 용승류가 치솟는 지점부터 용승류가 끝나는 지점까지의 위치를 찾아낸다. 해당 위치는 수온의 변화에 따라 다소 편차가 생기기 마련이다. 그래서 사흘간이나 조사한 이유는 편차 범위까지도 파악하려는 측면이었다.

용승류의 위치를 확인하고 주태와 헤어져 해남장으로 돌아온 저녁 무렵이다. 그날도 여행객 대여섯 명이 여관으로 들어선다. 하나같이 하룻밤을 여관에서 숙박하겠다고 주문하는 기색이다. 효정의 얼굴에 흡족한 기운이 서린다. 효정에게 목례를 하고 은호가 그의 침실로 올라가려고 할 때다. 식당에서 효정이 은호를 부른다.

그러더니 녹화된 스마트폰 동영상을 보여준다. 나흘 전 은호가 비진도에 갔던 날 오후의 장면이라고 들려준다. 매물도 앞바다가 재차 죽은 물고기 떼로 뿌옇게 뒤덮였다고 일러준다. 이틀이 지난 뒤에야 파도에 휩쓸려서 사라졌다고 한다. 동영상 가득히 물고기 떼가 바다를 하얗게 뒤덮고 있다. 은호가 동영상을 바라보며 한숨을 내쉴 때다. 효정이 은근한 목소리로 은호에게 말한다.

"동생, 기철 씨 알지? 기철 씨가 동생이 없던 날 두 번씩이나 여기를

194

찾아왔어. 동생을 꼭 만나야 할 일이 있다고 그러더군. 동생이 주태 씨랑 사흘간 너무 바쁜 것 같았거든. 그래서 지금에야 알려 주는 거야."

은호는 저녁 식사를 마치고는 곧장 기철의 집으로 찾아 들어선다. 혼자 사는 기철이 뜻밖에도 반갑게 은호를 맞이한다. 방에서 마주 앉자마자 금세 기철이 술상을 차린다. 혼자 살아도 술상을 차리는 데에는 익숙한 사람 같아 보인다. 이윽고 둘이 술잔을 마주 들 무렵에 기철이 입을 연다.

"그동안 내가 몹쓸 짓을 많이 해서 미안하오. 먼저 용서부터 구하는 바이오."

은호는 다소 긴장한 마음으로 기철의 얘기에 귀를 기울인다.

기철은 청소년 시절부터 유난히 수영에 심취했다. 나중에는 스쿠버 잠수도 정식으로 익혀서 자격증을 땄다. 그리하여 스쿠버 잠수 학원에서 강사 생활을 오래 했다. 그러다가 강사 생활에 싫증을 느껴 학원 생활을 청산했다. 그러고는 기철이 비진도에서 매물도로 이사를 왔다. 당시에 매물도에서는 인공 어초를 넣어 어장을 확장하는 운동이 일었다. 어장이 확장되면서 어민들의 소득이 높아졌다. 마을 대다수의 생계 수준이 눈에 띄게 향상되었다.

하지만 기철의 경우에는 조금도 삶의 수준에 변화가 없었다. 점차 주변 사람들이 짜증스럽게 비치기 시작했다. 그러다가 어느 날 해변에서 낯선 일본인들을 만나게 되었다. 일본인 사내 둘은 한국말에도 유창했다. 두 차례나 기철을 만나 술을 사준 뒤였다. 기철이 술에 꽤 취했을 때다. 사내 둘이 기철이 잠수부임을 확인하고서는 은근히 제안했다. 1년에 두 차례씩 거액의 생계비를 지급하겠다는 조건부터 내세웠다. 사내들이 은근한 목소리로 기철에게 묘한 제안을 했다.

주기적으로 어장에다 하얀 공을 8개씩 해저에 가라앉히라는 얘기였다. 반드시 가라앉히고는 사진을 촬영하여 제출하라고 했다. 두 달에 한 번씩 연간 여섯 차례만 해 달라고 부탁했다. 매물도에는 여섯 곳의 어장이 있으므로 48개씩의 공을 넣으라고 했다. 공 속에는 상어 새끼들이 있으니까 공을 받자마자 시행하라고 했다. 그리하여 날씨가 고약한 날에 맞춰 일본인들이 공을 기철에게 넘겼다.

공을 어장에 넣는 대가로 지급되는 금액은 6개월마다 6,000만 원씩이었다. 처음 2년 동안은 어장에 공을 투입하기가 쉬웠다. 하지만 자경단이 결성된 뒤부터는 어장에 접근하기가 어려웠다. 그랬더니 어느 날부터 입금이 딱 끊겼다. 이때부터 조기철은 일본인들에게 분노를 느꼈다. 이 시기가 석 달 전부터였다고 들려준다. 그래서 해상 국경선을 넘어 후쿠오카 어장을 황폐화시키기로 작정했다. 조기철은 비진도 고향을 찾아서 현실에 불만이 많은 사람들을 규합했다. 7명에 이르렀다. 기철까지 포함하면 8명에 이르는 인원이었다.

상어의 출산 시기에 맞춰 8명은 수시로 상어를 낚아 올렸다. 그리하여 새끼들을 밀랍으로 만든 공 속에 넣었다. 밀랍은 상어 새끼들의 먹이로 사용되는 천연 고분자 물질이다. 직경이 80cm이며 두께가 2cm에 이르는 공들을 8명이 만들었다. 8명은 수시로 상어 새끼를 넣은 공들을 싣고 바다를 건넜다. 나가사키현과 후쿠오카현 및 야마구치현 일대로 몰려갔다. 그 해안의 어장이 있을 법한 위치에 공들을 수중으로 침투시켰다. 공들을 침투시킨 뒤에는 쾌속선으로 곧바로 한국의 영해로 되돌아왔다.

간혹 일본 경비정과 마주친 경우도 있지만 문제가 되지 않았다. 운항 잘못으로 영해를 벗어났으리라고 해석하여 넘겨 버리는 듯했다.

근래에 죽은 물고기 떼들이 집단적으로 발견된 것에 대해 들려준다. 매물도 어장의 물고기 떼들이 죽어서 떠올랐기 때문이라고 들려주었다. 나흘 전에 발견된 것은 아마도 일본인 잠수부들의 소행이었으리라 일러준다. 그 이전의 것은 순전히 기철과 연루된 사건이라고 밝힌다. 기철이 매물도 어장에 투척했던 상어구 탓이라 밝힌다. 섬의 주민들한테 피해를 입혀 면목이 없다고 눈물을 뿌리며 자탄한다.

어느 비 오는 날에 그를 미행하던 은호를 보았다고 기철이 밝힌다. 이 얘기를 듣는 순간에 은호의 가슴이 뜨끔거린다. 비상시를 대비하여 은호가 주변을 둘러본다. 은호의 눈치를 알아차린 듯 기철이 은호를 다독거린다.

"이제는 나를 경계하지 않아도 되오. 내가 견실한 사람이 되려고 은호 씨를 찾았던 거니까요."

기철의 말이 이어진다. 은호가 섬에서 하도 성실하게 일하기에 괜히 반발심이 들끓었다고 밝힌다. 괜히 은호를 골탕 먹이고 싶은 충동에 휘둘리곤 했다고 털어놓는다. 그러다가 주태마저 자신을 의심하는 정황이 발견되어 마음을 바꾸었다고 한다. 이제부터라도 선량한 어민이 될 작정으로 은호를 만나려고 했다고 들려준다.

둘이서 네 병째의 소주를 비운 뒤다. 기철이 컴퓨터를 켜더니 내장된 동영상 화면을 보여준다. 동영상 화면에 찍힌 날짜는 두 달 전의 시점이었다. 나가사키, 후쿠오카 및 야마구치의 세 개 현에 이르는 어장들의 정경이었다. 매물도 앞바다처럼 죽은 물고기 떼들이 광막한 바다를 뒤덮고 있었다. 정말 온 바다가 죽은 물고기 떼들로 도배를 당한 듯했다.

이런 정경을 보여주다가 기철이 흐느끼기 시작한다. 은호도 죽은 물고기 떼로 가슴 가득히 괴로움을 느낄 때다. 기철이 마침내 목을 놓아 소리를 내어 울음을 터뜨린다. 은호도 죽은 물고기 떼로 인하여 괴로워 고함지르고 싶을 지경이다. 은호도 자신도 모르게 눈물을 뿌리며 기철의 등을 두드려 달랜다. 죄는 기철이 저질렀는데 왜 자신마저 눈물을 뿌리는지 착잡한 은호다. 그러다가 죄 없이 스러진 물고기들의 생명에 대한 안타까움임을 깨닫는다.

　과거의 잘못을 후회하면서 흐느끼는 기철을 달래면서 은호가 말한다. 공감이 형성되어 둘의 가슴으로 먹먹한 파동이 물결처럼 전해진다.

　"조 선생님, 지금이라도 반성했으니 참 잘하신 거예요. 세상을 살다 보면 누구나 실수를 할 수도 있잖아요? 실수하지 않은 사람이 있다면 그는 신이지 사람은 아닐 겁니다. 저는 오늘 조 선생님의 소중한 눈물을 보았어요. 과거를 속죄하는 뜻으로 제 제안을 받아 주실래요?"

　슬픔에 잠겨 있던 기철이 의외라는 듯 은호를 바라본다. 은호가 차분히 그를 향해 제안한다.

　"이제부터라도 조 선생님이 매물도의 어민 대표가 되어 주세요. 어민 대표는 이장과는 별개의 신분입니다. 일본 어민들과 협상에 나서는 섬의 대표자를 일컫는 신분이거든요."

　기철이 쉽게 이해가 안 간다는 듯 바싹 귀를 기울인다. 은호가 인내심을 가지고 천천히 설명한다. 기철이 더욱 신경을 써서 은호의 얘기를 이해하려 애쓴다. 말하는 사람과 듣는 사람의 호흡이 일치된 대화가 서로를 감응시킨다. 대화를 통한 감응의 기류가 세찬 파도처럼 커진다.

　은호가 용태로부터 들은 얘기를 차분히 기철에게 들려준다. 석 달 전부터 일본 어장은 죽은 물고기 떼로 뒤덮였다. 이것을 집요하게 추적한 단체는 일본의 태평양연구소였다. 그 결과 한국 어민들이 일본 영해에 잠입했음이 드러났다. 쾌속선을 천천히 몰고 와서 어장에 상어구를 떨어뜨렸음이 밝혀졌다. 그런 뒤에 도주할 때에는 쾌속선으로 달아나곤 했음도 규명했다.

한국은 일본 잠수부들이 뿌린 아귀의 알들로 피해를 엄청나게 입었다. 그래서 일본 어장을 황폐화시키겠다고 세 곳의 섬에서 들고 일어났다. 거제도에서는 51살의 권종삼이 어민 대표로 뽑혔다. 욕지도에서는 49살의 천창수가 어민 대표로 뽑혔다. 매물도에서도 일본에 보복하려는 주민들의 모임이 결성되었지만 대표자가 결정되지 못했다.

43살의 조기철이 어민 대표가 되면 좋겠다고 은호가 제안한다. 은호의 제안에 기철이 우려를 나타낸다. 매물도 어민들이 자신을 대표로 인정할지 두렵다고 한다. 그래서 은호가 주민들을 설득시키겠다고 제안한다. 한참 동안 은호의 제안을 고려하다가 마침내 기철이 수락하겠다고 말한다. 은호가 계속해서 얘기를 들려준다.

기철이 할 일은 부지런히 권종삼과 천창수를 만나는 일이라고 일러준다. 그리하여 한국의 어민들의 노화를 가라앉혀 달라고 당부한다. 어떤 명분으로도 죄 없는 물고기들을 죽여서는 안 된다고 강조한다. 일본 어민 대표들과 화합해야 양국이 발전한다고 일러준다. 기철이 은호에게 불쑥 내뱉듯 묻는다.

"그러면 일본 어민들은 누가 설득할 건지 궁금하오. 일본 어민들이 양보하지 않으면 우리만 바보가 되지 않겠소? 어디 내 말이 틀렸소?"

은호가 기철에게 말한다. 그 문제는 은호 자신이 알아서 해결할 거라고 확실하게 들려준다. 그제야 기철이 알았다면서 은호의 제안에 협조하겠다고 응낙한다. 은호가 술상 위에서 기철의 손을 맞잡는다. 기철도 은호의 손에 힘을 왈칵 주며 말을 잇는다.

"어느 날부터 은호 씨한테 진실로 부끄럽다는 생각이 치솟았소. 주민들을 위한 당신의 열정이 진실로 내 마음을 감동시켰소. 세상에서 사심 없는 열정이 얼마나 위대한지를 처절하게 깨달았소. 그랬기에 진작부터 내가 술을 사고 싶었소. 무슨 말인지 알겠소?"

은호의 가슴속으로도 진한 감동이 밀려든다. 인간의 풍도가 얼마나 아름답게 변할 수 있는지를 보여 주지 않는가? 가슴이 감동에 젖어 은호가 자리에서 일어선다. 기철도 자리에서 일어선다. 둘이 방을 나서기 전에 실내에서 왈칵 끌어안는다.

은호가 기철을 향해 먼저 입을 연다.

"정말 인간의 풍도가 얼마나 멋지게 변하는지를 보여 주어서 감사합니다. 정말 용기 있는 선생님을 존경합니다."

기철이 이슬 맺힌 눈으로 은호를 껴안은 팔에 힘을 가한다. 이윽고 둘이 눈물을 글썽이며 기철의 집 마당으로 내려선다. 이윽고 둘이 기철의 대문에서 손을 흔들며 작별한다.

언제나 잔잔한 물결로 남실대는 남해다. 한반도 연해의 바다 중에서도 가장 잔잔한 물결이 이는 바다다. 태풍이 밀려들 시기만 제외하면 호수같이 잔잔한 바다다. 어느새 세월이 흘러 9월 중순이다. 섬에 치솟은 산야에도 단풍의 색조가 은근히 스며들고 있다. 그 사이에 은호가 가두리 양식장의 필요성을 주민들에게 설명했다. 마을 회관에서 진행된 협의를 통하여 가두리 양식장을 설치하기로 했다. 설치 비용의 절반은 국가가 부담한다고 이장이 몇 차례나 강조했다. 주민들은 대부분 정부의 시책을 반기며 가두리 양식장을 설치하겠다고 희망했다.

항만청의 수산 직원들이 나와서 사흘간 공사를 벌인 뒤다. 매물도의 동쪽 3km 지점에 가두리 그물 공사가 완료되었다. 마을 공동으로 운영하는 가두리 양식장의 골격이 완성되었다. 양식어의 어종 선정과 치어의 구매 시기는 주민들이 정하기로 한다. 주민들에게 합리적인 자료와 조언을 제시하는 역할은 은호가 하기로 한다. 은호는 지난 두 달 동안 세 차례나 수산과학원에서 교육을 받았다. 그랬기에 가두리 양식장에 대하여 주민들에게 충분히 조언할 신분이다.

주민들의 일부가 참치 계열인 참다랑어를 양식하고 싶다고 했다. 국내에서 참다랑어의 양식은 제주도를 비롯한 일부에서만 실시되었다. 은호가 참치 양식이 초기 단계이기에 위험 부담이 크다고 들려준다. 그래도 주민들이 시도해 보겠다고 의견을 모으는 중이다. 은호가 주민 회의에서 결정되면 기술을 지원하겠다고 들려준다.

가두리 양식장의 공사가 완료된 지 닷새 뒤의 아침나절이다. 이장의 방송으로 주민들이 회관의 회의실에 모였다. 주민들의 대다수가 회의에 참석한 상태다. 회의에 들어가기에 앞서서 이장이 은호를 접견실로 부른다. 접견실 원탁에 이장과 마주 앉았을 때다. 이장이 은호에게 말한다.

"가두리 공사가 완료된 후에 다섯 번째로 회의를 갖는 날입니다. 그간 몇 가지 사항이 결정되었는데 조언을 듣고 싶어요."

조언하기 위해 은호가 이장의 얘기에 귀를 기울인다. 이장이 능숙한 말솜씨로 이야기를 늘어놓는다. 이장의 얘기를 들으면서 은호가 가두리 양식장의 규모를 떠올린다. 가두리 양식장은 200m 간격으로 다섯 개가 나란히 조성되었다. 가로 및 세로의 길이가 300m에 이르는 정사각형 모양의 양식장이었다. 전부 매물도 동쪽 해안에서 3km 떨어진 수중에 설치되었다. 이 양식장을 마을에서 공동으로 운영하기로 했다.

이장은 선택한 어종부터 차분하게 들려준다. 다섯 군데의 양식장 중의 두 곳은 우럭으로 선정했다. 나머지 양식장은 광어, 도다리, 참다랑어로 결정했다. 양어장은 3일 단위로 2명씩 달라붙어 일하기로 했다. 치어들에게 사료를 공급하고 병든 치어를 분리하는 일이 중요한 업무다. 그물의 파손 상태나 해조류의 접근 상태를 파악하는 일도 중요하다. 적조가 발생할 무렵의 양식장은 비상 상태에 직면한다. 그래서 양식장 인근 바다의 물빛도 잘 관찰해야 한다.

주민들끼리의 협의된 내용에 따르면 2명이 3일씩 관리하는 체제다. 이 기간 동안에 근무자들은 사료와 어망의 상태를 점검한다. 회관에서는 수중에 잠긴 어망의 상태를 점검하려고 주기적으로 잠수부를 들여보낸다.

양식장의 공사가 끝나기가 무섭게 주민들의 참여도가 적극적이다. 참치의 치어들을 구입하러 몇몇 주민들은 제주도까지 방문한다. 양어장을 관리하는 주민들은 수산과학원에 등록하여 전문가들로부터 교육을 받는다. 교육에 참여하는 비율이 높아 수산과학원 원장이 매물도를 방문할 지경이다. 은호도 정기적으로 할 일이 많아졌다.

확장된 어장의 주기적인 수중 관찰 업무가 있다. 인공 어초에 해조류가 부착된 상태와 부착률을 점검해야 한다. 어초에 붙은 해조류가 시들시들 죽어가면 조처를 취해야 한다. 바닷말의 종류를 바꾸어 어초에 착생시키거나 다량의 플랑크톤을 공급한다. 다량의 플랑크톤은 주로 강물과 바닷물이 접촉하는 지역에서 확보한다. 이들 지역은 일반적으로 접수 구역이라 불린다. 접수 구역의 해수는 항만청에서 주기적으로 새롭게 확보해 둔다. 그리하여 해조류가 고갈되는 곳에 영양원으로 공급된다.

은호는 섬 연안의 수중 생물의 서식 상태도 부단히 조사한다. 아귀와 같은 육식성 어류가 어장에 침투하는 것을 막으려는 취지다. 또한 어장 물고기의 산란에 방해가 되는 요인을 사전에 제거한다. 사고로 바다에 유출된 기름 찌꺼기의 제거 작업은 대단히 중요하다. 돌연한 사고로 발생하는 기름 유출은 양식업에 있어서는 치명적인 요인이다. 바다에 기름이 유출되기 시작하면 기름막이 수면을 뒤덮어 버린다. 파도가 치면서 물결과 공기가 맞닿으면서 대기의 산소가 수중에 공급된다.

파도는 거대한 강과 바다에 산소를 공급하는 중요한 수단이다. 강과 바다에서 파도가 사라지면 수중에 산소가 민활하게 공급되지 못한다. 그렇게 되면 대규모의 수중 생물들이 목숨을 잃게 된다. 하지만 바다의 수면에 기름막이 퍼지면 산소의 공급이 당장 차단된다. 수중 생물의 대다수인 어류의 피해가 급속도로 커지게 된다. 피해의 대상은 어류만이 아니다. 포유류의 돌고래나 연체동물인 문어나 낙지나 오징어도 피해를 입는다. 그 외에도 무수한 종류의 수중 무척추 동물들이 피해를 입는다.

수산과학원과 어민들과의 접촉도 원활히 촉진해야 하는 입장이다. 어민들에 대한 연수나 교육의 기회를 최대로 보장해 주어야 한다. 현장 경험도 중요하지만 학습 이론도 엄청난 기여를 하기 때문이다.

매물도에도 공동의 건축물들이 많이 들어섰다. 공동 판매장과 공동 건조장이 대표적인 건축물이다. 여기에다가 확장된 어장과 공동 가두리 양식장이 추가되었다. 마을 공동의 유람선도 구입되어 운행된다. 그 외에도 고속 순찰선도 운영하고 있다. 주민들은 주기적으로 모여 섬의 쓰레기를 치우며 환경을 정화시킨다. 긴급한 상황이 발생하면 신속히 회관에 모여 대책을 세운다. 주민들은 어로 기술사인 은호에게 조언을 얻고 지도받기를 좋아한다. 조금이라도 발전적인 상태가 되기를 희망하는 경향이다.

매스컴에서는 남해에 전갱이와 고등어 무리가 몰려든다고 연일 보도가 한창이다. 9월에는 남해의 수온이 고등어와 전갱이의 서식에 최적의 조건을 제공한다. 굳이 물고기를 찾으려 하지 않더라도 물고기들이 몰려들게 되어 있다. 물고기들의 번식에 있어서 최상의 조건을 갖추었기 때문이다. 쿠로시오 난류와 연안을 따라 남하하는 한류가 만나면 수온이 달라진다. 수온에 따라 바닷물의 밀도가 달라진다. 밀도는 바닷물 속의 무기염류의 농도의 영향을 크게 받는다. 무기염류의 농도는 염분도라는 이름으로 널리 사용된다.

뉴스의 끝자락에서였다. 한일 및 한중 공해에서 조업하던 어선들이 흩어지기 시작한다고 들려준다. 이때 은호가 머릿속으로 일본 어선들과 중국 어선들을 떠올린다. 얼핏 예전의 일이 머리를 스쳤지만 해양경찰서를 믿기로 한다. 이상한 조짐이 포착되면 매물도로 연락이 오리라 여긴다.

회관의 접견실에서 이장이 가두리 양어장의 윤곽을 은호한테 말한 뒤다. 양어장 관리를 전담할 잠수부의 배출이 필요하다고 말한다. 여기에 대해 은호에게 조언을 구하고 싶다고 말한다. 은호가 이장의 말에 잠시 생각에 잠겼다가 대답을 들려준다.

204

"일단 섬에서 어업에 종사할 20~35세까지의 청년을 찾아야 합니다. 섬에 정착할 의사가 없는 사람은 소용이 없어요. 가두리 양어장은 전문 어민이 아니고는 관리하기가 불가능한 시설물입니다. 이런 시설물은 섬의 주민들이라야만 지속적으로 관리할 수가 있어요."

말하다 말고 은호가 이장의 표정을 슬쩍 살핀다. 이장이 그의 말에 어느 정도로 관심을 갖는지 탐색하는 차원이다. 의외로 이장은 간절한 눈빛으로 은호의 얘기에 귀를 기울이고 있다. 은호가 자신감을 갖고 대책을 제시한다. 일단 20~35세까지의 청년들 중에서 어민으로 살려는 사람들을 선발하라고 들려준다. 몇 명이 되든지 인원에 구애받지 말고 선발하라고 말한다. 이들에게 잠수부의 역할을 강조하고 잠수 훈련을 받도록 유도한다. 잠수부 전문 배출 학원은 통영항에 많다고 들려준다. 일단 석 달 정도 지도를 받고는 자격증을 취득하도록 유도한다.

일단 잠수부 자격증만 따면 그들 스스로 양어장을 돌보리라고 들려준다. 가두리 양어장의 수중 그물은 잠수부만이 확인할 수 있기 때문이다. 일단 일할 터전이 보장되면 신명이 나서 일하게 되리라 말한다. 이장이 은호의 말을 시종 주의 깊게 듣더니 고개를 끄떡인다. 그러더니 다소 급한 목소리로 말한다.

"회의를 시간에 맞춰 진행해야 하거든요. 출발이 늦어지면 회의가 언제 끝날지 몰라요. 조언해 주어서 진심으로 고마워요. 같이 회의장으로 가시죠."

은호는 이장을 볼 때마다 거인을 대하는 느낌이 든다. 철수와 동갑인 52세인데도 시종 정중한 말씨로 은호를 대한다. 어떤 경우에도 자신이 연장자라는 티를 내지 않으려고 한다. 이런 점이 은호에게 더욱 예절을 갖추도록 윽박지르는 느낌마저 든다. 대표자가 저지르기 쉬운 오만하고 건방진 기색을 일체 드러내지 않는다. 하찮은 견해라고 여겨지는 의견까지도 끝까지 경청하려는 자세를 취한다.

은호가 이장과 함께 회관의 회의실로 들어선다. 회의실의 뒤쪽 의자로 은호가 걸어가서 앉는다. 뒤쪽 의자에 앉는 이유는 회의장의 움직임을 관찰하기 쉽기 때문이다. 이장에 대한 주민들의 호응도나 시선 집중도를 쉽게 알아내게 된다. 이장이 회의실로 들어선 순간부터 회의장은 숙연한 분위기로 바뀐다. 회의장 문을 여는 순간까지는 시장 골목처럼 시끌벅적한 분위기였다. 이장은 말과는 달리 서두는 기색 없이 회의장을 죽 둘러본다. 그러면서 주민들과 일일이 시선을 교환하는 자세를 취한다.

은호는 이장의 태도에 감탄한다. 말하기 전에 경청할 수 있는 분위기를 단숨에 만들었기 때문이다. 이런 것은 훈련에 의해서도 형성되겠지만 은호에겐 성품 탓이라 여겨진다. 평소부터 선량한 마음으로 주민들을 배려하고 격려해 온 이장이다. 이런 이장의 눈빛이 자신을 바라본다고 여기면 자세가 경건해지기 마련이다. 이장은 누구보다도 소리 없이 좌중의 분위기를 장악하는 실력자로 비친다. 얘기할 때의 목소리는 갈라진 농토에 빗물이 스며드는 듯 아늑하다. 위급한 사건이라도 이장이 얘기할 때는 다급하게 비치지 않을 정도다.

모든 현상이 이장의 몸을 투과하면 새로운 숨결로 태어나는 듯하다. 바로 이러한 점이 이장의 탁월한 통솔력으로 이어진다. 어떤 절박한 문제가 생겨도 이장은 버둥대는 모습을 보이지 않는다. 언제나 극복할 만큼의 여유는 있다는 것을 여운처럼 드러내는 듯하다. 은호의 눈에 비친 이장은 경이로운 지도자다. 금전이나 명예에 눈이 뒤집혀 자리를 탐내는 일상적인 지도자가 아니다. 이장이라는 자리는 주민들 누구도 탐내는 자리가 아니다. 하지만 이장의 위상은 하나같이 존중하는 처지다.

한마디로 이장의 품성이 그만큼 주민들의 신뢰를 받는다는 증표다. 은호도 이장을 처음 본 순간부터 스승을 대하는 느낌이 들었다. 경륜과 덕망이 높아서 저절로 존경심이 우러나는 스승을 말함이다. 은호가 처음 그런 인상을 받았을 때는 다소 의아스러웠다. 첫 대면한 사람에게서 받은 인상 치고는 특이했기 때문이다. 점차 만날수록 이장의 품성은 다년간 다져진 품격의 결정체로 여겨진다.

이장이 연단의 중앙에서 말하기 시작한다.

"요즘은 국민 경제 체제임을 통감하는 시대입니다. 국가의 지원으로 거액을 들여 가두리 양식장을 설치했습니다. 공동 상점과 공동 건조장에 이은 국가의 지원 정책이었습니다. 이제는 우리 주민들이 관리를 해서 이윤을 추구할 시점입니다. 그래서 여러분들의 의견을 묻고자 회의를 소집했습니다."

회의장의 주민들은 저마다 호기심과 관심을 갖고 이장의 말을 경청한다. 이장은 가두리 양식장을 지속적으로 관리하려면 잠수부가 필요하다고 들려준다. 은호가 조언한 바대로 이장이 선발 연령과 인원에 대해 말한다. 주민들은 이장의 발언에 따라 저마다 깊은 생각을 하는 모양이다. 이장이 회의의 개요를 설명하고 주민들의 의견을 물을 때다. 철수가 손을 들어 발언권을 얻고는 차분히 말한다.

"그런데 젊은 사람들이 섬에는 별로 없는 상황이잖소? 과연 희망하는 연령대의 잠수 지원자들이 있을지도 걱정이오. 지원자가 없을 경우에는 어떻게 대처할 작정이오?"

벼랑으로 맑은 물줄기가 흐르듯 이장이 곧바로 응답한다.

"일단 지원자들부터 파악하는 게 우선이 아니겠어요? 우선 지원자가 있는지부터 알아봅시다. 잠수부 자격증을 취득하기만 하면 유용한 데가 많으리라 여깁니다. 나이 든 사람은 폐활량이 작아서 잠수부가 되기에는 어려우리라 믿어요. 지원하실 분들은 손을 들어 주세요."

회의실 실내는 개구리가 들끓는 웅덩이처럼 웅성거리기 시작한다. 지원하려는 청년들이 주변 사람들의 조언을 경청하느라고 부산하다. 최근에 이주해 온 31살의 청년인 명호가 말한다.

"잠수부 자격증이 꾸준히 활용된다는 보장을 누가 하죠? 가두리 양어장이 반드시 성공한다는 보장도 없잖아요? 하다가 보면 실패하여 유지가 안 될 경우도 있겠죠. 그런 경우에는 잠수부들이 할 일이 없잖습니까? 하루 이틀 만에 이루어지는 교육도 아니고요."

주태가 나서서 자신의 견해를 명료하게 말한다.

"물론 가두리 양어장 사업이 망할 수도 있겠죠. 세상의 사업이 죄다 성공하는 건 아니죠. 그런데 잠수부가 되면 의외로 일할 곳이 많아요. 아실지 모르겠지만 저도 잠수부예요. 바다 표면에 세우는 가두리 이외에도 수중 가두리가 있어요. 수중 가두리는 참치를 양식할 때 잘 쓰는 시설물이죠. 수중 15~40m 깊이의 공간에 가두리를 세우는 거죠. 수중 가두리를 운영하려면 상당히 많은 잠수부들이 필요해요."

다양한 의견들이 제시되어 회의장은 대번에 활기를 띤다. 이장이 소집한 회의에서 5명의 청년들이 잠수부가 되겠다고 의사를 밝혔다. 회의가 끝나고 주민들이 썰물처럼 해산한 뒤다. 이장의 부탁으로 은호와 주태가 접견실에 남는다. 이장이 은호와 주태에게 말한다.

"두 분은 이미 잠수부이잖소? 5명의 청년들과 면담해 주기를 부탁합니다. 섬을 위해 소신을 갖고 일할 만한 사람들인지를 알아봐 주세요.

왜냐하면 잠수 교육비는 마을 예산으로 보조할 작정이거든요. 사람이
견실해야 교육도 알차게 받을 거잖소?"

주태와 은호는 마을을 위해 애쓰는 이장의 열정에 가슴이 저리다. 철
저히 공익을 위해 애쓰는 마음이 청량한 물결처럼 전해진다. 잠시 바깥
에서 기다리겠다며 이장이 접견실에서 나간다. 이윽고 잠수부 교육을
받으려는 청년들이 접견실로 들어선다. 청년들의 나이와 명단을 은호와
주태가 죽 훑어본다. 수원(28세), 희준(27세), 성국(30세), 용추(31세)와 문석
(29세)이라 적혀 있다. 나이와 이름을 단번에 파악하도록 조처한 이장의
배려가 고맙게 느껴진다.

은호가 사내들의 모습을 훑어본다. 수원의 키만 180cm가량이고, 나
머지는 175cm가량으로 보인다. 수원은 얼굴이 가무잡잡하고 몸매가 가
냘픈 편이다. 희준은 얼굴은 둥글지만 몸매는 호리호리하다. 성국과 문
석은 얼굴이 매끈하고 살결이 고운 편이다. 성국의 얼굴은 갸름한 편이
고 문석은 사각형에 가까운 용모다. 용추는 몸뚱이가 울퉁불퉁해 보이
는 근육질의 사내이다.

이들의 학력은 하나같이 중졸이라고 한다. 학창 시절에 공부하기가 버
거워 중학교를 마치자마자 객지를 떠돌아다녔다. 그러던 차에 잠수부가
필요하다는 소식에 교육을 받고 싶다고 밝힌다. 은호와 주태가 서로 의
논했다. 5명의 사내들이 마을을 위해 기여할 수 있겠는지를. 주태가 그
의 느낌을 진솔하게 말한다. 진심으로 거두어들이면 중요한 인물들이
되리라 들려준다.

이장에게 은호가 주태의 견해를 들려주니 이장이 아주 좋아한다. 이장
은 이들을 통영으로 보내 교육을 받도록 조처한다. 주태와 은호도 이들

과 함께 때때로 어울려 잠수 훈련을 한다. 잠수 능력을 향상시키려는 차
원이다.

9.
중국 납치범들

9월 하순 무렵이다. 남해의 연안에는 눈발이 휘몰아치듯 고등어 무리들이 떼를 지어 몰려든다. 어디를 가나 고등어로 만선을 이룬 어선들로 연안에 흥취가 남실댄다. 섬 주민들의 얼굴들마다 미소가 빛살처럼 피어오른다. 주낙은 주낙대로, 그물은 그물대로 고등어를 한껏 머금고 출렁댄다. 고등어와 전갱이의 뒤를 갈치 떼들이 쫓으며 소요를 일으킨다. 갈치 떼와 고등어 무리가 뒤엉켜 회오리치면 바다에는 격랑이 인다. 바다의 광막한 수면으로 현기증이 일 정도로 숱한 격랑이 치솟는다. 이들 격랑을 갈매기 떼들도 놓치지 않고 주시하다가 연신 달려든다.

은호가 여러 차례 성준에게 협조를 구한 뒤다. 주태를 은호의 작업에 동참시키면서 주태에게 적절한 노임을 사전에 지불한다. 이런 배려로 인하여 주태는 은호와 공동 작업을 곧잘 한다. 그물에 부착된 해파리와 바닷말을 제거하는 작업을 오전 9시부터 시작했다. 작업에 실리는 노동량을 고려하여 작업 시간은 2시간을 넘기지 않는다. 둘은 서둘러 작업을 진행했는데도 여전히 그물에는 이물질이 달라붙어 흐느적거린다.

어망 청소를 할 때는 동력선보다는 거룻배를 바다에 띄운다. 동력선에 비해 거룻배는 오염물을 거의 배출하지 않기 때문이다. 거룻배를 수면에 띄우고 닻을 해저로 던져 놓기만 하면 된다. 비록 모여 있다고는 하지만 가두리 양식장은 다섯 군데나 된다. 손을 내뻗을 활동 범위가 엄청나게 많다. 일기예보에 의하면 오후부터 풍랑이 크게 일 것으로 보도되었다. 그래서 오전에 그물 정화 작업을 마치려고 한다. 예정대로라면 11시에 작업을 마치고 늦어도 정오까지는 선착장에 도착하게 된다.

가두리 양어장의 경계 철망을 살펴볼 때였다. 일주일 전의 일이 문득 밀려들었다. 용태의 소개로 수산과학원에서 세 사람의 연구원들을 은호가 만났다. 이들은 37살의 현철과 38살의 중호와 35살의 정택이었다. 이들 세 사람의 수뇌는 정택이었다. 정택은 일본의 연구원들을 상대하려고 '해양단'이란 조직을 만들었다. 중호와 현철과 정택이 해양단 조직의 구성원들이었다. 이들 셋은 학문적인 명성에 있어서도 세계적인 인물들로 알려져 있다. 그래서 이들 셋이 한국의 해양학을 좌우할 신분이라고 평가받는 처지다.

해양단과 맞서는 일본의 조직은 태평청이다. 일본 태평양연구소의 패기만만한 연구원들로 이루어진 조직체다. 39살의 사사키 노조미와 37살의 나가이 마사루가 그들의 수뇌를 돕는다. 수뇌는 36살의 사카 오사무다. 그는 논문 실적으로 세계를 장악하는 학구적 과학자다. 그러면서도 가라테의 달인이어서 충동적인 격투를 잘 벌이는 인물이다. 정택도 합기도의 달인이어서 걸핏하면 격투를 잘 벌이려는 인물이다. 수뇌들에겐 다분히 충동적인 성향이 핏속에 용해된 모양이다.

수산과학원 후원에서였다. 정택의 제안으로 도복 차림으로 은호와 정택이 겨루기로 했다. 안전 도구를 착용한 차림새에서였다. 겨루기에 앞서서 은호는 무도의 정신을 떠올렸다. '무술을 통하여 친구를 사귄다'는 호방한 정신을 말함이었다. 체중과 신장은 비슷했지만 정택은 합기도 5단이며 은호는 태권도 4단이었다. 둘이 마주 서서 경건한 자세로 서로에게 경의를 표한 뒤였다. 거의 동시에 둘이 매서운 속도로 달려들며 공격했다. 어찌나 동작들이 날렵한지 관전하던 사람들의 눈이 팽팽 돌 지경이었다.

무술의 달인들이지만 대결하다가 보면 허점이 드러나기 마련이었다. 어느 순간이었다. 둘이 뒤엉켜 공격하다가 둘 다 급소를 맞고는 나뒹굴었다. 힘이 실린 파괴력을 동반한 공격이었기에 보호 장구도 도움이 못 되었다. 둘 다 지극한 통증에 시달리며 신음을 내쏟았다. 그러다가 둘러싼 사람들의 부축을 받고서야 겨우 일어섰다.

서로 겨루기를 한 뒤부터였다. 은호와 정택은 서로를 지기로 사귀었다. 하지만 서로 8년씩이나 나이 차이가 나기에 서로가 존댓말로 대했다. 정택의 주선으로 은호가 일본의 사카 오사무를 만나게 되었다. 일본어에 능통한 은호였다. 사카 오사무를 만나 일본 어민 대표들을 만나고 싶다고 말했다. 그랬더니 사카 오사무가 야마구치현의 어민 대표를 즉석에서 소개시켰다. 사전에 정택의 제안으로 사카 오사무가 어민 대표를 데려오기로 했었다. 45살의 사카이 마사토를 상대로 은호가 2시간에 걸쳐서 대화를 나누었다.

사카이 마사토는 처음에는 은호와 대화하지 않겠다고 한동안 버텼다. 한국 어민들을 두둔하려고 온 사람으로 오해했기 때문이었다. 2시간 동안의 대화를 통해서야 그도 한국 어민들을 이해하겠다고 들려주었다.

은호가 촬영해 간 한국 어장의 피해 동영상이 위력을 발휘했다. 동영상을 보기 전까지는 대화하지 않겠다던 일본인에게 한국인을 이해하도록 만들었다. 한국의 바다에 상어구를 투척하고 달아나던 배들은 일본 어선들이었다. 어선들마다 일본 문자가 커다랗게 쓰여 있었다. 45살의 사카이 마사토가 흐느끼는 목소리로 은호에게 용서를 구했다.

수산과학원에서 사카이 마사토와 대화를 나누는 도중에서도 은지가 영상물을 보내주었다. 남해의 섬 주위의 어장을 쾌속선으로 순찰하면서 은지가 촬영한 동영상들이었다. 은호의 요청으로 은지가 성의껏 영상물을 전송해 주었다. 은호의 노력과 은지의 자료가 일본 어민 대표의 마음을 누그러뜨렸다. 또한 일본 태평청 조직의 연구원 수뇌의 마음도 상당히 변화시켰다.

이런 일을 계기로 일본 어민들끼리 신속한 교류가 진행되었다. 조기철은 매물도의 주민 대표로 나서서 어민들의 마음을 누그러뜨리려고 애썼다. 이윽고 조기철은 거제도와 욕지도까지 빈번히 내왕했다. 그러면서 욕지도의 천창수와 거제도의 권종삼의 마음도 누그러뜨리려고 애썼다. 천창수와 권종삼은 처음에는 조기철을 달갑지 않게 여겼다. 하지만 조기철은 일관성 있는 태도로 자주 그들을 찾았다. 만날 때마다 진솔한 태도로 호소하는 조기철의 진정성에 그들이 감동했다. 마침내 한국 남해의 어민 대표들의 마음을 조기철이 움직인 셈이었다.

오전 10시 무렵부터 해상에 심한 바람이 휘몰아쳤다. 은호가 의아한 생각이 들어 스마트폰으로 잠시 뉴스를 청취한다. 오키나와 해상에서 발생한 열대성 저기압의 기세가 의외로 강화되었다는 내용이다. 당초의 예상으로는 풍랑만 거세게 일다가 맑아질 날씨라고 했다. 그랬는데 오키나와에서 시작된 태풍이 제주도와 남해안으로 내닫는 중이라고 한다. 해상의 모든 배는 가까운 연안으로 귀항하라는 보도가 한창이다.

　바람결이 거세어지면서 파도가 하늘을 가릴 듯 길길이 치솟는다. 은호와 주태가 닻을 끌어 올려 거룻배를 모는 찰나다. 짙은 암흑에 휘감긴 가운데 강풍이 수면 위를 질주한다. 마침내 태풍이 바다의 수면을 휩쓸기 시작한다. 은호와 주태가 탔던 거룻배도 밀려드는 바람에 맞아 뒤집혔다. 순식간에 둘의 몸뚱이도 수중으로 곤두박질쳤다. 이윽고 둘의 머리가 수면에 드러났을 때다. 주태가 고개를 은호에게로 돌려 말한다.

　"거룻배는 포기하겠어. 당장 우리의 생명이 문제야. 지금부터 전력을 다해 섬으로 헤엄쳐서 나가자고."

　은호도 곧바로 응답한다.

　"지금부터 전속력으로 헤엄을 치자고."

　둘의 머리가 물속으로 잠기자마자 최선을 다해 헤엄치기 시작한다. 거의 비슷한 시각에 둘이 섬의 해안에 도착한다. 둘은 섬의 능선을 넘어 매물도 선착장까지 걸어간다. 둘은 선착장 곁의 공동 건조장 건물의 보관실로 들어간다. 거기에 들어가서 둘이 잠수복을 벗고 평상복으로 갈아입는다. 잠수복을 보관실에 잘 마르도록 걸어 둔 뒤다. 보관실은 잠수복을 갈아입을 수 있게 공용으로 설치된 공간이다. 잠수부들이 양식장 그물을 주기적으로 관리하는 데 편의를 제공하기 위해서다.

　은호와 주태가 부두의 선착장으로 나와 바다를 살핀다. 사방의 하늘은 암흑이어서 어디가 뭍인지 바다인지 구별되지 않을 지경이다. 주태가 은호에게 손을 흔들어 주고는 그의 집으로 떠나 버린다. 은호도 막 발걸음을 옮겨 해남장으로 향하려 할 때다. 항구 인근의 바다에 낯선 선박 다섯 척이 시야에 나타난다. 해안으로부터 100여 m 떨어진 지점에서 선박들이 휘몰리기 시작한다. 선박은 다들 동력선이지만 마을의 어선은 아닌 듯하다. 선박의 크기와 색채가 아주 낯선 형태라 여겨진다.

선박들 중에서 선박 한 척만이 바싹 해안으로 떠밀려든다. 공교롭게도 해안에서 십여 m의 거리에서 침몰하려는 조짐이 보인다. 선체가 이리저리 격렬하게 뒤흔들리더니 급기야 선미가 물속으로 잠기기 시작한다. 동력선의 선원들이 고함을 질러대며 발악하는 모습이 눈에 띈다. 하늘이 짙은 암흑이어서 해상의 상황을 확인하기가 무척 버겁다. 하지만 위기에 처한 선원을 구해야겠다는 생각이 든다. 해안에서 거리는 가깝지만 격랑과 해일로 인하여 엄청나게 위험한 상황이다.

선미에서 배가 기울어지기에 사람들은 선수 쪽으로 몰려가 아우성친다. 배는 더욱 침몰하기에 유리한 상황에 놓여 급속도로 흔들린다. 은호의 직감으로 5분 이내에 배가 침몰해 버릴 듯하다. 배가 침몰하는 지점의 수심을 대략 추정해 본다. 지금까지 섬의 수중 해저를 관측한 경험에 입각해서다. 적어도 70여 m는 되리라 여겨지는 곳이다. 거기에서 사람이 물에 빠지면 살아나기가 어려우리라 예견된다. 당장 조처를 취해야 하는데 대책이 떠오르지 않는다.

은호가 가슴을 졸이며 주변을 둘러볼 때다. 예상치 못했던 거룻배가 해변 가까이로 밀려든다. 혹시 주태의 거룻배인지 살펴보니 다른 사람의 거룻배다. 바다에서 작업하다가 주인을 잃은 것인지 판단하기 어렵다. 어쨌든 빈 거룻배 한 척이 해안으로 떠밀리는 중이다. 은호의 판단으로 적어도 8명의 목숨이 경각에 달렸다고 여겨진다. 물에 뛰어들 시기를 놓치면 선박이 뒤집힐 때 익사하기 마련이다.

거룻배에서 해안까지의 거리가 7m 정도까지 가까워졌다. 더 가까워지기는 어려우리라는 판단이 들었을 때다. 거룻배까지는 단숨에 헤엄쳐 가리라 예견된다. 해안을 뒤덮는 해일 수준의 파도라 물에 뛰어들기가 만만치 않다. 만약의 경우에 생명의 안전성을 고려하며 은호가 중얼댄다.

'저 거룻배를 놓쳐도 다시 해안으로 돌아올 정도의 기력이 필요해. 평소 때의 훈련으로 저 정도의 거리 정도야 문제가 없어. 비록 수영복이 아닐지라도 잠수 전문가한테는 문제가 안 돼.'

이런 판단이 서자마자 은호가 곧바로 수중으로 뛰어든다. 휴대전화도 휴대용 방수 주머니 안에 넣은 상태다. 수중에서 3시간을 넘기지 않으면 방수 주머니가 물에 견딘다. 물에 뛰어들어 10여 초가량 곧바로 헤엄치니 거룻배에 닿는다. 몸을 둥글게 마는 순간 몸을 뒤집어 거룻배에 올라탄다.

예상한 대로 거룻배의 밑바닥에는 예비로 장착된 노가 있다. 신속히 노를 빼들고는 거룻배를 젓기 시작한다. 그러고는 속력을 내어 침몰하는 동력선을 향해 다가간다. 동력선에 다가가기도 전에 팔을 흔들어 물로 뛰어내리라고 신호를 보낸다. 위급한 상황에서 은호의 의사를 파악한 듯 우르르 물로 뛰어내린다. 은호가 거룻배를 동력선 쪽으로 몰고 가자 거룻배로 사람들이 몰려든다. 노를 내밀어 노를 붙잡은 사람들을 거룻배로 잡아당긴다. 일단 8명의 사람들을 사력을 다해 구조한다.

구조된 사람들을 싣고 섬의 해안으로 접근할 때다. 3m가량의 너울이 휙 달려들더니 거룻배를 대번에 전복시킨다. 거룻배가 전복되자마자 은호를 비롯한 사람들은 일제히 물속으로 곤두박질한다. 물에 빠져 고개를 든 순간이다. 침몰하던 동력선이 끝내 물속으로 사라져 버린다. 그러자 또 한 차례 엄청난 너울이 밀려든다. 너울이 연달아 은호의 머리를 쳤을 때다. 순간적으로 은호도 의식을 잃은 채 버둥거리다가 나뒹군다. 그래서 자신도 모르게 몸이 물에 잠겼다가 뜨면서 어디론가 흘렀다.

온 세상이 캄캄한 가운데 서늘한 기운이 은호에게 칼날처럼 스민다. 은호가 눈을 뜬 곳은 낯선 해안의 자갈 언덕 위다. 당장 몸을 일으키려는 찰나 뭔가 이상한 분위기가 느껴진다. 당장 몸을 일으켜서는 안 될 것 같은 낌새다. 은호가 의식을 차리지 못한 듯하며 은밀히 주변을 살핀다. 해안가에 7명의 사내들이 웅성대며 중국어로 떠들어댄다. 대학 재학 시절에 중국어와 일본어를 열심히 익힌 은호다. 걸걸한 목소리의 중국인 사내의 목소리가 들린다.

"하필이면 우리가 한국에 잠입할 때 태풍이 불게 뭐야? 어쨌든 우리가 잠입한 목표는 팔팔한 인어를 조달하는 거잖아? 싱가포르나 인도네시아 또는 일본 시장에서 최고의 상품은 한국산 인어잖아? 불로소득을 취할 수 있어서 얼마나 다행이냐? 그렇지 않았다면 목숨을 걸고 한국 해양경찰들과 맞붙어야 했잖아?"

그러자 날카로운 음색의 사내가 곧바로 응답한다.

"저 배의 인어를 빨리 교육시키자고. 인어들의 휴대전화부터 압수한 뒤에 이동시키기로 해."

사내들끼리 주고받는 얘기를 종합해 듣고는 그들의 언어를 파악했다. 그들이 사용하는 '인어'라는 단어는 20대 나이의 처녀를 의미함을 알아차렸다. 바람의 강도는 낮아졌지만 여전히 세찬 바람이 불어댄다. 하늘 가득히 먹구름이 끼어 있지만 비는 그쳤다. 하지만 바람의 강도가 예사롭지 않다. 은호가 엎드린 채 실눈을 뜨고 주변의 지형을 둘러본다. 걸핏하면 주태와 자주 들러서 낚시를 하던 어유도라는 무인도임을 알아차린다. 매물도항에서 어유도까지 물결에 휩쓸려 떠내려온 모양이다. 어유도는 매물도 북쪽에 자리 잡고 있다.

파도에 휩쓸려 어유도까지 이동했다는 것은 충분히 가능한 일이라 여겨진다. 태풍을 받아 움직인 물결이기에 강한 에너지가 실렸으리라 여긴다. 그래서 은호 이외에도 숱한 사람들이 어유도까지 떠내려왔으리라 여긴다. 태풍에 휩쓸리기 전의 바다에는 분명히 다섯 척의 배가 떠 있었다. 그 배의 탑승자들만 해도 60명은 넘었으리라 여겨진다. 그랬는데도 어유도에는 그처럼 많은 인원이 보이지는 않는다.

은호가 실눈을 뜬 채 주변 상황을 점검할 때다. 걸걸한 목소리의 사내가 가장 영향력이 큰 인물로 느껴진다. 그 사내가 소리를 내지르며 말한다. 아마 흩어져 있는 동료들에게 잘 들리도록 하려는 조처같다.

"느낌으로 재차 폭우가 쏟아질 모양이야. 동력선은 전부 좌초된 모양이거든. 지금 우리한테는 딱 세 척의 거룻배만 있을 뿐이야."

거친 음색의 사내의 응답 소리가 들린다.

"다들 빨리 모여. 운이 좋게도 인어가 6명은 살아있어. 이들만 데리고 가도 상반기 프로젝트는 완성된 것 같아."

사내들은 강제로 6명의 여인들을 거룻배에 승선시킨다. 여인들이 반항하자 사내들이 달려들어 마구 두들겨 팬다. 그러면서 신속히 거룻배 한 척에 여인들을 태우고 사내들도 탄다. 여인들 6명에 중국 사내들 7명이다. 사내들은 신속히 배를 저어 어유도를 벗어나기 시작한다. 배가 바다에 들어설 때에 떠들어대는 사내들의 얘기 소리가 들린다.

"광동호를 탔던 나머지 선원들은 다 죽었겠지? 세 차례나 둘러봤잖아? 4명이 겨우 해안에 휩쓸려 나와 있었는데 죽은 모양이야. 4명 모두 한국인들이기에 내버려 두고 빨리 출발해야 해. 마치 우리가 그들을 죽인 것으로 오인될 우려가 있기 때문이야."

그들을 태운 거룻배가 어유도의 북서쪽으로 달린다. 곧장 달리면 비진도에 도착하리라 예견된다. 거룻배가 달리기에는 풍랑이 너무 센 느낌이 든다. 그들의 거룻배가 섬을 막 떠났을 때다. 은호가 신속히 일어나서 섬의 해안을 둘러본다. 해안에는 중국인들의 말대로 3명의 사내가 나뒹굴어져 있다. 은호가 조심스럽게 다가가서 그들의 심장 박동을 확인한다. 확실하게 세 사내들의 박동은 정지되어 있었다. 일단은 거룻배를 추적하는 일이 급했기에 통영의 해양경찰서로 전화를 한다. 통영의 해양경찰서에서는 곧바로 조처하겠다고 은호에게 응답한다.

은호도 해안에 뒤집혀 있는 거룻배를 신속히 일으켜 세운다. 그러고는 노를 저어 어유도의 북서쪽 바다로 거룻배를 몬다. 어유도에서 비진도까지는 12km가 떨어져 있다. 중국인의 거룻배가 어디쯤 갔는지 신속히 살핀다. 세 구의 시신의 생사를 확인하느라고 잠깐 시간이 지체되었을 뿐이다. 그랬는데도 중국인의 거룻배는 북서쪽으로 500m만큼 앞서서 달린다. 다수의 인원이 노를 저어 거룻배임에도 상당히 빨리 달렸던 모양이다.

중국인 거룻배의 위치를 확인하고는 다시 전화를 시도한다. 담당자가 곧바로 전화를 받으며 설명한다. 돌발성 태풍 탓에 남해에 많은 어선들이 좌초되었다고 들려준다. 어선들이 좌초될 때에 암초와 부딪쳐서 기름이 유출되었다고 들려준다. 해양경찰서 대다수의 인력이 수면의 기름 제거 작업에 파견되었다고 한다. 해양경찰서 내부에는 지원할 여력이 없지만 최대한 노력하는 중이라고 밝힌다. 기름 유출 현장에 파견되었던 일부의 인원을 불러들여 돕겠다고 한다. 은호가 차분하게 휴대전화로 말한다.

"기름 유출도 중요한 일이지만 한국 여자들이 납치된 사건입니다. 최대한 빨리 구조해 주세요. 현재 위치는 어유도의 북서쪽으로 7km 떨어진 해상입니다."

해양경찰서에서는 알았다면서 수시로 위치를 알려 달라고 한다. 연신 바다에는 태풍처럼 매서운 강풍이 휘몰아친다. 치솟는 파도가 너무나 높아서 거룻배는 연신 뒤집혀지려고 한다. 추격은커녕 거룻배가 전복될까 봐 두려울 지경이다. 그럼에도 북서쪽으로 부는 강풍을 맞아 의외로 거룻배의 속도가 빨라진다. 평소의 배 젓는 속도보다 세 배는 빨라진 느낌이다. 중국 거룻배와 은호의 거룻배는 300m만큼 떨어져 비진도 쪽으로 내달린다. 은호가 호준에게 도움을 청하려고 전화를 건다. 하지만 전원이 꺼져 있다는 전자음만 싸늘하게 밀려든다.

은호는 필사적으로 중국인의 거룻배를 뒤쫓는 중이다. 애초의 간격보다 200m만큼 거리를 좁힌 셈이다. 은호는 노를 저으면서도 일정한 간격으로 위치 정보를 알린다. 담당 경찰관에게 위치 정보를 문자 메시지로 보낸다. 비진도가 거의 가까워졌을 때다. 수평선을 넘어서 비진도로 다가서는 경비정이 보인다.

경비정의 모습이 멀리서 보인 시점이다. 중국인의 거룻배가 비진도 남섬의 남동쪽에 닿는다. 배에서 내리자마자 중국인들이 여인들을 데리고 선유봉의 능선으로 오른다. 잠시 후에 은호도 섬에 도착하여 경비정을 향해 연락을 취한다. 경비정도 은호가 도착한 해변으로 곧장 달려온다. 중국인 사내들은 악천후로 인하여 미행당한다고는 아무도 생각지 못한 모양이다. 사내들은 선유봉의 7부 능선으로 내닫는다. 그러더니 은호와 호준이 함께 탐사했던 동굴로 들어선다.

아는 동굴로 중국인들이 들어섬을 확인하자 은호가 여유를 갖는다. 은호를 뒤쫓는 해양경찰에게 급히 올라오라고 연락한다. 해양경찰 12명이 금세 동굴 입구에 도착한다. 경찰을 안내하여 동굴 중앙의 광장에 들어설 때다. 예측했던 대로 중국인 사내들이 여인들을 발가벗기는 중이다. 경찰이 신속하게 중국인 사내들을 체포하여 끌고 간다. 그러면서 은호와 매무새를 가다듬은 여인들도 데리고 경비정으로 향한다. 경비정은 곧바로 통영항으로 내달린다.

해양경찰서 3층 조사계에 들어간 뒤다. 6명의 여인들에 대한 정황 조사가 먼저 이루어진다. 여인들은 서양화 동호회의 화가들로서 가왕도를 단체로 유람하다가 태풍을 만났다. 가왕도는 어유도 북쪽 2.5km 거리에 놓인 작은 섬이다. 섬의 둘레는 3km이며 민가가 13가구가 사는 섬이다. 당초의 회원은 15명이었는데 유람선이 전복되면서 9명은 실종되었다고 한다. 섬을 돌던 중에 느닷없이 태풍에 휘몰려 유람선이 뒤집혔다고 한다.

여인들의 얘기를 듣자 해양경찰서에서는 즉시 실종자 수색에 착수한다. 사고 현장에 헬기를 급파하고 잠수부들을 동원시킨다. 수색용 경비정 세 척도 사고 현장에 급파한다. 여인들의 조사를 마친 뒤다. 경찰은 느긋한 자세로 통역관을 대동하여 중국인 사내들을 취조한다. 고분고분 털어놓지 않으면 중국에 연락조차 하지 않겠다고 억압한다. 그러자 사내들이 어쩔 수 없이 경위를 털어놓는다.

경찰의 취조 과정에서 중국인 사내들의 의도가 드러난다. 동남 아시아에서는 근래에 포르노 산업이 급격히 번창하는 추세다. 어느 정도로 살 만한 경제가 구축된 탓이다. 그런데 싱가포르나 인도네시아 또는 말레

이시아에서 인기를 끄는 대상이 있다. 살결이 검지도 희지도 않으면서 인상이 고운 한국 여성이라는 얘기다. 그래서 한국인 어부로 위장해서 떠돌면서 한국 여성들을 납치했다고 밝힌다. 그들의 패거리도 원래는 12명이었는데 5명이 실종되었다고 들려준다. 경찰은 은호가 위험을 무릅쓰고 거룻배를 탔기에 범인들을 붙잡았다고 고마워한다.

청정했던 남해가 돌발한 태풍으로 엉망이 되어 널브러져 누웠다. 유조선이 침몰하면서 기름이 사방으로 먹구름처럼 흩어질 위기에 직면했다. 암초에 부딪혀 침몰하면서 유조가 파손되었기에 대량 유출의 위기가 드리워졌다. 부산에서 여수로 가던 유조선이 태풍에 떠밀려 암초에 충돌한 탓이었다. 도화선에 점화된 불길처럼 파괴된 유조로부터 기름방울이 수면으로 솟구치려던 국면이었다. 해양수산부와 해양경찰서에서는 화염을 다스리듯 긴급하게 사람들과 기계를 현장으로 내보냈다. 잡초를 뽑듯 유조선을 수중에서 해안으로 신속히 끌어올렸다.

유조선의 용량이 커서 상당수의 대형 기중기들이 군수품이 조달되듯 동원되었다. 그러고는 유조로부터 흐르는 기름을 다른 저장 용기에 받았다. 기름 저장 용기는 여천 공단으로부터 신속히 공급받았다. 해양수산부와 해양경찰청의 신속한 대응으로 유조선의 피해가 급격히 줄어들었다. 태안의 기름 유출 사고를 떠올리며 걱정했던 사람들도 안심하게 되었다. 일단 유조선의 기름 누출이 차단되자 어부들은 환호성을 터뜨렸다. 과거의 악몽 같았던 태안과 유사한 재해를 피하게 되었기 때문이다.

태풍으로 인한 남해 섬들의 선박 사고의 사망자는 43명에 달했다. 실종자 수는 70명에 달한다고 해양경찰서에서 밝혔다. 태풍은 기상청 자료에서도 포착되지 못할 정도로 돌연히 발생되었다. 열대성 저기압의 밀도가 너무나 커서 이동 속도가 빨랐기 때문이다. 이동 경로도 포물선 형태가 아닌 거의 방사선 경로였다. 여태껏 발생된 태풍과는 전혀 성질이 다른 열대성 저기압이었다. 기상학자들은 모여서 원인을 규명하느라 시끌벅적했지만 결론을 얻지 못했다. 다만 대기 순환이 원만하지 못하여 생긴 기상재해로 간주할 따름이었다.

우발적인 기상 이변으로 섬에서도 3명이 바다에 나갔다가 사망했다. 마을이 울음바다로 변하여 은호의 마음도 한없이 슬펐다. 자칫 자신마저도 사망자가 될 뻔했기에 영혼이 이탈된 느낌이었다. 주민의 일원으로서 은호도 상가를 차례로 방문하여 조의를 표했다. 이미 상가 두 곳을 조문한 뒤다. 당금마을의 마지막 상가인 최 씨의 집으로 은호가 들어간다. 47세의 어부였던 최문식이 시신으로 누워 있는 빈소다. 중3 학생과 중1 학생인 두 아들과 43세의 아내가 그의 유가족이다.

망인의 아내인 인선과는 주낙 어장에서 자주 만난 처지였다. 은호가 망인에게 향을 살라 재배한 뒤다. 다음으로는 상제들과 맞절을 한다. 그런 뒤에 마당의 멍석에 펼쳐진 밥상 앞에 앉는다. 마음이 쓸쓸하여 망인을 떠올리며 자작한다. 이때 갸름한 얼굴의 인선이 눈물 어린 얼굴로 은호에게로 다가온다.

"평소에 자주 저희들을 돌봐 주셔서 항시 고마웠어요. 게다가 조문까지 오셔서 감사합니다. 언제나 고마운 마음을 잊지 않을게요."

잠시 인사만 하고는 다시 주방으로 들어간다.

혼자 밥상을 차지하고 있으려니까 주태가 빈소를 거쳐 은호에게 다가온다. 이윽고 은호의 맞은편에 앉아서 은호의 술잔에 술을 따른다. 주태도 비감스런 표정으로 은호를 바라보며 말한다.

"우리가 가두리 그물을 둘러보던 그날 납치 사건이 있었다면서? 나는 헤어져 집으로 돌아갔기에 그런 일이 생겼을 줄은 몰랐어. 하여간 너 때문에 여자들이 구조되었기에 참말 다행이야."

주태가 다소 의외의 질문을 던진다.

"그런데 네가 매물도에 근무하기로 한 기간이 언제까지냐?"

은호가 다소 난감한 표정으로 주태에게 반문한다.

"왜 내가 이 섬에 머물면 너한테 불편하니? 왜 섬에 잔류할 기간을 묻니?"

주태가 온화한 얼굴로 웃으면서 말한다. 공직자의 속성으로 봐서 언젠가는 전근하겠기에 묻는다고 한다. 다른 특별한 이유가 없이 물었을 따름인데 불쾌했느냐고 묻는다. 은호도 빙긋 미소를 지으며 말한다. 아마 내년 2월까지는 매물도에 머물게 되리라 들려준다. 그랬더니 주태가 은호에게 아쉬운 표정으로 말한다.

"그래, 사람이 만나면 언젠가는 헤어지기 마련이지. 지금껏 너를 만나서 이 섬이 많이 발전했어. 내년에도 도서 지방에 어로 기술사를 파견하는 제도가 지속되면 좋겠어."

주태와 은호가 한동안 상가에서 얘기를 나눈 뒤다. 미망인의 마음을 달래 준 뒤에 둘이 상가를 나선다.

자칫 중대한 국면에 빠질 뻔했던 유조선 사고였다. 다행스럽게도 해양수산부와 해양경찰청의 조기 대응으로 무사히 고비를 넘겼다. 무엇보다도 양식장을 운영하던 어민들이 안도의 숨을 내쉬었다. 한반도 남해 연안의 양식장에서도 안심하고 작업하게 된 상태다.

마을에서는 5명의 청년들이 잠수부가 될 작정으로 선발되었다. 이들은 열심히 통영의 전문학원에 나가서 매일 2시간씩 훈련을 받는다. 오전에 훈련을 받고 와서는 은호와 주태를 만나러 온다. 그러고는 가두리 양식장의 그물 상태를 함께 점검한다. 가두리 양식장은 마을 공동의 재산이기에 마을에서 각별히 신경을 쓴다. 그물을 점검하는 데에 대략 2시간이 걸린다. 예비 잠수부 5명과 주태와 은호가 그물을 점검한다. 이들의 호흡이 잘 맞아 작업의 효율이 높다.

　물속의 어망에는 미역과 같은 해조류도 수시로 달라붙는다. 내버려 두면 그물 구멍을 막아 플랑크톤의 이동이 어려워진다. 게다가 해파리도 극성을 부리며 잘 달라붙는다. 그물에 달라붙은 상태에서도 번식이 이루어져 개체 수가 급증한다. 수중 잠수부들의 역할은 이들 부착물들을 깨끗이 제거하는 일이다. 때때로 상어 같은 물고기들에 의해 찢긴 그물이 없는지도 조사한다. 흉포한 상어 무리들은 수시로 그물을 물어서 뒤흔들곤 한다. 그런 와중에서 그물코가 찢기기도 한다.

　이장은 이런 잠수부들의 노력을 잘 파악하고 있다. 그래서 주민 회의를 통하여 이들에게 일정한 수익을 제공하기로 했다. 다만 공무원인 은호만 배제하고서. 주민들이 은호에게도 수익을 제공하려 했지만 은호가 공무원의 신분이라면서 거절했다.

　바다가 정화되어 어디에서나 물빛이 청정하기 그지없는 어느 날이다. 오후 2시부터 시작한 그물 점검 작업이 오후 4시에 종료되었다. 수원, 희준, 성국, 용추, 문석이 5명의 예비 잠수부들이다. 주태와 은호를 포함하여 7명이 가두리 양식장의 그물을 점검하는 사람들이다. 이들은 매일 그물을 점검한다. 긴급한 일이 생겼을 때만 양해를 구하고 작업 대열에서 빠진다.

주태가 잠수부 일행에게 제안한다. 그물 점검이 끝났으니 어유도에 가서 단합 대회를 갖자고. 나이가 비슷한 처지의 청년들이라 다들 흔쾌히 동의한다. 주태가 발동선을 몰다가 어장에서 북쪽으로 1km 지점에서 닻을 내린다. 그러면서 일행을 둘러보며 말한다.

"배에 고추장이나 술은 얼마든지 준비되어 있어요. 다만 싱싱한 물고기는 우리가 여기서 낚시로 잡아 올립시다. 잘 잡히는 곳이라 한 시간만 잡아도 포식할 정도가 됩니다."

주태가 배에 준비해 두었던 낚싯대를 일행에게 하나씩 나누어 준다. 미끼로 낚시에 갯지렁이를 끼워 담그자마자 사방에서 물고기들이 입질해댄다. 7명이 한 시간만 낚시했는데도 플라스틱 물통이 그들먹할 정도다. 7명이 포식할 만한 정도의 분량이다. 주태가 발동선을 몰아 매물도 북쪽의 어유도로 향한다. 어유도의 솔밭으로 이동하여 자리를 깔고는 생선회를 장만한다. 예비 잠수부인 성국과 희준이 익숙한 손놀림으로 회를 마련한다. 이윽고 은박지 접시 위에는 잡어 회가 수북하게 쌓여 있다. 노래미, 우럭, 감성돔, 볼락으로 이루어진 회다.

주태가 고추장과 술잔과 술병을 내놓는다. 7명이 폴리우레탄 깔자리 위에 둥글게 앉아 술잔을 나누기 시작한다. 주태가 일행을 둘러보며 먼저 입을 연다.

"은호 씨를 제외한 6명은 마을 주민들이잖아요? 결국 가두리 양식장의 그물을 보살필 사람은 우리밖에 없어요. 은호 씨는 할 일이 많으면서도 주민들을 돕고 있어요. 언젠가 때가 되면 은호 씨가 다른 데로 떠나겠죠. 그때까지 우리 7명이 잘 뭉쳐서 마을 일을 돕도록 합시다."

주태의 제안에 일행 모두 환호성을 터뜨리며 서로 술잔을 나눈다. 주민들이 협조하는 광경이 아름다워 은호도 술잔을 나누며 즐거워한다. 함께 이런저런 얘기를 나눌 때다. 호리호리한 몸매의 희준이 돌연한 화제를 던진다.

"제가 유년기에 할아버지로부터 들은 얘기가 있어요. 2차 대전에서 일본이 패망하기 직전 무렵이었다고 해요. 중국에서 보물을 수집한 배들이 수시로 매물도 부근을 지나갔다고 했어요. 매물도가 중국에서 일본으로 건너가는 길목이었다는 거죠. 태풍이 이는 여름철에도 배들이 지나다니다가 여러 척이 전복되었다고 했어요."

몸뚱이가 유난히 울퉁불퉁한 근육질인 용추도 끼어든다.

"일본 보물선들이 매물도 근해에서 전복되었다는 얘기는 저도 숱하게 들었어요. 그런데 누구도 보물을 인양했다는 말이 없었어요. 내 생각으로는 심심한 누군가가 지어낸 얘기일지도 모른다는 생각이 들어요."

얼굴이 가무잡잡한 수원이 그의 의견을 제시한다.

"일단 훈련받는 5명이 정식 잠수부가 되면 수중을 탐사하고 싶어요. 수중에는 꼭 보물선이 아니더라도 소중한 것들이 가라앉아있을지도 모르잖아요?"

은호는 이들의 대화를 들으면서 생각에 잠긴다.

'일단 섬 주민들한테 잠수 교육은 잘 시킨 셈이군. 이들이 적극적인 자세로 잠수를 익히고 응용한다는 자체가 좋은 일이야.'

주태도 잠시 깊은 생각에 잠긴 듯하더니 그의 견해를 들려준다.

"보물선 얘기는 나도 유년 시절에 듣긴 했어요. 하지만 세월이 흐른 뒤엔 들먹이는 사람들이 없었어요. 그런데 오랜만에 희준 씨가 얘기를 꺼내니 새로운 느낌이 드네요."

은호도 이들의 얘기를 듣고 나름대로 생각에 잠긴다.

'일단 무슨 물품이든 해저에 가라앉으면 눈에 띄기는 어렵지. 희소 가치에 따라 나중에는 충분히 보물이 될 수도 있으리라 여겨져. 꼭 보물이 아니더라도 말이야.'

은호가 해저 보물에 관한 생각을 떠올릴 때다. 느닷없이 주태가 큰 목소리로 일행의 주의를 집중시킨다. 그러더니 그의 관점을 들려준다.

"예전에 은호 씨가 주관하여 대규모의 잠수부를 동원한 적이 있었어요. 매물도 해저 청소 작업을 몇 차례나 했잖아요? 그때에는 합판을 비롯한 오염물밖에는 눈에 띄지 않았어요. 보물이 있었다면 누군가 벌써 발견했겠죠? 거듭 생각해 봐도 영 현실성이 없는 얘기라고 여겨집니다."

은호도 움찔 놀란다. 아닌 게 아니라 벌써 다섯 차례나 연안의 수중 청소를 했다. 그랬음에도 보물이 발견되었다는 얘기는 없었다. 잠수부들은 언제나 매물도항에 집결했다가 해산했다. 그랬기에 누가 비밀스럽게 보물을 찾아서 숨길 여지가 없었다. 어찌 보면 너무나 황당한 가공의 얘기였다는 생각마저 든다. 그런데도 확연히 허황하다고만 단정 짓지 못할 요인도 없지는 않다. 바로 이때 주태가 은호에게 말한다.

"지금까지 청소 작업을 했어도 해식동굴 내부는 하지 못했지? 하지만 별다른 의미는 없을 것 같아."

은호도 주태의 말을 잠깐 음미한다. 해저의 오물들이 해식동굴 내부에까지는 들어가기 힘들 것이리라 여겨진다.

이들 일행은 함께 지내는 시간이 길기에 자주 만나는 편이다. 주태가 일행에게 제안한다. 7명의 모임을 '잠수회'라고 부르자는 의견이다. 일행 모두가 기꺼이 동의한다. 은호마저도 흔쾌히 동의한다. 잠수회는 섬을 위해 주기적으로 할 일이 많은 조직이다. 은호가 일행을 향해 말한다.

"저는 주민은 아니지만 여기에 머물 동안은 모임에 착실히 참석할게요."

나머지 6명의 일행이 손뼉을 치며 좋아한다.

잠수회의 회원들이 두어 시간을 어유도에서 지낸 뒤다. 일행이 헤어지려고 할 때다. 회원인 수원이 일행을 둘러보며 말한다.

"최대한 훈련에 힘써서 자격증을 제 때에 따겠어요. 일단 자격증만 따면 해식동굴 내부도 함께 조사하도록 할게요."

다들 박수를 치며 예비 잠수부들의 성취를 기원한다.

잠수회 회원들이 매물도 선착장에 닿았을 때다. 주태를 비롯한 청년들이 자신들의 집으로 신속히 돌아간다. 은호도 해남장으로 발걸음을 옮기려 할 때다. 주머니에서 휴대전화가 울린다. 귀에 갖다 대니 통영 수협의 창주로부터 걸려온 전화다. 창주의 목소리가 귓전으로 흘러든다.

"안녕하세요, 창주예요. 지난주부터 청어, 꽁치, 숭어 종류의 어획량이 절반 이하로 줄었습니다. 어장의 어초에 문제가 없다면 육식성 어류들이 크게 유입되었으리라 믿어요. 주기적인 통보의 일환으로 알려 드렸습니다."

은호가 고맙다고 말하며 전화를 끊는다. 점차 마을로 향하는 언덕길을 오르려 할 때다. 포구에 동력선이 와 닿으면서 뱃고동을 울린다. 그러려니 여기고 그대로 발걸음을 옮기려고 하니 누군가 은호를 부른다. 은호가 고개를 돌려보니 어느새 다섯 척의 어선들이 항구에 들어서 있다. 50대의 선주들 5명이 항구에 내려서서 은호를 불러댄다. 그들 중에는 한라호의 홍석과 태양호의 철수도 눈에 띈다. 다른 세 사람도 눈에 익은 50대의 선주들이다. 은호가 선주들에게로 영문을 모른 채 다가간다.

선주들이 은호를 향해 말한다.

"요즘 섬의 인근에서는 물고기 떼들의 시체들이 자주 떠올랐어요. 아마도 매물도 인근의 물속에서 무슨 일이 벌어지는 모양입니다. 함께 둘러봐 주지 않을래요?"

선주들의 얘기를 듣자마자 은호가 곧바로 응답한다.

"제 판단으로는 동중국해로부터 상어 무리들이 올라왔으리라 여겨져요. 통영항의 한류성 어획량이 급감한 것과도 연관이 있는 모양입니다."

최신 어군 탐지기가 장착된 한라호에 일행이 타기로 한다. 일행이란 선주 5명과 은호를 말한다. 매물도 주변 해역을 선장들이 은호에게 함께 둘러보자고 제안했기 때문이다.

이윽고 한라호가 엔진 소리를 내면서 매물도항을 출발하기 시작한다. 홍석이 배를 몰고 그 외의 인원들은 선실 내에 들어선다. 매물도 북동쪽 3.5km 해상에 동력선이 닿았을 때다. 철수가 어군 탐지기를 가리키며 말한다.

"바로 이 부분이오. 여기에 커다란 점들이 활발하게 움직이죠? 이게 상어 떼들입니다. 아직도 매물도 근해에 머물고 있으니 큰일입니다."

은호도 어군 탐지기 화면을 들여다본다. 다른 점들 크기와는 유독 큰 점들이 부지런히 움직이고 있다. 은호의 관점으로도 상어라는 느낌이 전해진다. 머릿속으로 어떤 생각이 은호에게 밀려든다.

'상어는 무게가 엄청난 크기의 어종이기에 낚시를 통해서만 제거가 되잖아? 상어의 고기는 원래 맛이 있다고 알려졌기에 잡아 올려야겠어. 그런데 아무나 상어를 잡지는 못하잖아? 상어잡이 전문가들을 오게 만들어야겠어.'

홍석이 배를 몰아 매물도 섬을 순회할 모양이다. 매물도항에서 출발한 배가 시계 방향으로 섬을 순회한다. 일행은 전부 어군 탐지기를 들여다 보며 의견을 나눈다. 여섯 곳의 어장이 있는 주변에서 상어들이 많이 포착된다. 은호의 머릿속으로 예사롭지 않은 상황이라고 판단된다. 일단 섬을 완전히 순회한 뒤에 조처를 생각하기로 한다. 마침내 배가 매물도 항에 도착하기 직전이다. 은호가 선주들을 향해 의문을 제기한다.

"탐지기의 커다란 점이 상어인지 돌고래인지 명확하지 않잖아요? 일단 정확히 상어인지 확인한 뒤에 조처를 취했으면 해요."

스스로를 상어잡이의 달인이라 밝힌 53세의 정찬이 말한다.

"그러면 딱 두 시간 뒤에 다시 항구로 나오세요. 표본으로 한 마리만 건져 올리면 증명이 되겠죠?"

배에 탔던 선주들 중 홍석과 철수만 흔쾌히 동의한다. 나머지 선주 둘은 선약이 있다면서 귀가하겠다고 한다. 이윽고 배가 항구에 도착한다. 다들 헤어져 각자의 집으로 돌아간다.

시간의 흐름은 언제나 빠른 모양이다. 어느새 2시간이 세찬 물살처럼 흘렀다. 정찬, 홍석, 철수 및 은호가 항구에서 한라호에 올라탄다. 상어가 있다고 드러난 해역으로 홍석이 배를 몰기 시작한다. 그 사이에 갑판에는 상어잡이 낚시가 기다란 낚싯줄에 감겨 있다. 낚싯줄은 일반적인 투명한 종류가 아니다. 상당히 올이 굵은 청록색으로 축소된 빗줄 형태다. 그런 굵기라야 40~50kg에 달하는 상어를 올리게 되리라 여겨진다.

배는 북동쪽의 어장 가까운 곳으로 접근한다. 어군 탐지기에 굵은 점들이 눈에 띄기 시작한다. 느릿느릿하게 움직이는 것이 특별한 먹이를 발견하지 못한 모양이다. 굵은 점들의 밀도가 높은 곳에서다. 정찬이 홍석에게 배를 멈추라고 말한다. 홍석이 곧바로 시동을 끄고는 닻을 물속으로 던져 넣는다. 그러자 정찬이 일행을 둘러보며 말한다.

"잠시 여기로 모여 주세요. 설명할 테니 잘 협조해 주면 좋겠어요."

정찬의 말에 홍석과 철수와 은호가 갑판으로 따라 나간다. 갑판에서 정찬이 기다란 낚싯줄을 바다에 드리우며 말한다.

"어군 탐지기에서 지금 붉은 점들이 모여드는 지점이 배 밑입니다. 만약 낚싯줄에 상어가 잡힌 느낌이 들면 신호를 보낼게요. 상어의 체중이 40kg 내외이니까 두 사람이 도와주어야 됩니다. 그리고 철수는 작살로 상어의 목을 찔러야 돼."

이윽고 일행이 갑판에 포진되어 바다를 굽어본다. 정찬이 갑판에서 굵은 낚싯줄의 낚시에 20cm가량의 고등어의 몸뚱이를 꿴다. 미끼를 꿴 낚싯줄을 천천히 물속으로 드리운다. 20분의 시간이 죽음처럼 조용히 흘렀을 때다. 낚싯줄이 왈칵 물속으로 빨려 내려간다. 내려가는 속도가 너무나 빠르다. 정찬의 눈빛이 반짝이더니 철수와 은호에게 눈짓을 보낸다. 즉시 달려와 거들어 달라는 신호다. 철수가 기다란 작살을 꺼내 바다의 수면을 노려보며 중얼댄다.

"정말 오랜만에 작살을 꺼내 들게 되었군. 제대로 꽂을 수 있으려나 모르겠네?"

정찬을 비롯한 셋이 낚싯줄을 잡아당기는데도 무척 힘이 많이 든다.

5분쯤 힘을 들여 용을 쓸 때다. 작살을 든 철수가 놀란 듯 말한다.

"이야, 상어가 보이기 시작했어. 길이가 2m는 넘겠는걸."

일행이 더욱 바싹 힘을 주면서 낚싯줄을 끌어올린다. 낚싯줄의 굵기가 소형 밧줄 크기여서 끊길 우려는 없을 듯하다. 마침내 수면으로 상어의 모습이 내비치기 시작한다. 마치 고래로 착각할 정도로 크기가 크다. 일행이 저마다 환호성을 질러대며 말한다.

"우와, 진짜 크다."

"제대로 걸렸어, 정말."

"작살로 잘 찌르세요."

일행의 소란에는 초연한 듯 철수가 바다의 수면을 노려본다. 그러다가 상어가 두 번째로 수면에 머리를 드러낼 때다. 순식간에 철수의 작살이 상어의 목덜미로 재빠르게 파고든다. 상어의 몸뚱이로 피가 흘러내리면서 상어의 요동이 격렬해진다. 작살에 목을 찔리고도 10여 분을 상어가 수면에서 오르내린 뒤다. 이윽고 힘이 빠진 상태의 상어가 갑판으로 끌어올려진다. 몸길이가 2m가량이 되는 거대한 상어다. 상어가 갑판에 올라오는 순간에 입을 쩍 벌리며 몸을 떨어댄다.

피 흘리는 상어지만 위세가 대단하다. 45kg 중량은 될 거라고 홍석과 철수가 평가한다. 비슷한 크기의 상어를 두 마리를 더 낚아 올렸다. 이후로는 상어가 더 잡히지 않는다.

10.
낯선 쾌속선

정찬과 철수와 홍석과 은호는 추가적인 상어 포획을 의욕적으로 시도했다. 하지만 상어는 사람들을 비웃듯 자리를 옮긴 모양이다. 반시간을 더 기다렸지만 미동의 흔적조차 드러내지 않는다. 세 마리의 상어를 통영의 위판장에서 판매한다. 1kg당 6,000원으로 경매가 되어 84만 원의 수익금이 생긴다. 배의 기름 값으로 일행이 12만 원을 홍석에게 지급한다. 그런 뒤에 18만 원씩을 균등하게 배분한다. 어종을 보호하려다가 거둔 소득이기에 일행은 기쁘게 받아 챙긴다.

예상치 못했던 소득이 은호의 마음을 즐겁게 한다. 선착장에서 선주들과 헤어진 뒤다. 해양과학기술원의 현아로부터 전화가 걸려온다. 그녀의 목소리에 생동감이 가득 실려 있다.

"닷새 후에 남해연구소의 150톤급의 남양호가 매물도로 갈 거야. 어장의 어초와 물고기의 서식 상태를 확인하려는 거야."

청정한 우정의 현아에게 은호가 고마움을 느낀다. 통화를 마치고는 시간을 헤아려 본다.

'닷새 후라면 아직도 내게는 많은 시간이 남아있어. 지난번에는 호준이 나를 찾아와 놀다가 갔잖아? 이제는 내가 비진도에 갈 차례군.'

이런 생각이 들자 은호가 호준에게 전화를 건다. 금세 호준의 목소리가 전화기를 통해 흘러든다.

"그렇잖아도 내가 전화를 걸 참이었어. 이번에는 네가 나한테로 올 차례이지? 내일이 토요일이니까 일찍 와. 그래야 시간을 두고 느긋하게 놀 수 있지 않겠어?"

이튿날인 토요일 오전 7시경에 은호가 정기 여객선으로 비진도에 도착한다. 내항 선착장에 은호가 내리자마자 호준이 달려 나와 반가이 맞는다. 둘이 손을 맞잡으며 반가움을 나타내느라고 경황이 없다. 이윽고 은호가 호준이 머무는 어로 관리소로 향해 걸어간다. 둘이 호준의 집무실에서 다탁에 마주 앉는다. 둘이 향긋한 인삼차를 한 잔씩 마신 뒤다. 호준이 은호에게 최근에 있었던 일을 들려준다. 은호는 호준의 얘기에 귀를 기울여 경청하기 시작한다.

비진도에서 2~3km 떨어진 다섯 군데의 해역에 공동의 어장이 형성되어 있다. 비진도에도 자경단이 조직되어 쾌속선으로 2시간마다 섬을 순찰한다고 한다. 나흘 전 새벽 4시 무렵이었다. 30대 중반의 자경단 사내 2명이 섬의 남쪽을 순회할 때였다. 남쪽의 어장은 비진도에서 3km 떨어진 해상에 놓여 있었다. 자경단이 어장으로 다가갈 때였다.

어장 부근의 수중에서 낯선 잠수부 3명이 수면으로 나왔다. 자경단의 사내들이 쾌속선으로 달리면서도 망원경으로 관찰했다. 잠수부 3명이 물 위에 뜬 거룻배에 올라탔다. 거룻배에 올라탄 그들은 자경단의 쾌속선이 접근하는 것을 바라보았다. 그러더니 남쪽을 향해 노를 저어 달아났다. 연유를 알기 위해 쾌속선이 거룻배로 다가갈 때였다. 거룻배의 세 사내들이 장검과 도끼와 창을 들어 무력시위를 했다. 가까이 다가서면 응징하겠다는 의사를 명백히 드러냈다. 자경단의 인원은 2명이고 휴대한 무기가 없는 상태였다.

부득불 일정한 거리를 유지하며 망원경으로 그들의 움직임을 관찰했다. 부표에 연결되어 남실대던 다른 밧줄에 그들이 거룻배의 밧줄을 연결했다. 그런 직후였다. 세 잠수부들이 거룻배에 일제히 드러누웠다. 그런 직후였다. 아무도 노를 젓지 않는데도 거룻배가 일정한 속도로 달아나기 시작했다. 아마도 수중에 잠수함이 나타나서 거룻배를 끌고 가는 모양이었다. 잠수부들이 연결한 밧줄은 잠수함과 연결하는 밧줄인 모양이었다. 거룻배는 비진도에서 남쪽으로 향하더니 이내 수평선으로 사라져 버렸다.

자경단이 섬으로 돌아와서 관찰된 현상을 보고할 때였다. 섬의 주민들이 일제히 어장으로 몰려가 어구들을 점검했다. 하지만 어구들은 조금도 손상되지 않았다. 호준이 말을 이었다.

"문제는 그다음 날에 크게 불거졌어."

잠수부들이 수중에서 나타났다던 지점으로 다음 날 새벽에 쾌속선이 순찰했다. 그랬는데 이번에는 물고기 떼들의 시체가 어장에서 솟구쳐 바다를 뒤덮었다. 긴급하게 비진도에서 주민 회의가 열렸다. 통영항의 잠수부들을 10여 명 불러서 수중의 변화를 조사시켰다.

어장에서는 육식성 아귀들이 진을 치고 몰려들어 물고기들을 잡아먹는 중이었다. 또한 어장 둘레로는 3m가량의 상어들이 떼로 몰려다니며 물고기들을 잡아먹었다. 상어와 아귀로부터 공격당한 물고기 떼들이 죽어서 수면에 떠올랐다. 예전에 매물도의 수면을 하얗게 뒤덮었던 물고기 떼의 죽음과 흡사했다. 잠수부들로부터 상황 설명을 들은 이장이 수산과학원으로 정보를 제공했다.

이장으로부터 연락을 받은 지 미처 3시간이 지나지 않았을 때였다. 수산과학원에서 35살의 선임 연구원인 양정택이 돌풍호로 곧바로 달려왔다. 돌풍호는 150톤급의 탐사선이었다. 정택은 돌풍호에 권종삼과 천창수와 조기철을 태우고 왔다. 권종삼은 거제도의 어민 대표였고 천창수는 욕지도의 어민 대표였다. 조기철은 은호의 부탁으로 매물도의 어민 대표가 된 사람이었다.

이장의 제안으로 호준도 돌풍호에 함께 타서 피해 어장을 둘러보았다. 탐사선 수중 탐색기에 연결된 영사막으로 비치는 수중 장면이 가관이었다. 연신 상어 떼들이 어장을 들락거리는 물고기들을 잡아먹었다. 또한 어초 주변에서는 아귀들이 물고기들에게 마구 달려들었다. 그러고는 피를 빨아 물고기들을 죽여 나뒹굴게 했다.

처참한 지옥도를 바라보는 느낌이었다. 수중에서 죽은 물고기 떼들이 떠올라 섬의 해안을 에워싸 버렸다. 수중과 수면이 온통 물고기 떼의 시체로 뒤덮여 버렸다. 탐사선의 영사막을 들여다보던 중이었다. 권종삼이 격분하여 냅다 고함을 질러대었다.

"이야, 뭐 저런 놈들이 다 있어? 일본인들이 한국 어장을 아예 작살내는구먼."

종삼과 창수는 정택에게서 일본인들의 소행이라는 말을 사전에 들었기 때문이다. 천창수도 분노로 몸을 떨며 울분을 쏟았다.

"도저히 묵과할 수가 없어. 일본인들이 이렇게 한국 어장을 난장판으로 만들어?"

하지만 기철은 자신이 예전에 저질렀던 일을 떠올리며 말을 삼갔다. 어민들의 격분 상태를 한참 지켜보던 정택이었다. 그도 분노로 몸을 떨며 일본의 태평양연구소로 전화를 했다. 전화가 금세 연결되면서 36살의 사카 오사무란 선임 연구원이 전화를 받았다. 사카 오사무는 정택의 소개로 부산에서 은호도 만난 적이 있었다. 화가 난 정택이 고함을 지르며 울분을 토했다.

"비진도와 매물도 어장에 아귀와 상어를 보낸 게 너희들 소행이지? 어민들한테 무슨 죄가 있다고 행패를 부려? 너희들이 매물도와 비진도의 바다를 물고기 떼들의 시체로 뒤덮어 버렸잖아? 사태를 알고서는 도저히 묵과할 수 없는 상태야. 우리도 즉시 원색적인 응대를 할 테니까 놀라지 말고 기다려."

미처 사카 오사무의 해명도 채 듣기 전이었다. 정택이 전화를 끊고는 격노해서 치를 떨었다. 그러고는 곧장 비진도를 떠나서는 부산으로 돌아갔다. 그런 정황에서도 정택은 수산과학원의 동료들에게 뭔가를 휴대전화로 통화했다. 어렴풋한 발음이었지만 사이보그인 돌고래를 풀겠다는 말이 들렸다. 일본 후쿠시마와 대마도 어장을 쑥밭으로 만들어 버리겠다는 소리도 들렸다.

돌풍호가 다녀간 뒤였다. 이튿날의 새벽 시간을 골라 호준도 쾌속 순찰선에 올라탔다. 그러고는 망원경까지 동원해서 순찰선에 올랐다. 세 번째로 순찰선에 올랐을 때다. 섬 남쪽 어장 부근에서였다. 낯선 쾌속선이 어장을 통과하면서 바닷물을 채취하는 장면이 보였다. 그 장면을 눈으로 확인했을 때다. 호준의 의구심이 바싹 들끓었다.

어로 관리소의 집무실에서 호준으로부터 얘기를 듣고 난 뒤다. 은호로서도 대답하거나 판단하기 곤란한 문제라 여겨진다.

호준이 잠시 은호를 바라보다가 말한다.

"오늘은 너랑 바다낚시를 즐기며 하루를 보낼까 했거든. 낚인 물고기 회를 안주 삼아 술잔도 나누고 말이야. 하지만 가만히 생각하니까 쉴 만한 상황이 아닌 것 같아. 잠시 후에 자경단의 쾌속선으로 어장을 같이 둘러보자고."

은호가 흔쾌히 수락한다. 호준이 쾌속선은 자기 혼자서도 몰 수 있다고 말한다. 호준이 자경단에게 말하여 이미 쾌속선을 빌려 놓았다고 들려준다. 그러면서 호준이 은호에게 묻는다. 혹시 무슨 짐작이 가는 점이라도 없는지를. 하지만 은호는 잠자코 고개를 내저으면서 말한다.

"알다시피 우리는 연구원이 아니잖은가? 그래도 현장에 사건이 생겼으니 둘러봐야겠다는 생각은 들어. 해수를 채취할 유리병도 몇 개 필요할 것 같아."

이윽고 은호와 호준이 내항 선착장으로 걸어간다. 선착장에 세워진 쾌속선의 닻을 둘이서 끌어올린다. 잠시 후에 호준이 조타기를 잡더니 배를 몰기 시작한다. 호준이 배를 몰자마자 바다의 수면이 하얗게 갈라진다. 20여 분이 지났을 때다. 쾌속선은 비진도 남쪽 어장에 도착한다. 바다가 사방으로 펼쳐져 세속을 벗어난 듯한 분위기마저 내풍긴다. 광막하고 장중한 느낌에 휩싸여 은호는 바다에 압도당하는 기분이다. 그러다가 생각난 듯 은호가 호준에게 말한다.

"지금 배가 멈춘 여기에서 잠수부들이 튀어 나왔다는 얘기지? 참으로 묘한 일이로군. 수면은 광활하고 아득하여 어디가 어디인지조차 잘 모를 부분이 아닌가? 그럼에도 정확히 이 지점이라는 것은 어떻게 알았어?"

호준의 신속한 대답으로는 자경단의 관찰 사실에 입각한다고 한다. 자경단은 마을의 주민이라 그들의 눈썰미는 정확하다고 들려준다. 은호가 스마트폰에 내장된 프로그램으로 위도와 경도를 측정해 본다. 정확히 비진도의 남단에서 남쪽으로 3km 떨어진 지점이다. 호준이 은호에게 말한다.

"유리병은 어디에 쓰려고 해? 수중에 녹은 물질 분석을 할 기술이 우리한테는 없잖아?"

은호가 빙긋 웃으면서 호준에게 응답한다.

"아는 얘기를 새삼스레 왜 하니? 시료를 채취해서 가까운 남해연구소에 의뢰하면 되잖아? 거기에는 날고 기는 과학자들이 별처럼 깔려 있으니까 말이야."

호준이 조심스럽게 우려하는 목소리로 말한다.

"사건 당시의 시료 같으면 의미가 있겠지? 사건이 터진 지 며칠이 지난 바닷물이 무슨 의미가 있겠어? 내 관점으로는 별로 도움이 될 것 같지 않아."

호준이 자신의 견해를 조목조목 밝혀 말한다. 바닷물은 해류를 따라 움직이기 마련이라는 얘기다. 절대로 사건 당시의 바닷물이 그 자리에 머물지는 않으리라는 견해다. 은호도 호준의 견해에 동의한다. 하지만 학부 시절에 익힌 수용성 형광물질의 이동이 의심스럽게 느껴졌다. 만약 사고 해역에서 특별한 형광물질이 유출되었다면 추적이 가능하기 때문이다. 농도가 아무리 묽어도 형광물질은 이동 궤적을 남기기 때문이다.

은호는 학부 시절에 익힌 이론을 거듭 떠올린다. 빛을 내뿜으려면 높은 전자껍질의 전자가 낮은 전자껍질로 이동해야 한다. 형광물질의 경우에는 빛을 방출하는 시간이 상당히 길다는 특성을 지닌다. 이런 특성을 이용하여 인간은 형광물질로 물질의 이동 경로를 추적한다. 호준의 얘기로는 분명히 낯선 쾌속선에서 누군가 꾸준히 해수를 채취했다. 이것은 분명히 잠수부들이 어떤 단서를 남겼다는 뜻으로 해석된다.

은호는 자신의 생각을 간략하게 호준에게 들려준다. 호준이 은호의 견해를 의아하게 여기면서도 수용하려는 기색이다. 바로 이러한 점 때문에 은호가 호준의 인품을 존중한다. 자신과 견해가 다르면 무조건 배척하려는 일반인들과 다른 성품 탓이다. 자신의 견해처럼 상대의 견해도 소중하리라는 기본적인 배려가 깔린 품성이다.

이윽고 은호와 호준이 배를 움직이면서 해수의 시료를 채취한다. 시료란 실험 대상이 되는 재료를 의미한다. 30m 간격으로 아홉 병의 바닷물을 채취한 뒤다. 물이 쏟아지지 않게 병뚜껑을 잘 잠근 뒤다. 호준이 쾌속선을 몰아 거제도의 매물도 여객선 터미널로 향한다. 한 시간 반이 소요되어 둘이 여객선 터미널에 도착한다. 거제시 저구항에 '매물도 여객선 터미널'이란 건물이 세워져 있다. 은호는 터미널 곁의 우체국에서 남해연구소로 택배 우송 신청을 한다.

우체국에서 볼일을 마치자 둘은 곧바로 비진도로 귀환한다. 내항에 도착하자마자 배도 자경단에게 인계한다. 자경단이 배를 인계받으면서 배에 이상은 없는지 꼼꼼히 점검한다. 호준이 쾌속선을 인계한 뒤엔 은호도 선착장에서 호준과 작별하고는 매물도로 귀환한다.

남해연구소로 해수의 시료를 보낸 지 사흘째의 아침나절이다. 연구소로부터 은호에게로 택배가 도착되었다. 짐을 푸니 해수 시료에 대한 성분 분석 자료들이 펼쳐진다. 해수에는 무공해 성분인 천연 형광물질이 포함되어 있음이 제시되어 있다. 규화목 화석에서 추출된 것으로 형광 잔류 시간이 2주일이라고 제시되었다. 한 마디로 2주일간 해류의 흐름이 추적될 수 있다는 내용이다. '화산 불꽃'이라는 상품명으로 통하는 형광물질은 해수를 오염시키지 않는다. 일정한 시간이 지나면 미생물에 의해 완전히 분해되어 자취를 감춘다.

국내에서 화산 불꽃을 사용하는 기관은 한국의 해양과학기술원이라고 밝힌다. 이 기관에서 세계 처음으로 규화목에서 형광물질을 추출했다고 한다. 특허료를 지불하면서도 세계의 해양국들이 화산 불꽃을 빈번하게 이용한다고 들려준다.

남해연구소에서 보낸 자료를 들여다봤음에도 더 이상은 추적할 길이 없다. 보낸 자료에는 화산 불꽃의 개발자와 사용자는 극비 사항이라고 밝혔다. 그랬기에 더 이상 추적할 길이 막힌 셈이다. 가만히 있으려니까 자꾸만 궁금증이 치솟는다. 그러다가 해양과학기술원의 선임 연구원인 은지를 떠올린다. 은지한테 전화를 하니 연결되지 않는다. 그래서 현아를 떠올린다.

생각이 떠오르자마자 현아에게 전화를 건다. 현아의 목소리가 곧바로 전화기로 들린다.

"마침 휴식 시간이라 쉬고 있는 중이야. 내 도움이 필요하니?"

은호가 잠시 숨결을 가다듬고는 현아에게 말한다.

"혹시 형광물질인 화산 불꽃을 다루는 연구원이 누구인지 모르겠니?

좀 알려주면 대단히 고맙겠다."

잠시 망설이는 듯한 숨결이 통화기로도 느껴질 정도다. 그러더니 현아가 나지막한 목소리로 정황을 설명해 준다. 무슨 중요한 내용인지 은호가 현아의 얘기에 귀를 기울인다.

지난 두 달간 동해와 남해의 해상 국경선이 문제점으로 부각되었다고 들려준다. 한일 공동 수역에서 머물다가 슬그머니 국내 수역으로 침범하는 경우다. 특히 일본 어선들이 한국 어선들을 뒤쫓아 침투하는 경우다. 일본 어선들이 해상 국경선을 넘으면서 깃발을 바꿔 달고 잠입한다. 이런 경우에는 경비정이 있어도 식별할 재주가 없다.

그랬어도 해양과학기술원에서는 줄곧 은밀하게 일본 어선들을 감시해 왔다. 그들의 침투 목적이 무엇인지 식별해 내려고 애썼다. 그런데 그런 역할을 누가 하는지는 비밀이라 했다. 실행자가 비밀이므로 구체적으로 하는 역할도 비밀인 셈이다. 화산 불꽃은 침입자들의 정체를 탐색하는 수단으로 사용되리라 들려준다. 도와주고 싶은데도 도울 만한 것이 없다면서 현아가 애석해 한다.

은호는 생각에 잠긴다.

'화산 불꽃을 도대체 어디에 써 먹는다는 얘기야? 한국 어장의 수중에서 솟구쳐 달아난 일본인들의 추적에도 사용했다는 말일까? 아마 그래서 일본 잠수부들이 떠난 해역의 해수를 채취했을까? 뭐가 뭔지 도무지 가닥을 잡을 수가 없어. 바로 이런 점에 있어서 기술사와 연구원의 역할이 다른 모양이야.'

비진도에 낯선 잠수부들이 나타났다면 매물도에도 나타날 가능성이 있다고 여겨진다.

이튿날 아침에 은호가 매물도의 자경단의 단원을 만나 부탁한다. 매물도의 어장을 더욱 면밀히 관찰하라고 한다. 그러다가 만약에 이상한 점이 있으면 자신한테로 알려달라고 했다. 대원들이 무슨 조짐이 발견되었느냐고 은호에게 묻는다. 은호가 우려될 가능성이 보인다고만 간단히 설명한다. 그랬어도 자경단의 단원들은 은호의 얘기를 신중하게 받아들이는 모양이다.

자경단 대원들과 작별하고 해남장으로 돌아온 뒤다. 숙소인 방에 들어서서 다탁에 앉으려 할 때다. 느닷없이 휴대전화가 울린다. 휴대전화기로 수산과학원의 용태의 목소리가 흘러든다.

"지금 매물도로 가는 중이야. 아마도 20분쯤 뒤에는 매물도에 닿을 것 같아. 도서 지방을 순회하는 프로그램에 의해서야. 정기적으로 관심이 쏠리는 해역을 직접 탐방하여 실상을 조사하려는 측면이지. 어떻게 시간을 내줄 수 있니? 그런데 금세 비가 쏟아질 것 같은 분위기야."

은호가 알았다면서 매물도항으로 마중 나가겠다고 응답한다. 통화를 끝내고는 은호가 여관의 창문을 활짝 연다. 바깥을 내다보니 소나기라도 내리려는 듯한 험상궂은 날씨다. 은호가 고개를 갸웃대며 생각에 잠긴다.

'여름도 지나갔는데 왜 날씨가 변덕스럽지? 이런 날에 보통 사건이 많이 터지잖아? 하여간 영 기분이 별로야.'

은호는 통화를 끝내자 곧바로 효정에게로 다가간다. 효정이 무슨 일이냐는 듯 눈을 멀뚱거리며 은호를 바라본다. 은호가 미소를 머금으며 입을 연다.

"누님, 잠시 후에 친구가 여기 섬으로 올 거예요. 부산의 연구 기관에서 근무하는 사람이거든요. 특별한 일이 없으면 나중에 저랑 이리로 올 거예요."

효정이 빙긋 웃으며 곧바로 응답한다.

"알았어. 친구를 만나 여관으로 올 때쯤 전화해. 식사 준비를 해 놓을 테니까."

은호가 금세 해남장을 떠나 항구로 걸어간다. 출입문을 열어 멀어져 가는 은호의 모습을 효정이 지켜본다.

여관에서 항구까지는 걸어서 5분이면 충분한 상태다. 선착장에 도착하여 잠시 기다리려니까 북쪽 수평선 끝자락에서 뱃고동이 들려온다. 적어도 십여 분이 지나면 배가 나타나리라 여겨진다. 바다의 날씨가 다시 험악한 형상으로 변하기 시작한다. 사방의 해상에서 치솟은 수증기가 먹구름이 되어 하늘을 뒤덮는다. 아무래도 폭우가 내릴 듯한 분위기다. 은호는 휴대한 우산을 잠깐 바라본다. 그러다가 수평선으로 눈을 돌리니 거제도로부터 여객선이 들어오고 있다.

이윽고 여객선으로부터 용태가 선착장에 내려선다. 용태가 내려서면서 은호를 바라보고는 활짝 웃으며 반긴다. 은호가 용태를 향해 반가움이 실린 목소리로 말한다.

"매물도까지 찾아 주어서 고마워. 그렇잖아도 혼자서는 해결하기 어려운 문제들이 있었는데 너를 만나서 기뻐."

둘이 만나서 선착장을 거닐 때다. 잠시 머물렀던 여객선이 매물도를 떠나간다. 바로 이때부터다. '후두둑' 하는 소리를 내면서 빗방울이 듣기 시작한다. 입자가 굵은 것이 장대비로 여겨진다. 용태가 은호에게 나지막한 목소리로 말한다.

"근래에 파악된 정보로는 오늘 같은 날에 사건이 많이 터졌어. 특히 도서 지방의 어구들이 많이 손상되는 일이 벌어지곤 했어. 어떻게 섬 주변을 한 번 둘러보지 않을래?"

용태의 얘기를 듣고 난 뒤에 은호가 생각에 잠긴다.

'사건을 파악하려면 쾌속선이 좋겠지만 함부로 빌릴 수 없잖아? 자경단의 고유한 업무가 있기 때문이야. 그렇다면 동력선을 움직여야 하는데 부담이 없는 것은 주태밖에 없어.'

이윽고 은호가 주태에게 전화를 건다. 주태가 전화를 받더니 잠시 후에 배를 몰고 오겠다고 말한다. 전화를 끊고 나서 은호가 잠시 생각에 잠긴다.

'주태가 배를 가져다주지 못하겠다고 했으면 어떻게 했을까? 다음은 영혜나 윤주한테 도움을 청했을가? 만약 그녀들도 거절했다면 나는 어떻게 했을까?'

은호는 점차 암흑처럼 변하는 섬의 주변을 둘러본다. 암흑처럼 무기력해지려는 자신으로 인하여 은호의 가슴이 공허해진다.

수평선에서 낯익은 뱃고동 소리가 점차 가까이 밀려든다. 은호의 청각이 주태의 뱃고동임을 곧바로 알아차린다. 잠시 후에 주태의 동력선이 매물도항의 선착장에 도착한다. 배에서 주태가 내려선 뒤다. 은호가 주태와 용태에게 서로를 소개시킨다. 셋이 서로를 알게 된 상태에서 주태가 배를 몰려고 한다. 주태가 막 배를 출발시키려고 할 때다. 은호가 주태와 용태에게 급히 제안한다. 친밀도를 따져 은호가 제안하자마자 용태와 주태도 서로 말을 놓는다.

"지금 상황은 배를 몰기에는 대단한 악천후야. 그러기에 일단 몸에 구명조끼를 착용하도록 하자고. 악천후에서는 평소의 수영 실력을 발휘할 수가 없잖아? 특히 바다에서 조난당할 때면 무조건 구명조끼가 필요해."

주태가 미소를 머금으며 간단히 대답한다.

"선실 안에 최신 구명조끼가 준비돼 있어. 10명까지는 착용할 만한 수량이 확보되어 있어."

간단히 응답한 후에 주태가 일행에게 묻는다. 혹시 오늘 특별한 무슨 일이 벌어질 것인지를. 그런 특수한 상황에서도 바다로 나가야 하는지를. 하필이면 악천후에 바다를 둘러봐야 할 절박한 이유가 뭔지를 묻는다. 용태가 자신이 매물도로 온 이유를 주태에게 들려준다. 연이어 은호도 예상하지 못한 사고가 발생할 가능성이 있다고 일러준다. 주태도 사태의 심각성을 대번에 파악한 모양이다. 그러더니 구명조끼를 꺼내 은호와 용태에게 건네준다. 그러고는 주태 자신도 구명조끼를 몸에 착용한다.

셋은 폭우를 무릅쓰고 배를 달려 매물도항을 출발하여 북상한다. 어유도 사이의 바다를 거쳐 북동쪽 3km 지점의 어장으로 향한다. 그곳의 반경 2km 이내에는 전혀 장애물이 없다. 북동 어장이라 불리는 곳이다. 최근에 투입한 어초로 인하여 어장이 대폭 확장된 곳이다. 그래서 서서히 어획량이 증가한다는 소문이 들린다. 시야가 잔뜩 흐려 지척을 분간키 어려운 상황이다. 하지만 장착된 내비게이션에 의해 해상의 경로는 정확히 파악된다.

마침내 일행이 어장에서 300m쯤 떨어진 거리에 이르렀을 때다. 세상이 완전한 암흑에 갇힌 한낮이라 시야가 불투명하기 그지없다. 하지만 어장 중심으로부터 어떤 기척이 느껴진다. 이런 현상을 가장 먼저 발견한 사람은 주태다. 주태가 즉시 일행을 불러 전방을 확인시킨다. 은호가 즉시 어장의 중심을 바라본다. 어떤 움직임이 커다랗게 느껴진다. 용태도 어장을 바라보니 거기에서 낯선 사람들이 움직이는 기척이 느껴진다.

어장의 중심 부분에서 2명의 잠수부가 솟구쳐 수면 밖으로 나온다. 주태는 어장 중심에서 100여 m 떨어진 곳에 배를 세운다. 그리고는 선실의 서랍에서 쌍안경 세 개를 꺼내면서 말한다.

"유사시를 대비해서 배에는 미리 다섯 개의 쌍안경이 준비되어 있었어."

쌍안경 하나는 주태 자신이 쓰고 나머지는 은호와 용태에게 건넨다. 셋이 일제히 쌍안경으로 어장 중심을 관찰하기 시작한다. 날씨가 너무 흐려 쌍안경이 없이는 관측하기가 힘든 상황이다. 어장의 중심에서부터 2명의 잠수부들이 물속에서부터 수면으로 솟구쳐 올라온다. 일행은 긴장하면서 쌍안경으로 열심히 관찰한다.

은호가 호준에게서 들었던 얘기를 떠올리며 어장의 중심 위치를 관찰한다. 셋이 어장의 중심 부근을 바라보고 있을 때다. 쌍안경을 눈에 갖다 대어야 10여 m 전방이 보일 지경이다. 폭우가 쏟아져 선실 내부에서 쌍안경으로 바깥을 내다본다. 셋이 어장을 바라보고 있을 때다. 은호의 눈에 낯선 장면이 일시에 펼쳐진다. 어장의 수면으로 솟구쳐 나온 잠수부 2명이 팔을 흔든다. 그러자 물보라의 장막에 잠시 가려졌던 낯선 쾌속선이 시야에 드러난다.

쾌속선이 속도를 낮춰 천천히 잠수부들에게 다가간다. 그러더니 2명의 잠수부를 태우고는 곧장 남동쪽으로 내달린다. 은호가 가만히 거리를 헤아려 본다. 어장에서 남동쪽으로 66km를 달리면 대마도에 닿게 된다. 은호가 생각에 잠겨 마음속으로 중얼댄다.

'뭐야? 설마 대마도의 일본인 잠수부들이 매물도 어장까지 침투해? 이건 아닐 거야? 남동쪽으로 달리다가 이내 방향을 전환시킬지도 모르잖아?'

아무리 담력이 클지라도 국경선을 넘나드는 건 쉽지 않으리라 여긴다. 해군이나 해양경찰이 엄연히 바다를 지킬 것이기 때문이다. 그럼에도 국경선을 넘나드는 배가 있다면 중대한 문제라고 여긴다. 절대로 있어서는 안 될 일로 여긴다. 주태가 발동선의 시동을 켜서 낯선 쾌속선을 뒤쫓으려 할 때다. 이번에는 거제도 방향에서부터 낯선 쾌속선이 어장으로 내닫는다. 마치 남동쪽으로 내달린 쾌속선을 뒤쫓으려는 듯이. 바다에 돌발 상황이 벌어진 상태라 여겨진다.

선실에 일행이 모여 잠시 의견을 모은다. 일단 새로 도착한 쾌속선의 행동을 관찰하자고 셋이 합의한다. 폭우가 쏟아져서 20여 m 거리를 넘기면 육안으로 관측하기가 어렵다. 그래서 셋이 다시 선실에서 쌍안경을 꺼낸다. 셋은 일제히 쌍안경으로 낯선 쾌속선의 동향을 살핀다. 낯선 쾌속선에는 '남해연구소 남해호'라는 이름이 새겨져 있다. 은호가 반가운 표정을 지으며 은지를 떠올린다. 예전에 매물도에 남해호를 몰고 왔던 은지가 기억났기 때문이다.

우의를 착용한 2명이 갑판에서 연신 바닷물을 조금씩 물통에 채취한다. 그러더니 남동쪽으로 달아난 쾌속선의 궤적을 쫓으면서 바닷물을 채취한다. 주태도 동력선의 시동을 켠다. 쾌속선의 궤적을 추적하려는 의도다. 주태는 배를 몰고 용태와 은호가 열심히 쌍안경으로 쾌속선을 관찰한다. 해수를 연신 채취하는 쾌속선의 사내들은 2명이다. 배를 모는 사람도 사내다. 그런데 배의 뒤에서 은호 일행을 바라보는 젊은 여인이 보인다. 쾌속선에는 총 4명이 승선한 상태다. 그랬는데 여인만은 고개를 돌려 은호 일행을 살피고 있다.

은호는 쌍안경의 배율을 확대시켜 여인의 얼굴을 들여다본다. 확대된 여인의 얼굴이 은호에게 식별되는 찰나다. 갑자기 심장이 마비되는 듯한 느낌이 전신으로 밀려든다. 혹시나 하고 기대했던 은지였기 때문이다. 마치 하늘 밖의 하늘에 내려앉은 듯 가슴에 소용돌이가 밀려든다. 은지를 만나려고 아침부터 기다려 왔다는 착각마저 들 지경이다. 쾌속선까지의 거리는 50여 m에 달한다. 그러기에 은지의 육안으로는 은호 일행이 보이지 않으리라 여겨진다. 은호는 망원경으로 은지를 바라보다가 휴대전화로 전화한다. 이내 전화가 연결된다.

"은지야, 나야. 지금 남해호 선미에 타고 있지? 바로 뒤쪽의 배에 내가 타고 있어. 폭우로 시야가 짧아져서 내가 안 보이지?"

은지가 아주 반가운 음색으로 응답한다.

"아, 내 낭군이구나. 내 뒤쪽의 배에 있다고? 잠시 기다려. 쾌속선을 너희 배로 돌릴게."

이미 은호에게는 쾌속선의 사내들이 하는 일에는 관심이 사라져 버렸다. 해수를 플라스틱 물통에 채우든 말든. 20L 플라스틱 물통의 개수가 몇 개가 되든 말든. 이윽고 은지의 말대로 쾌속선인 남해호가 주태의 동력선으로 다가온다.

이윽고 쾌속선이 주태의 배에 가까이 다가든다. 동력선에서 쾌속선으로 밧줄을 던지자 쾌속선의 연구원들이 배를 붙여 묶는다. 목판을 가교로 걸치자 은지가 동력선으로 건너온다. 은호가 은지를 주태와 용태에게 소개시킨다. 주태가 깜짝 놀라며 말을 더듬거린다.

"지난번에 연인이 생겼다고 나한테 말한 적이 있지? 그때 네가 말한 연인이 이 분이니? 나한테 소개시켜 달라고 했더니 때가 되면 만나게 되리라 했지? 그런데 네 말이 정말로 밝혀지니까 질투가 날 지경이야."

은호가 응답 대신에 미소를 지을 때다. 이번에는 용태가 은지와 악수를 하며 감탄한 듯 말한다.

"정말이었군요. 해양과학기술원에 빼어난 미녀가 계신다고 수산과학원에까지 소문이 났거든요. 남해연구소에 파견 근무를 하는 모양이죠?"

은지가 활짝 미소를 지으며 고개를 끄떡여 응답한다. 그러고는 은호를 향해 말한다.

"너도 잠시 저 배로 건너가자고. 동료들을 소개시켜 줄게."

은호가 은지와 함께 임시 가교인 목판을 타고 쾌속선으로 내려선다. 작업 중이던 세 남자 연구원들과 은호가 인사를 나눈다. 서로의 일정이 바쁜 관계로 인사만 나누고는 금세 동력선으로 돌아온다. 이윽고 두 배를 연결했던 밧줄이 풀린다. 그러고는 두 배가 각자의 방향으로 내달리기 시작한다. 은지의 미모에는 주태와 용태마저도 넋을 잃은 듯하다. 정말 은호의 애인이 맞는지 그들이 되풀이해 은호에게 물을 지경이다.

어장 순찰을 마치고 주태의 동력선이 대항항으로 다가설 무렵이다. 느닷없이 은호의 휴대전화가 심하게 울린다. 귀에 갖다대니 호준의 목소리가 밀려든다.

"지금 어디야? 내가 방금 매물도항에 내렸거든. 나를 좀 도와줄래? 거의 긴급 사태 수준이야. 다른 일이 있더라도 우선적으로 나를 도와줘. 나랑 비진도로 지금 좀 같이 가 줘."

은호가 일행에게 절박한 통화 내용을 들려준다. 모처럼 매물도를 찾은 용태에게 진심으로 양해를 구한다. 끝까지 함께 지내지 못하여 미안하다고. 주태가 곧장 뱃머리를 매물도항으로 돌린다. 매물도항에 은호를 내려준 뒤다. 주태의 동력선은 용태를 싣고 대항항으로 내달린다. 항구에 내린 뒤에는 용태와 주태가 술을 마시리라 여겨진다. 항아리로 잡는다는 싱싱한 문어를 안주로 삼아서. 문어 안주를 떠올리자 은호도 구미가 당겼지만 아쉬운 마음을 추스른다.

매물도항에 내려서자 호준이 선착장에서 은호를 반긴다. 호준이 은호와 악수하며 입을 연다.

"사전에 연락도 없이 불쑥 찾아왔으니 놀랐지? 하지만 오늘은 현장을 직접 탐사해야 할 일이 생겼어. 일단 나랑 비진도로 가자고."

폭우가 내리는 중에도 여객선은 꼬박꼬박 시간에 맞춰 잘 들어선다. 10여 분을 기다렸다가 은호와 호준은 비진도로 향하는 여객선에 올라탄다. 매물도를 떠나 배가 비진도에 닿을 무렵에야 하늘이 개기 시작한다. 그러면서 암흑으로 뒤덮였던 세상에 햇살이 흘러내리기 시작한다. 점차 하늘도 푸른색을 되찾고 바다도 맑게 출렁댄다. 둘은 비진도 선착장에 내려선다. 그러자 선착장 곁의 가건물로 호준이 은호를 데려간다. 가건물 내에는 의외로 잠수복과 스쿠버들이 비치되어 있다.

의아해하는 은호에게 호준이 말한다.

"비진도 마을에도 잠수부들이 5명이나 있거든. 나도 네 제안을 받아들여 통영에서 잠수부 자격증을 땄어. 나도 이제 잠수에는 상당한 관심이 있어."

잠시 말을 마치고는 호준이 주변을 둘러본다. 혹시 주변에 다른 사람이라도 있는지 확인하려는 듯하다. 둘밖에 없음을 확인한 뒤다. 가건물에서 둘이 잠수복과 스쿠버를 꺼내 든다. 잠수 장비를 선착장에 옮긴 뒤에 호준이 거룻배를 가리키며 말한다.

"저 배에 장비를 옮겨 싣자고. 거룻배는 주민한테서 내가 빌렸어."

은호에게 심한 궁금증이 생겼지만 애써 눌러 참는다. 잠시 후면 호준이 스스로 들려줄 것이기 때문이다. 산소통 두 개를 비롯한 스쿠버 장비를 거룻배에 실은 뒤다. 호준이 배를 비진도 남쪽 바다로 몰며 입을 연다.

"오늘 우리가 어장 아래의 수중을 잠수해야 돼. 그럴 만한 이유가 뭔지 차근차근 들려줄게."

이렇게 말을 시작한 뒤에 호준이 잠시 뜸을 들인다. 마치 은호의 청취 자세가 성실한지를 점검하는 듯하다. 은호가 속으로 치솟는 웃음을 추스르면서 호준의 말에 귀를 기울인다.

비진도에서도 연이틀간 폭우가 쏟아졌다고 한다. 예전의 경험에 비추어 호준이 자경단과 함께 어장을 감시했다. 그랬는데 비슷한 현상을 또 발견하게 되었다. 바로 어제 오후의 일이었다. 남쪽 어장의 수중에서 잠수부 셋이 수면으로 떠올랐다. 수면에서 빠져 나오자마자 대기하던 쾌속선에 올라탔다. 이들을 실은 쾌속선은 뱃머리를 곧장 남쪽으로 향했다. 쾌속선에 적힌 문자는 분명히 일본 글자들이었다. 쾌속선은 남쪽으로 달리다가 곧 남동쪽의 대마도로 향하리라 추정했다.

놀라운 현상은 쾌속선이 달아난 뒤에 일어났다. 일본 쾌속선이 달아날 것을 예측했던 것처럼 다른 쾌속선이 나타났다. 쾌속선의 측면에는 '남해연구소 남해호'라는 글자가 적혀 있었다. 남해호는 일본 쾌속선을 추격하려는 의도를 갖지 않았다. 남해호는 일본 쾌속선이 머물렀던 자리를 뒤쫓으며 해수를 수집했다. 20L짜리 플라스틱 물통이 여덟 개 정도 눈에 띄었다. 이들 물통에 남해호의 사내들이 해수를 채취하여 넣었다.

남해호가 해수를 채취하고 떠난 뒤였다.

호준은 쾌속선에서 자경단 단원과 의견을 교환했다. 도대체 남해호는 왜 해수를 계속 채집했는지 궁금했다. 그래서 호준이 혼자서 깊이 고뇌한 뒤였다. 잠수부 자격증을 지니고 잠수 경력이 많은 은호를 찾기로 했다. 적어도 은호를 만나면 해답이 생기리라 여겨졌다. 궁금증을 해결해야겠다는 생각이 강렬히 밀려들자 견디기가 힘들었다. 그래서 곧장 여객선을 타고 매물도로 달려왔다고 했다.

호준으로부터 매물도를 찾은 연유를 듣고 난 뒤다. 어장을 향해 호준과 함께 노를 저으면서 은호가 입을 연다. 남해연구소의 쾌속선인 남해호와 은지에 관해 호준에게 상세히 설명한다. 호준이 강한 눈빛을 내뿜으며 무척 신비롭게 여기는 표정으로 말한다.

"우와, 너 정말 대단한 친구야. 지난번에 만났을 때까지만 해도 너한테는 애인이 없었잖아? 남해까지도 소문이 쫙 퍼진 선녀 같은 미인을 애인으로 사귀었다고? 그래서 네 눈에는 윤주 씨 같은 사람도 심드렁하게 비쳤겠구나. 확실히 연분이란 따로 있는 것 같아."

은호가 미소를 지으면서 응답을 대신한다. 일단 의심스런 곳인 어장의 수중을 탐색하기로 둘이서 결정한다. 둘은 이야기를 나누면서도 부단히 어장을 향해 노를 젓는다. 호준이 한 달 전에 있었던 비진도 어민들의 얘기를 들려준다.

당시에는 엄청나게 놀라운 사건이었다. 비진도 섬 둘레의 수면을 죽은 물고기 떼가 완전히 뒤덮었다. 비진도 주민들이 욕지도의 주민들까지 불러들여서 그 정경을 구경시켰다. 욕지도 어민 대표인 천창수와 비진

도 어민 대표인 문태환이 만났다. 둘은 동갑인 49살이라 서로 의기투합
했다. 그들은 거제의 어민 대표인 권종삼과 매물도의 대표인 조기철까
지 불러들였다. 그러고는 물고기 떼가 죽어서 널브러진 해역을 공개했
다. 어민 대표 넷이 모이니 위세가 예사롭지 않게 커졌다.

이들은 비진도에서 사흘간 머물면서 호준에게 도움을 청했다. 호준이
곧바로 통영의 남동해 수산연구소에 연락을 취했다. 그랬더니 30톤급의
쾌속 탐사선인 용궁호를 비진도에 급파했다. 용궁호의 연구원이 호준과
어민 대표들을 탐사선에 태웠다. 연구원이 탐사선의 수중 탐지장치를
가동시키자 이내 수중의 화면이 펼쳐졌다. 놀랍게도 수중에서는 흡착성
아귀들과 상어들이 물고기들을 닥치는 대로 공격했다. 먹이로 삼으려는
것이 아니라 무조건 깨물어서 죽이는 중이었다. 살이 물어뜯긴 물고기
들이 헤엄을 치지도 못해 수면으로 떠올랐다.

물고기가 죽어 나가는 처절한 현장을 볼 때였다. 어민 대표들이 폭발
적인 분노를 터뜨리며 고함을 질렀다.

"저런 죽일 놈의 상어 새끼들을 봤나. 어휴, 성질 오르네."

"저 아귀의 주둥이 좀 봐. 콱 잡아 통구이를 만들어 버리고 싶네."

"무슨 지랄 같은 일이 벌어지고 야단이야? 정말 속상해서 미치겠네."

치솟던 어민 대표들의 분노가 잠시 가라앉은 뒤였다. 조심스레 기회를
보던 연구원이 입을 열었다. 연구원이 무척 조심스럽게 호준과 어민 대
표들을 향해 말했다.

"물고기들이 떼죽음을 당하는 원인만 밝혀졌을 따름입니다. 물고기들
이 흡착성 아귀와 상어들에게 집중적으로 공격을 받고 있네요. 아귀와
상어 무리가 급증한 원인은 며칠간 조사해야만 규명되리라 여겨집니다."

어민 대표 중의 권종삼이 심각한 표정으로 연구원에게 질문한다.

"아귀와 상어가 처음 출현한 장소는 모른다는 얘기죠? 며칠 조사하면 정확한 원인을 알 수 있을까요? 만약 원인이 규명되면 저희들한테 알려주실 수 있겠죠?"

연구원이 차분한 목소리로 어민 대표들을 향해 말한다.

"네 알겠습니다. 저희 연구소에 돌발 사태를 신고한 호준 씨께 연락을 취하겠습니다. 그러면 여러분들한테로 신속히 연락이 가리라 믿어요."

현장 조사를 마친 탐사선인 용궁호가 돌아간 뒤였다.

어민 대표들은 비진도에 모여서 한동안 의견을 나누었다. 일단은 남동해 수산연구소의 조사 결과를 지켜보자고 했다. 그런 뒤에 적절한 대책을 세우기로 하고 자신들의 거주지로 돌아갔다.

은호가 거룻배의 노를 저으면서 호준에게 묻는다.

"남동해 수산연구소에서는 조사 결과를 너한테 알려주었어? 그 원인이 뭐라고 해?"

누가 들을세라 조심하듯 호준이 목소리를 낮춰 응답한다.

"희한하게도 어장의 해저가 수상하다는 지적이 왔어. 어장의 해저에서 아귀들과 상어들이 번식해서 수중으로 올라왔다는 얘기였어. 나로서는 아무래도 황당하기 그지없는 얘기로 들렸어. 어장의 해저에는 어초가 있잖아? 어초가 있는 지역에서 아귀와 상어들이 터를 잡았다니 말이 돼? 아무래도 원인을 못 찾으니까 엉뚱한 소리를 한 느낌이 들어. 그래서 우리가 오늘은 직접 어장 해저를 탐사하려고 해. 만약 아무런 근거도 없으면 가만히 있지 않을 작정이야."

은호가 호준의 얘기를 듣고 반문한다.

"그게 무슨 소리냐? 가만히 있지 않겠다니? 네가 뭘 어쩔 건데?"

호준이 화가 치민 표정으로 수면을 노려본다. 그런 연후에 은호를 바라보며 말한다.

"원인 규명을 못했으면 못했다고 밝혀야 도리이잖아? 왜 엉뚱한 소리를 하느냐는 얘기지. 그래서 다음부터는 말을 함부로 내뱉지 말라고 혼을 내주고 싶어."

은호와 호준은 천천히 노를 저어 비진도 남쪽 어장에 도착한다. 비진도에서 3km 떨어진 해역이다. 어장의 중심 수면에 거룻배를 띄우기로 한다. 이윽고 둘은 잠수복과 스쿠버를 착용하고는 물속으로 들어간다. 물속으로 뛰어들기 전에 둘이 충분히 의견을 나누었다. 수중에서 색다른 특성을 먼저 찾아내기로 했다. 그런 뒤에 해당 장면을 수중 카메라로 촬영하기로 했다.

둘의 손에는 수중 카메라가 들려 있다. 은호와 호준이 나란히 수면에서 3m 수심을 유지하며 자맥질하기로 한다. 물속에서 10여 분을 둘이서 특정 위치에서 머물러 있을 때다. 황색 형광을 내뿜는 미세 알갱이들이 둘의 눈에 포착된다. 둘은 수중에서 즉시 사진을 촬영한다. 형광을 내뿜는 알갱이들의 정체가 무엇인지 살핀다. 형광이 발산되는 위치를 정확히 파악하기로 한다.

호준이 수중에서 어떤 위치를 가리킨다. 은호가 헤엄을 쳐서 그곳으로 다가간다. 집게손가락 절반 길이의 물고기들의 배에서도 형광이 발출된다. 치어들은 수백 마리가 넘는 집단을 이루며 떠다닌다. 이들 치어의 배 언저리에서 명확하게 형광이 발출된다. 다음으로는 손바닥 크기만한 볼락의 배에서도 형광이 발출된다. 물고기의 배에서는 형광을 내뿜는 기관이 발달되어 있지 않다. 그럼에도 엄연히 치어들과 볼락의 배에서 형광이 발출되지 않는가?

그런데 의외의 현상이 발견된다. 이들 물고기 떼가 지나간 자리에서 형광물질이 눈에 띈다. 둘은 물속으로 뛰어들기 전에 어장의 수심을 수심계로 측정했다. 초음파 분출에 의한 수심 측정 기구였다. 인공 어초가 깔린 밑바닥까지의 깊이는 평균 85m에 이르렀다. 이 정도의 깊이라면 해저까지 조사할 만하다고 여겼다.

20분마다 거룻배에 올라서서 둘이 호흡을 조절하고 의견을 나눈다. 세 차례 거룻배에 올랐다가 둘이 물속으로 뛰어든 뒤다. 황색 형광이 발산되는 경로를 파악하게 되었다. 이들이 서서히 발출되는 근원지는 인공 어초임이 밝혀졌다. 둘은 곧바로 거룻배에 올라가 긴요한 의견을 나눈다. 호준이 조심스레 그의 견해를 말한다.

"형광물질이 발출되는 근원이 해저라면 해저를 탐색해야 해. 분명히 해저에 일본인들이 남긴 무슨 단서가 있을 거야. 내 생각으로는 아귀 무리들 이외의 무슨 단서가 잡히리라 예측돼. 하도 나날이 발전이 심한 현실이기 때문이야."

은호가 호준에게 잠수병 예방 지침을 조심스레 들려준다. 둘은 한동안 머리를 맞대고 해저에 닿을 요령을 확인한다. 그런 뒤에 둘이 동시에 수중으로 뛰어든다.

상어구와 형광물질

　은호와 호준은 휴대용 수심계를 들여다보며 서서히 해저로 이동한다. 수심이 80m쯤에 이르렀을 때다. 해저의 먼지가 고개를 세운 버섯구름처럼 치솟기 시작한다. 해저를 거쳐 순환하는 물줄기를 통하여 흙먼지가 기포처럼 치솟는다. 은호와 호준이 마침내 어장의 해저에 내려선다. 이마에 장착된 전등으로 해저를 관찰한다. 처음에는 질퍽거리는 개흙과 모래만 감각으로 밀려들었다. 그러다가 차츰 해저가 축소된 평야의 형상으로 시야로 밀려든다.

　10여 m 높이로 자란 해조류들이 시선을 압도한다. 미역, 다시마 ,모자반, 옥덩굴, 감태, 청각이 숲을 형성한다. 청각의 높이는 바닷가에서와는 비교가 안 된다. 수중에서는 15~20m까지 자라 물결에 흔들린다. 해조류 인근의 바다 밑바닥에서다. 점액질의 두꺼운 공이 보인다. 공의 직경은 80cm가량이다. 문제는 공의 재료다. 무엇으로 이루어졌는지 궁금하여 은호가 자세히 전등을 비추어 본다. 눈으로 들여다보면서 손으로 공의 껍질을 만져 본다.

공의 두께는 2cm가량이다. 공을 이루는 재료는 점액질의 천연 고분자로 여겨진다. 손으로 만져서 비비니 으깨어지면서 물에 녹아 버린다. 이런 성질은 천연 고분자만이 지닌 특성에 해당한다. 은호가 수중에서 점액질 공을 더 찾아보라고 호준에게 신호를 보낸다. 수중 메모지를 통해 간단히 의사가 전달된다.

40여 분에 걸쳐서 탐사한 뒤다. 둘은 놀라운 사실을 발견했다. 공 내부에는 갓 부화한 상어 새끼들이 50여 마리씩 들어 있었다. 상어는 난태성 어류이기에 어미의 몸에서 부화가 되어 새끼를 낳는다. 새끼를 밴 상어의 몸뚱이에서 인위적으로 새끼들을 꺼낸 모양이다. 그러고는 천연 고분자의 공 속에 새끼들을 넣었다. 천연 고분자는 점액질로서 새끼들의 영양을 공급하는 수단이라 여겨진다. 천연 고분자 공에는 상어 새끼들이 꽉 차 있다. 이들 상어구를 어디서 만들었는지는 너무나 명확하다.

상어구 바깥에 찍힌 제조 업체의 이름이 일본어로 찍혀 있기 때문이다. 은호와 호준이 찾아낸 상어구는 12개에 이른다. 아마 발견되지 않은 것까지를 고려하면 20개는 되리라 여겨진다. 그렇다면 어장에 천 마리의 상어 새끼들을 배치시킨 셈이다. 새끼 상어가 자라면 어장의 물고기들을 먹어 치우리라 예견된다. 천 마리의 상어 중 백 마리만 살아남더라도 어장은 치명적인 피해를 입으리라 예견된다.

은호는 수중에서 유성 펜으로 아크릴 메모지에 글을 쓴다. 그러고는 호준에게 보여준다. 상어구들을 전부 수거해서 거룻배로 옮겨 싣자는 내용이다. 호준이 흔쾌히 동의한다. 의견이 일치하자 둘은 곧바로 상어구들을 거룻배로 건져 올린다. 대여섯 차례 해저와 수면을 오르내린 뒤다. 둘은 잠수를 멈추고 비진도로 돌아가기로 한다.

비진도 선착장에 내린 뒤다. 은호와 호준은 평상복으로 갈아입고는 어로 관리소 건물로 들어선다. 호준의 집무실이자 침실이기도 한 장소다. 둘은 상어구를 한 개만 남기고 나머지는 가마솥에 삶기로 한다. 마당의 가마솥에 물을 채워 끓이면서 상어구를 솥에 넣는다. 넣는 족족 상어구가 흐물흐물 녹아 액체로 전환된다. 해변에서 갈매기들이 달려들어 상어구 속의 새끼 상어들을 먹어 치웠다. 상어구가 녹은 점액질은 끈끈한 죽처럼 되었다. 상어구를 삶은 물은 그 자체로 식물의 거름이 될 정도다.

은호와 호준이 상어구 삶은 물을 해변의 숲에 끼얹는다. 그러고는 사무소로 되돌아와 남은 상어구를 이리저리 들여다본다. 아무래도 남은 상어구는 남해연구소로 보내야 할 것 같다. 정확한 분석을 하려면 연구소에 넘기는 게 합리적이라고 느낀다. 둘이 다탁에 마주 앉아 수중 잠수에 대해서 의견을 나눈다. 상어구를 일본에서 만든 이유는 충분히 헤아릴 지경이다. 의도적으로 한국의 어장을 파괴시키겠다는 뜻이다. 한국의 어장을 파괴시켜 이득을 볼 단체가 어디일까?

여기에 관해서 은호와 호준이 의견을 나눈다. 막연히 일본의 어떤 조직에서 했으리라고 추측하는 정도에 불과하다. 아무래도 둘만의 의견 교환으로 끝낼 성질이 아니라 여긴다. 그래서 둘이 해양수산부에 정식으로 보고를 하기로 한다. 관련된 근거와 자료 사진을 첨부하여 과장인 성준에게 결재를 올린다. 성준이 보고받으면 상부의 장관까지 보고하게 되어 있다. 장관이 보고받으면 국가 수준에서 사건을 해결하리라 여긴다. 예전부터 수상하게 여겼던 일본의 범죄 사실을 밝혀낸 거였다.

컴퓨터로 사무소의 집무실에서 곧바로 해양수산부로 전자 결재를 올린 뒤다. 문서를 보낸 지 5분가량이 지났을 때다. 성준으로부터 전화가 걸려 온다. 괄괄한 성준의 목소리가 흘러든다.

"이야, 큰 것 한 건 건졌구나. 너희들뿐만 아니라 우리 과 단위로도 큰 포상이 내려질 거야. 아무래도 포상금이 어마어마할 것 같아 가슴이 떨려. 지금은 바빠서 이 정도만 통화하고 다음에 다시 전화할게."

둘은 집무실의 다탁에 마주 앉아 앞으로의 대책에 대해 의논한다. 일본에서 한국 남해의 어장을 파괴시킬 작정을 하다니? 이건 전쟁과 다름없는 범죄 행위라 여겨진다. 이런 도전을 받고 국가가 어떤 대응을 할지 궁금하기 그지없다. 슬그머니 대꾸도 없이 주저앉지는 않으리라 여겨진다. 분명히 어떤 강경한 대응책이 제시되어야 마땅하다고 여긴다.

은호와 호준이 다탁에서 차를 마시면서 의견을 나눈다. 형광물질이 어초 부위에서 발생했던 원인에 대해 대화를 나눈다. 은호가 자신의 생각을 호준에게 들려준다. 형광물질은 상어구에서 빠져나온 상어들의 먹이로 제공된 물질에 함유되었으리라 말한다. 상어구의 상어들이 빠져나오는 시기가 문제일 거라고 은호가 주장한다. 어초의 물고기가 상어보다 먼저 먹이를 섭취할 수도 있으리라는 견해다. 이럴 경우에 다른 물고기들의 몸에 형광물질이 들어가리라 추정한다. 나중에 상어구에서 빠져나온 상어들은 남은 먹이들을 먹으리라 들려준다.

형광물질이 든 먹이에 맛을 들인 상어들은 형광물질을 추적하리라 들려준다. 체내에서 형광을 드러내는 물고기들은 상어들의 공격 목표가 되리라 말한다. 은호의 얘기를 듣자 호준은 눈을 휘둥그레 뜨며 탄성을 터뜨린다. 추리가 상당히 과학적이며 치밀하게 느껴진다고 말하면서. 하지만 은호는 단지 추리에 불과할 뿐이라며 겸양의 미소를 짓는다.

찻잔을 기울이면서 호준이 다른 주제로 얘기를 꺼낸다.

"어장을 황폐화시키려는 일본의 수작이 밝혀졌잖아? 여기에 대해서 국가 수준이 아닌 개인 수준에서 이야기하고 싶어."

은호는 눈빛을 빛내며 호준의 얘기에 귀를 기울인다. 호준은 오래전부터 생각했던 것처럼 천천히 이야기를 풀어낸다. 호준의 얘기가 샘솟는 물줄기처럼 은호의 귓전을 파고든다.

호준은 일본이 상어에 이어서 상어구를 투입시킨 점이 놀랍다고 들려준다. 상어를 직접 어장에 침투시키면 절대로 효율이 높지 않으리라 말한다. 상어를 바다에 풀면 어장으로만 가는 것이 아닌 탓이다. 온 사방으로 흩어질 것이기에 어장의 공격이 무의미하게 된다. 또한 상어가 집단적으로 움직이면 반드시 돌고래들의 공격을 받기 마련이다. 돌고래는 상어들이 기피하는 가장 강력한 천적이기 때문이다. 숱한 세월에 걸쳐 상어를 키웠다 한들 돌고래를 만나면 끝장이다. 돌고래 무리들은 온유하면서도 집요한 공격력을 갖춘 집단이다.

돌고래의 생사를 위협할 대상이 아니면 돌고래들은 흩어져서 생활한다. 그러다가 상어 같은 공격성 어종을 만나면 급격히 집단을 형성한다. 집단을 이루기만 하면 위세가 강력하여 닥치는 대로 물고기들을 잡아먹는다. 상어가 아무리 대단위로 몰려들더라도 돌고래 집단을 만나면 곧바로 해체된다. 입을 쩍 벌리고 마구 삼키는 데에는 피할 도리가 없다. 게다가 꼬리지느러미에 의한 공격은 가공할 위력을 지닌다. 슬쩍 맞아도 실신할 지경이다. 어느 세계에서나 집단의 위력은 강력한 법이다.

수중에서 돌고래의 위력을 모른다면 생존하기가 어렵게 된다. 돌고래의 이동 통로에는 플랑크톤이 가장 많이 몰려든다. 그러기에 물고기 무리들이 떼를 지어 몰려든다. 이러한 물고기 무리들을 느긋하게 기다리는 수중 동물이 돌고래다. 플랑크톤을 가장 반기는 무리들은 온갖 치어들과 멸치 무리들이다. 이들 물고기들은 체구가 작기에 자연스럽게 플랑크톤을 먹이로 섭취하게 된다. 멸치를 좋아하는 물고기들은 엄청나게 많다. 갈치와 고등어와 방어 무리들은 멸치들을 좋아하는 대표적인 어종이다.

참다랑어나 황새치 무리의 어종들이 갈치와 방어 무리들을 좋아한다. 이들을 좋아하는 어종이 상어 무리다. 결국 플랑크톤이 들끓는 장소의 마지막 방문자가 상어 무리들이다. 이들 상어 무리가 돌고래를 만나면 무참하게 포식을 당한다. 바다 생존의 커다란 틀일 따름이다. 간혹 예외적으로 돌고래가 상어의 공격에 목숨을 잃기도 한다. 어디까지나 거의 희박한 확률의 가능성에서 이루어지는 일일 따름이다.

호준의 말이 이어진다.

"상어구를 도입시킨 것은 완전 범죄를 노린 거라 생각돼. 상어구 자체가 천연 고분자로 이루어졌잖아? 물속에서 분해되면 아무 근거도 남지 않잖아? 그뿐이랴? 그 자체가 상어들의 영양 공급원이잖아? 생각할수록 치밀하게 머리를 쓴 놈들이야."

은호는 줄곧 호준의 말에 귀를 기울인다. 일단 호준의 말이 끝나면 자신의 견해를 말할 작정이다. 상어구 침투 방식에 대해 호준이 계속 견해를 들려준다. 처음에는 거룻배를 이용하여 해상 국경선을 넘나들었으리라고 들려준다. 그러다가 기동력 때문에 쾌속선을 도입했으리라고 말한다. 맑은 날씨에 쾌속선을 동원하면 위험하니까 악천후의 날씨를 이용했으리라 주장한다. 은호가 생각하기로도 반론의 여지가 없는 견해로 여겨진다. 어장을 침투한 잠수부들이 발견된 날은 다 악천후의 날씨였기 때문이다.

웬만큼 호준이 말한 뒤엔 은호에게 발표의 기회를 준다.

"이상이 나의 견해야. 이제 네 생각도 어떤지 듣고 싶어."

은호가 빙긋 웃어 보이고는 천천히 그의 견해를 말하기 시작한다.

"좋아, 지금까지 네가 한 얘기 잘 들었어. 대체로 나와 공감되는 부분이었어. 한 마디로 우리의 생각이 거의 비슷하다고 느꼈어. 나는 상어구를 제조한 단체에 대해 말하고 싶어."

은호가 화제를 바꾸자 호준이 곧바로 경청하는 자세를 취한다. 은호는 자신이 생각했던 견해를 서서히 들려주기 시작한다. 상어구를 만든 단체는 절대로 공공기관은 아닐 거라고 들려준다. 공공기관에서 상어구를 만든다는 자체는 전쟁을 모의하는 행위에 준하기 때문이다. 전쟁을 꾀한다면 무기를 도입할 일이지 상어구를 만들지 않으리라는 관점이다.

상어구를 만든 단체는 일본 어민 단체일 거라고 은호가 주장한다. 호준의 견해로도 타당성이 있는 주장이라 여겨진다. 은호의 말이 이어진다. 매물도와 비진도를 노릴 대상은 일본 대마도의 어민일 거라고 추정한다. 대마도와 매물도는 바다를 사이에 둔 처지다. 한국의 어획량이 줄어들수록 대마도에서 한국으로 수출하는 어획량이 증가되리라는 견해다. 상대적으로 대마도 어민들의 소득이 높아지리라는 얘기다. 대마도 근해에서 잡히는 물고기의 육질이 좋은 것은 널리 알려졌다. 대마도의 대외 판로에 영향을 주는 곳이 한국의 남해 어장들이다.

일본의 경우에는 장기적인 어획량의 변화까지 염두에 둔다. 그러기에 조금이라도 이익이 된다면 수단과 방법을 가리지 않는다. 대마도의 어민들이 단합적인 의지를 보일 때까지는 시간이 걸렸으리라 여겨진다. 일본 원자력 발전소의 오염물이 바다로 확산되지 않았는가? 이에 따라 한국으로의 판로가 지대한 영향을 받았다. 한 마디로 일본 어류에 대한 수입을 한국에서 꺼린다는 얘기다. 이런 현상은 일본 어민들의 생계에 두드러지게 반영되었다. 예전까지는 풍족하게 지냈던 가정들이 생활고를 겪기에 이르렀다.

농업이나 어업은 1차 산업의 범주라서 생활고의 타격은 의외로 컸다. 수확한 산물이 금액으로 되돌아오지 않으면 생계는 막막해지기 마련이다.

시간은 잘도 흐른다. 수중 탐사를 마치고 얘기를 나누다 보니 오후 3시 무렵이다. 둘이 한동안 얘기를 나눌 때다. 호준의 주머니에서 전화 수신음이 크게 들린다. 호준이 휴대전화를 꺼내 통화하는 소리가 은호에게 들린다.

"네, 호준입니다. 뭐라구요? 비진도 남섬에 정체 모를 사람들이 몰려든다고요? 언제부터 그런 일이 생겼죠? 해양경찰서에는 연락하셨어요? 그럼 다행이네요. 일단 지금은 자경단 단원들이 경계 근무를 해야겠군요. 저도 곧 확인해볼게요."

호준이 통화를 끝냈을 때다. 은호가 호준에게 묻는다.

"왜? 비진도에 무슨 일이 생겼어?"

호준이 머리를 끄떡이면서 비진도의 남섬으로 떠날 준비를 한다. 호준과 헤어져서 매물도로 돌아오려다가 은호가 문득 생각에 잠긴다.

'비진도 남섬에 무슨 일이 생기다니? 결코 남의 일이 아니잖은가? 여태껏 비진도의 상황은 매물도와 너무나 흡사했어. 이럴 게 아니라 나도

비진도의 남섬으로 가서 살펴봐야 되겠군.'

자리에서 일어서는 호준을 향해 은호가 말한다.

"여태껏 비진도와 매물도의 상황이 많이 닮았거든. 그래서 얘긴데 나도 너랑 같이 가서 살펴보고 싶어. 무슨 얘긴지 알겠니?"

호준이 흔쾌히 대답한다.

"자네가 같이 간다면 나한테는 든든한 배경이 될 거야. 좋아, 환영해. 그럼 같이 가자고."

둘은 어로 관리소에서 빠져 나와 해변의 선착장으로 나선다. 호준이 방파제 부근의 물빛을 한동안 응시한다. 그러다가 은호를 향해 말한다.

"오늘 물빛을 보니 나중에 해무가 낄 날씨야. 바다의 물빛을 탐지하려고 선착장으로 나온 거였어. 남섬의 탐색은 초저녁 정도가 되어야 적당해. 탐색하는 일이 남들의 눈에 띄지 않도록 해야 하니까 말이야. 다시 관리소로 들어가서 시간을 맞추도록 하자고. 대략 오후 5시 무렵이 탐색하기에 아주 좋은 시점이야. 일단 관리소로 돌아가자고."

호준의 말에 은호가 미소를 머금는다. 둘은 곧바로 어로 관리소로 되돌아간다. 둘이 관리소에 들어설 무렵부터 하늘의 색채가 점차 어둑어둑해진다. 은호는 하늘을 올려다보며 마음속으로 중얼댄다.

'나 원 참, 날씨가 흐려지다니? 괴상한 일이 생길 때마다 날씨가 엉망이었잖아? 오늘은 또 무슨 일이 터질지 모르겠구나.'

은호의 눈치를 챘음인지 호준이 은호를 바라보며 말한다.

"날씨가 흐려지는 것이 또 폭우가 쏟아질 모양이야. 도대체 날씨가 왜 이 모양이냐?"

잠시 후에 둘이 호준의 집무실로 들어선다. 호준이 은호를 바라보며 쾌활한 목소리로 말한다.

268

"오후 5시가 되려면 아직 두 시간이나 기다려야 해. 유사시에 대비하여 에너지도 축적할 겸 낮잠이나 좀 자자고."

말을 마치자마자 집무실 곁의 침실로 호준이 은호를 데려간다. 국가에서 지은 건물이라 침실도 깨끗하기 그지없다. 호준이 방바닥에 요와 이불을 펼친다. 둘이 눕기에 충분한 공간이다. 먼저 호준이 이불을 덮고 드러누우면서 은호에게 말한다.

"자, 너도 잠깐 눈을 붙여. 그래야 나중에 탐사하기가 편할 거야."

은호도 호준의 곁에 드러누워 이불을 덮는다. 방바닥에 드러눕자 마음이 한없이 평온해지는 느낌이 든다.

수상한 침입자들이 몰려든다는 곳은 비진도의 남섬이다. 북섬과 남섬은 240m 길이의 모래톱만으로 연결되어 있을 따름이다. 모래톱의 중앙에 폭 4m의 넓이의 시멘트 보행로도 만들어진 상태다. 하지만 밀물 때에는 흔적도 없이 물속으로 잠겨 버린다.

호준이 잠시 침실의 텔레비전을 켠다. 뉴스 시간이라 아나운서의 목소리가 귓전으로 흘러든다.

"시베리아 기단과 북서 태평양 기단이 대립 상태를 유지하고 있습니다. 장마 때를 제외하고는 배치되기 어려운 상황이 펼쳐지고 있습니다. 이 결과로 남해와 동해에는 거센 폭우가 쏟아질 예정입니다. 시민들은 재난에 대비해 주시기 바랍니다. 이런 기상 현상은 이틀 정도 계속될 예정입니다."

둘은 관리소의 침실 창밖을 내다본다. 먹구름이 자꾸만 짙게 피어오르고 있다. 빗줄기가 쏟아지는 모습도 보인다. 은호가 생각에 잠겨 있을 때다. 호준의 목소리가 귓전으로 밀려든다.

"침입자들이 무슨 일을 벌일지는 아무도 모르잖아? 지금은 나중을 대비해서 눈을 좀 붙이는 게 좋겠어."

은호가 말한다.

"사실 나는 낮잠은 별로 즐기지 않거든. 혹시 내가 모르는 비진도만의 비밀이라도 있니?"

호준이 고개를 끄떡이면서 나지막한 목소리로 응답한다.

"사실은 비진도 남섬이 의혹의 섬이야? 섬에 인가라고는 없거든. 그래도 섬 중앙의 산은 310m 높이를 갖고 있어. 결코 낮지 않은 지형이야. 남섬은 직경이 평균 1.5km에 달하는 둥그스럼한 섬이야. 섬의 둘레는 돌출된 지형 탓으로 5.4km에 달해. 너랑 함께 탐사한 적도 있었잖아? 섬 내부에는 석회동굴의 형성으로 인하여 복잡한 미로가 생겼어. 섬 속의 지하로만 들어가면 찾기 어려운 세계가 바로 남섬이야."

은호도 자신도 모르는 사이에 고개를 끄떡인다. 예전에 호준과 함께 남섬의 지형을 확인한 적이 있기 때문이다. 남섬의 지하 구조가 얼마나 복잡할지 생각만 해도 섬뜩할 지경이다. 눈을 붙이겠다는 말이 끝나자마자 호준의 코 고는 소리가 들린다. 마치 자동 프로그램이 가동되는 느낌마저 들어 우스꽝스러울 지경이다. 하지만 은호는 남섬에서 벌어질 상황에 대해 예견해 본다. 그러다가 은호도 슬그머니 잠결에 휩쓸리고 만다. 누군가 은호의 어깨를 툭툭 쳐서 눈을 떠 바라보니 호준이다. 호준이 은호에게 빙긋 웃으며 말한다.

"낮잠을 안 잔다더니 잘도 자더군. 때로는 낮잠을 자는 게 건강에도 좋아."

잠시 말을 멈추고 시계를 바라보더니 호준이 말을 잇는다. 오후 5시 무렵이기에 남섬에 잠입하기가 좋은 시기라고 들려준다. 은호가 창밖을 내다보니 비는 내리지 않는다. 다만 하늘이 잔뜩 뒤틀린 표정을 짓고 있다. 언제라도 비를 뿌릴 듯한 기세지만 빗방울은 듣지 않는다. 호준이 은호에게 말한다. 함께 남섬으로 출발하자고. 둘이 관리 사무소 밖으로 나와 남섬을 향해 발걸음을 옮긴다. 20분쯤 지나면 남섬과 북섬의 경계점인 모래톱에 닿게 되리라 여겨진다.

마침내 은호와 호준이 모래톱을 지나서 남섬에 들어선다. 늦가을의 저녁 무렵이다. 섬의 산악 곳곳에 단풍이 들어 화려하기 그지없다. 둘이서 섬의 북동쪽 해안으로 발걸음을 옮길 때다. 눈에 보이지는 않지만 나지막한 일본어가 귓전으로 밀려든다.

"지금쯤 나타날 때가 되었거든. 왜 여태 기척이 없지? 혹시 무슨 낌새를 알아챈 건 아닐까?"

잠시 침묵이 이루어지더니 역시 작은 목소리의 일본어의 응답이 들린다.

"틀림없이 나타난다고 했어. 조직원들이 그만한 정보도 없으면 죽은 목숨들 아냐?"

은호와 호준이 서로 눈빛을 교환하며 움찔 놀란다. 호준에게서도 일본어를 알아들었다는 표정이 비친다. 호준이 나지막한 목소리로 제안한다.

"일본의 조직원들이 여기까지 침투했구먼. 일단 곧바로 북동쪽 해안으로 가자고. 거기에서 섬의 산악을 오르면 돼. 곳곳에 등산로가 뚫렸으니 밟고 올라가면 돼."

호준의 말이 끝난 시점부터다. 묘하게도 섬의 해안으로부터 안개가 밀려들기 시작한다. 단순한 안개가 아니라 지속 시간이 긴 해무라고 여겨진다. 이때 은호의 머릿속으로 섬광이 인다.

'하필이면 해무라니? 호준의 예측이 정확하군. 지속 시간이 엄청난 해무란 말이지?'

은호와 호준이 북동쪽 해안에서 산길을 타고 산등성이를 오르기 시작한다. 일단 7부 능선을 목표로 올라가기로 한다.

비진도 남섬의 북동쪽 해안에서다. 여기에서 섬의 주봉을 향하여 은호와 호준이 오솔길을 오른다. 일체의 잡념을 배제한 채 조심스레 7부 능선까지 오르기로 한다. 스마트폰으로 찍히는 해발고도가 중요한 단서가 된다. 남섬의 주봉 높이가 310m이기에 220m 지점이 7부 능선이다. 둘은 호흡을 가다듬으며 해발고도 220m인 지점까지 오르려고 한다. 마침내 은호와 호준이 7부 능선에 도착했을 때다. 신비롭고도 음험한 산기운이 둘을 슬그머니 휘감는 듯하다.

해무도 서서히 산야를 뒤덮어 올라온다. 산야 가득 안개가 먹구름 장막으로 휘감기기 시작한다. 바로 이 무렵부터 낯선 사람들의 행렬이 둘의 시야에 드러난다. 제일 앞에는 험상궂은 인상의 세 사내들이 발걸음을 옮기고 있다. 하나같이 40대 초반의 근육으로 다져진 체격의 소유자들이다. 외관상으로도 울퉁불퉁한 팔다리의 근육들이 사람들의 가슴을 떨게 할 지경이다. 마치 근육이 아니라 굵다랗게 단련시킨 철강을 연상시킬 정도다. 세 사내들이 대열의 호위사 역할을 하는 느낌이 밀려든다.

세 사내의 뒤에는 20대 중반의 묘령의 여인이 눈에 띈다. 묘령의 여인을 보게 된 순간이다. 두 사내의 눈빛이 서로 부딪쳐 반짝인다. 은호의 연인인 은지임이 분명하다. 어떻게 비밀스럽게 업무를 추진하는지 은호마저 궁금하게 여겨진다. 그의 연인임을 은호가 확인한 순간에 가슴에 격렬한 기류가 소용돌이친다. 하지만 이성을 잃어서는 안 된다는 관점에서 여인의 뒤를 살펴본다. 여인의 뒤에는 8명의 사내들이 줄지어 따른다. 8명의 사내들은 다들 30대 중반으로 보인다. 은호가 여인의 대열을 바라보며 생각에 잠긴다.

'남자 11명에 여자 1명이라. 이들의 집단이 남해연구소의 연구원들일까? 그런데 앞의 셋은 완전히 불량배같이 생겼는데? 도대체 어떻게 된 걸까?'

여기까지 은호가 생각할 때다. 호준이 낮은 귓속말로 은호에게 말한다.

"네 애인이 또 나타났지? 예전에 비진도 어장에도 쾌속선으로 나타났던 적이 있어. 미모가 전설처럼 빼어났다는 소문이 지나치지 않을 정도야. 너는 복이 참 많은 것 같아."

느닷없이 은호에게 반가운 마음이 생긴다. 은호가 막 입을 열려고 할 때다. 호준이 손가락으로 눈앞의 평원을 가리킨다. 7부 능선의 위치는 비교적 지형이 평탄한 편이다. 상대편 12명의 눈에 띄지 않게 은호와 호준이 몸을 감춘다. 무성한 다복솔 아래에 둘이 몸을 숨기고서 12명 대열을 바라본다.

하필 바람이 은호 쪽에서부터 여인 쪽으로 세차게 불어간다. 그리하여 그들이 수군대는 대화가 잘 들리지 않는다. 여인이 사내들을 향해 뭐라고 지시하는 듯하다. 사내들이 저마다 물통을 꺼내 손바닥으로 물통을 문지른다. 5분가량 물통을 문지르자 물통에서 노란색 형광물질이 허공으로 치솟는다. 그러자 그들이 일제히 사진기로 형광물질이 이동하는 방향을 촬영한다. 형광물질은 입자가 먼지처럼 작은 알갱이 같다. 그러기에 아주 약한 기류를 형성하며 산봉우리를 향하여 치솟는다.

은호나 호준에게는 너무나 낯선 장면이다. 물통을 두 손으로 비비기만 해도 형광물질이 치솟아 오르다니? 아무래도 낯선 장면이기에 도무지 이해가 되지 않을 지경이다. 하지만 그들 일행은 그 동작을 반복하며 산을 오른다. 중요한 것은 형광물질의 이동 방향에 일관성이 있다는 점이다. 미세한 입자가 일정한 궤도를 향해 공중에서 흘러갔기 때문이다. 은호는 마치 꿈을 꾸는 기분이다. 형광물질이 대기 중에서도 일정한 방향으로 흘러가다니? 은호가 허공을 바라보며 마음속으로 중얼댄다.

'이야, 이거 완전히 꿈을 꾸는 기분인데? 어떻게 형광물질이 일정한 방향으로만 이동하지? 정말 이해하지 못할 일이야. 아무래도 그 원인이 뭘까?

사내들은 여전히 물통 바깥을 손바닥으로 문지르며 형광물질을 발출시킨다. 여인은 계속 사내들의 대열을 이끌고 있다. 형광물질이 떠밀리는 방향으로 발걸음을 옮긴다. 마침내 행렬의 마지막 사내가 은호의 시야에서 사라질 무렵이다. 은호와 호준이 다복솔 밑으로부터 기어 나온다. 그러고는 일정한 거리를 두고 사내들의 대열을 뒤쫓는다.

이런 방식으로 반시간쯤 사내 행렬들의 뒤를 쫓았을 때다. 마침내 섬의 주봉에 올라선다. 섬의 주봉에는 널찍한 공간이 형성되어 있다. 섬의 주봉에서 멈출 줄 알았던 행렬이 남서 방향으로 이어진다. 은호와 호준은 묵묵히 행렬의 뒤를 쫓는다. 주봉을 넘어서 산 아래를 향해 300m쯤 내려간 뒤다. 형광물질이 더 이상 앞으로 진행하지 않는다. 대신 소용돌이를 일으키며 어떤 장소로 이동한다. 놀랍게도 형광물질의 소용돌이가 휩쓸리는 곳은 석회동굴이다. 형광물질이 석회동굴로 서서히 빨려드는 느낌이 든다.

사내 행렬은 전혀 주저함이 없는 모양이다. 일행이 곧바로 석회동굴로

274

줄지어 들어간다. 행동에 당당함을 갖추지 않고는 쉽지 않은 행위라 여겨진다. 은호와 호준에게 의아심이 일었지만 둘은 사내들의 행렬을 뒤쫓기로 한다. 사내들은 동굴 안으로 들어서면서 회중전등을 사용한다. 미리부터 철저히 준비했던 모양이다. 하지만 은호와 호준은 회중전등을 휴대하지 못한 처지다. 그래서 일정한 거리를 유지하면서 천천히 사내들을 뒤쫓는다.

석회동굴은 입구의 높이부터가 5m에 이를 정도로 규모가 크다. 동굴 내부에 들어서서도 높이가 7m가량을 유지한다. 게다가 폭도 8m 정도가 되어 꽤 규모가 큰 편이다. 마치 누군가 인위적으로 동굴을 확장한 느낌마저 들 지경이다. 동굴을 통과하여 200여 m쯤 수평 통로로 걸어갔을 때다. 갑자기 사방으로부터 박쥐 떼들이 우르르 사내들에게로 달려든다. 깊은 동굴 속에서 서식하는 흡혈 박쥐인 모양이다. 느닷없이 사내들의 행렬이 어수선해지며 사방에서 비명이 터진다. 은호와 호준이 앞의 정경을 보고는 즉시 손수건으로 얼굴을 싸맨다.

그러고는 예리한 눈빛으로 동굴 내부를 응시한다. 잠깐 사이의 일이다. '펑펑' 소리를 내며 최루탄 두 발이 동굴 내부에서 터진다. 그러자 그토록 극성스럽게 달려들던 박쥐들이 동굴 내부로 자취를 감춘다. 하지만 행렬의 사내들로부터 연신 재채기와 기침이 폭음처럼 터진다. 하지만 은호와 호준은 소리를 내지 않으려고 안간힘을 쓴다. 잠시 실내가 조용해지려는 찰나다. 느닷없이 각목을 든 낯선 사내들의 무리가 우르르 달려든다. 몽둥이를 든 사내들의 수는 대략 20여 명에 이른다. 낯선 사내들이 막무가내로 몽둥이를 휘두르기 시작한다.

일방적으로 연구소 사내들이 집단으로 구타당해 쓰러져 나뒹군다. 그런데 연구소 사내들 중 앞쪽의 세 사내들의 몸놀림이 예사롭지 않다. 처음에는 각목에 맞아 나뒹굴더니 곧바로 일어나서 각목을 빼앗아 든다. 그러고는 낯선 사내들을 각목으로 두들겨 패기 시작한다. 잠시 역전이 되는가 싶었지만 인원수가 많은 낯선 사내들한테 밀린다. 낯선 사내들이 일제히 각목을 들어 연구소 사내들을 후려친다. 이때 연구소 세 사내들 중의 하나가 큰 소리로 말한다.

"매복조, 지원 바란다. 매복조, 즉시 지원 바란다."

말이 막 끝나자마자 낯선 사내들의 입에서 일본어가 쏟아진다. 일본어와 중국어에 통달한 은호다. 해양학을 공부하면서부터 필수적으로 익힌 어학이다. 그러기에 은호의 귀에 낯선 사내들이 내뱉는 일본어가 선명히 들린다.

"저 놈들 중에 한국 형사들이 들어 있나 봐. 죄다 죽여 버리고 여기서 빠져 나가도록 해."

이들의 말에 다른 낯선 사내가 다급하게 외친다.

"저 애들 중 여자는 손대지 말자고. 포르노를 찍으면 상품 가치가 끝내주게 좋을 것 같아."

그랬는데 반대하는 목소리가 다른 곳에서 터진다.

"곧 한국 경찰들이 몰려올 텐데 포르노 타령이야? 무조건 죽여 버리자고, 알겠어?"

낯선 사내들이 일제히 각목을 치켜든다. 그러고는 연구소 행렬을 향해 달려들려고 한다. 은호는 심중에 커다란 갈등이 생긴다. 잠시 후에는 한국인을 보호하려고 무술을 펼쳐야 하기 때문이다. 무술을 펼치는 과정에서 필살기를 쓰게 될 확률이 높은 상태다. 필살기를 쓰기만 하면 일본 사내들의 누군가 절명할 수도 있다. 무술을 펼치다가 일본 사내들을 죽일 확률이 높아 신경이 쓰인다.

사람의 목숨은 국경을 초월하여 절대적으로 소중하다고 여기는 은호다. 그럼에도 무술을 사용하다가 일본 사내들을 죽일까 봐 걱정스러워진다. 거듭 은호는 동굴 속의 정황이 긴급 상태임을 확인한다. 애초에 불상사를 일으킨 집단이 일본인들이 아닌가? 은지를 비롯한 한국인을 보호해야 한다는 생각이 가슴을 뒤흔든다. 은호가 동굴 바닥을 훑어본다. 하지만 어디에도 각목은 눈에 띄지 않는다.

이때 은호의 머릿속으로 남기령의 옥무가 떠오른다. 매물도의 해식동굴에서 발견했던 신묘한 무술을 말함이다. 맨손으로 다수의 적들을 제압하기엔 최상의 무술이라 여겨진다. 은호가 싸움 현장으로 달려 나가기 전에 호준에게 나지막하게 말한다.

"우리가 예전처럼 격투해야겠어. 경찰이 올 때까지 연구원들을 보호해야 해. 준비되었니?"

그랬더니 호준이 단호한 표정으로 은호에게 말한다.

"무력을 써야만 하는 현실이 답답해. 경찰이 올 때까지 버텨 내야 하는데 잘 될지 모르겠군. 꾸물거릴 시간이 없어. 빨리 나가자고."

은호가 대답하려는 찰나다. 느닷없이 호준이 냅다 고함을 지르며 낯선 사내들한테로 달려 나간다.

"꼼짝 마라. 우리는 한국 경찰이다."

은호도 호준의 기지에 감탄하며 일본어로 고함을 내지르며 달려간다.

"우리는 한국 경찰이다. 즉시 각목을 버려라."

둘이 고함을 지르는 찰나 일본 사내들의 공격이 주춤해졌다. 싸움 현장에 달려들자마자 은호가 몸을 치솟으며 발을 내뻗는다. 몸을 솟구쳐 오른발 뒤꿈치로 일본인 사내의 측면 대퇴부를 내지른다. 넓적다리뼈를 골절시키는 필살기 중의 하나다. 일본인 사내가 대번에 비명을 내지르며 나뒹군다. 재차 몸을 솟구쳤다 내려서면서 왼팔꿈치로 다른 일본인의 경동맥을 후려친다. 호준은 닥치는 대로 상대를 잠시 허리에 얹었다가 내던진다. 그러면서 달려드는 사내들의 팔을 꺾어 내팽개친다. 두 무술 유단자가 비상사태에 사용하는 필살기임에랴?

적들과 몸이 뒤엉킬 여유조차 주지 않는 날렵한 필살기 동작들이다. 은호의 몸이 솟구칠 때마다 비명을 지르며 일본인들이 나뒹군다. 게다가 어둑어둑한 동굴 속이 아닌가? 적들의 각목이 미처 몸뚱이에 닿기도 전에 적들이 실신하여 나뒹군다. 호준도 달려드는 적들을 연신 옆구리에 당겨 올렸다가 내팽개친다. 은호와 호준이 일본인들을 쓰러뜨리자 연구소 사내들도 즉시 합세한다. 각목에 머리를 맞아도 곧바로 일어나서 일본인들에게로 달려든다.

은호가 동굴 속으로 파고들어 은지에게로 접근한다. 연구소 사내들이 저마다 공포에 질려 은지를 보호할 겨를이 없다. 은호가 은지 곁에 다가서면서 은지한테 말한다.

"지금부터 내가 보호해 줄게. 나를 믿고 동굴 벽에 딱 붙어 있기만 해."

말을 마치자마자 은호가 은지를 철저히 보호한다. 은지를 보호하기 위해서 필살기를 연거푸 사용한다. 혼자서 여럿을 상대하느라고 때때로 적들의 각목에 두들겨 맞는다. 그렇지만 필사적으로 은지를 보호한다. 어떤 경우에도 은지가 다치지 않게 혼신의 힘을 다한다. 동굴 안이 격투로 난장판을 이룰 무렵이다. 많은 인원이 몰려드는 발자국 소리가 동굴 내부로 밀려든다.

"휘릭! 휘리리릭!"

느닷없이 입구로부터 호루라기 소리가 강하게 두 차례 울린다. 그러더니 동굴 내부를 향해 달려드는 소리가 더욱 커진다. 아마도 30여 명은 됨직한 발자국 소리가 동굴 속으로 밀려든다.

"경찰이다. 모두 동작을 멈춰라. 불응하면 쏘겠다."

동굴 내부는 이내 쥐 죽은 듯 조용해진다. 권총의 안전장치를 푸는 금속성이 여기저기서 들리기 시작한다. 무장한 일본인 사내들의 기세가 대번에 꺾인다. 무장한 경찰들이 나타나 즉시 일본인 사내들에게 수갑을 채운다. 일본인 사내들이 체포되어 경찰들과 함께 동굴을 빠져 나간 뒤다. 은호에겐 은지의 안위가 가장 궁금했다. 자신이 보호한다고 했는데도 다치지는 않았는지 걱정스럽다.

정작 연구소 사내들의 수는 8명에 불과하다. 지금까지 행렬의 앞을 섰던 세 사내들은 경찰들임이 밝혀졌다. 연구소에서 경찰들의 동행을 처음부터 요청한 거였다. 은지와 8명의 연구원들이 동굴 내부를 더 조사하겠다고 말한다. 은호와 호준도 그들의 신분을 밝히고는 연구원들의 탐사 과정을 지켜본다. 연구원들은 당당하게 동굴 내부를 자세하게 살핀다. 연구원들이 탐색하는 과정을 은호와 호준이 열심히 지켜본다. 연구원들의 입에서 느닷없는 탄성이 터진다.

"우와, 이게 뭐야?"

"여기 이런 게 있었네!"

동굴 내부에는 나무 상자들이 많이 발견된다. 가로와 세로가 1m씩이며 높이가 30cm가량인 목곽이 눈에 띈다. 이런 목곽이 32개나 동굴 내부에 존재한다. 은지가 목곽의 뚜껑을 왈칵 연다. 그러자 동굴 내부에 지독한 비린내가 급격히 밀려든다. 그러자 연구원들이 일제히 상자 둘레로 모여든다. 은지가 상자 내부의 냄새를 풍기는 물질을 나무 막대기로 건드린다. 목곽 내부에는 동물의 살이 부패한 채로 채워져 있었다. 얼핏 보기에는 돼지고기나 쇠고기를 닮았지만 판별하기가 어려워 보인다.

하지만 은지가 연구원들을 바라보며 말한다.

"이게 황새치 뱃살들이에요. 동굴까지 황색 형광물질을 흡입한 근원이에요. 이들이 부패하면서 이산화탄소와 수증기 및 이산화황을 방출하죠. 이들 기체 혼합물에 형광물질이 달라붙거든요. 이렇게 하여 3차원으로 내뻗는 기다란 입체 사슬을 만들게 되죠. 입체 사슬은 연막과 같이 부드러우면서도 질겨서 멀리까지 이어지죠. 사슬의 질량은 너무나 미세하여 허공에서 아래로 처지는 일이 없어요. 그래서 사슬이 장장 몇 km에까지 내뻗어 바람결에 흩날리거든요. 문제는 이런 사슬이 망원경이나 현미경으로도 관측되지 않는다는 점이에요."

은지의 설명은 이어진다. 이런 사슬 궤적의 추적은 형광물질을 통해서만 가능하다고 들려준다. 그래서 해안에서부터 줄곧 형광물질을 추적했다고 들려준다. 궁금증을 참지 못해 은호가 은지에게 질문한다. 주변인들을 의식하여 존댓말로 깍듯이 말한다.

"그런데 일본인들은 왜 황새치 뱃살을 석동에 감춰 두었을까요? 과연 그들은 황새치 뱃살로 무슨 일을 저지르려고 했을까요?"

은지가 은호를 정면으로 바라보더니 미소를 지으며 입을 연다.

"제가 곧 설명할게요. 먼저 우리 연구원들을 도와주셔서 정말 고마웠다고 말씀 드릴게요."

은호도 은지에게 미소를 실어 보내며 응답한다.

"섬에서 일하다가 우발적으로 돕게 되어 저희들도 기쁩니다."

재차 서로의 상황을 확인한 뒤다. 은지가 그녀의 견해를 차분히 들려준다. 은호가 은지의 얘기에 귀를 기울인다.

최근 석 달 이내의 기간에서부터였다. 세계는 해양 분야에서 각별한 경쟁을 서슴지 않았다. 단시일에 상대국을 제압하고 자국의 수출을 증대시키려는 전략을 세웠다. 상대국을 제압하는 길은 상대국의 어족 자원을 고갈시키는 방법이다. 잡히는 물고기의 수량을 급감시키는 길은 육식어를 투입시키는 방법이다. 상어 무리를 동원시키면 순식간에 대규모의 수량을 조절할 수가 있다. 상어는 이런 분야에서는 타의 추종을 불허하는 어종이다.

일본은 해양국에서 유리한 위치를 차지한 나라다. 열도의 남쪽으로는 태평양이 굽이치고 있다. 열도의 북쪽으로는 동해가 포근히 감싸고 있다. 하지만 일본은 2011년의 지진으로 원자력 발전소의 오염수가 해양을 오염시켰다. 이때부터 한국으로의 수산물 수출이 급격히 줄어들었다. 어민들의 수익 감소는 어민들을 급격히 피폐하게 만들었다. 그래서 한국 남해에 근접한 일본 어민들이 분노의 불길에 휩싸였다. 그리하여 나가사키, 후쿠오카, 야마구치에 이르는 세 개 현의 어민들이 조직체를 만들었다.

이들 어민들이 한국 남해의 어장을 황폐화시킬 작정을 했다. 구체적으로 어장에서 서식하는 어류들을 죽여 없애는 방안을 연구했다. 그러다가 고안해 낸 것이 상어를 이용한 치어 포획 전략이다. 하지만 상어를 바로 보냈다가는 실효성이 떨어질 거라고 예견했다. 그래서 어미 상어로부터 새끼들을 뽑아내어 모으는 방식을 고안했다. 소위 상어구라는 구형 물체를 이용하기로 했다. 구의 직경은 80cm 정도로 만들어 그 속에 새끼들을 주입시킨다.

구의 재질은 천연 고분자로 만들어 새끼들에게 자양분을 공급시킨다. 이런 착상은 어민들의 수뇌급 인사들이 연구소에 의뢰해서 이루어졌다.

일본 태평양연구소가 은밀하게 일본 어민들을 돕고 있다. 36살의 사카 오사무는 일본 어민 대표인 사카이 마사토를 돕는다. 한국에서는 수산과학원의 35살의 정택이 거제도의 어민 대표인 권종삼을 돕는다. 수산과학원에는 정택을 돕는 37살의 현철과 38살의 중호란 연구원들이 있다. 이들이 일본 태평양연구소의 기를 꺾으리라 벼른다고 일러준다. 이들은 돌고래를 이용하여 일본 어장들을 황폐화시킬 작정이다.

태평양연구소에서는 39살의 사사키 노조미와 37살의 나가이 마사루가 유명하다. 이들은 사카 오사무와 함께 한국의 어장을 황폐화시키려 애를 쓴다. 연구원들이 아닌 어민 대표를 이용하여 한국 어장을 황폐화시키려고 시도한다. 이들의 전략은 흡혈성 아귀들과 상어들을 한국 어장에 투입시키려는 것이다. 최근에는 상어구를 개발하여 상어 치어들을 어장에 투입시키려고 한다. 이런 계책을 한국의 수산과학원에서는 돌고래 무리를 동원시켜 무산시키려고 한다.

일단 상어구를 어장에 투입하면 2주쯤 새끼들이 구(球) 속에서 자란다. 구에는 가는 구멍이 뚫려 있어서 새끼들의 호흡에는 연관이 없다. 2주의 기간이 지나면 새끼들이 상어구를 파괴하게 된다. 이때 상어의 식욕은 왕성하여 어장의 해조류에 서식하는 물고기들을 포식한다.

황새치의 고깃살은 특히 상어 무리들이 선호하는 먹이라고 들려준다. 황새치의 고깃살을 동굴 속에 감춘 이유는 간단하다고 은지가 설명한다. 동굴에 임시로 보관했다가 비진도 근처의 어장에 투입하리라는 얘기다. 아마 일본인 잠수부들이 한국 어장에 투입하리라고 일러준다. 일본인들은 상어구에서 깨어날 상어의 먹이로 황새치의 고깃살을 착안했다고 들려준다. 상어구의 상어들이 깨어나기 전에 어장의 물고기들이 황새치를 먹게도 된다. 이런 경우에 황새치의 고깃살을 삼킨 물고기의 체내에서는 형광이 발출된다.

황새치 고깃살에 맛을 들인 상어들에겐 형광물질이 추적의 근원이 된다. 이런 연유로 일본인들이 황새치 고깃살에 형광물질을 넣었다. 황새치 고깃살에는 형광물질을 흡착시키는 칼슘과 철이 많이 들어 있다. 이 원리를 이용하여 은지도 형광물질을 써서 추적하기로 작정했다. 그리하여 비진도 동굴의 황새치 고깃살을 탐색하게 되었다.

은호는 매물도에서 처음으로 은지를 만나 연인이 되었다. 은지가 매물도 어장을 남해호로 순찰하던 날이었다. 우발적으로 은호에게 은지가 발견된 날이었다. 은지는 연구소 사내들을 시켜 물병에 해수를 채취했다. 채취한 해수를 연구소에서 분석하여 해수 속에서 형광물질을 발견했다. 형광물질은 화석인 규화목에서 추출된 천연 유기물이었다. '화산 불꽃'이라는 상품명으로 불리는 물질이었다. 질량이 작고 물과 친화력이 강하여 쉽게 증발하는 특성이 있다.

공중으로 이동하면서도 쉽게 중합체를 이루기 때문에 형광이 멀리서도 관측된다. 이 형광물질은 특히 철이나 칼슘 같은 원소에 잘 달라붙는다. 황새치의 고깃살 속에는 철과 칼슘 원소가 많이 들어 있다. 형광물질이 고깃살의 칼슘이나 철 원소에 달라붙으면서 중합반응이 이루어진다. 이렇게 형성된 중합 사슬은 너무나 질량이 가벼워 바람결에 나부낀다. 살짝 바람만 불어도 몇 시간이건 허공에 머물 수 있다. 이런 특성으로 인하여 형광물질은 특성 물체를 탐지하는 용도로 사용된다.

은지가 착안한 점도 황새치 고깃살에 든 철과 칼슘 원소이다. 은지의 예견대로 형광물질을 써서 황새치의 고깃살을 찾았다. 형광물질은 어장에서 채취한 해수에 많이 들어 있었다. 그래서 비진도에 오르면서도 은지가 연구소 사내들한테 물병을 들도록 했다. 은지 자신도 해수가 든 물병을 들었다. 형광물질은 상온에서도 허공으로 잘 날아오르는 특성이 있다. 그래서 연구원들에게 물병을 줄곧 손으로 쓰다듬도록 했다.

　손에서 전달된 열기만으로도 형광물질은 연신 허공으로 솟구쳤다. 치솟은 형광물질은 허공에서 자신들끼리 엉겨 붙어 중합 사슬을 만들었다. 바람결에 흩어지지 않으면서도 줄곧 황새치 고깃살을 찾아 이동했다. 은지는 형광물질이 지닌 과학적 현상을 탐색 작업에 활용했다.

12.
푸른 수평선

비진도의 석회동굴에서 은호 일행이 출구로 걸어 나올 때다. 일행에는 은지를 비롯한 연구원들과 호준이 포함되어 있다. 은지가 줄곧 형광물질의 내력을 일행에게 들려준다. 동굴 출구로 나오니 경찰들과 일본인들은 자취 없이 사라졌다. 아마도 일본인 사내들은 통영의 해양경찰서로 끌려갔으리라 여겨진다. 비진도의 외항에는 쾌속선인 남해호가 기다리고 있다. 은지가 8명의 남해연구소 직원들을 향해 말한다.

"저는 잠시 비진도에서 뭘 좀 더 알아볼 게 있거든요. 먼저 연구소로 돌아가세요. 파견 근무가 끝났기에 저는 통영을 거쳐서 곧장 안산으로 갈게요."

여덟 명의 남해연구소 직원들은 은지에게 손을 흔들어주고는 외항을 떠난다. 남해호가 떠난 직후에 이장이 모는 동력선이 외항에 도착한다. 민정이 내항에 도착하면 외항으로 데려달라고 호준이 이장에게 부탁해 놓았다. 동력선에서 통영 수협의 민정이 내려선다. 호준이 일행에게 서로를 소개시킬 때다. 민정이 호준의 연인이라는 말을 은지가 듣고서 은지가 말한다.

"오, 둘이 연인 관계라니 축하해요. 저는 은호 씨랑 연인으로 지내고 있어요."

은지의 말을 듣는 순간에 민정의 마음에 묘한 기류가 인다. 예전에 매물도에서 낚시질할 때만 해도 윤주가 은호의 애인이라고 여겼다. 그랬는데 은지가 은호의 애인이라고 밝히다니? 혼란스런 마음을 정리하느라고 민정이 잠시 침묵할 때다. 비슷한 나이라서 호칭으로는 관직명보다는 이름으로 부르기가 편한 처지다. 호준이 은호와 은지를 바라보며 의견을 제시한다.

"은지 씨, 비진도의 풍광을 자세히 감상하고 싶지 않으세요? 그러려면 도보로 산책하는 게 참 좋아요. 은호와 함께 대화를 나누며 북섬으로 걸어오지 않을래요? 북섬까지의 2.2km의 해안 도로는 30분이면 도착할 수 있는 거리예요. 원치 않으면 함께 배를 타고 가면 되고요."

은지가 반색하며 은호에게 함께 산책하자고 부탁한다. 은호가 흔쾌히 은지의 제안을 받아들인다. 금세 이장이 호준과 민정을 태우더니 배를 몰아 외항을 떠난다. 떠나는 배를 바라보면서 은호와 은지가 해안 도로로 발걸음을 옮긴다. 은지가 미소를 지으며 은호에게 말한다.

"아까 텔레비전을 통해서도 네 얼굴을 잘 봤어. 호준 씨와 함께 어촌 경제를 향상시켰다고 대대적으로 보도하더군. 게다가 남섬의 동굴에서는 나를 끝까지 보호해 주었잖아? 정말 네가 멋있어. 무술 실력이 정말 경이롭게 느껴졌어. 나한테 숨겨 둔 또 다른 재주는 없니?"

은호도 미소를 머금으며 곧바로 응답한다.

"그냥 예전에 운동은 좀 했어. 너한테 내가 가진 능력은 이미 모두 드러내었어. 다만 여자의 육체를 다루는 기술은 아직 선보이지 못했어."

은지가 까르르 웃음을 토하더니 엄지와 집게손가락으로 은호의 옆구리를 꼬집는다. 그러면서 은호를 향해 킥킥 웃음을 터뜨리며 말한다.

"박사학위와 동급으로 인정받는 기술자라고 했지? 여자의 육체를 다루는 기술에도 박사학위 수준인지 무척 궁금해. 하지만 그 기술은 결혼한 뒤에 보여주길 원해. 자칫 서둘다가는 결별로 이어질 수 있다는 것도 알지?"

은호가 어이없다는 표정을 짓다가 허리를 굽히며 껄껄 웃는다. 하도 심하게 웃으니까 눈에 눈물까지 그렁그렁 맺힐 정도다. 은지도 덩달아 웃으며 손수건을 꺼내어 은호의 눈물을 닦아 준다. 하도 웃어서 배가 결리는데도 은호는 웃음을 멈추지 못하여 당황스럽다.

대화를 나누다 보니 반시간이 지나 북섬의 내항 선착장에 도착한다. 은호가 호준에게 전화를 건다. 그리하여 곧 도착하는 여객선으로 비진도를 떠나겠다고 호준에게 말한다. 여객선이 떠날 무렵에 호준과 민정이 선착장으로 나온다. 민정도 다음 날의 근무를 위해서라며 여객선에 오른다. 선착장에 혼자 남은 호준이 쓸쓸한 표정으로 손을 흔든다.

비진도를 떠난 배가 매물도에 닿았을 때에 은호가 내린다. 다음 날의 근무를 위해서라며 두 여인들은 통영까지 간다. 은지는 거기서 고속버스로 안산으로 떠나게 된다. 남해연구소에서의 파견 근무가 끝났기 때문이다. 민정은 통영에 본가가 있기에 통영이 여행의 종착지다.

은지가 비진도를 거쳐 안산으로 올라가던 날의 오전 10시 무렵이었다. 부산 남동쪽 27km의 해상에서였다. 이 지점은 일본의 대마도와 부산 사이의 중간 지점이기도 했다. 바다에는 한국의 탐사선과 일본의 탐사선이 서로 마주 대하고 있었다. 한국의 탐사선에는 세 사람의 선임 연구원들이 올라타 있었다. 수산과학원의 정택과 현철과 중호였다. 35살의 선임 연구원인 정택이 현철과 중호를 잠깐 바라보았다. 37살의 현철과 38살의 중호도 정택과 마찬가지로 선임 연구원이었다. 그러다가 허여멀쑥한 피부의 정택이 수중으로 연결된 확성기를 통하여 말했다.

"백곰아, 애들을 이끌고 마구 어장을 흔들어 버려. 아예 오늘은 너희들 기분대로 마구 놀아도 돼. 알겠어? 사정없이 짓밟아 버리라고."

선박 측면에 달린 수중 확성기를 통하여 음파가 초음파로 변환되었다. 그러자 수중의 사이보그 돌고래인 백곰이 정택의 신호를 알아들었다. 백곰은 해양과학기술원에서 2013년 4월에 두 번째로 출현시킨 사이보그 돌고래였다. 백곰이 알아들었다는 신호로 수중에서 옆으로 두 바퀴 몸을 굴렀다. 그러자 수백 마리에 달하는 돌고래들이 백곰 주위로 몰려들었다. 그러더니 돌고래들이 일본 대마도 어장 일대로 몰려갔다.

돌고래들이 대마도 남서쪽 해상 10km 부근을 통과할 때였다. 한국 어장을 황폐화시키고 일본으로 향하던 상어 떼들이 수중에 나타났다. 개체 수를 헤아리기에는 어마어마한 집단이었다. 그러자 수백 마리의 돌고래들이 떼를 지어 상어 무리들에게 접근했다. 그러자 수중에서 회오리가 일면서 돌고래들이 상어들을 삼키기 시작했다.

돌고래를 이끄는 것은 사이보그 돌고래인 백곰이라고 밝혔다. 그 많던 상어 무리들이 일시에 포획당하더니 후쿠오카 쪽으로 달아났다. 수백 마리의 돌고래 떼들이 미친 듯이 후쿠오카를 향해 내달렸다. 위성 탐지 장치를 통하여 수중 탐지기에 후쿠오카 어장이 펼쳐졌다. 후쿠오카 해변에서 13km 떨어진 해상에서였다. 돌고래 무리들로 인하여 수중에서 거대한 소용돌이가 일었다. 상어를 비롯한 다량의 물고기들이 돌고래의 몸뚱이 속으로 삼켜지기 시작했다.

일본 두 군데의 어장이 단숨에 황폐화되는 상황이 영사막에 드러났다. 정택이 주먹을 불끈 쥐고 흔들면서 고함을 질러대었다.

"그래, 바로 그거야. 아예 물고기들의 씨를 말려 버리라고!"

그런데 정택을 제외하고는 현철과 중호의 표정은 지극히 암울해 보였다. 중호가 참으려고 한동안 노력하다가 의자에서 벌떡 일어섰다. 키가 큰 중호가 신경질적으로 고함을 내질렀다.

"아, 이건 아니야. 당장 돌고래를 불러들여. 일본인들이 망동을 부린다고 해서 우리까지 이럴 수는 없어."

이번에는 기다란 얼굴에 인상을 가득 쓰며 현철도 고함을 질러대었다.

"내 생각도 마찬가지야. 정택아, 당장 백곰을 불러들여. 지금 당장!"

그러자 정택이 얼굴이 벌겋게 달아올라 탁자를 주먹으로 내려치며 말했다.

"그러면 우리만 바보같이 일본 어부들한테 당하고 있으란 말이냐? 무슨 개떡 같은 말을 하고 야단이냐고?"

한편 무궁호의 맞은편에는 동급의 일본 탐사선인 해룡호가 출렁대었다. 해룡호 내부에서는 태평양연구소의 연구원들이 고함을 질러대며 언쟁했다. 36살의 사카 오사무를 향해 39살의 사사키 노조미가 격분하여 말했다.

"여태껏 당신이 벌여 왔던 일 탓이잖아? 일본 어부들을 부추겨 흡혈 아귀들과 상어들을 한국 어장에 뿌렸잖아? 오죽했으면 한국 연구원들이 돌고래를 동원하여 어장을 짓밟겠느냐고?"

그러자 37살의 연구원인 나가이 마사루도 흥분하여 고함을 내질렀다.

"도대체 우리의 정체가 뭐냐? 명색이 과학자란 사람들이 어부들과 똑같이 흥분하여 날뛰면 되겠어?"

이에 대해 사카 오사무가 항변하며 몸을 떨며 말했다.

"한국 놈들이 일본 해역을 망가뜨리는데도 참고 견뎌야 한단 말이냐? 그렇다면 지금까지는 왜 나를 도왔니? 너희들 왜 이래? 좀 일관성을 가지란 말이야. 제발 좀 말이야."

어느 순간에서였다. 해상에서 무궁호와 해룡호가 서로 접근하여 해룡호에서 6명의 과학자들이 만났다. 일본 과학자 셋과 한국 과학자 셋이 서로 만난 자리였다. 돌고래들로 인한 어장 파괴로 치를 떨던 사카 오사무였다. 울분이 치솟던 찰나에 한국 연구원들과 마주치게 되니 자제력을 상실했다. 사카 오사무가 탁자를 걷어차며 한국 연구원들을 향해 고함을 질렀다.

"이야, 너희들 미친놈들 아냐? 왜 돌고래를 동원해 일본 어장을 망가뜨려? 죽고 싶어?"

미처 말이 끝나기도 전에 정택이 고함을 질러대었다. 연구원들은 상대국의 말에도 통달한 사람들이었다.

"뭐라고? 말은 똑바로 하자고. 너희들이 먼저 아귀와 상어로 한국 어장을 공격했잖아?"

정택의 말이 미처 끝나기도 전이었다. 36살의 가라테의 달인인 사카 오사무가 주먹질을 하며 정택에게로 달려들었다. 35살의 정택도 화가 치밀어 다가들면서 몸을 날렸다. 합기도의 유단자로서 몸을 솟구쳐 옆

차기로 공격했다. 사카 오사무의 주먹과 정택의 왼발이 서로를 향해 돌진했다. 사카 오사무의 가슴이 정택의 왼발에 차여 갑판에 나뒹굴었다. 그것도 잠시였다. 정택과 사카 오사무가 서로 엉겨 붙어 갑판에서 나뒹굴면서 치고받았다.

정택과 사카 오사무의 얼굴이 순식간에 찢겨 피가 흘러내렸다. 서로의 주먹에 서로의 살갗이 찢긴 탓이다. 이때에서야 지켜보던 양쪽 연구원들이 달려들어서 둘을 뜯어 말렸다. 정택과 사카 오사무를 분리시켜 응급으로 상처에 연고를 바른 뒤였다. 정택과 사카 오사무의 감정이 가라앉기까지 약간을 기다린 뒤였다.

나가이 마사루가 한국 과학자들을 향해 말했다.

"먼저 일본에서 한국 해역으로 상어와 아귀를 보내어서 미안합니다. 모든 발단을 우리 일본에서 먼저 제공해서 미안합니다."

나가이 마사루의 말이 끝나자 현철이 일본인들을 향해 말했다.

"돌고래로 일본 해역을 휘젓게 만들어 한국 측에서도 사과를 드립니다."

두 나라의 마음이 전달된 뒤였다. 그랬어도 정택과 사카 오사무는 인상을 쓰며 한동안 침묵했다. 그러다가 분위기를 생각하여 마지못해 서로 손을 내밀어 화해했다. 그리하여 6명의 한국과 일본 과학자들이 서로 따뜻이 손을 잡았다. 그러고는 상대국의 어장을 황폐화시킨 것에 대해 사과했다. 국가 기관끼리는 서로 이해하고 협조하기로 약속했다. 그러고는 대립하던 해역에서 서로의 탐사선을 돌려 헤어졌다. 이런 사실은 정택과의 통화로 은호가 알게 되었다.

세월이 바람에 휩쓸리는 깃털처럼 가볍게 흘러갔다. 은지가 안산의 해양과학기술원으로 올라간 지 닷새 후다. 휴대전화가 울리기에 은호가 귀에 갖다 대니 은지의 목소리가 흘러든다.

"잘 지내고 있니? 나는 내일 아침에 일본 요코하마에 가. 거기서 한일 해양학회(海洋學會)의 사회자를 맡기로 했어. 갖다 와서 전화할게, 안녕!"

은지의 목소리를 좀 오래 듣고 싶었지만 은호가 마음을 추스른다. 국제 해양학회의 사회를 맡았다고 하지 않은가? 은지와 통화한 뒤다. 잠시 휴식을 취하고 있으려니까 이번에는 오노 사토시로부터 전화가 걸려온다. 44살의 체격이 건장하고 팔뚝이 굵직한 사내다. 그는 후쿠오카현의 어민 대표를 맡고 있다.

3주일 전에 정택의 소개로 후쿠오카에서 그를 만난 적이 있다. 정택과 함께 후쿠오카 해변의 음식점에서 은호가 그를 만났을 때다. 후쿠오카의 해변은 상어들이 한창 수중을 휘젓는 상태였다. 어장의 물고기들은 상어들에게 공격을 당해 무더기로 수면으로 치솟았다. 어디가 바다이며 어디가 물고기의 시신인지 구별이 안 될 지경이었다. 셋이 모여서 대화하는 음식점 바깥에는 일본 어민들이 웅성거리고 있었다. 뭔가 폭동이라도 벌일 듯한 흉흉한 기세마저 느껴졌다. 은호가 영문을 몰라 궁금하게 여길 때였다.

오노 사토시가 굵은 팔뚝을 거들먹대며 말했다.

"여기 휴대용 컴퓨터 화면을 좀 보세요. 한국의 쾌속선이 해변 인근의 어장까지 내닫는 모습이 보이죠? 그리고 바로 이 부분을 보세요. 둥그스름한 물체를 바다에 신속히 투입하고 있잖아요? 이 부위가 묘하게도 일본의 어장입니다."

오노 사토시가 말하다가 말고 잠시 물을 마셨다. 이때를 이용하여 은호가 컴퓨터 속의 쾌속선의 모습을 들여다보았다. 조기철이 비진도에서 구입하여 끌고 다니던 쾌속선임에 틀림없었다. 배 이름인 '용풍'이란 한글이 뚜렷이 적혀 있었다. 그 영상을 보는 순간에 은호의 가슴이 철렁 내려앉았다. 대마도 뒤쪽을 돌아 일본 큐슈우의 북쪽 해안까지 진입한 거였다. 아예 일본 어장을 망가뜨리기로 단단히 작정했음이 훤히 드러났다. 이런 상황에서 음식점 바깥에서는 어민들이 은호와 정택을 노리는 모양이었다.

일본 어민들을 잘 달래야 할 정황이었다. 은호도 가방 속에서 휴대용 컴퓨터를 꺼냈다. 그러고는 비진도와 매물도에서 촬영된 동영상 화면을 오노 사토시에게 보여주었다. 험악한 날씨를 골라 어장에 침투한 일본 잠수부들의 사진이 제시되었다. 일본 잠수부들이 물에서 빠져 나오자마자 다가드는 쾌속선은 일본의 어선이었다. 선박의 바깥에는 명확한 일본어가 크게 씌어져 있었다. 일본 쾌속선이 잠수부를 태우고는 달아나는 장면이 생생하게 담겨 있다.

동영상을 보자마자 오노 사토시의 표정이 급격하게 변하면서 따지듯 물었다.

"도대체 이 영상은 언제 촬영한 거요? 혹시 조작된 게 아니오?"

은호가 쓴 미소를 지으며 차분히 말했다.

"양쪽 나라에서 제시한 근거물에 따르면 양쪽 다 악행을 저질렀어요. 무엇보다도 동영상은 확실한 증거가 되잖아요? 과거에 오해가 쌓여 이런 일이 벌어졌으리라 여겨집니다. 이제는 진심으로 과거의 잘못을 인정하고 서로 돕는 체제가 필요합니다. 회장님께서 어민들에게 잘 좀 설명해 주세요. 제가 일본 어민들에게 직접 설명하는 것보다는 낫지 않겠어요?"

과거의 회상에서 깨어나 오노 사토시의 통화 목소리에 귀를 기울인다.

"지난번에 복사해 준 동영상이 일본 어민들의 마음을 많이 누그러뜨렸소. 불길같이 설치던 어민들이 이제는 한국 입장을 이해하려고 노력하는 모양이오. 또 다음에 연락하겠소."

은호는 고맙다는 인사를 하며 통화를 끊는다.

이튿날 아침부터는 은호가 권종삼과 천창수와 조기철을 면담하기로 했다. 남해의 어민 대표들인 이들은 일본 어부들에 대한 반감이 크다. 일본 어부들과 화해할 듯하다가도 뒤틀리면 보복을 꿈꾸는 사람들이다. 이처럼 신경이 예민한 사람들이기에 이들을 만나기가 무척 불편하다. 하지만 은호는 항상 궁극적인 해양의 흐름을 떠올린다. 절대로 어느 나라의 해양 자원에도 잘못은 없다고 여긴다. 열린 마음으로 함께 돕는 체제가 바람직하다는 소신을 갖고 있다.

오전 10시에 비진도 어로 관리소에서 어민 대표들을 만나기로 했다. 약속 시간인 10시에 은호가 어로 관리소 마당에 도착할 때다. 비진도의 어부들 27명이 마당에 모여 있다. 은호가 어부들을 둘러볼 때다. 사무소 안에서 호준이 어민 대표들과 함께 마당에 내려선다. 은호는 어민 대표들과 차례로 인사를 나눈다. 어민 대표들은 권종삼과 천창수와 조기철과 문태환이다. 문태환은 비진도의 어민 대표를 맡고 있다. 호준이 마당의 어부들에게 은호를 막 소개시키려는 찰나다.

어부들의 집단에서 두 사람이 은호를 향해 격렬한 목소리로 떠들어댄다.

"당신 혹시 정부의 끄나풀이야? 왜 일본 어부들도 만나고 한국 어민들도 만나고 다녀? 아무리 봐도 수상하잖아?"

"당신이 우리나라 사람이면 우리 어부들만 잘 되도록 하면 되잖아? 일본 어부들이 우리 어장을 망쳐 놓았는데도 우리한테 일본인들을 이해하라고? 왜놈들한테 당신이 받은 뇌물이 얼마야? 자세하게 밝히지 않으면 가만두지 않겠어."

은호를 비난하고 모욕하는 어민들이 한국과 일본에 다 있다. 얼마 전에 수산과학원의 정택과 후쿠오카를 방문했을 때도 상황은 비슷했다. 거기서는 어민들이 은호를 한국의 첩자라고까지 몰아세우며 비난했다. 예상치 못했던 역경에 처할 때마다 은호도 비감스러웠다.

은호는 마음을 신속히 추슬러 어민들을 향해 말한다.

"저도 안타까운 마음 때문에 정황을 이해시키려고 곳곳에 다니는 중입니다. 조금만 제 설명을 들어 주시면 고맙겠습니다."

인내심을 발휘하여 차분히 설명하기 시작하자 어민들의 반응이 달라진다. 어민들이 상황을 이해할 무렵에는 어민들을 관리소로 데리고 들어간다. 거기에서 어장 파괴에 따른 동영상을 보여주며 재차 정황을 설명한다. 그제야 은호를 비난했던 어민들이 은호에게 다가가서 사과를 한다. 은호가 스산한 마음을 달래며 주민들의 마음을 다독거리려 애쓴다. 얼굴이 뿌옇고 넓적한 문태환이 미안한 표정을 지으며 은호를 향해 말한다. 그는 49살의 비진도 어민 대표이다.

"미처 설명하기도 전에 기분 나쁘게 해서 대단히 미안해요. 섭섭하겠지만 사람들의 마음이 다양하다고 여기고 이해해 주세요."

은호도 소탈하게 웃으면서 응답한다.

"어장의 물고기들을 보호하려다 보니 본의 아니게 설친 꼴이 되었어요. 부디 하찮은 정도라도 오해가 없으면 좋겠습니다."

문태환을 비롯한 어민 대표들과 어부들이 관리소에서 떠나간 뒤다. 관리소 1층의 집무실에서 은호와 호준이 탁자에 마주 앉는다. 호준이 따뜻한 커피 두 잔을 다탁에 올려놓는다. 그러면서 텔레비전을 켠다. 그러고는 커피를 마시면서 은호에게 말한다.

"너무 무리하는 거 아냐? 내가 보기에는 네가 다소 지나치게 힘을 낭비하는 것 같아. 왜 양쪽 나라 어민들의 분규에까지 끼어들려고 해? 그냥 네가 맡은 매물도 지역의 업무나 처리하면 되잖아?"

은호가 막 응답하려 할 때다. 호준이 텔레비전의 화면을 가리키면서 눈이 뚱그레진다. 은호도 텔레비전으로 시선을 옮긴다. 거기에는 은지가 한일 과학자들을 향해 영어로 설명하는 장면이 비친다. 그러고는 아나운서가 은지에 대해 보도한다.

"해양과학기술원의 황은지 박사는 올해 일곱 차례나 학술 교류를 주도했습니다. 한국과 일본의 경계 수계에 관한 연구의 세계적인 권위자로 인정받습니다. 게다가 황 박사는 한일 어민들의 마찰 완화에도 크게 기여했습니다. 무려 올해만 해도 여덟 차례 이상 마찰 완화에 기여했습니다."

은지에 대한 뉴스를 듣고 나자 호준의 표정이 달라진다. 그러면서 호준이 은호에게 말한다.

"한일 어민들에 대해서는 너만 관여한 게 아니구나. 연인이라고 해서 어쩜 관심을 쏟는 분야까지 같니? 나로서도 너희들을 이해하기가 상당히 힘들구나."

은호는 호준의 말에 가슴이 서늘해짐을 느낀다. 동료 어로 관리사로서 절친한 친구인데도 생각이 다르지 않은가? 호준이 이해해 준다고 해도 일이 힘들 지경이잖은가? 호준까지 냉담한 반응을 보이자 전신에서 기력이 빠져 나가는 듯하다.

은호가 슬쩍 텔레비전 화면을 살핀다. 이미 뉴스는 끝나고 다른 프로그램이 진행되고 있다. 은호의 가슴에 잔뜩 공허하고 스산한 기류가 밀려든다. 한일 어장의 대립 문제를 해결하려면 아직도 막막하기 때문이다. 얼마나 양쪽 나라를 오가야 할지 모르리라 여겨지기 때문이다. 한국의 어민 대표들이나 일본의 어민 대표들도 다들 성가신 사람들이다. 어느 편도 만만치 않아 보인다. 은호는 호준과 마주 앉아 커피를 마시면서도 공허감에 잠긴다. 마음이 통할 만한 친구마저 자신의 마음을 몰라주기 때문이다.

풋풋한 그리움을 안고 은지와 헤어진 지 2주쯤 지났을 때다. 일본과 한국이 맞보는 연안에서 어장이 황폐화된다는 소문이 불길처럼 치솟는다. 일본은 한국의 어부들이 어장을 망가뜨렸다고 주장하며 악의적인 비난을 내쏜다. 한국인들은 일본 어부들이 어장을 망쳤다면서 살벌하게 욕설을 내뱉는다. 어장 23곳이 일본 탓에 망했다면서 한국인들이 소식을 세계로 내보냈다. 일본에서는 어장 35곳이 훼손당했다는 소식을 핵구름처럼 세계에 퍼뜨렸다.

마침내 양국 어민들이 만나기로 했다. 대마도 중부의 서해안에서 서쪽으로 21km 떨어진 해상에서다. 여기에서 양국의 어민 대표들이 울분을 추스르며 서로 대치하고 있다. 한국 어선 32척과 일본의 어선 55척이 대치하여 울분을 터뜨린다. 한국 어민 대표들은 100톤의 천지호에서 울분을 추스르고 있다. 일본 어민 대표들은 80톤의 흑룡호에서 노화를 가라앉히고 있다. 51세의 권종삼이 한국의 어민 대표를 맡고 있다. 종삼은 거제도 어민 대표도 겸하고 있다.

종삼의 곁에는 2명의 사내들이 있다. 키가 후리후리하게 큰 49세의 천창수는 욕지도 어민 회장이다. 몸이 탄탄하며 눈매가 매서운 43세의 조기철은 매물도의 어민 대표이다. 은호에 의해 매물도의 어민 대표 역할을 충실히 수행한다. 이들 곁에 통역을 맡은 은호가 서 있다.

양국 대표자 6명과 2명의 통역인들이 천지호에서 만날 예정이다. 천지호의 대형 선실 중앙에 기다란 탁자가 놓여 있다. 탁자 양쪽으로는 의자가 가지런히 놓여 있다. 회견 탁자 양쪽으로 양국 대표자들이 착석하기로 되어 있다. 한국에서는 종삼, 창수, 기철과 은호가 먼저 회의장에 도착해 있다. 서서히 일본의 흑룡호가 천지호 곁으로 다가든다. 배 옆구리에 매달린 고무 타이어가 충격을 완화시킨다. 이윽고 두 배가 닿았을 때다. 일본인들이 천지호로 내려선다.

먼저 일본 어민 회장인 사카이 마사토가 천지호에 내려선다. 사카이 마사토는 45세의 머리가 벗겨진 탄탄한 몸매의 사내다. 사카이 마사토는 야마구치현의 어민 회장도 겸직하고 있다. 두 번째로는 47세의 사내인 아베 히로시가 천지호에 내려선다. 그는 대마도 어민 회장을 맡고 있다. 세 번째로는 오노 사토시가 천지호의 갑판에 내려선다. 그는 44세의 사내로 후쿠오카현의 어민 회장이다. 네 번째로는 일본 통역인이 내려선다. 그는 33살의 사내인 이쿠타 토마이다. 회의장에는 회의할 여건이 형성되어 있다.

먼저 사카이 마사토가 입을 연다. 그가 말할 때마다 이쿠타 토마가 곧바로 통역을 한다.

"오늘 쌍방이 서로 잘 타협하기를 바라는 심정으로 말하겠습니다. 한국에서 돌고래를 동원하여 일본 어장 23곳을 황폐화시켰죠? 여기에 대해 먼저 경위를 설명해 주세요."

사카이 마사토가 말한다. 그는 대마도의 일곱 곳, 후쿠오카의 여덟 곳, 야마구치의 여덟 곳이 피해당했다고 주장한다. 이에 대해 은호가 회의장 벽면에 영사막을 펼친다. 그러고는 컴퓨터를 통하여 녹화된 동영상을 순서대로 재생시킨다. 일본 잠수부들이 한국의 어장에서 빠져나와 쾌속선에 올라타는 장면이 드러난다. 쾌속선의 선체에는 온통 일본 문자가 적혀 있다. 무려 열두 곳 장소의 동영상을 재생시키자 일본인들의 표정이 하얗게 변한다. 은호가 제시한 자료를 바라본 일본인들은 망연한 표정을 짓고 허둥거린다. 급기야 자기네들끼리 수런수런 얘기를 나누며 떠든다.

"도대체 어찌 된 일이야? 여태껏 한국에서 무조건 돌고래를 내보냈다고 알고 있었잖아?"

"상어들은 일본에서 서식하는 귀상어야. 상어구에 투입되었던 상어들은 모두 귀상어였어."

"맞아. 한국 어장을 교란시키려던 상어구에는 귀상어만 들어 있었어."

세 일본인 대표들이 연이어 떠드는 소리가 은호의 귓전으로 밀려든다. 유사시를 대비하여 은호가 대화 내용을 죄다 녹음한다.

넓적한 얼굴의 종삼이 일본인들을 향해 말한다.

"우리가 피해를 당한 동영상은 지금까지 여러분들한테 보여 드렸어요. 여러분들이 한국인들한테 피해를 당했다는 영상물을 보여주시겠어요? 매사는 근거를 갖고 이야기해야 하잖아요?"

종삼의 말에 굵은 팔뚝의 오노 사토시가 응답한다.

"영상물에는 돌고래가 상어만을 삼키고 있더군요. 솔직히 따져 봅시다. 돌고래가 상어만 잡아먹습니까? 아니죠? 상어를 잡아먹고는 일본 어장 23곳을 망가뜨렸어요. 어장을 망친 주체가 돌고래라는 사실은 주민들이 다 봤어요. 영상물 못지않은 증거가 일본 섬 주민들 아닙니까?"

오노 사토시의 언변이 날카롭기 그지없다. 은호가 상어의 출현 경위를 일본인들에게 들려준다. 은호의 설명에 잠시 양국 대표들이 생각할 시간이 필요하다고 말한다. 통역인을 동원하여 양국 대표들이 한동안 의견 교환을 한다. 그러다가 아베 히로시가 회의 참석자들에게 말한다.

"하여간 돌고래들의 난동으로 일본 어장들이 황폐해진 것은 분명합니다. 저도 잠수를 하면서 피해를 당한 어장을 직접 목격했어요. 난리라도 그런 난리가 없었어요."

잠시 숨을 고른 뒤에 아베 히로시가 말을 잇는다. 아베 히로시가 말할 때마다 회의 참석자들의 눈빛이 달라진다. 다만 근거가 되는 영상물 자료가 누락되었을 뿐이다. 공교롭게도 회의장에 참석하려고 서둘다가 촬영한 영상물을 가져오지 못한 모양이다. 피해당한 일본 어장으로 돌고래들이 엄청나게 달려들었다고 한다. 이로 인하여 일본 어장이 피해를 입었다는 것은 사실이라고 한다. 일본인들은 돌고래 영상물을 내보였지만 한국 사이보그의 사진은 없었다.

일본 대표들은 주장했다. 절대로 한국 어장에 상어구를 투입한 적이 없다고. 하지만 근거물이 제시되자 일본인 대표들이 동영상에 나온 일본인들을 비난했다. 그러면서 자신들이 결성한 어민 협회에는 그런 사람들이 없다고 내세운다.

네 시간을 넘게 서로 격론을 벌인 뒤다. 은호가 양국 대표들에게 새로운 제안을 한다.

"다들 실없는 말은 하지 않으리라고 믿습니다. 제시된 영상 속의 인물을 찾으려면 찾을 수는 있겠죠. 하지만 지난 일을 가지고 왈가왈부하는 것은 의미가 없다고 생각됩니다. 어느 쪽이든 해당되는 항목이 있으면 시인하면 되는데 시인하지 않잖아요? 서로 무죄라고 우기면 대책이 없는 거죠. 이럴 바에는 과거는 잊고 새로운 문제를 협의하는 게 어떻겠어요?"

회의 참석자들이 눈을 둥그렇게 뜨고 은호를 바라본다. 도대체 무슨 말을 할지 궁금한 모양이다. 이윽고 은호가 천천히 입을 연다.

"이렇게 만나기도 어려운데 제가 새로운 제안을 하겠습니다. 이유 여하를 불문하고 상대 나라의 어장을 공격하지 않도록 합시다. 어장은 어민들의 생활 기반이잖아요? 이것을 훼손시키지 않을 의무도 어민들에게 있잖아요?"

한국과 일본 대표 6명이 서로 대화를 나누느라 수군댄다. 의제를 하나씩 말이 끝나는 대로 처리하기로 했기 때문이다. 상대국의 어장을 파괴하려는 어민들을 발견하면 말리자는 의견이 압도적이다. 차라리 그런 노력으로 어획량을 늘리도록 권유하자고 뜻을 모은다. 한동안 양국 어민들이 수군거린 뒤다. 무척 힘들게 양국 대표들이 합의하며 은호의 제안을 받아들인다.

은호가 연이어 자신의 의견을 제안한다.

"다음으로는 해안 수중의 청소 문제예요. 연안의 수중에 오염물이 적어야 물고기들이 잘 살죠? 정기적으로 연안 수중에 잠수부를 투입시켜 청소를 하는 거죠. 이때 양국의 잠수부들이 서로 힘을 합하여 추진하기를 제안합니다."

양국 대표들의 눈빛이 재차 반짝인다. 해저의 청소가 잘 되면 어획량이 느는 것은 확실하다. 양국이 서로 돕는다면 대번에 어획량이 좋아지리라 여겨진다. 양국 대표들이 서로 좋은 의견이라고 입을 맞추어 말한다. 그러다가 양국 대표들이 그렇게 하자는 쪽으로 의견을 모은다. 처음 양국 대표들이 만날 때만 해도 긴장된 분위기가 감돌았다.

한국에서는 비상사태를 대비하여 해양경찰과 해군이 부산과 통영에서 대기하는 중이다. 일본에서도 자위대와 해양경찰이 대기 상태로 현장을 지켜본다. 의외로 양국 어민들끼리 우호적인 분위기로 회의를 끝낸다. 회의 결과는 미래 지향적이며 서로를 돕는 방향으로 추진되려고 한다. 국가기관이 개입되지 않으면서도 양국이 우호적으로 돕는 체제가 구축된 셈이다. 취재하러 나온 양국 기자들이 천지호로 몰려든다. 회의 결과는 금세 매스컴을 통하여 세계로 발신된다.

그런데 여전히 남은 문제가 현장에는 있다. 양국 대표들을 향해 바다에서 대치한 어선들에서 폭언들이 터져 나온다. 양국 어선들이 서로 돕자는 견해에는 다들 찬성을 한다. 하지만 보상 문제에 있어서는 불만들이 대단하다. 어떻게 피해 사실에 대한 보상 대책이 없느냐고 떠들어댄다. 이런 관점은 한국이나 일본 어선들에서도 공통적인 양상을 보인다. 다들 억울하다면서 서로 보상을 해내라고 고함을 질러댄다. 보상이 없이는 공조 체제가 무의미하다고 떠들어댄다.

은호는 양국 어선들에서 일어나는 소란 현장을 바라보며 가슴이 쓸쓸해진다. 이런 분위기라면 대표회의 자체가 무의미하다고 여겨질 정도다. 그리하여 은호가 양국 대표들을 따로 만난다. 그리하여 그들에게 그들의 어민들을 잘 설득하라고 일러준다. 설득 작업이 끝나야만 대표회의의 결실이 유효하리라 밝힌다. 그리하여 해상에서 반시간가량 양국 어민들에 대한 설득 작업이 진행되었다. 마침내 양국 어민들도 대표회의의 결과를 받아들이는 분위기로 바뀐다.

은호가 어민들의 반응을 주시하며 생각에 잠긴다.

'서로 돕지는 못하더라도 서로 공격할 생각은 않겠지. 그래야 회의 결과가 빛이 날 텐데.'

느닷없이 바다에서 어선들이 서로 마주 보는 형상으로 벌려 선다. 한국 어선은 한국 어선들끼리 기다랗게 늘어선다. 일본 어선들은 일본 어선들끼리 기다랗게 늘어선다. 이 모습을 바라본 순간 은호의 가슴이 철렁 내려앉는다.

'설마 우려했던 폭력 대결이 일어나는 것은 아니겠지? 해양경찰에 연락해야 되는지 말아야 하는지 헷갈리네. 아마도 멀리서 해양경찰이 지켜보고 있겠지.'

어민 대표들을 찾아보려고 해도 천지호와 흑룡호마저도 대열 속에 묻혔다. 은호가 천지호의 갑판에서 어민 대표를 찾았지만 눈에 띄지 않는다. 이웃 배로 건너간 모양이다. 철도처럼 기다란 평행선 모양으로 양국 어선들이 해상에서 대치한다. 의견을 나누면서 공통적으로 가슴에 쌓였던 결론 탓이라 여겨진다.

느닷없이 스산한 바람이 슬슬 불더니 해상에 파도가 치솟기 시작한다. 철도처럼 기다란 평행선으로 대치한 양쪽의 배들이 기우뚱거린다. 갑판 위의 사람들이 험상궂게 급변한 날씨로 인해 투덜거리기 시작한다. 모든 배에서 회담 날짜조차도 악천후에 잡았다면서 불평이 들끓기 시작한다. 20m 거리만큼 떨어져 대치하던 배들의 간격이 점차 가까워지기 시작한다. 10m의 접근, 5m의 접근에 이어 점점 간격이 좁혀진다. 이러다가는 양쪽 선박들이 부딪혀 파손될 듯한 조짐마저 밀려든다. 양쪽 진영의 불평 소리가 극도로 뒤끓는다고 은호에게 판단되는 찰나다.

돌연 쌍방의 배에서 일제히 뱃고동이 흘러나온다. 해상에는 순식간에 터져 나온 뱃고동 소리로 바다가 가라앉을 듯한 기세다. 일시에 먹먹해진 귀를 추스르며 은호가 쌍방의 배를 바라볼 때다. 통역관을 통하여 사카이 마사토의 배에서 확성기를 통하여 한국어가 흘러나온다.

"한국의 어부님들께 거듭 감사의 말씀을 전합니다. 양국의 마음이 통하여 서로 화해하기로 확정했습니다. 방금 울린 뱃고동의 선율처럼 멋진 이웃이 됩시다. 대한민국 만세!"

말이 끝나자마자 한국 진영의 어선들에서 환호성이 핵구름처럼 치솟는다. 잠시 소요가 가라앉자 통역관을 통하여 권종삼의 배에서 일본어가 흘러나온다.

"국가를 초월하여 따뜻한 마음으로 다가온 일본 어부님들께 경의를 표합니다. 오늘의 화합을 영원히 잊지 않겠습니다. 오늘을 기리기 위해 재차 뱃고동을 울려 서로가 우방국임을 확인합시다. 대일본 만세!"

한국 어선에서의 방송이 일본 진영으로 흘러간 뒤다. 일본의 진영에서 일제히 뱃고동 소리가 하늘 높이 치솟는다. 그러자 한국의 진영에서도 뱃고동 소리로 일제히 화답한다. 태풍이 휘몰아치듯 뱃고동 소리가 뇌성벽력처럼 치솟아 세상을 뒤덮을 정도다. 은호가 화해 분위기로 출렁대는 바다를 바라볼 때다.

느닷없이 울컥 목이 메며 눈시울에 눈물이 흘러내린다. 그러면서 눈물을 지울 생각도 잊은 채 생각에 잠긴다.

'아, 역시 사람들한테는 이처럼 애틋한 온기가 있었구먼. 마음을 열어 이처럼 우호적인 상황으로 다가설 수도 있었어. 인간 본연의 따사로움으로 서로 돕는 나라가 되었으면 정말 좋겠어.'

은호가 생각에 잠겨 있을 때에 갑판에 탄 어부들이 다가온다. 승선한 어부들 전원이 은호를 포함시켜 어깨동무를 한 채 둘러선다. 그러더니 일본의 진영을 향해 힘찬 목소리를 쏟아낸다.

"함께 일하는 바다! 서로 돕는 이웃!"

일본 어선들의 어부들은 영문을 모른 채 멀뚱하게 한국인들을 바라본다. 이에 한국 어선에서 터진 구호를 확성기로 은호가 일본어로 들려준다.

그러자 한국 어선을 마주 대하는 일본 어선에서 사람들이 술렁댄다. 그러자 일본 어부들도 팔을 벌려 둥글게 서서는 크게 소리친다.

"함께 일하는 바다! 서로 돕는 나라!"

일본어로 되돌아온 구호가 한 단계 향상된 느낌이다. 은호가 즉시 확성기를 통하여 우리말로 크게 외친다.

"함께 일하는 바다! 서로 돕는 나라!"

이때부터 해상의 선박들 위에서는 묘한 파동이 급격히 이는 느낌이다. 바다에 벌려 선 87척의 선박마다 사람들이 빙 둘러 모인다. 그러고는 서로 손을 잡고는 다들 호흡을 가다듬는 기색이 역력하다. 선박들마다 갑판에서 원형으로 둘러선 사람들이 인근의 배를 둘러본다. 선박들마다 인근의 선박을 바라보며 뭔가 분위기를 맞추는 듯하다.

그러다가 느닷없이 커다란 소리의 구호가 일제히 폭음처럼 치솟는다.

"함께 일하는 바다! 서로 돕는 나라!"

바다로부터 구름으로 치솟는 격렬한 고함의 소용돌이다. 87척의 모든 선박에서 구호들이 서너 차례씩 자국어로 반복하여 터진다. 구호의 함성이 터질 동안 바다는 인간의 목소리에 갇힌 별천지다. 출렁대는 파도마저 인간의 목소리로 구호를 토하는 듯하다. 몇 차례 구호를 반복하던 사람들의 눈에 파르스름한 물기가 번진다. 가슴을 닫고 폐쇄된 영역에서만 산답시고 버둥거렸는지를 진심으로 자탄하는 듯하다.

은호의 의식 세계로도 별천지가 펼쳐지는 느낌이다. 결코 예전에는 느끼지 못했던 조화와 단합의 물결이 뚜렷하게 밀려든다. 나름대로 여태껏 상대를 배려하며 산다고 노력은 했다고 여긴다. 하지만 이처럼 장중한 화합의 기류에 직면하자 넋을 잃을 지경이다. 정말 인간이 인간의 벽을 넘어서는 느낌에 완전히 압도당하는 기분이다.

한국과 일본 어부들을 만나 서로를 화해시키려 나섰던 장면들이 떠오른다. 최선을 다해 한국과 일본 어부들을 화해시키려고 후쿠오카를 넘나들었다. 어민들 앞에서 말하기도 전에 모사꾼이라고 질타받았던 일들이 오죽 많았던가? 일부의 어민들은 정부의 끄나풀이라고 대놓고 욕까지 해댔다. 양쪽 나라에서 비난을 받으며 실의에 잠겼던 때도 얼마나 많았던가? 어떤 사람들은 은호가 정계에 진출할 전초 작업이라며 비아냥대기도 했다.

양쪽 나라의 어선들 위에서 이루어지는 화합의 기류에 직면한 순간이다. 오해와 비난을 받던 지난날의 아픔이 은호의 가슴을 친다. 최소한 인간의 선의를 알아주는 장면이지 않은가? 자신도 모르게 은호의 가슴으로 설움의 불길이 훅 치솟는다. 이 순간 체면이나 부끄러움마저 스러져 버렸음일까? 은호는 그만 가슴을 부둥키며 목이 메어 흐느낀다. 여태껏 이처럼 애절한 설움을 느꼈던 적이 없다고 여겨진다. 은호의 마음이 전해진 탓일까?

갑판 위에 둘러선 어부들의 눈가에 한결같이 이슬이 맺혀 반짝인다. 서서히 양쪽 진영의 사람들이 작별하는 움직임을 취한다. 또다시 일제히 쌍방이 뱃고동을 울려댄다. 그러더니 상대국의 어부들을 향해 손을 흔들어댄다. 화합의 의미를 소중히 하겠다는 의사 전달이라 여겨진다. 한동안 손을 흔들다가 서로 작별한다. 한국의 어선들은 한국 영해로 일본 어선들은 그들의 기항지로 흩어진다. 은호도 달리는 뱃머리에서 일본 어선들을 뒤돌아보며 팔을 크게 흔든다. 정말 세상과 우주가 서로를 존중하는 분위기에 휩싸이기를 바라면서.

양국 어민들이 협의를 거쳐 해산한 지 일주일이 경과된 시점이다. 매물도 공동 양어장의 어망을 잠수하면서 점검한 뒤다. 오후 2시 무렵에 은호가 해남장에 도착할 때다. 효정이 은호에게 등기 우편물을 전해 준다. 발신지를 점검하니 해양수산부다. 봉투 입구를 가위로 잘라 봉투를 연다. 내부에는 A4 용지에 전언이 기재되어 있다. 예상치 못한 내용으로 인하여 잠시 숨결을 가다듬는다.

한일 어민 관계에 기여한 귀하의 공로를 높이 평가합니다.
이에 1주간의 해양국 순방 연수 특전을 부여합니다.
순방 예정국: 영국, 프랑스, 스페인, 포르투갈

-해양수산부 장관-

은호는 잠시 정신이 멍한 느낌에 휘감긴다. 결코 국가로부터 포상받으려고 한 일이 아니었기 때문이다. 그랬는데도 노고를 격려하는 국가의 조처에 고마움을 느낀다. 연수 내용이 궁금하여 성준에게 전화를 건다. 반가움이 여실히 느껴지는 성준의 목소리가 귓전으로 밀려든다.

"축하해. 해양 선진국의 발전된 모습을 둘러보라는 국가의 취지야. 함께 가기로 한 사람이 누구인지는 알지? 너의 애인인 해양과학기술원의 황은지 선임 연구원이야. 둘이 엄청나게 노력하여 한일 어업 문제를 해결했다는 평가가 내려졌어. 둘이 함께 둘러보면 보다 많은 도움이 되리라 여겨져."

성준과 통화를 마친 뒤다. 은호는 자신의 심장이 유난히 펄떡거리며 뛰는 것을 느낀다. 그러면서 풍선처럼 부풀어 하늘로 치솟는 듯한 상념의 물결에 잠긴다.

'우주에는 정말 보이지 않는 숨결이 있는 것 같아. 연인인 은지와 함께 연수를 다녀오게 되다니? 정말 가슴 벅찰 지경이야.'

가슴이 극도로 설레어 은호가 가만히 여관방의 창문을 연다. 하늘이 고운 색조의 파란색으로 남실대고 있다. 청아한 하늘을 바라보니 힘들었던 과거의 일들이 꿈결처럼 감미롭게 느껴진다. 이때 느닷없이 휴대 전화가 울린다. 귀에 갖다 대니 은지의 목소리가 밀려든다.

"너도 공문 받았지? 함께 연수를 가게 되어 너무 기뻐."

반가움과 그리움을 애써 누그러뜨리는 은지의 마음이 느껴진다. 은호가 맑은 하늘을 올려다보며 응답한다.

"매물도에서 처음 만났을 때부터 내 영혼은 송두리째 너한테로 휩쓸렸어. 그때는 너무나 황홀하여 며칠째 깊이 잠들지도 못했어. 세상에서 연인을 맞는다는 것이 그지없이 가슴 벅차리라고는 미처 몰랐어. 하지만 또 이렇게 해외 연수까지 함께 가게 되어 기뻐. 항상 이처럼 고마운 마음으로 평생 너랑 살고 싶어."

통화가 끝나자 은호가 창밖으로 고개를 내밀어 하늘을 올려다본다. 푸른빛이 금세 방 안으로 밀려들 정도로 청아한 하늘이다. 가을이 깊었음인지 기러기가 'ㅅ' 자 행렬로 하늘을 날아가고 있다. 시린 하늘을 거침없이 날아가는 기러기를 바라보며 은호는 마음속으로 중얼댄다.

'만남을 소중히 여기는 기러기들의 행렬이 눈부시구나. 정녕 눈이 부실 지경이야.'

기러기마저 은지와 걸어갈 미래를 축복하는 기분이어서 은호의 가슴이 젖어든다. 진심으로 대자연에게 고마워하면서 기러기처럼 비상하려는 듯 서서히 양팔을 펼친다. 설레는 마음을 알아차린 듯 파르스름한 달빛마저 은호의 눈가로 휩쓸려든다. ◆

| 평설 |

독자와 함께 꿈꾸는 긍정의 바다

- 손정모 장편소설 『꿈꾸는 바다』

유금호
(소설가, 목포대 명예교수, 문학박사)

독자와 함께 꿈꾸는 긍정의 바다

−손정모 장편소설 『꿈꾸는 바다』 평설

1. 재미없는 한국소설

최근 들어 한국문학의 왜소화에 대한 여러 현상들에 대해 우려의 소리가 높다. 도무지 한국소설은 재미가 없어도 너무 없다는 것이다. 주변의 영화를 비롯한 영상 매체에 관계하는 지인들은 한국문학에서 원작을 가져오려는 시도를 오래전 접은 것으로 보인다. 그들은 만화, 그것도 일본 쪽 만화에서 작품의 모티브를 가져온다고 떳떳하게 밝히고 있다.

출판 시장은 더 말할 것도 없다. 재테크와 건강, 취미 쪽에 출판 시장을 양보한 것은 오래 전이지만 명맥을 유지하고 있는 문학 쪽도 한국문학에 할애하는 공간은 형식에만 그치고 있다. 독자의 관심권에서 멀어져 버린 한국문학에 대한 공간의 배려는 낭비라는 태도이다.

일부 사람들은 이야기한다. 오늘의 현실 자체가 너무 드라마틱하게 점철되어 가는데 가상의 문학적 상상력은 한참 뒤떨어져 있어서 독자들의 관심 안에 끼어들 여유가 없다고. 거기에 작가들의 상상력의 한계 문제도 지적이 된다.

독자들의 상상력의 영역이 엄청나게 넓어지고 있는데도 작가들의 상상력은 우물 안 개구리 식으로 독자들의 상상력 영역까지 확대되지 못하고 있어 독자를 동참시키는 견인력을 아예 상실하고 있다는 것이다.

또 다른 의견도 있다. 그동안 한국문학의 지나친 순혈주의 전통이 독자와는 상관없는 허공에 자리하고 그것이 점차 고착화되어 독자와는 상관없는 독립적 세계에 머물러 있다고.

이러한 의견들은 일정 부분 합당한 이유가 있어 보인다. 어떤 이유가 되었건 현재의 한국문학, 특히 한국소설은 독자와 유리된 채 매우 힘겨운 연명 상태인 것은 확실하다.

이러한 시점에서 손정모의 장편소설 『꿈꾸는 바다』는 몇 가지 시사점을 던져 준다. 첫 번째가 한국소설 공간의 확장에 따른 상상력의 확대이다. 우리나라가 삼면이 바다로 둘러싸인 반도라는 점, 중국과 일본이라는 강대국 사이에 끼여 있는 지정학적 숙명성에 대한 인식이 이 소설의 기본 구조이다.

그동안 우리 문단에서 쓰여 온 한국소설에서 우리 조국이 삼면이 바다라는 인식과 중국과 일본 사이에 끼여 있는 지정학적 특성의 공간에 자리하고 있다는 공간 개념을 가진 작품이 한 편이나 있었는가의 점이다. 그간 한국소설의 공간 개념이 지나치게 협소했다는 자괴심을 손정모의 소설은 일깨워 준다. 거기에 또 하나, 지나치게 도시 중심의 공간, 도시를 축으로 하는 배경 속에 우리 한국소설이 갇혀 있었다는 자괴심이 드는 것이다.

2. 그 나무에 그 열매

손정모의 소설에서 또 하나 흥미로운 점은 소설 이론의 오래된 고전적 명제– '그 나무에 그 열매' 라는 생트 뵈브(Sainte-Beuve, 1804~1869)의 이론이다. 수많이 명멸해 온 문학 이론 중에서 오래된 이론의 하나인 '작품이 그 작가의 품성을 떠날 수 없다' 는 그 명제를 이 소설은 너무도 선명하게 드러내고 있다.

대학에서 화학을 전공했고, 이학박사 학위를 가지고 있는 이 작가의 특이한 이력과 작품의 상관관계는 상당히 흥미롭다. 깊은 바닷물 속에서 일어나는 생태학적 특성에 관한 작품 속의 세계는 이 작가가 아니면 그려낼 수 없는 것이 아닐까 싶다.

난대성 심해 어종인 육식성 아귀의 출현이나 그 배설물에 의한 적조 현상과 양어장 물고기의 떼죽음, 일본에서 상어구 속에 새끼 상어를 넣어 한국 어장을 황폐화하려는 시도, 이를 격퇴시키는 우리 기술로 개발된 돌고래 사이보그의 활약 등이 박진감을 가지고 흥미롭게 펼쳐지는데 이러한 세계에 대한 구사가 다른 작가에게서 가능하겠느냐의 이야기이다.

어민들의 생활 향상을 위해 설치되는 어초(魚礁)에 대한 이론, '화산 불꽃' 으로 알려진 형광물질에 대한 이용 사례 등은 이 작가가 아니면 접근할 수 없는 세계로 여겨진다.

아래의 예문들에서 보이는 내용들은 다른 작가들은 상상하기 힘든 세계이기 때문이다. 평소에 작가가 기울이는 어느 분야에 대한 깊이 있는 천착과 관심이 그 작가의 작품에 독특한 특성을 부여할 수 있을 것이라는 내 개인적인 주장에 상응하는 특색을 이 작가는 여러 곳에서 보여주

314

고 있다.

　쿠로시오 해류에서 갈라진 쓰시마 난류가 한반도의 동해로 들어선다. 쓰시마 난류가 들어서는 길목이 울산 앞 바다이다. 울산 동쪽 60~130km 해상의 공간은 광활하다. 이 지역에 난류를 운송하는 해류가 쓰시마 난류이다. 난류의 열기는 서식 환경을 크게 고조시킨다. 동해의 중심 영역까지 진행하는 난류가 쓰시마 난류이다.

　이들 난류로 인하여 플랑크톤이 크게 증식하면 멸치 무리가 움직인다. 멸치 무리는 수천만 마리가 군집을 이루어 이동하는 속성이 있다. 멸치 무리를 전갱이가 뒤쫓고 그 뒤를 갈치 무리가 뒤쫓는다. 이런 현상은 수산과학원에서 규명한 바가 있다. 이들 어류가 뒤엉켜 소용돌이치면 초음파로 현장을 감지하는 동물이 돌고래다. 돌고래는 초음파로 신호를 주고받는 대표적인 수중 포유류다. 해마다 멸치 무리가 움직이면 반드시 돌고래 무리가 움직인다.

　한반도 동해의 울산 앞 바다에는 특히 돌고래가 잘 몰려든다. 가장 커다란 원인이 플랑크톤을 쫓는 멸치 떼들의 이동 현상이다.

　어초는 물속에 가라앉으면서부터 해조류들이 달라붙어 자랄 터전을 제공한다. 어초에서 해조류가 서식하면 물고기들에게 산란할 장소를 제공하게 된다. 점액질로 끈적거리는 물고기의 알들은 바닷말에 붙어 흩어지지 않게 된다.

　이렇게 되면 물고기의 수컷들이 종족의 알들을 지키려고 애쓴다. 그러다가 일정한 시간이 흐르면 산란된 알에서 물고기들이 깨어난다. 치어들이 생명을 지키려고 몸을 숨기기에도 바닷말은 좋은 장소다. 이런 점들로 말미암아 해조류가 부착된 어초는 어장을 형성하는 거점이다.

공 내부에는 갓 부화한 상어 새끼들이 50여 마리씩 들어 있었다. 상어는 난태성 어류이기에 어미의 몸에서 부화가 되어 새끼를 낳는다. 새끼를 밴 상어의 몸뚱이에서 인위적으로 새끼들을 꺼낸 모양이다. 그러고는 천연 고분자의 공 속에 새끼들을 넣었다. 천연 고분자는 점액질로서 새끼들의 영양을 공급하는 수단이라 여겨진다. 천연 고분자 공에는 상어 새끼들이 꽉 차 있다. 이들 상어구를 어디서 만들었는지는 너무나 명확하다.

상어구 바깥에 찍힌 제조 업체의 이름이 일본어로 찍혀 있기 때문이다. 은호와 호준이 찾아낸 상어구는 12개에 이른다. 아마 발견되지 않은 것까지를 고려하면 20개는 되리라 여겨진다. 그렇다면 어장에 천 마리의 상어 새끼들을 배치시킨 셈이다. 새끼 상어가 자라면 어장의 물고기들을 먹어 치우리라 예견된다. 천 마리의 상어 중 백 마리만 살아남더라도 어장은 치명적인 피해를 입으리라 예견된다.

3. 긍정과 화해의 힘

이 소설은 은호라는 남자 주인공이 '매물도'라는 섬에 공무원으로 특채되어 섬 주민들의 생활을 향상시키고, 가까운 비진도에 역시 함께 근

316

무하게 된 친구, 호준과 더불어 어장 확장을 위해 '용승류'를 탐색하고 정부 지원 아래 어초 투입과 공동 마을 양식장을 만들지만, 중국과 일본 어민들의 집요한 우리 어장에 대한 황폐화 시도로 여러 번의 좌절 끝에, 마지막 서로의 화해로 마무리하는 구도로 되어 있다.

오래도록 우리 곁에서 살아남아 온 전설이나 동화의 공통점은 갈등과 고통의 과정을 지나 결말의 화해라는 것을 부정할 사람은 없을 것이다. 인간의 보편적 정서 속에는 착한 사람들의 성실한 노력이 결과적으로 승리에 도달하는 신데렐라적 환상이 잠재해 있다. 이러한 잠재적 욕구는 상상력의 산물인 소설 작품의 전개 과정에서도 동일하게 작용한다.

그래서 일반적인 스토리의 구조는 갈등의 시작-갈등의 고조-위기-갈등 해소와 화해라는 기본 구조를 따르고 있고, 이것은 일반 독자들에게 심리적 안정감을 극대화시키는 구조여서 『꿈꾸는 바다』는 이 기본 구조에 비교적 충실해서 독자들에게 심리적 안도감을 준다.

삼면이 바다라는 지정학적 특성, 중국과 일본 사이에 끼여 있는 반도의 위상이라는 전제에서 바다를 터전으로 살아가는 사람들에게 물고기 양식이라는 사업은 일종의 숙명이고 생명줄이다. 이 양식의 확장을 위해서 주인공 은호가 설정되어 있고, 공동 양식장이 만들어진다.

여기에 흡혈 아귀의 등장과 적조 현상은 갈등의 출발이다. 중국 잠수선의 옹위를 받는 중국 거룻배들의 침입에 뒤를 이은 일본 상어구의 침입은 갈등의 고조를 이룬다. 여기에 중국인들의 한국 여인 납치와 상어구의 확산으로 갈등은 폭발 직전의 최고조에 달하고 마침내 사이보그 돌고래의 등장으로 접전이 불가피해진다.

거기에 주인공의 노력으로 각국 어민 대표들과의 대면으로 갈등이 소멸되면서 결국 갈등 해소의 국면을 맞는다. 드디어 바다는 꿈꾸는 바다가 되는 것이다. 이 과정에서 젊은 여인들과 주인공 은호의 교류와 외국 불량배들과의 격투들이 양념으로 작용하면서 갈등의 고조와 그 해소에 신선한 영향력을 행사한다.

'작품 평설'이나 '서평'이라는 이름의 글들이 자칫 작품과 독자 사이에 끼어들어 소통을 방해하거나 오독으로 안내할 수 있다는 것을 잘 안다. 원칙적으로 작품은 독자와 맨살로 부딪쳐서 거기서 얻는 반응으로 평가되어야 한다는 것이 내 평소의 지론이다. 중언부언의 내 개인적 의견의 첨삭이 손정모의 장편을 읽는데 방해가 되지 않기를 바랄 뿐이다. 위험한 소통 방해의 위험을 안고 여기에 첨삭의 사족을 다는 이유는 이 작품이 가진 그 독특함에 있다.

우선 가독성의 문제이다. 그간 한국소설이 독자와 유리된 채 지나치게 고답적인 영역에 머물고 있다는 우려에 대한 대안 제시로서 보통의 독자가 작가의 상상력에 동반하는 여유를 이 소설이 가지고 있다는 데 대한 관심이다.

다음으로는 한국소설의 영역 확대에 이 소설이 기여하고 있는 점이다. 우리가 살고 있는 공간이 삼면이 바다로 둘러싸여 있다는 사실을 알면서도 우리 소설이 한번이라도 진지하게 우리가 처한 이 지정학적 특성과 바다가 가진 경제적 측면이나 타국과의 갈등 가능성에 관심을 둔 적이 있었느냐이다.

또 하나의 일반론은 일반인들이 가지고 있는 이야기 진전에 대한 기대 심리의 문제이다. 현실의 좌절과 각박함 속에서도 상상력 속의 갈등에 대한 화해와 결말의 행복에 대한 보상 심리를 일반인들은 잠재적으로 가지고 있다는 점이다. 그런 면에서 이 소설에서는 한 청년의 집념과 긍정적 삶의 태도가 주변을 변화시켜 가는 과정을 보여준다. 자칫 위기로 몰릴 수 있는 국제적인 갈등까지도 한 청년의 노력과 집념으로 꿈꾸는 바다로 화해가 이루어질 수 있음에 일반 독자들은 안도하는 것이다. 독자들의 현명한 일독을 권한다.

❦ 평론자 약력 --

유금호(俞金浩)

· 소설가, 목포대 명예교수, 문학박사
· 1942년 전남 고흥 출생
· 경희대 대학원 졸업(문학박사)
· 1964년 서울신문 신춘문예에 소설 「하늘을 색칠하라」 당선으로 데뷔
· 장편소설 『내 사랑, 풍장』 『만적』(전2권), 소설집 『새를 위하여』 『허공중에 배꽃 이파리 하나』
　　　　『마리오네뜨, 느린 마을로 날다』 등
· 한국소설문학상, PEN문학상, 만우 박영준문학상 등 수상

꿈꾸는 바다